CISNE

Biblioteca

LORETTA
CHASE

LORETTA
CHASE

Imposible

Traducción de
Ana Isabel Domínguez Palomo
Concepción Rodríguez González
María del Mar Rodríguez Barrena

Título original: *Mr. Impossible*
Diseño de la portada: Departamento de diseño de Random House Mondadori
Ilustración de la portada: © Richard Jenkins

Primera edición en DeBOLS!LLO: septiembre, 2008

Printed in Spain – Impreso en España

ISBN: 978-84-8346-754-1 (vol. 63/6)
Depósito legal: B-31718-2008

Fotocomposición: Comptex & Ass., S. L.

Impreso en Liberdúplex, S. L. U.
Mogoda, 29. Barberà del Vallès (Barcelona)

M 867541

Nota sobre la transcripción

En la edición de 1898 de la guía de Baedeker sobre Egipto, este se lamenta de las dificultades para transcribir el árabe a la grafía occidental: «Sería de desear que los árabes adoptaran un alfabeto mucho más sencillo —dice el autor—, con un uso regular de las vocales y que accedieran a escribir la lengua hablada».

En cuanto a dicha lengua hablada, el autor se queja de que no todo el mundo pronuncia las vocales por igual. Las consonantes son una constante, pero algunas no tienen equivalentes fonológicos en inglés o en castellano.

Ha pasado más de un siglo y seguimos encontrándonos con una caótica variedad de transcripciones para palabras árabes y egipcias al alfabeto occidental. Al final me decanté por utilizar dos métodos distintos: uno para los nombres de lugares (transcripciones modernas) y otro para palabras y frases (más fácil de leer). Muchas de estas palabras y frases, al igual que las tradiciones (y muchos monumentos), han cambiado o desaparecido desde principios del siglo XIX.

1

Afueras de El Cairo, 2 de abril de 1821

Gracias a su madre, Rupert Carsington tenía el cabello y los ojos tan oscuros como cualquier egipcio. Eso no quería decir que pasara desapercibido entre la muchedumbre que se agolpaba en el puente. En primer lugar, era sin duda el hombre más alto. En segundo lugar, tanto sus modales como su indumentaria lo señalaban como inglés. Los egipcios y turcos, quienes juzgaban a los hombres por la calidad de sus ropas, también se percataron de que no era un hombre de baja cuna.

Los lugareños reconocieron al cuarto hijo del conde de Hargate.

Puesto que había llegado a Egipto apenas seis semanas antes, Rupert todavía no era capaz de distinguir entre las numerosas tribus y nacionalidades. Y desde luego no era capaz de discernir el estatus social a simple vista.

Sin embargo, sí sabía reconocer un enfrentamiento injusto en cuanto lo veía.

El soldado era alto, casi igualaba el metro ochenta y tantos de Rupert, y estaba armado hasta los dientes. Tres cuchillos, un par de espadas, un par de pistolas y munición de sobra que abultaba o colgaba de su canana. Y, cómo no, también esgrimía un pesado garrote —de modo muy poco amistoso en esos momentos— contra el apaleado, sucio y renqueante individuo que tenía frente a él.

El delito del pobre desgraciado, hasta donde alcanzaba la

vista de Rupert, era el de haber sido demasiado lento. El soldado rugió una amenaza o maldición en un idioma extranjero. Mientras huía dando traspiés, el aterrado campesino cayó al suelo. El soldado blandió el garrote en dirección a las piernas del hombre. El infeliz rodó hacia un lado y se salvó por un palmo del golpe que recibió el puente. Enfurecido, el soldado levantó el arma y apuntó a la cabeza del pobre desgraciado.

Rupert se abrió paso entre la multitud, empujó al soldado y le arrancó el garrote de las manos. El tipo sacó uno de los cuchillos y él se apresuró a golpearlo, de modo que el arma cayó al suelo. Antes de que su adversario pudiera sacar otra arma de su arsenal, le asestó un golpe con el garrote. El soldado lo esquivó, aunque el extremo del palo lo golpeó en la cadera y acabó doblado de dolor. Mientras caía, sacó una de las pistolas, por lo que Rupert volvió a golpearlo con el garrote. Su oponente aulló de dolor y dejó caer la pistola.

—¡Corre! —gritó Rupert al harapiento lisiado, que debió de comprender el gesto si no la palabra extranjera, porque se puso en pie como pudo y se alejó cojeando. La multitud se separó para dejarlo marchar.

Rupert se dispuso a seguirlo cuando ya era demasiado tarde. Los soldados se estaban abriendo paso a la fuerza a través de la creciente muchedumbre. En un abrir y cerrar de ojos, lo tenían rodeado.

Las noticias del altercado, si bien bastante exageradas, viajaron con rapidez desde el puente hacia al-Asbakiya. Ese barrio de El Cairo, a poco menos de un kilómetro del puente, era donde solían alojarse los visitantes europeos.

Durante la inundación de finales de verano, el desbordado Nilo transformaba al-Asbakiya en un lago donde los botes trajinaban de un lado a otro. Puesto que en ese momento las aguas del Nilo estaban en su punto más bajo, la zona era apenas un trozo de tierra rodeada de edificios.

En una de las casas más grandes, una Dafne Pembroke un

tanto nerviosa esperaba a su hermano Miles. El día estaba llegando a su fin. Si no aparecía pronto, no podría entrar, ya que cerraban las puertas al anochecer. También se cerraban durante las epidemias o los motines, cosas ambas muy habituales en El Cairo.

De todas formas, Dafne solo prestaba atención a medias a la llegada de su hermano. Su mente estaba concentrada en los documentos que tenía delante.

Entre ellos se encontraba una reproducción litográfica de la Piedra de Rosetta, así como un papiro de reciente adquisición y una copia en tinta de este último. Tenía casi veintinueve años y había pasado los últimos diez intentando descifrar el misterio de la escritura egipcia.

Desde la primera vez que viera los jeroglíficos egipcios, se había enamorado loca, apasionada y desesperadamente de ellos. Todos sus estudios de juventud habían estado encaminados a desvelar los secretos que albergaban en sus corazoncitos. Se había encaprichado de un hombre que casi le triplicaba la edad y se había casado con él porque: *a*) su apostura era de lo más romántica; *b*) era un erudito en lenguas, y *c*) era el propietario de una colección de libros y documentos por los que ella suspiraba.

En aquella época creía que estaban hechos el uno para el otro.

En aquella época solo tenía diecinueve años y las estrellas que flotaban a su alrededor le nublaban la visión.

No tardó en aprender, entre otras lecciones muy dolorosas, que su brillante y erudito esposo, al igual que sucedía con otros hombres tan necios como él, creía que las cuestiones intelectuales representaban un esfuerzo demasiado grande para el cerebro inferior de las mujeres.

Con la excusa de que solo pensaba en su bienestar, Virgil Pembroke le había prohibido estudiar la escritura egipcia. Se justificó diciendo que ni siquiera había esperanzas de que la descifraran los eruditos que conocían el árabe, el copto, el griego, el persa y el hebreo mientras ella viviera. Cosa que para él no tenía la menor importancia, ya que en su opinión, al ser la egipcia una cultura primitiva (muy inferior a la de la Grecia clásica), descifrar su escritura aportaría muy poco al conocimiento de la Humanidad.

Dafne era la hija de un clérigo. Había hecho el sagrado juramento de amar, honrar y obedecer a su marido, y lo intentó. Pero cuando fue evidente que o proseguía con sus estudios o se volvía loca de aburrimiento y frustración, eligió arriesgarse a la condenación eterna y desobedeció a su marido. Así pues, continuó con sus estudios en secreto.

Virgil había muerto cinco años atrás. Por desgracia, los prejuicios contra las mujeres eruditas no murieron con él. Esa era la razón por la que aun entonces tan solo su indulgente hermano y un selecto grupo de amigos conocían su secreto. El resto del mundo creía que era su hermano Miles el genio lingüístico de la familia.

De haberlo sido, se habría abstenido de pagar dos mil libras por el papiro que estaba estudiando ella en ese momento. No obstante, un mercader llamado Vanni Anaz había afirmado que el documento describía la última morada de un joven faraón de nombre desconocido... que era lo que sucedía con la mayor parte de la realeza del Antiguo Egipto. La historia era a todas luces producto de la romántica imaginación oriental. Ninguna persona inteligente la habría creído. Sin embargo, para su más absoluta sorpresa, parecía haber fascinado a Miles.

Su hermano incluso se había desplazado de nuevo a Giza para estudiar el interior de la segunda pirámide porque, según le había dicho, no solo le ayudaría a comprender la forma de pensar de los antiguos constructores de tumbas, sino también a localizar la tumba del joven faraón y sus tesoros.

Aunque Dafne estaba segura de que las pirámides no le reportarían nada, se había mordido la lengua. A Miles le encantaba explorar los monumentos de Egipto. ¿Por qué aguarle la diversión? Así pues, se limitó a asegurarse de que llevaba suficientes provisiones para la noche que planeaba quedarse.

Declinó la invitación para acompañarlo. Ya había estado con él en Giza y había explorado las dos pirámides en las que se podía entrar. Ninguna de ellas contenía escritura jeroglífica, aunque varios visitantes habían grabado sus profundos pensamientos en las piedras, como por ejemplo «Suverinus ama a Claudia». Y lo que era igual de importante: no tenía deseo alguno de volver a adentrarse en los largos, sofocantes, estrechos y apestosos pasadizos de las pirámides.

En ese instante, sin embargo, las pirámides estaban a muchos kilómetros de los pensamientos de Dafne. Estaba considerando si el doctor Young había malinterpretado los signos del garfio y de las tres colas cuando su criada entró en tromba.

—¡Un baño de sangre! —gritó Leena—. ¡Ay, pero qué impulsivo y estúpido inglés! ¡Las calles se llenarán de sangre!

La criada se apartó de la cara y el pelo los velos que tanto odiaba pero que tenía que llevar en público, y reveló el cabello oscuro y los ojos castaños de una mujer entrada en años con una variopinta herencia mediterránea. Dafne la había contratado en Malta después de que su doncella inglesa se demostrara incapaz de soportar los rigores de viajar por el extranjero.

Leena no solo hablaba inglés, griego, turco y árabe, también podía leer y escribir lo básico en dichas lenguas... Unos logros sin precedentes para una mujer en esa parte del mundo. Sin embargo, también era muy supersticiosa y pesimista, y tendía a ver siempre el mal de las cosas en lugar del proverbial bien que lo acompañaba.

Acostumbrada a los histrionismos de Leena, Dafne se limitó a arquear las cejas antes de preguntar:

—¿Qué inglés? ¿Qué ha pasado?

—Un inglés loco ha estado luchando con uno de los hombres del bajá y le ha roto la cabeza a ese cerdo. Dicen que se necesitaron cien soldados para capturarlo. Los turcos le cortarán la cabeza y la clavarán en una pica, pero no se conformarán con eso. Los soldados le declararán la guerra a todos los francos, sobre todo a los ingleses.

A diferencia de la mayoría de los anuncios de desastre inminente que presagiaba Leena, ese sonaba demasiado plausible.

Los gobernantes otomanos de Egipto se habrían sentido

como en casa en la Edad Media. Palizas, torturas y decapitaciones eran su forma de mantener el orden. Ni los egipcios ni los turcos les tenían mucho aprecio a los «francos», los odiados europeos. El ejército —una mezcla asesina de egipcios, turcos y mercenarios albaneses— miraba con hostilidad a todo el mundo, incluyendo en algunas ocasiones a su dirigente, Mohamed Alí, bajá de Egipto. A su lado, las hordas mongolas de Gengis Jan parecían colegialas.

Y Dafne no tenía más compañía que la de sus criados, quienes, en su práctica totalidad, les tenían un miedo atroz a los soldados, una actitud de lo más inteligente.

Fue consciente de la sensación de alarma que comenzó a invadirla, del escalofrío que la recorrió y del modo en que se le atropellaban las ideas. No obstante, mantuvo una actitud serena. Su matrimonio le había enseñado a ocultar lo que sentía.

—Resulta difícil de creer —dijo—. ¿Quién sería tan estúpido como para luchar con uno de los hombres del bajá?

—Dicen que el inglés es nuevo en El Cairo —explicó Leena—. Llegó esta semana desde Alejandría para trabajar con el cónsul general británico. Dicen que es muy alto, moreno y guapo. Pero creo que no tendrá tan buen aspecto cuando paseen su cabeza en una pica por toda la ciudad.

La mente de Dafne conjuró la repulsiva imagen. Se apresuró a borrarla y comentó de forma enérgica:

—El hombre debe de ser un estúpido sin remedio. Algo que no debería sorprendernos en lo más mínimo. El consulado está plagado de personajes de muy dudosa reputación.

Circunstancia debida al hecho de que el cónsul general inglés, el señor Salt, se encontraba en Egipto para hacerse con la mayor cantidad posible de antigüedades y mostraba una ausencia total de escrúpulos en cuanto a los métodos se refería.

Y en ese momento, por haber sumado un imbécil violento a su personal, el ejército tenía una excusa para campar a sus anchas. Ningún europeo estaría seguro en El Cairo.

Y Miles, de regreso de su viaje, con su pelo rubio, sus ojos azules, su estatura y su aspecto inconfundiblemente inglés, sería un objetivo demasiado tentador. Al igual que ella, una pelirroja de ojos verdes, herencia de su difunta madre.

Bajó la vista y descubrió que le temblaban las manos. Cálmate, se ordenó. Aún no ha pasado nada. Piensa.

Tenía cerebro, un cerebro formidable. Debería ser capaz de hallar una solución.

Contempló las líneas de caracteres griegos que alababan a Ptolomeo mientras sopesaba qué hacer.

Sarah, la esposa del famoso explorador Giovanni Belzoni, se había disfrazado unos años atrás de mercader árabe y había visitado sin incidentes una mezquita prohibida a las mujeres y a los infieles. Con un poco de suerte, Dafne podría escapar de El Cairo vestida de semejante guisa y salir al encuentro de su hermano. Podrían alquilar una barcaza y dirigirse río arriba, fuera de peligro.

Se dispuso a contarle el plan a Leena, pero en ese instante un coro de gritos se alzó en el patio.

Un angustiado lamento se impuso a las restantes voces.

Dafne se levantó del diván de un salto y se acercó a la ventana cubierta por la celosía con Leena a la zaga. Por la escalera del patio subía un grupo de egipcios.

Llevaban el cuerpo inerte del criado de Miles, Ahmad.

A la mañana siguiente

En una mansión en otra zona de al-Asbakiya, el cónsul general de Su Majestad reflexionaba con emociones encontradas acerca de la posibilidad de que la cabeza de Rupert Carsington paseara por las calles de la ciudad clavada en una pica.

Durante el mes y medio que el cuarto hijo del conde de Hargate llevaba en Egipto, había transgredido veintitrés leyes distintas y había sido encarcelado nueve veces. Con la cantidad de dinero que el consulado se había gastado en sobornos y multas por culpa del señor Carsington, el señor Salt podría haber desmantelado y enviado a Inglaterra uno de los templos menores de la isla de Filé.

Tenía plena conciencia del motivo por el que lord Hargate había enviado a su hijo de veintinueve años a Egipto. No era, tal y como el conde había escrito, «para ayudar al cónsul general en sus servicios a la patria».

Era para cargar a otro con la responsabilidad y los gastos.

El señor Salt sacudió la arena del documento que tenía delante de él.

—Supongo que deberíamos sentirnos agradecidos —le dijo a su secretario, Beechey—. Los soldados podrían haber utilizado este suceso como excusa para matarnos a todos. En cambio piden una multa exorbitante y el doble de los sobornos habituales.

Más sorprendente todavía era que los camaradas del soldado herido no hubieran despedazado a Carsington para que después sus superiores se sacaran una ley de la manga que explicara la muerte. No cabía duda de que el señor Carsington había puesto a prueba su paciencia de camino a la ciudad. A pesar de que lo superaban en veinte a uno, había intentado escapar tres veces, infligiendo numerosas heridas en el proceso.

Sin embargo, la ciudad permanecía en paz y el problemático hijo de lord Hargate estaba vivo y en posesión de todos sus miembros, confinado en una horripilante mazmorra atestada de ratas en la Ciudadela de El Cairo.

Si bien eso lo mantenía convenientemente alejado de los problemas, no podría dejarlo en esa sentina por tiempo indefinido.

El conde de Hargate era un hombre muy poderoso que podría conseguir que lo exiliaran a algún rincón del mundo dejado de la mano de Dios y con muchas menos antigüedades.

Pero sacar a Carsington... ¡Por el amor de Dios! El cónsul repasó las cifras del documento que tenía delante.

—¿Tenemos que pagarle a toda esta gente? —preguntó con voz quejumbrosa.

—Eso me temo, señor —respondió su secretario—. El bajá ha descubierto que el padre del señor Carsington es un lord inglés muy poderoso.

Mohamed Alí era un ignorante inculto, pero no era estúpido.

Después de que alguien le leyera *El príncipe* de Maquiavelo, el bajá de Egipto había dicho: «Podría enseñarle algunas cosas».

Si había algo que Mohamed Alí podía hacer de modo admirable (además de llevar a un ejército de locos asesinos a la victoria una y otra vez) era contar, y había llegado hasta una cifra escandalosa para liberar al hijo del poderoso lord inglés.

Si el señor Salt pagaba la cantidad, sus fondos, que disminuían a marchas forzadas, no cubrirían los gastos de su excavación... Y en cuanto abandonara la zona, sus competidores franceses se abalanzarían sobre ella.

Sin embargo, si no conseguía que liberaran a Carsington, podría muy bien terminar como embajador británico en la península antártica.

—Déjeme pensar —dijo el cónsul.

El secretario se marchó, para volver cinco minutos más tarde.

—Y ahora ¿qué? —quiso saber el señor Salt—. ¿Ha volado el señor Carsington la Ciudadela? ¿Se ha beneficiado a la esposa favorita del bajá?

—La señora Pembroke está aquí, señor —respondió el secretario—. Dice que es un asunto de extrema urgencia.

—Sí, claro, la hermana viuda de Archdale —dijo el cónsul—. Algo de importancia sobrecogedora, sin duda. Tal vez el hermano haya descubierto una vocal. Apenas soy capaz de contener mi emoción.

Aunque el señor Salt se interesaba sobre todo en la adquisición de impresionantes objetos egipcios, también tenía un interés más erudito y había llevado a cabo unos cuantos intentos por descifrar el desconcertante código. Pero ese día no estaba de humor.

Había regresado de unas vacaciones demasiado cortas en el área residencial para encontrarse con el fiasco Carsington. Tras verse sumido de nuevo en la desesperanza de sus perpetuas penurias económicas, le era imposible enfrentarse a la señora Pembroke con un interés erudito.

El luto completo con el que vestía la mujer de la cabeza a los pies (¡y su anciano marido llevaba muerto más de cinco años!)

no ayudaba a levantarle el ánimo. La dama siempre le recordaba a ciertas figuras fantasmagóricas que había visto en los muros de las tumbas de los reyes.

Claro que el difunto señor Pembroke se lo había legado todo a su joven esposa y ese todo incluía una magnífica propiedad y una fortuna mucho más magnífica.

Si era capaz de fingirse entusiasmado por cualquier niñería que la mujer creyera que Archdale había descifrado, tal vez se sintiera inclinada a invertir parte de su fortuna en una excavación.

Cuando entró, el señor Salt consiguió esbozar una sonrisa de bienvenida y salió a su encuentro.

—Mi querida señora —comenzó—, ¡qué agradable visita! ¡Qué honor! Permítame que le ofrezca algún refresco.

—No, gracias. —Se apartó el velo de viuda y dejó a la vista un pálido rostro con forma de corazón. Unas ojeras oscuras acentuaban el inusual verde de sus ojos—. No tengo tiempo para intercambiar las cortesías de rigor. Necesito su ayuda: han secuestrado a mi hermano.

Ahmad no estaba muerto. Le habían propinado una brutal paliza, eso sí, y cuando por fin llegó a al-Asbakiya, cayó inconsciente.

No reunió la fortaleza necesaria para hablar hasta bien entrada la noche del día anterior, y lo que dijo apenas tuvo sentido. Para cuando Dafne consiguió desenmarañar su historia, ya era demasiado tarde para actuar. Por la noche las calles de El Cairo pertenecían ante todo a la policía y a los individuos que esta perseguía.

En cualquier caso, los europeos en apuros debían acudir a su cónsul, no a las autoridades locales. Puesto que tanto el señor Salt como su secretario habían estado ausentes todo el día anterior, Dafne tuvo que esperar toda una larga noche.

En ese momento, exhausta de cuerpo y mente, estaba al borde de un ataque de nervios. No podía venirse abajo. Los hombres se limitaban a seguir la corriente a las mujeres emocionales. Necesitaba que la escucharan. Si quería que los hombres actuaran, primero debía conseguir que la tomaran en serio.

Tras su temblorosa declaración inicial, dejó que el señor Salt la condujera a un pórtico en sombras con vistas al jardín. Se bebió el espeso y cargado café que llevó un criado. El brebaje le devolvió las fuerzas.

Le contó al cónsul la historia desde el principio, tal y como este le había pedido.

Su hermano, los criados y el personal habían vuelto de Giza muy temprano el día anterior. Poco después de que Miles desembarcara del ferry en El Cairo copto, unos hombres que dijeron ser policías se lo llevaron. Cuando Ahmad intentó seguirlos (para descubrir adónde se llevaban a su señor y por qué), también lo apresaron. Esos «policías» arrastraron a Ahmad hasta un lugar desierto, lo molieron a golpes y después lo abandonaron.

—No entiendo por qué golpearon a Ahmad y luego lo abandonaron —dijo Dafne—. Cree que esos hombres no eran policías y la lógica me impulsa a coincidir con él. Si de verdad fueran agentes de la ley, ¿por qué no se llevaron a Ahmad con Miles a la prisión? Además, es imposible que mi hermano cometiera ningún crimen. Ninguna persona con un mínimo de inteligencia se enfrentaría a las autoridades locales. Todo el mundo sabe que las convenciones diplomáticas no tienen ninguna validez en esta parte del mundo.

—Estoy seguro de que todo esto no es más que un estúpido malentendido —comentó el señor Salt—. Algunos de estos insignificantes funcionarios se ofenden enseguida por cualquier tontería. Y no se puede decir que sean todo lo honrados que nos gustaría. A pesar de todo, no hay por qué asustarse. Si el señor Archdale ha sido encarcelado, tenga por seguro que las autoridades me informarán antes de que acabe el día.

—No creo que haya sido encarcelado —replicó Dafne alzando la voz—. Creo que ha sido secuestrado.

—Vamos, vamos, estoy seguro de que no se trata de eso. Solo será un funcionario en busca de un soborno. Algo de lo más habitual —añadió el cónsul con acritud—. Parecen creer que el dinero nos crece en los árboles.

—Si lo que quieren es dinero, ¿por qué no se limitaron a enviarme a Ahmad con sus exigencias? —preguntó Dafne—. ¿Por qué darle una paliza de muerte? No tiene el menor sentido. —Hizo un gesto de impaciencia con la mano para eliminar cualquier rasgo ilógico de la conversación—. Creo que le dieron la paliza a este criado para evitar que informara del suceso demasiado pronto. Creo que mientras usted intenta seguirme la corriente con explicaciones tranquilizadoras, el rastro de mi hermano se va enfriando.

—¿El rastro? —repitió el cónsul, sorprendido—. Espero de todo corazón que no esté considerando la idea de que el señor Archdale sea víctima de alguna clase de conspiración. ¿Quién se arriesgaría a ser torturado y decapitado a causa de un erudito inofensivo?

—Si usted, que lleva seis años ocupando el cargo de cónsul general en Egipto, no es capaz de encontrar un motivo plausible, es absurdo que se lo pregunte a una mujer que lleva aquí apenas tres meses —replicó ella—. Se me antoja tan ilógico como debatir los motivos de los malhechores. Tendría mucho más sentido encontrar a los responsables y asegurarnos de cuáles son dichos motivos interrogándolos, ¿no le parece? Y creo que esto debería hacerse temprano y no esperar a que sea tarde.

—Mi querida señora, le ruego que recuerde que no nos encontramos en Inglaterra —comenzó el cónsul—. No contamos con los agentes de Bow Street para que investiguen los hechos. La policía local no puede hacer ese papel, ya que los agentes son en su mayor parte ladrones a quienes se les ha condonado la pena. No me atrevo a abandonar mis otras y muy numerosas responsabilidades para buscar a personas desaparecidas, y tampoco puedo prescindir de mi secretario. Ninguno de mis agentes se encuentra a menos de ciento cincuenta kilómetros de El Cairo. Tal y como están las cosas y por triste que resulte admitirlo, estamos faltos tanto de personal como de recursos económicos para hacer el trabajo que se espera de nosotros. Todos estamos muy ocupados, y apenas contamos con un minuto para recuperar el aliento. —Tras una breve pausa, añadió—: Todos menos uno, claro está.

Dos horas más tarde

Pese a estar cubierta de los pies a la cabeza, pasando por el rostro, había olvidado con cuánta claridad sus ropas proclamaban que era europea. No se le había ocurrido la idea de un posible rechazo hasta que entró en la Ciudadela y se percató de que los hombres la miraban antes de apartar la vista y cuchichear entre ellos.

Se dijo que: *a*) Las mujeres eran rechazadas en demasiados lugares y *b*) la opinión de esos hombres carecía de importancia. Además de su criada Leena y del secretario del cónsul, el señor Beechey, llevaba un escolta oficial, uno de los jeques del distrito. Siguieron al guardia de la prisión por una desgastadísima escalera tallada en la piedra, en la que la oscuridad aumentaba en la misma medida que el aire se tornaba viciado y opresivo.

Cuando estuvieron a los pies de la escalera, el hedor le había revuelto el estómago y se arrepentía de haber insistido tanto en acudir. Tendría que haber dejado que el señor Beechey arreglara el asunto. No tenía ninguna necesidad de estar en ese lugar.

Claro que no había estado pensando con claridad. Había estado demasiado preocupada por el paso del tiempo y por el hecho de que cada minuto que pasaba aumentaba el riesgo que corría la vida de Miles.

Necesitaba ayuda y al parecer la única ayuda con la que podía contar estaba retenida en una mazmorra lo bastante profunda como para anegarse durante la crecida. ¿Sería ese uno de los métodos de tortura que utilizaban allí?, se preguntó. ¿Dejarían que un hombre encadenado viera cómo iba subiendo el nivel del agua hasta que se ahogaba? ¿Estaría Miles en semejante lugar?

Un rápido e involuntario escalofrío le erizó la piel, pero se obligó a desterrar esa imagen de su cabeza y enderezó los hombros.

A su lado, Leena murmuraba un conjuro contra el demonio.

Los hombres movieron las extrañas antorchas que hacían las veces de farolillos, logrando que la oscuridad remitiera un tanto.

—Alégrate, *inglisi* —gritó el guardia—. Mira quién viene. No una, sino dos mujeres.

Se escuchó el tintineo de unas cadenas. Una amenazadora figura se alzó. Una figura muy amenazadora y muy alta. A Dafne le resultaba imposible vislumbrar sus facciones en la oscuridad. Rodeada por sus protectores, no tenía motivo alguno para asustarse. De todos modos, se le aceleró el corazón, se le erizó la piel y todas sus terminaciones nerviosas cobraron vida.

—Señor Beechey —le dijo al secretario con voz no tan firme como le habría gustado—, ¿está seguro de que es el hombre que se aviene a mis deseos?

Una voz increíblemente profunda, que desde luego no pertenecía al señor Beechey, respondió con una carcajada.

—Señora, eso depende de para qué me desee.

2

El sonido de una voz inglesa... de una voz inglesa femenina... resultó más placentero de lo que Rupert habría imaginado.

A esas alturas el aburrimiento le resultaba insoportable. La voz femenina reavivó al instante su buen humor.

Sabía cuál de las dos mujeres había hablado. Hacía mucho que sus ojos se habían acostumbrado a la oscuridad. Aunque ambas iban cubiertas por velos, la más alta iba ataviada a la europea. No solo sabía que era inglesa, sino también que era una dama. La refinada modulación de esa voz clara y melódica (un tanto temblorosa en esos momentos) así se lo decía.

Sin embargo, no podía determinar si era joven o vieja, hermosa o fea. Lo que sí sabía era que nunca se podía estar totalmente seguro de cómo era la figura de una mujer hasta que estaba desnuda. Aunque si lo miraba por el lado positivo, esa mujer debía de tener todos los atributos necesarios... Y si había logrado bajar los cientos de escalones de la prisión, no podía ser una vieja decrépita.

—Señora Pembroke, permítame presentarle al señor Rupert Carsington —dijo Beechey—. Señor Carsington, la señora Pembroke ha accedido con gran generosidad a pagar por su liberación.

—¿De veras, señora? Es usted muy bondadosa.

—Nada de eso —replicó ella con voz adusta—. Estoy comprándolo.

—¿En serio? Había oído que los turcos eran drásticos, pero jamás imaginé que llegarían a venderme como esclavo. Bueno, bueno, todos los días se aprende algo...

—Estoy comprando sus servicios —lo interrumpió la mujer con un deje gélido en su melodiosa voz.

—¡Ah! En ese caso estaba equivocado. Y ¿qué servicios requiere usted?

Rupert percibió el súbito jadeo de la señora Pembroke.

Antes de que la mujer pudiera replicar, Beechey le aclaró la cuestión con voz serena.

—Se trata de una misión, señor. El señor Salt lo ha exonerado de sus funciones habituales en el consulado a fin de que pueda ayudar a la señora Pembroke en la búsqueda de su hermano.

—Si lo único que quiere es un hermano, le regalo gustosamente uno de los míos —dijo Rupert—. Tengo cuatro. Todos unos santos. Pregúntele a cualquiera.

Él no era un santo y nadie lo había puesto jamás en duda.

La dama se giró hacia el señor Beechey.

—¿Está seguro de que este es el único hombre disponible?

—Por cierto, ¿cómo se las ha ingeniado para librarse de su hermano? —preguntó Rupert—. Por experiencia propia puedo decirle que es una hazaña imposible. Me los encuentro en todas partes. Salvo en este lugar. Esa fue una de las razones por las que acepté de inmediato la oportunidad que me brindaba mi padre. Debo admitir que supuso un alivio inmenso. Cuando me convocó a su despacho, creí que me vería obligado a decidir entre la espada y la pared, tal y como hizo con Alistair hace tres años; algo así como: «Cásate o enfréntate a un destino peor que la muerte». Pero no fue el caso. Me dijo: «¿Qué tal si te comportas como un buen chico y te vas a Egipto a buscarle a tu prima Trifena unas cuantas piedras de esas con dibujos?». Piedras y... ¿Qué es lo otro que le gusta? Esos chismes de color marrón que vienen enrollados. Papel de arroz o no sé qué.

—Papiros —aclaró la melodiosa voz de la mujer que, a juzgar por el tono, tenía los dientes apretados—. Del latín *papyrus*, en plural *papyri.* La palabra latina deriva del término griego, mucho más antiguo. Y estos pliegos de papel no se fabrican a base de arroz, señor, sino de una planta herbácea endémica de esta región. Además, los artículos a los que usted se refiere no son «chismes», sino documentos antiguos muy valiosos. —Hizo una pausa y a continuación añadió en un tono más tranquilo y desconcertado—: ¿Trifena? No se estará refiriendo a Trifena Saunders, ¿verdad?

—Sí, es mi prima; la misma que está decidida a descifrar los dibujillos esos tan graciosos.

—Jeroglíficos —lo corrigió la dama—. Y en cuanto a la posibilidad de descifrarlos... Da igual. Intentar explicarle su importancia sería, no me cabe la menor duda, un gasto inútil de aliento.

Le dio la espalda con brusquedad y comenzó a alejarse entre el delicioso frufrú de sus faldas.

Beechey no tardó en seguirla.

—Señora, le ruego que me perdone por demorarla en este lugar tan desagradable. Es lógico que esté molesta. No obstante, debo pedirle que recuerde...

—Ese hombre —lo interrumpió ella en voz baja aunque audible— es un idiota.

—Sí, señora, pero es lo único que tenemos.

—Tal vez sea estúpido —dijo Rupert—, pero mi atractivo es irresistible.

—¡Por el amor de Dios! Y además presuntuoso... —murmuró la señora Pembroke.

—Y puesto que soy un fortachón descerebrado —continuó—, manipularme es una tarea maravillosamente sencilla.

La dama se detuvo para enfrentarse a Beechey.

—¿Está seguro de que no hay nadie más?

—No de aquí a Filé.

Filé debe de estar a una buena distancia de aquí o la dama no estaría deambulando por las mazmorras de El Cairo en busca de ayuda, pensó Rupert.

—Además, soy tan fuerte como un buey —añadió de forma alentadora—. Podría levantarla con una mano y a su criada con la otra.

—Es un hombre alegre, señora —agregó Beechey con manifiesta desesperación—. Eso debemos concedérselo. ¿No le parece admirable que haya logrado mantener su buen talante en un lugar tan horrible?

Rupert comenzó a silbar para dar más peso a la afirmación.

—Está claro que no es capaz de otra cosa —replicó ella.

—Dadas las circunstancias, la osadía es una cualidad extraordinaria —adujo Beechey—. Los turcos la respetan.

La dama dijo algo entre dientes. Al instante se giró en dirección al turco que había guiado a su pequeño grupo —un personaje de cierta relevancia, al parecer, ataviado con un enorme turbante— y le dijo algo en una de esas ininteligibles lenguas orientales. El tipo del turbante gigantesco chasqueó la lengua en varias ocasiones. La señora Pembroke dijo algo más. El turco no parecía muy contento. La cosa continuó.

—¿Qué está diciendo? —preguntó Rupert a voz en grito.

Beechey le dijo que estaban hablando demasiado deprisa para entenderlos.

La criada de la dama se acercó a Rupert.

—Mi señora está regateando por usted. Siento mucho que sea tan lento de entendederas. Cuando llegamos estaba dispuesta a pagar la cantidad exigida, pero ahora dice que no vale tanto.

—¿En serio? ¿Cuánto pedían?

—Contando los sobornos, llegaba a trescientas piastras de plata —contestó—. Una esclava blanca (la esclava más cara) no pasa de doscientas.

—Supongo que no sabrás a cuánto ascienden trescientas piastras de plata en libras, chelines y peniques, ¿verdad? —le preguntó Rupert.

—Son más de dos mil libras inglesas.

Rupert dejó escapar un breve silbido.

—Parece un tanto excesivo —replicó.

—Eso es lo que mi señora le está diciendo al jeque —aseguró la criada—. Dice que usted no podría serle de mucha utilidad a nadie. Dice que si ponen su cabeza en una pica tal vez logren entretener a los cairotas, pero que aparte de eso no sirve para nada más. Dice que los lores son tan comunes en Inglaterra como los jeques en Egipto. Dice que solo el primogénito de un lord es valioso y que usted es uno de los benjamines de su familia. Dice que su padre lo envió aquí porque es usted un imbécil.

—Impresionante —admitió él con una carcajada—. Es capaz de afirmar todo eso a pesar de que acabamos de conocernos y de que solo nos hemos visto en la oscuridad, para más señas. Qué mujer tan inteligente...

El tipo del turbante soltó una larga perorata. La dama se encogió de hombros y comenzó a alejarse.

El precio de su liberación era ridículo por lo excesivo; nadie en su sano juicio lo pagaría, ni siquiera lord Hargate. De todos modos, Rupert se sintió decepcionado al ver que la señora Pembroke se marchaba.

Buscar a su hermano podría ser interesante. Desde luego, más interesante que excavar en la arena en busca de trozos de piedra y mucho más divertido que arrancar papiros de las garras de esos cadáveres milenarios. Sí, sabía cómo se llamaban esos chismes. Había escuchado esa palabra un millar de veces de labios de Trifena. Lo había dicho mal a propósito para observar la reacción de la señora Pembroke... que había resultado de lo más divertida.

Y tal vez ya no llegara a descubrir el aspecto de la dama.

La criada se marchó en pos de su señora. Beechey alzó las manos en un gesto de resignación y se dispuso a seguirlas.

Rupert siguió con la mirada la figura femenina más alta hasta que la oscuridad se la tragó.

En ese momento el tipo del turbante dijo algo en voz alta.

La señora Pembroke emergió de la oscuridad y el corazón de Rupert dio un pequeño aunque inconfundible vuelco.

Dafne no esperó a ser testigo de la liberación del señor Carsington. Tras haber acordado el precio, dejó que el señor Beechey se encargara de todos los detalles y distribuyera los sobornos; las «propinas» que aderezaban cualquier transacción en el Imperio Otomano.

Estaba impaciente por salir de la Ciudadela. Tenía el vello de punta. Se reprendió mentalmente por haberse demorado tanto mientras regateaba con el jeque. Pero después de descubrir quién era el zoquete en quien debía depositar todas sus esperanzas y de sufrir un intento de intimidación por parte de un funcionario que a buen seguro ni siquiera sabía escribir su propio nombre...

Estuvo a punto de perder los nervios.

Su hermano estaba metido en problemas —desaparecido, herido y posiblemente muerto— y hasta ese momento lo único que habían hecho los hombres con los que había hablado era restarle importancia, burlarse de ella o ponerle impedimentos. Sentía deseos de echarse a llorar por la frustración.

Pero lo que deseaba por encima de todo era alejarse de la Ciudadela, de ese agujero maloliente y de todos esos hombres insensibles.

Cuando por fin atravesó una de las puertas de la fortaleza y salió a la luz del día, tomó unas cuantas bocanadas del abrasador aire de mediodía.

—¿Sabe por qué lo tienen allí abajo, encadenado en la mazmorra más profunda, señora? —le preguntó Leena en cuanto la alcanzó.

—Es obvio —respondió Dafne—. El señor Salt me dijo que fue el señor Carsington quien atacó ayer al soldado turco. Ese hombre es un rufián pendenciero y descerebrado.

Caminó con rapidez hacia la puerta de la Ciudadela tras la que aguardaban los burros y los arrieros.

—De verdad espero que sus hermanos sean unos santos, tal y como afirma —prosiguió con una nota de irritación en la voz—. Tal vez eso compense el sufrimiento de lord y lady Hargate... —Dejó de hablar en cuanto llegó a la conclusión lógica de su razonamiento—. ¡Ay, Dios! ¿Qué he hecho? —Se detuvo de golpe y Leena chocó contra ella.

Cuando por fin lograron desenredar sus respectivos velos, Dafne dijo:

—Debemos enviar un mensaje al señor Salt declinando los servicios del señor Carsington.

—Pero lo ha comprado —le recordó Leena.

—No pensaba con claridad —se defendió—. El sitio apestaba y las ratas eran de lo más osadas. Además, ese jeque analfabeto estaba intentando asustarme... y el señor Carsington se comportaba de un modo en exceso provocador con todo eso del «papel de arroz» y los «chismes». De no haberme sentido tan acorralada, me habría dado cuenta de que ningún hombre podría ser más inadecuado para mis planes que ese. Estoy segura de que tendremos que vérnoslas con más de un malhechor. La tarea requiere una mente fría y calculadora. Lo que necesito es otro Belzoni: un hombre que sepa cuándo emplear la persuasión, e incluso la astucia, y cuándo emplear la fuerza.

—Al llegar, mientras el señor Beechey la acompañaba para hablar con el jeque, escuché a los guardias hablar —dijo Leena—. Estaban diciendo que no había hombre que pudiera contener al inglés. Que es rápido, astuto y nunca tiene miedo. Por eso lo encadenaron en la mazmorra más profunda de El Cairo.

—Todo individuo incapaz de sentir miedo o bien está loco o bien es un estúpido —concluyó Dafne.

Leena hizo un gesto en dirección a su cabeza.

—Usted tiene ahí lo suficiente para diez hombres. No necesita un hombre con un gran cerebro. Necesita un hombre de músculos grandes y enorme valor.

Dafne no sabía si el señor Carsington tenía músculos grandes o no. Lo único que había visto era su enorme y oscura silueta. Sin embargo, no había nada siniestro en él. Había sido muy consciente de su presencia mientras negociaba con el jeque. Había escuchado esa voz profunda en segundo plano... un sonido ronco teñido de una nota jocosa, si bien carecía de motivos para reírse. Había oído los ruidos que hacían las ratas. Había olido la suciedad. Y conocía la ralea de sus captores.

Mientras discutía con el jeque, su mente había vuelto una y otra vez al prisionero. Llevaba veinticuatro horas en ese lugar, a oscuras, tanto literal como figurativamente. El hombre no tenía ni idea de lo que le aguardaba; no sabía si sus captores iban a darle de latigazos, a torturarlo o a mutilarlo; no sabía si sus amigos lo encontrarían alguna vez o si moriría allí solo.

Tal vez Miles estuviera en el mismo aprieto.

Se le hizo un nudo en la boca del estómago.

—Me siento sucia —dijo—. Necesito un baño. Dispondremos de mucho tiempo. Pasarán siglos antes de que el señor Beechey y el jeque completen todos los procedimientos burocráticos.

Los baños eran un pecaminoso lujo que Dafne había descubierto al poco de su llegada a la ciudad. Las estancias alicatadas de los baños femeninos la aislaban del resto del mundo y de sus problemas. Allí solo tenía que disfrutar de los cuidados y escuchar las risas y los cotilleos de las demás mujeres.

El baño obró su magia pese a los horribles sucesos del día. Salió de allí con las ideas más claras y el ánimo más relajado. Era muy capaz de idear un plan para encontrar a Miles, se dijo mientras se montaba en su burro. Lo único que necesitaba era un hombre que llevara a cabo lo que ella no podía hacer. Siendo así, cuanto más grande, mejor, tal y como Leena había sugerido; y el señor Carsington le sacaba una cabeza a la mayoría de los hombres de la ciudad. Debía de ser fuerte si había logrado sobrevivir a un encuentro con los brutales soldados de Mohamed Alí. Lo único que el señor Carsington necesitaba era un cerebro... y ella podía proporcionárselo.

Tras permitir que los arrieros sujetaran las bestias y se abrieran paso por las atestadas calles, Dafne y Leena emprendieron el conocido y rápido viaje —eludiendo camellos, caballos, mercaderes ambulantes y mendigos— hacia la casa emplazada en al-Asbakiya.

Desmontaron al llegar a las puertas. Dafne dejó que Leena se encargara de pagar a los muchachos y se adentró en el umbrío corredor que rodeaba el patio. Se encontraba cerca de las escaleras cuando una alta silueta emergió de entre las sombras y una voz grave, que reconoció al instante, le preguntó:

—¿Veinte libras?

Dafne se detuvo de golpe y sintió que su corazón, que también se había detenido, volvía a latir de nuevo, aunque con un ritmo mucho más errático.

El lugar estaba protegido de la luz del sol, pero la oscuridad no era tan impenetrable como en la mazmorra de la Ciudadela.

En ese momento podía verlo con claridad, incluso a través del velo de viuda que llevaba. Tal y como le había parecido en la prisión, era un hombre alto y de hombros amplios. Lo que no había podido distinguir hasta ese momento era la apostura de su rostro. Sus cejas eran negras y se arqueaban sobre unos risueños ojos oscuros que la contemplaban desde lo alto de una nariz larga e insolente. La risa bailoteaba en las comisuras de unos labios demasiado sensuales.

Se sintió asaltada por sucesivas oleadas de calor que no solo redujeron a cenizas la serenidad que tanto le había costado conseguir, sino también su confianza, dejándola por un breve instante sumida en la timidez, como la desmañada colegiala que fuera en su día.

Sin embargo, jamás se había mostrado todo lo recatada que debiera, como Virgil se había encargado de recordarle en numerosas ocasiones. Y tampoco en ese momento mostró timidez alguna a la hora de fijarse en todo lo demás: la exquisita confección de la chaqueta, el chaleco y los pantalones que llevaba; lo inmaculadas que estaban la camisa y la corbata. Esa rápida inspección visual fue suficiente para grabar a fuego en su mente la imagen del poderoso y atlético cuerpo que quedaba resaltado gracias a la línea entallada del traje.

Se le secó la boca, se le nubló el juicio y por un instante no fue capaz de encontrarle el sentido a nada. Sin embargo, fue algo fugaz. En cuanto se le despejó la mente y su lengua recobró el funcionamiento, dijo:

—Señor Carsington.

—Veinte libras —repitió el hombre—. Tres piastras de plata. Consiguió que el jeque Comosellame rebajara hasta esa cantidad con el regateo. Según he podido descubrir en los baños, ese es el precio normal de un eunuco.

—De los eunucos más costosos, sí —admitió Dafne antes de añadir con presteza—: No esperaba verlo tan pronto. Ha tenido incluso tiempo para bañarse. Milagroso. —Su mente conjuró la imagen del señor Carsington ataviado tan solo con una *mahsam*, una toalla turca, en torno a la cintura.

Puso freno a su mente. No debería haber fumado en los baños, ni siquiera por educación. Dejaba un horrible sabor de boca y provocaba un espantoso mareo. No debería haberle prestado atención a la obscena conversación de las mujeres. Le había llenado la cabeza, ya aturdida por el humo, de todo tipo de ideas escandalosas.

Por regla general no se fijaba en los hombres salvo para sortear los obstáculos que estos le colocaban en el camino; algo que, según su experiencia personal, parecía ser el objetivo de sus vidas.

Pasó al lado del señor Carsington y se dispuso a subir las escaleras al tiempo que comenzaba a hablar con rapidez.

—Es sorprendente, ¿verdad, Leena? Los turcos suelen tardar horas y horas para llegar al más nimio de los acuerdos. Daba por hecho que no podríamos ponernos en marcha hasta mañana.

—No me cabe la menor duda de que el jeque habría deseado eternizar las negociaciones siguiendo las parsimoniosas costumbres del lugar —dijo el señor Carsington—, pero usted lo dejó agotado.

—La prisión era asquerosa —intervino Leena, que ascendía la escalera detrás de ella—. Tuvimos que ir a los baños para librarnos del hedor. Fumamos, charlamos con las demás mujeres, aprendimos unos cuantos chistes verdes y ahora ya no tenemos náuseas ni estamos desquiciadas.

—¿Han fumado? —preguntó—. ¿Chistes verdes? Excelente. Sabía que esto iba a ser más interesante que buscar piedras.

Rupert siguió con la mirada a la señora Pembroke mientras esta subía la escalera y desaparecía por la puerta en medio de un iracundo frufrú de seda negra. Había dejado plantado al jeque de una forma casi igual de encantadora.

Puesto que la encontraba divertida, a Rupert le encantó descubrir —poco después de que la mujer se marchara del calabozo— que no pertenecía, como había supuesto en un principio, a la generación de Trifena; o lo que era lo mismo: que no era tan vieja como para ser su madre.

Beechey le había dicho que Miles Archdale, el hermano desaparecido, era un erudito en antigüedades de poco más de treinta años y que su hermana era una viuda unos años más joven.

También había descubierto que la peste, que lo había mantenido inmovilizado en Alejandría durante semanas, había dejado a los hermanos varados en El Cairo. Hacía pocos días que habían decretado el fin de la cuarentena. De otro modo, el señor Archdale y su hermana estarían en Tebas a esas alturas. Según el secretario, Archdale estaba ansioso por poner a prueba sus teorías lingüísticas en los templos y en las tumbas del Alto Egipto.

Beechey también le había dicho que el hermano reaparecería tarde o temprano, en espantosas condiciones después de la juerga. No podía decírselo a la hermana, desde luego, pero el cónsul general estaba seguro de que Ahmad, el sirviente, había mentido.

El Cairo ofrecía entretenimiento para todos los gustos y los hombres «desaparecían» durante días en los burdeles y en los fumaderos de opio. Había muchas posibilidades de que Archdale estuviera todavía de jarana en uno de esos lugares. Y sin duda su criado había fumado demasiado hachís y había acabado molestando a alguien que le había correspondido con una buena tunda.

Rupert no tenía la más mínima intención de informar de eso a la señora Pembroke. Estaba allí para seguirle la corriente.

—Podría preguntar en las prisiones militares y demás —le había dicho Beechey—. Yo le aconsejaría que interrogara al sirviente en privado. Tanto si encuentra a Archdale como si este aparece por voluntad propia, que es lo más lógico, cuéntenle a la hermana la versión que el hombre prefiera. Debo hacer especial hincapié en lo importante que es para nosotros conservar una buena relación con ellos. Los Archdale están en posición de contribuir en gran medida a nuestros esfuerzos en este país, tanto en el ámbito académico como en el financiero. El señor Salt confía en que usted mostrará la mayor discreción, diplomacia y delicadeza.

A lo que Rupert había asentido juiciosamente mientras se preguntaba si Beechey, al igual que el sirviente de Archdale, se habría excedido con el consumo de hachís en los últimos tiempos.

Cualquier persona en su sano juicio se habría dado cuenta de que Rupert Carsington era el hombre menos indicado para cualquier tarea que requiriera discreción, diplomacia y delicadeza. Él mismo podría haberlo corroborado, y lo habría hecho de encontrarse en circunstancias normales. Sin embargo, le gustaba el modo en el que la señora Pembroke tironeaba de sus faldas cuando se enfadaba y quería saber qué aspecto tenía. Por eso, y sin que sirviera de precedente, se había mordido la lengua y había intentado mostrarse discreto y diplomático.

Aunque sabía que no sería capaz de mantener el engaño por mucho tiempo.

Siguió a la criada escaleras arriba y entró tras ella en la casa. Recorrieron una serie de zigzagueantes vestíbulos y pasillos —subiendo o bajando escalones para pasar de uno a otro— y llegaron por fin a una estancia muy amplia.

En uno de los extremos había una zona elevada cuyo suelo estaba cubierto por alfombras turcas. Una banqueta baja con multitud de cojines recorría los tres muros restantes de la pieza. Una amplia mesa de patas cortas, atestada de libros y papeles, ocupaba la mayor parte del espacio central. En una de las paredes laterales había una estantería con una numerosa colección de estatuillas de madera.

La viuda miró la mesa y se dejó caer de rodillas para comenzar a revisar los montones de libros y papeles.

—¿Señora? —dijo Leena.

—Yo no lo dejé así —contestó la señora Pembroke.

—¿Cómo puede estar tan segura? —inquirió Rupert.

—Estaba trabajando en el nuevo papiro —respondió—. Siempre ordeno el material de cierta manera. El papiro a la derecha, a modo de referencia. La copia en el centro. La tablilla con los símbolos debajo. La inscripción de la Piedra de Rosetta aquí. El diccionario de copto a su lado. Las notas de gramática aquí. Hay un orden. Tiene que haberlo. Para conseguir buenos resultados se debe trabajar de modo sistemático. —Su voz adquirió un tono más agudo—. El papiro y la copia han desaparecido. Todo el trabajo... todos los días que me llevó desenrollarlo... todo el cuidado que puse en hacer una copia perfecta... —Se levantó algo tambaleante—. ¿Dónde están los criados? ¿Y Ahmad? ¿Se encuentra bien?

—Ve a buscar a los criados —ordenó Rupert a Leena. A la señora Pembroke le dijo—: Cálmese. Cuente hasta diez.

Ella lo miró; o al menos su cabeza pareció girar hacia el lugar donde él se encontraba.

—¿Nunca se quita esa cosa? —preguntó él con impaciencia—. Debió de ser admirable, el difunto me refiero, para merecer semejante aflicción. —Hizo un gesto que englobaba tanto el velo como las vestiduras de seda negra—. Ahí debajo debe de hacer el mismo calor que en el Hades. No me extraña que esté alterada.

La dama continuó mirando en su dirección durante un momento antes de apartarse el velo de la cara con brusquedad.

Y Rupert tuvo la sensación de que alguien acababa de asestarle un certero golpe en la cabeza con un grueso bastón turco.

—Bien —dijo cuando fue capaz de reunir el aire suficiente como para volver a hablar—. Bien. —Y se le ocurrió que tal vez hubiera sido mejor llegar a ese punto de un modo más gradual.

Vio unos ojos muy verdes rodeados por unas profundas ojeras y situados sobre unos pómulos aristocráticos, y un rostro de piel tersa con forma de corazón, enmarcado por un cabello sedoso de un intenso tono rojo. No podía decirse que fuera guapa. Guapa resultaba un término demasiado vulgar. Tampoco era hermosa, al menos no según los cánones ingleses. Su belleza trascendía todos los cánones establecidos.

Trifena poseía numerosos volúmenes sobre Egipto, incluyendo todas las ediciones de la *Description de l'Égypte* que los franceses habían publicado hasta ese momento. Rupert había visto ese rostro en la ilustración a color de alguna tumba o de algún templo. Lo recordaba con total claridad: una mujer pelirroja desnuda, salvo por el collar de oro que llevaba al cuello, y con los brazos alzados hacia el cielo.

Lo de la desnudez estaría muy bien. Sus avezados ojos le dijeron que la figura de la dama mortal podría ser tan extraordinaria como su rostro.

Al igual que lo haría una diosa temperamental, se arrancó de un tirón el tétrico tocado y lo arrojó al suelo.

Leena regresó a la carrera.

—¡Han desaparecido! —gritó—. ¡Todos ellos!

—¿En serio? —preguntó Rupert—. Qué interesante...

Se giró hacia la viuda. Su rostro estaba tan blanco como la tiza. Maldita fuera su suerte, ¿acaso iba a desmayarse? La única costumbre femenina que temía y odiaba más que las lágrimas eran los desmayos.

—Todos creíamos que su hermano estaría perdido en un burdel —afirmó—, pero estas noticias me hacen pensar que quizá no sea así.

El rubor cubrió la pálida tez de la señora Pembroke y sus ojos verdes resplandecieron.

—¿Un burdel?

—Una casa de mala reputación —le explicó—. Donde los hombres pagan a las mujeres para que hagan lo que la mayoría no suele hacer hasta estar casadas y a menudo ni siquiera entonces.

—Ya sé lo que es un burdel —replicó ella.

—Al parecer, los burdeles de El Cairo dejan a los de París a la altura de una escuela cuáquera —prosiguió—. Y no es que yo lo haya comprobado en persona. A decir verdad, mis recuerdos de París son cuando menos... borrosos.

La viuda entrecerró los ojos.

—Lo que usted recuerde o deje de recordar de París no tiene la menor importancia en estos momentos —le dijo.

—Solo me limitaba a señalar la enorme tentación que suponen esos lugares —explicó Rupert—. Solo alguien tan santo como uno de mis hermanos podría resistirse. Así que, puesto que no sé hasta qué punto practica su hermano la santidad, es natural que...

—Usted y sus colaboradores asumieran sin más que Miles estaba de jarana con prostitutas y bailarinas.

—Y que supusiéramos que con el hachís, el opio y todo lo demás, había perdido la noción del tiempo por completo.

—Entiendo —replicó ella—. Y por ese motivo se le asignó a usted la tarea de seguirme la corriente hasta que Miles regresara por su propio pie o alguien lo trajera a casa.

—Sí, esas eran mis órdenes —admitió Rupert—. Parecía una cuestión bastante sencilla. Si un hermano desaparece, podemos achacarlo a las mujeres y a las drogas. Pero ahora hemos perdido un papiro, por no mencionar a los criados. El asunto se complica.

—No entiendo cómo pudieron entrar los malhechores —intervino Leena—. El portero, Wadid, estaba en su puesto cuando llegamos. No mencionó que hubiera habido un altercado.

—¿Ese tipo que estaba sentado en el banco de piedra que hay cerca de la puerta? —quiso saber Rupert—. Parecía estar rezando. Desde luego a mí no me prestó ninguna atención.

La señora y la criada intercambiaron una mirada.

—Iré a ver a Wadid —decidió Leena.

Y salió.

La viuda le dio la espalda y volvió a observar la mesa desvalijada. Se arrodilló y movió un libro hacia la izquierda. Sacudió la arena que había caído sobre un papel antes de colocarlo bajo el libro. Recogió los lápices que habían caído al suelo y volvió a dejarlos en su lugar, junto al tintero. El brillo furioso había desaparecido de sus ojos y el rubor se había desvanecido, de modo que su rostro parecía mortalmente pálido y las oscuras ojeras destacaban todavía más.

Rupert no estaba seguro del motivo que llevó el recuerdo a su mente, pero de súbito se encontró rememorando con todo detalle un momento muy lejano en el tiempo: el día que su primita María lloró por las muñecas que sus hermanos y él habían utilizado como dianas.

Él no tenía hermanas y no estaba acostumbrado al llanto de las niñas, por lo que la situación lo puso frenético. Cuando se ofreció a volver a pegar con cola las mutiladas partes de las muñecas, la pequeña María le atizó con uno de los cadáveres más voluminosos y acabó con un ojo morado. ¡Menudo alivio! Prefería con mucho un castigo físico a lo otro: ese horrible despliegue emocional.

Las sombras oscuras que había bajo los ojos de la señora Pembroke y la palidez de su rostro lo estaban afectando en la misma medida que lo hicieran las lágrimas de su prima. Sin embargo, en esa ocasión no había roto ninguna muñeca. No le había hecho daño al hermano de la dama; de hecho, ni siquiera estaba seguro de haber visto al tipo alguna vez. Y desde luego no le había puesto un dedo encima a su preciado papiro. No había motivos para que se sintiera... mal.

Tal vez le hubiera sentado mal la comida. La bazofia de la prisión. O tal vez tuviera la peste.

—¿Está segura de que esa cosa ha desaparecido? —preguntó con tono jovial—. ¿No la habrá puesto en otro lugar o mezclado con otros papeles?

—Es imposible confundir un antiguo papiro con un fajo de papeles normales y corrientes —contestó ella.

—Bueno, pues que me cuelguen si entiendo por qué iba alguien a tomarse tantas molestias por un papiro —replicó—. De camino hacia aquí me han acosado al menos seis mercaderes egipcios que intentaban convencerme para que comprara esos chismes agitándolos delante de mi cara. No se puede pasar por una cafetería sin que salga un tipo con una sonrisa de oreja a oreja para vender un puñado de papiros... por no mencionar a sus hermanas, sus hijas y unas cuantas esposas. Vírgenes, todas ellas, certificado y garantizado.

La señora Pembroke se sentó sobre los talones y alzó la mirada hacia él.

—Señor Carsington —comenzó—, creo que ya va siendo hora de que dejemos claro un asunto de vital importancia.

—No es que a mí me interesen. Ni siquiera me interesarían si lo fuesen de verdad —continuó Rupert—. Nunca he comprendido el alboroto que suscitan las vírgenes. En mi opinión, una mujer experimentada...

—Nadie ha solicitado su opinión, señor Carsington —lo interrumpió ella—. No es necesario que usted comprenda esto o lo otro. No está aquí para pensar. Está aquí para poner los músculos en este acuerdo. Yo pongo el cerebro. ¿Ha quedado claro?

Estaba claro que irritarla era un modo excelente de evitar que llorara. La luz había vuelto a sus ojos y su semblante ya no estaba tan tenso ni tan pálido como antes, si bien no había acabado de recuperar el color.

—Claro como el agua —contestó.

—Bien. —La viuda le señaló el diván situado frente a ella—. Haga el favor de sentarse. Tengo mucho que decirle y me cansa tener que echar la cabeza hacia atrás para mirarlo. No es necesario que se quite los zapatos. Las costumbres orientales son engorrosas cuando se viste a la europea. Y tampoco acabo de entender por qué la gente se molesta en quitarse los zapatos antes de pisar una alfombra cuando la arena no encuentra impedimento alguno para cubrir no solo las alfombras, sino también las esterillas, los divanes y todo lo demás sin ninguna ayuda por nuestra parte.

Rupert tomó asiento en el lugar indicado, golpeó un cojín hasta dejarlo mullido y se recostó sobre él. Mientras la mujer se sentaba, se percató de que ella sí se había quitado los zapatos. Alcanzó a ver parte de unos pies esbeltos cubiertos por medias antes de que la señora Pembroke doblara las piernas y se sentara sobre ellas.

Dudaba de que lo hubiera hecho a propósito. No era de ese tipo de mujer. Sin embargo, esos pies casi desnudos suponían una tentación considerable y Rupert experimentó el habitual ardor en la parte inferior de su cuerpo.

La dama abrió la boca para comenzar con el sermón, o lo que tuviera en mente, y él estaba tratando de imaginarse cómo sería la vista desde esos tobillos hacia arriba cuando Leena entró en tromba en la estancia. Arrastraba tras ella al alegre tipo al que había saludado en el patio poco tiempo antes.

—¡Drogado! —gritó la criada—. ¡Mírelo!

Todos miraron a Wadid. El hombre sonrió e hizo la reverencia de rigor, tocándose la frente con la mano.

—Lleva todo el día fumando hachís (o tal vez sea opio) mezclado con su tabaco —explicó Leena—. No sabría decirle qué es, porque han puesto un perfume para disimular el olor. Pero cualquiera puede ver que Wadid está en el paraíso y ve a todo el mundo con buenos ojos. No va a decirnos nada.

Rupert se puso en pie y se colocó a menos de un palmo del rostro del portero. Acto seguido, lo miró con los ojos entrecerrados. Wadid sonrió, asintió y dijo algo con un extraño sonsonete.

Rupert lo cogió por los brazos, lo alzó del suelo y lo sostuvo en alto durante un instante. El hombre abrió los ojos de par en par. Rupert lo zarandeó antes de dejarlo de nuevo en el suelo.

Wadid lo miró sin pestañear mientras abría y cerraba la boca.

—Dile que la próxima vez que lo levante lo tiraré por la ventana —le dijo a la criada—. Dile que si no quiere comprobar su capacidad para volar, le recomiendo que responda a unas cuantas preguntas.

Leena tradujo con rapidez. Wadid farfulló una respuesta sin dejar de lanzar temerosas miradas en dirección a Rupert.

—Dice que muchas gracias, bondadoso señor —tradujo la criada—. Su cabeza ya está mucho más despejada.

—Me lo imaginaba —replicó Rupert antes de mirar a la señora Pembroke con expresión interrogante.

Los impresionantes ojos de la dama también estaban abiertos de par en par y sus labios, que poco antes habían esbozado un rictus tenso y reprobatorio, dibujaban una expresión de perfecto asombro. La expresión remilgada había actuado, al parecer, como una especie de corsé. Una vez liberados, sus labios parecían suaves y generosos.

Rupert deseó poder alzarla también y acercar ese sorprendente rostro al suyo para comprobar la suavidad de esos labios...

Pero no era tan estúpido.

—Me dio la impresión de que deseaba usted interrogarlo —le dijo.

La señora Pembroke parpadeó y tras girarse hacia Wadid soltó un torrente de palabras en lengua extranjera. El criado contestó despacio y con titubeos.

Mientras continuaban con el interrogatorio, Rupert se marchó en busca de café.

Tras unos cuantos giros erróneos en el laberinto, encontró la escalera y llegó a la planta baja y a la zona dedicada a la cocina.

Todo indicaba que sus ocupantes habían abandonado el lugar con muchas prisas. Vio restos de una comida a medio hacer. Un cuenco de garbanzos a medio triturar. Utensilios de madera en el suelo. Una bola de harina sobre la piedra de amasar. Una olla sobre el fuego.

Descubrió el lugar donde guardaban el servicio de café con sus diminutas tazas sin asa, pero no encontró ni rastro del café.

Entró en una reducida estancia adyacente que parecía una especie de despensa. Comenzó a destapar jarras. Fue entonces cuando se percató de un leve ruido. Algo se movía. ¿Ratas?

Desvió la vista hacia el ruido. En un rincón oscuro había unas cuantas orzas de barro de gran tamaño. Vio un trozo de tela azul.

Al instante cruzó la distancia que lo separaba del lugar. El furtivo mirón intentó pasar a su lado a la carrera, pero él lo agarró por la parte posterior de la camisa.

—¡Vaya! No tan deprisa, amigo mío —le dijo—. Antes vamos a tener una charla amistosa, ¿te parece bien?

3

Aunque nadie lo habría adivinado por su expresión, que parecía tan serena como de costumbre, Dafne tardó bastante más que Wadid en recuperarse de la demostración de fuerza bruta del señor Carsington.

Por un instante se había sentido como uno de los personajes de *Las mil y una noches* que, de forma inadvertida, hubiera dejado escapar a un genio de una botella. Un genio enorme, poderoso e incontrolable.

Intentó concentrarse en las pocas pistas que tenía, pero su mente no estaba por la labor. Lo único que conseguía era rememorar, y con demasiada claridad, la expresión que había aparecido en el rostro del señor Carsington cuando ella se alzó el velo.

No encontraba un nombre para esa expresión. Era un hombre que no encajaba en los estrechos confines de su experiencia. Tampoco podía ponerle nombre a lo que ella misma sentía: un salvaje martilleo en su interior y una vorágine de pensamientos que le impedía comprender ni uno solo de ellos. Lo único que reconocía era la absoluta certeza de que el mundo se había convertido en un lugar salvaje, impredecible e inidentificable y la sensación de que algo peligroso había sido liberado.

Era del todo irracional, y lo sabía.

Sin embargo, estaba demasiado soliviantada como para pensar con claridad; Miles había desaparecido, el papiro había sido robado, la casa estaba abandonada y el portero drogado.

Cuando su mente funcionaba con normalidad, no creía en genios, ya fueran buenos o malos.

Se obligó a examinar la situación con lógica.

El señor Carsington no era más que un inglés con una altura superior a la media, pero dentro de los límites de la normalidad, se recordó. Parecía más alto que una montaña porque: *a*) la altura media de turcos y egipcios era varios centímetros inferior y *b*) tenía una musculatura que por regla general se asociaba con ciertos miembros de las clases trabajadoras, como los herreros o, tal vez, los boxeadores; aunque de esto último no estaba muy segura, ya que jamás había visto a un boxeador de carne y hueso.

Además, el despliegue de fuerza bruta demostraba lo bien que encajaba el señor Carsington en sus planes. Con él a su lado nadie se atrevería a intimidarla, a interponerse en su camino o a negarse a cooperar.

No cabía duda de que el hombre era un zoquete, pero eso también podía jugar a su favor. No sería capaz de confundirla ni de atemorizarla, tal y como lo hiciera su erudito esposo en tantas ocasiones y con tanta facilidad. El señor Carsington no asumiría, al igual que Miles, que era demasiado intelectual e idealista como para entender la dura realidad cotidiana.

En resumen, considerando las cosas desde la calma y la racionalidad, el señor Carsington era perfecto.

Una vez que su mente recuperó la compostura, Dafne se concentró en Wadid.

El criado estaba más que dispuesto a hablar. El problema era que no sabía nada.

No sabía qué repartidor le había llevado el tabaco adulterado. ¿Cómo iba a saberlo? El Cairo estaba lleno de chicos como ese, adujo. Se escapaban. Morían de peste. Encontraban trabajo en otro sitio. ¿Quién iba a seguirles la pista? No tenía la menor idea de cuál era la procedencia del tabaco adulterado; aunque tenía claro que no procedía de su proveedor habitual, una de las tiendas más respetables de toda la ciudad.

En cuanto a la identidad de quienes habían invadido la casa

y habían logrado espantar al resto de la servidumbre, tampoco sabía nada. Había estado inmerso en un sueño muy hermoso, dijo. La gente entraba y salía. Si en su sueño o en la realidad, no habría sabido decirlo, afirmó.

Al enterarse de que alguien había robado el precioso papiro de su señor, se echó a llorar y se atribuyó toda la culpa. Esperaba que el señor volviera pronto y lo mandara azotar, afirmó.

Pero por favor, suplicó, ¿podría la bondadosa señora decirle a su gigante que no lo desmembrara? Todos sabían que la señora era amable y benevolente. ¿Acaso no había devuelto a Ahmad a la vida? Los hombres lo habían llevado sin un soplo de vida en el cuerpo. Y después la señora le había dado su brebaje mágico y, ¡por Alá!, Ahmad volvió a respirar.

En realidad, Ahmad aún respiraba cuando lo llevaron a la casa y el «brebaje mágico» era té procedente de la preciada reserva de Dafne; el remedio universal para cualquier dolencia, ya fuera física, emocional o moral. Aunque una vez que empezó a hablar, Wadid no parecía tener intención de detenerse. Dafne dejó que el criado prosiguiera con su monólogo mientras se preguntaba qué habría sido de su «gigante».

Llevaba fuera bastante tiempo.

Sin duda habría regresado al consulado, pensó amargamente. Y ¿quién podría culparlo?

Ella tenía una mente masculina atrapada en un cuerpo de mujer. Las artimañas femeninas le resultaban mucho más misteriosas que la escritura egipcia. Al menos albergaba una esperanza razonable de poder descifrar esta última. No obstante, en lo referente a la feminidad, era un caso perdido. Los esfuerzos de Virgil para hacerla cambiar solo habían conseguido enfurecerla... igual que si fuera un hombre.

Si conociera esas misteriosas artes, si hubiera coqueteado con el señor Salt, tal vez este no habría descartado sus preocupaciones con tanta rapidez ni le habría endosado a su imbécil, aunque aristocrático, asistente.

Con el señor Carsington se había comportado peor si cabía. Una mujer como Dios mandaba habría hecho gala de mucha más diplomacia. Hasta las bestias sin seso tenían sentimientos y los hombres podían ser muy susceptibles en lo tocante a las cosas más extrañas.

Se puso en pie. Tendría que encontrarlo. Si era necesario, regresaría al consulado y le pediría disculpas.

—Seguiremos hablando más tarde, Wadid —dijo—. Vuelve a tu puesto. Tal vez puedas recordar algo más una vez que te sientes y te relajes. —Atravesó la estancia con presteza y salió por la puerta por la que había desaparecido el señor Carsington.

—¿Señora? —la llamó Leena a su espalda.

Dafne giró la cabeza para contestar... y se dio de bruces con un objeto grande, duro y cálido. Muy grande. Muy duro. Muy cálido. La sensación física aniquiló cualquier tipo de pensamiento mientras trastabillaba por la pérdida de equilibrio.

Una mano enorme se cerró en torno a su brazo para sostenerla.

—Está hecha todo un derviche, siempre de aquí para allá —dijo el señor Carsington—. Haga el favor de tener en cuenta el calor que hace y la posibilidad de contraer una fiebre cerebral. —Le soltó el brazo.

No obstante, la calidez del contacto perduró y Dafne siguió sintiendo la impronta de esos dedos largos y fuertes sobre su piel.

Retrocedió un paso.

—Iba en su busca —replicó casi sin aliento, como si acabara de subir a una pirámide para encontrarlo—. Pensé que se había... perdido.

—Qué va, yo nunca me pierdo —le aseguró él—. Al menos no durante mucho rato. Solo fui a buscar café. El café turco es un brebaje maravilloso y pensé que a todos nos vendría bien un estimulante.

—Café —repitió como una estúpida.

—Sí. Y mire lo que he encontrado. —Se hizo a un lado. Tras él se hallaba un criado de doce años llamado Udail con el servicio de café—. Una suerte que yo caminara delante, ¿verdad, Tom? De otro modo la señora te habría pasado por encima.

—Se llama Udail —lo corrigió ella.

—Tom —insistió el muchacho, mirando al señor Carsington con adoración—. *Ismi* Tom.

«Me llamo Tom.»

En cuestión de minutos el hombre había intimidado a un criado lo bastante como para conseguir que obedeciera y había logrado que otro lo idolatrara.

Y ella tenía la cabeza hecha un lío.

Dafne no creía en genios. Sin embargo, en esos momentos estaba convencida de que su viajecito a la mazmorra de la Ciudadela había liberado a una peligrosa fuerza.

Aparte de ser suaves y generosos, sus labios —según pudo comprobar Rupert— también eran capaces de una gran variedad de movimientos; podían esbozar un airado y amenazador rictus en un momento y al siguiente se curvaban en un adorable mohín de desconcierto. Observó cómo pasaban del desconcierto a la ira a medida que se recuperaba de su agradable colisión.

Él lo había visto venir. Pero no había visto motivo alguno para evitarlo. Todo lo contrario.

El adusto semblante de la dama no le preocupaba en lo más mínimo, como tampoco lo hizo la orden de que no rebautizara a sus criados.

—¿Le gustaría —quiso saber la señora Pembroke— que yo cambiara su nombre por Omar o Mohamed?

—¿A modo de apodo cariñoso, quiere decir? —preguntó él a su vez—. No pondría objeción alguna.

Tras un obvio intento por apaciguar su temperamento, la dama replicó:

—Lo que usted objete o deje de objetar no viene al caso. El muchacho es egipcio, no inglés.

—A Tom no le importa —afirmó Rupert—. De cualquier modo, no pude averiguar qué parte de toda la perorata que me soltó era su nombre.

—Probablemente estuviera intentando explicarle lo sucedido —le dijo ella—. No tengo la menor idea de lo que hizo usted durante el trayecto hasta Egipto o durante su estancia en Alejandría, pero está claro que no pasó ni un solo minuto de su tiempo aprendiendo el idioma.

Se giró con brusquedad y volvió a entrar en la habitación de la que acababa de salir, la versión cairota de un salón o salita de estar, pero con su correspondiente e impronunciable nombre.

—Creí que usted se encargaba del ejercicio mental y yo del trabajo físico —replicó—. No creo que esperase que interrogara al muchacho, ¿verdad? Ya las pasé canutas intentando que comprendiera que quería café.

Entraron en la amplia estancia. Wadid se había marchado. Leena en cambio seguía allí. Una vez que Tom dejó la bandeja con el servicio de café (sobre los valiosos papeles de la señora Pembroke), la criada agarró al muchacho por los hombros, lo zarandeó y acto seguido lo abrazó, todo ello sin dejar de parlotear como un loro.

En cuanto Tom hubo recobrado el aliento después de estar a punto de morir asfixiado contra el generoso busto de Leena, se embarcó en un largo discurso.

Varias diminutas tazas de café más tarde, la señora Pembroke le ofreció la versión inglesa resumida. Al parecer, unas personas que se identificaron como policías habían entrado en la casa aduciendo que tenían órdenes de registrarla. Cuando Ahmad escuchó sus voces, salió corriendo.

En cuanto la dama llegó a ese punto de la narración, Tom atrajo la atención de Rupert diciendo «Ahmad» y algo más mientras realizaba una cómica imitación de un cojo.

La adusta mirada de la señora Pembroke puso fin a la interpretación.

Puesto que Ahmad huyó, prosiguió la viuda, el resto de la servidumbre lo imitó. Tom, que acababa de regresar a escondidas a la casa cuando Rupert entró en la cocina, se había agazapado en el primer escondite que encontró.

La señora Pembroke dejó su taza en la bandeja.

—Ya que es obvio que no vamos a descubrir nada de los otros

criados, no veo razón alguna para aguardar su regreso —concluyó—. La única línea de acción lógica es seguir los pasos de mi hermano.

—Antes deberíamos inspeccionar las prisiones militares —le aconsejó Rupert tras recordar la advertencia de Beechey.

—Miles no está en ninguna prisión. —En un arranque de impaciencia, la dama se levantó rápidamente del diván en medio del frufrú de la seda—. Si los hombres que vinieron son policías, yo soy monja. Y mi hermano no está ni en un burdel ni en un fumadero de opio, así que ya puede abandonar toda esperanza de visitar cualquiera de esos establecimientos. Debemos hablar con aquellas personas a las que Miles frecuentaba en los últimos tiempos. Comenzaremos con su amigo lord Noxley.

—Granate —dijo Rupert mientras la señora Pembroke cogía su sombrero y su velo.

La mujer se dio la vuelta para mirarlo con evidente cautela.

—¿Cómo dice?

—Granate. Si alguien me preguntara de qué color es su pelo, diría que granate.

La dama se colocó el sombrero.

—¿Ha escuchado algo de lo que he dicho?

—Mi mente estaba deambulando —contestó él—. Es alta para ser mujer, ¿verdad? —Más o menos un metro sesenta y cinco centímetros según sus cálculos.

—No entiendo qué importancia tienen ni el color de mi pelo ni mi altura —replicó.

—Eso es porque usted no es un hombre —explicó Rupert.

En absoluto. El vestido parecía diseñado para camuflar sus encantos en lugar de resaltarlos. Pero la dama no podía disimular su forma de andar. Caminaba como una reina o una diosa, con la barbilla alzada y la espalda recta. No obstante, el arrogante bamboleo de sus caderas sugería una reina como Cleopatra o una diosa como Afrodita. Su forma de andar era una invitación. Su atuendo, una señal de «Manténganse alejados». La combinación resultaba fascinante.

—Por si no lo sabe —continuó—, esos detalles son de suma importancia para un hombre.

—Sí, claro, por supuesto —replicó la dama—. La apariencia física de una mujer es algo de vital importancia. En cambio, su inteligencia no lo es en absoluto.

—Eso depende —replicó él—, de para qué la utilice.

Dafne encontraba muy difícil utilizar su inteligencia cuando el señor Carsington se encontraba en las proximidades.

Por regla general se le daba muy bien desvelar incógnitas. Sin embargo, la única explicación que tenía para los recientes acontecimientos era ridícula y no se le ocurría nada más.

No solía distraerse con facilidad. Se necesitaba una tremenda capacidad de concentración, por no mencionar un temperamento obstinado y tenaz, para lidiar con la antigua escritura egipcia.

Ni siquiera un terremoto o una andanada de artillería habrían roto su concentración.

Pero no ocurría lo mismo con el señor Carsington.

Se había percatado de la expresión absorta que había aparecido en el rostro del hombre mientras calculaba su altura y decidía de qué color era su pelo.

En ese momento, mientras enviaba a Udail en busca de los arrieros, era muy consciente de que la atención del señor Carsington había abandonado su persona para concentrarse en la mesa donde descansaba su material de trabajo.

Recordó entonces la desconcertada reacción que el desorden de sus cosas le había provocado. ¿Qué había dicho? ¿Habría traicionado su secreto? No, era imposible. A esas alturas el engaño ya formaba parte de ella, era algo prácticamente instintivo. La parte difícil recaía sobre Miles, quien debía fingir que era un brillante erudito. Por suerte, había muy pocas personas en el mundo que supieran lo bastante de jeroglíficos como para sospechar de él; y su hermano se cuidaba mucho de no encontrarse con ellas cara a cara.

El señor Carsington observaba la copia de la Piedra de Rosetta con el ceño fruncido.

—Ese papiro —dijo—. Supongo que era algo fuera de lo normal.

Dafne contempló la litografía y se preguntó qué estaría viendo el hombre. Un fragmento de texto en escritura jeroglífica. Por debajo, una sección casi completa escrita en lo que los eruditos habían denominado «lengua demótica». Más abajo, el texto en griego con las importantísimas líneas finales que declaraban que el contenido de los tres textos era idéntico.

—¿Como la Piedra de Rosetta, quiere decir? —le preguntó ella—. Ojalá hubieran escrito algo en griego en el papiro. Pero solo había jeroglíficos. —Levantó la mirada hacia el hombre—. ¿Me está preguntando si era valioso?

El señor Carsington asintió.

—Supongo que sí —contestó Dafne muy despacio cuando cayó en la cuenta de ese detalle.

No había pensado en el papiro en términos monetarios. Sabía que había costado más de lo normal; pero claro, era un ejemplar superior. Eso era lo único que significaba para ella. Tal vez Miles tuviera razón hasta cierto punto; era una mujer ajena al mundo real. Ni siquiera se le había ocurrido guardarlo bajo llave, del mismo modo que no se le habría ocurrido hacerlo con un libro.

—Supongo que podría decirse que era valioso —admitió a la postre—. Resultó muy caro. —Le contó la historia que había contado el mercader sobre el misterioso faraón y su tumba supuestamente intacta—. Le dije a Miles que él alentaba ese tipo de fantasías y que tal vez hubiera sentado un mal precedente al pagar una cantidad tan elevada —prosiguió—. Aun así era magnífico. Todo cubierto de maravillosos símbolos jeroglíficos. Y de unas ilustraciones exquisitas. Los que había visto hasta entonces distaban mucho de ser obras de arte y muchos de ellos estaban escritos en lengua demótica. Ninguno estaba en tan buenas condiciones. No es difícil entender por qué Miles fue incapaz de resistirse.

La oscura mirada del señor Carsington abandonó la mesa para clavarse en su rostro con una expresión perpleja.

—¿Y no cayó en la cuenta del motivo por el que los ladrones querrían robarlo? —le preguntó—. ¿Siendo como era la guía para llegar a un tesoro enterrado?

—Pues no —contestó—. No creí que nadie pudiera ser tan imbécil como para creerse esa historia.

—Pues parece que otras personas tienen la impresión de que su hermano, todo un erudito, sí la cree.

Era cierto que Miles sí parecía haberla creído; quizá porque en cierto modo seguía siendo un niño. Y tenía una increíble vena romántica.

La vena romántica de Dafne había muerto muchos años atrás. Su matrimonio la había momificado.

—Ninguna persona con dos dedos de frente podría llegar a creer que Vanni Anaz o cualquier otro sabe con exactitud lo que hay escrito en ese papiro —afirmó—. Nadie, repito, nadie es capaz de leer la escritura jeroglífica. Pero el papiro contenía muchos símbolos asociados con los faraones. Como es lógico, Miles decidió buscar esos símbolos en Tebas, donde se han descubierto un buen número de tumbas. Y no me cabe duda de que se descubrirán más. Es imposible saber si alguna de ellas sigue estando repleta de tesoros.

—Pues alguien así lo cree —concluyó el señor Carsington—. Alguien se ha tomado muchas molestias para robar ese papiro.

—Pero ¿para qué lo quieren? —inquirió ella con impaciencia—. No pueden descifrarlo.

—Mi hermano mayor, Benedict, está muy interesado en los procesos judiciales —dijo el hombre—. Afirma que el delincuente común es una persona carente de astucia, de escasa inteligencia.

En ese momento la absurda teoría que había estado intentando descartar regresó con fuerza a su cabeza.

Miles secuestrado. El papiro robado.

—Creen que Miles puede descifrarlo —concluyó—. ¡Santo Dios! Deben de ser analfabetos o unos ingenuos redomados o...

—Franceses —añadió el señor Carsington.

—¿Franceses? —repitió Dafne, mientras lo miraba con manifiesta incomprensión.

—Espero que sean franceses —explicó él—. Mi hermano Alistair estuvo en Waterloo.

—¿Lo mataron? —quiso saber ella.

—No, aunque lo intentaron con denuedo. —Apretó los puños—. Cojeará durante el resto de su vida. He estado esperando la oportunidad de devolverles el favor.

No muy lejos de allí, en otra zona de El Cairo, un hombre de mediana edad elegantemente vestido estaba de pie frente a una de las ventanas con vistas al patio de su propiedad. No estaba mirando a través de la celosía, sino hacia abajo; contemplaba de forma reverente el objeto que tenía en las manos.

Jean-Claude Duval había llegado a Egipto con el ejército de Napoleón, en 1798. Junto con los soldados viajaba otro ejército formado por científicos, eruditos y artistas. Esos fueron los responsables de la monumental *Description de l'Égypte.* Para monsieur Duval, ese ejército de intelectuales era la prueba fehaciente de la superioridad francesa; al contrario que los burdos británicos, sus compatriotas no solo buscaban la conquista militar, sino también el enriquecimiento cultural.

Estaba en Egipto cuando sus compatriotas descubrieron la Piedra de Rosetta y, dada su superioridad intelectual, comprendieron de inmediato su importancia. Estaba en Egipto en 1801, cuando los ingleses derrotaron a los franceses en Alejandría y se llevaron la piedra, aduciendo que había sido «honorablemente adquirida como botín de guerra».

A esas alturas aún seguía en el país y aún seguía odiando a los ingleses por una larga lista de razones, incluyendo la más reciente: la inclusión en sus filas de Giovanni Belzoni, cuya suerte resultaba exasperante; sin embargo, el «robo» de la Piedra de Rosetta seguía ocupando los cinco primeros puestos en la lista de motivos.

Duval se había pasado veinte años trabajando para saldar las cuentas.

No obstante, aunque había enviado a Francia un gran número de valiosas antigüedades egipcias, no había encontrado nada que igualara la importancia de la Piedra de Rosetta.

De momento.

Desenrolló el papiro con mucho cuidado. No del todo. Solo lo suficiente para asegurarse de que era el que buscaba. Sus hombres ya habían cometido demasiados errores. Pero era el verdadero —su agente principal, Faruq, no era ningún imbécil—, así que monsieur Duval volvió a enrollar el documento con la misma delicadeza y no poca frustración.

Había comprendido desde el instante en que lo vio que se trataba de un papiro muy superior al resto. Aun así, no había dado crédito a la historia que el mercader, Vanni Anaz, le contara para justificar el disparatado precio que pedía por él. Solo los más necios la habrían creído. El resto sabía que nadie podía leer ni los jeroglíficos ni cualquier otra forma de escritura del Antiguo Egipto; por ende, nadie podía asegurar lo que decía el papiro.

De todos modos, se trataba de un ejemplar excepcional y Duval había tomado la determinación de hacerse con él.

Sin embargo, antes de que pudiera planear el robo, Miles Archdale, uno de los lingüistas más reconocidos a nivel mundial, había acudido a la tienda de Anaz, había escuchado con absoluta seriedad el cuento del olvidado faraón y su tesoro oculto desde tiempos inmemoriales y había pagado el escandaloso precio. Sin un murmullo de protesta.

No hacía falta ser un genio lingüístico para comprender el motivo: Archdale había descubierto la clave para descifrar los jeroglíficos.

Lo había mantenido en secreto porque eso lo llevaría a realizar otros enormes descubrimientos y quería todo el honor y la gloria para él.

Había comprendido que ese papiro le conduciría al mayor hallazgo de todos los tiempos; un descubrimiento que superaría con creces cualquiera de los de Belzoni y que sería tan relevante como la Piedra de Rosetta: la tumba sellada de un faraón con todos sus tesoros.

Duval desenrolló la copia en papel del papiro. En los márgenes había numerosas anotaciones en inglés, griego y latín, junto con una serie de signos y símbolos extraños; todo lo cual resultaba incomprensible.

—Pero él nos lo explicará —murmuró—. Cada palabra del papiro. El significado de cada símbolo.

Y una vez que Archdale les hubiera desvelado todos sus secretos, moriría y nadie encontraría su cuerpo jamás. El desierto guardaba los secretos incluso mejor que él mismo. Los chacales, los buitres, el sol y la arena eran una maravillosa combinación que lograba hacer desaparecer los cadáveres a una velocidad asombrosa.

Entretanto, él debía lidiar con aquella exasperante complicación.

—Hay que sacarlo de El Cairo lo antes posible —dijo—. Pero yo debo quedarme, al menos durante un tiempo.

El hombre que le había llevado los documentos salió de entre las sombras. Aunque se hacía llamar Faruq, era polaco. Era un hombre instruido, uno de los miembros más inteligentes de la partida de mercenarios y criminales que había encontrado en Egipto un mercado rentable donde comerciar con sus talentos.

Duval deseó haber enviado a Faruq tras Archdale. Pero ¿cómo iba a imaginarse que necesitaría a su mejor hombre para llevar a cabo un simple secuestro?

Los hombres que había enviado tras el inglés fallaron en Giza. Archdale contaba con demasiada protección. No pudieron echarle el guante hasta que volvió a cruzar el río y su escolta se dispersó en El Cairo copto. Cuando sus hombres lo capturaron por fin, le propinaron una paliza a su criado y lo dieron por muerto sin asegurarse de que así fuera. El criado había logrado llegar a rastras hasta la hermana de Archdale, la cual no tardó en informar del incidente al consulado. Todo El Cairo lo sabría cuando amaneciera.

A Duval no le preocupaban las autoridades locales. Eran lentas, incompetentes y corruptas.

Era el inglés conocido como «el Demonio Dorado» quien le preocupaba. El tipo se había convertido en su némesis durante el pasado año. Además de ser astuto, implacable y de estar tan ansioso por alcanzar la gloria para Inglaterra como él lo estaba por alcanzarla para Francia, el Demonio Dorado estaba un tanto desquiciado.

Y él detestaba a los desquiciados. Eran demasiado impredecibles.

—La dama solo se preocupará por encontrar a su hermano —afirmó Duval—. Será fácil despistarla. Nuestro mayor problema es el Demonio Dorado. Debes adelantarte y unirte a los demás en Minya como habíamos planeado. Debes llevarte el papiro contigo. Pase lo que pase, no puede caer en sus manos.

Pese a la serenidad que traslucía su voz, Duval estaba a punto de echarse a llorar por la exasperación. Todo el mundo soñaba con descubrir una tumba faraónica intacta. La clave estaba en sus manos, en ese papiro. El hombre que por fin había desentrañado el misterio de los jeroglíficos era su prisionero y se encontraba a un día escaso de distancia.

Sin embargo, él debía permanecer en la ciudad para evitar sospechas. Si se marchaba, su más temido y odiado rival sabría de inmediato quién estaba tras el secuestro y el robo. Si se quedaba, solo sería un sospechoso más en la lista. Si lo planeaba todo bien, las sospechas no tardarían en apuntar hacia otro lugar.

Con eso en mente, monsieur Duval guardó los documentos en el interior de una ajada bolsa de cuero que no llamaría la atención de los ladrones, se la tendió a Faruq y le informó del lugar y del momento en el que volverían a encontrarse.

A Rupert no se le había pasado por alto que sus comentarios sobre los franceses habían evitado que la señora Pembroke le hiciera la pregunta más lógica: ¿qué harán con mi hermano cuando descubran que no puede traducir el papiro?

Era una pregunta a la que prefería no contestar. No le cabía la menor duda de que la vida de Archdale no valdría ni un penique en cuanto los criminales descubrieran el error. En realidad dudaba de que la vida del hombre valiera mucho, aun cuando fuera capaz de traducir el papiro.

De todos modos, le quedaba una salida. Si estuviera en la situación de Archdale, fingiría y enredaría las cosas para retrasar el momento de la verdad tanto como le fuera posible. Entretanto, intentaría encontrar el modo de escapar. Si los criminales llegaban a descubrir la verdad antes de lo conveniente, siempre podría persuadirlos para que pidieran un rescate. Al menos así, les diría, no se irían con las manos vacías.

Se guardó sus pensamientos y se concentró en mantener la mente de la señora Pembroke alejada de cualquier idea pesimista sobre su hermano.

Por suerte, Rupert Carsington tenía un talento innato para distraer a los demás.

Dado que la dama había encontrado de lo más ofensivo el hecho de que rebautizara al criado, lo primero que Rupert hizo en cuanto se subieron en sus respectivas monturas fue apodar a su burra como «Cleopatra».

—Ese no es el nombre del animal —replicó la dama antes de señalarle el nombre árabe.

—No soy capaz de pronunciarlo —afirmó él.

—Ni siquiera lo ha intentado —le reprochó.

—No entiendo por qué esta gente no habla inglés —adujo Rupert—. Es mucho más sencillo.

No podía verle la cara ya que había vuelto a ponerse el odioso velo, pero sí pudo escuchar su bufido de exasperación.

Descubrió que los animales se movían a un paso sorprendentemente rápido, si se tenía en cuenta lo concurridas y estrechas que eran las calles. Todo le resultó maravilloso: los burros que trotaban a paso firme mientras carretas, caballos y camellos avanzaban en línea recta hacia ellos; los arrieros que se movían frente a los animales o junto a ellos mientras esgrimían sus bastones y vociferaban de forma incomprensible en un intento por despejar el camino a pesar de que nadie les prestaba la más mínima atención...

Elogió a los arrieros por los espléndidos animales, felicitó a los burros cada vez que lograban abrirse camino a través de algún lugar excesivamente estrecho y les relató a los hombres varias anécdotas sobre los carruajes de alquiler de Londres.

La señora Pembroke lo soportó todo lo que pudo, que no fue mucho, antes de explotar.

—¡No entienden ni una palabra de lo que les está contando!

—Bueno, nunca aprenderán si nadie hace un esfuerzo por enseñarles, ¿no le parece? —replicó.

Rupert estaba seguro de que habría escuchado cómo la dama rechinaba los dientes de no ser por el ruido de la calle.

No dijo nada más, pero tenía la certeza de que la mujer estaba demasiado ocupada asimilando su extraordinaria estupidez como para preocuparse en demasía por su hermano.

De todos modos, no era un hombre que dejara las cosas al azar.

Cuando llegaron a su destino, desmontó antes incluso de que su burro se hubiera detenido y en un instante estuvo junto a ella. Extendió los brazos y la sostuvo con firmeza por la cintura.

—Eso no es nece... —La señora Pembroke dejó la frase en el aire y se aferró a sus hombros de forma instintiva en cuanto la alzó de la ornamentada montura.

Contemplando con una sonrisa su velado rostro, Rupert la sostuvo en alto durante un instante para que sus ojos quedaran a la misma altura. Después la bajó, muy, pero que muy despacio al suelo.

Ella no se alejó de sus brazos de inmediato.

Él no le soltó la cintura de inmediato.

La señora Pembroke se quedó donde estaba, sin mover un músculo, mientras lo miraba.

Rupert no podía verle la cara, pero escuchaba el ritmo alterado de su respiración.

Pasado ese instante, la dama se apartó y le dio la espalda, lo que provocó ese airado frufrú que él encontraba tan delicioso.

—Actúa sin ton ni son —le dijo ella—. No había necesidad de hacer una demostración de fuerza.

—Para eso no se necesitaba mucha fuerza —replicó él—. Pesa menos de lo que había imaginado. Han sido las capas y capas de luto lo que me han engañado. —Aunque no del todo. También estaba su modo de caminar.

—Solo me cabe esperar que se muestre usted tan diligente a la hora de buscar a mi hermano como lo es para determinar las dimensiones de mi persona —dijo la señora Pembroke con voz malhumorada.

Para entonces el portero había hecho acto de presencia. El hombre alzó la vista en dirección a Rupert, pero la señora Pembroke se interpuso entre ellos y comenzó a hablar en árabe con evidente impaciencia.

La puerta se abrió y todos entraron en el patio. Apareció otro criado que les indicó el camino hasta la casa y los condujo hasta el interior.

La señora Pembroke le dio varias indicaciones a medida que atravesaban el laberinto típico de las casas elegantes de El Cairo.

—Concéntrese en el motivo de nuestra visita —dijo entre dientes—. No podemos permitirnos el lujo de perder tiempo. Por favor, reprima el impulso de ponerles apodos a los criados de lord Noxley. Tengo la certeza de que él se lo agradecerá y yo preferiría no tener que perder un tiempo valioso intentando arreglar las cosas. Y por favor no se desvíe del tema de conversación. Ni cuente anécdotas. No está aquí para entretener a nadie. Está aquí para obtener información. ¿Queda claro?

—Qué olvidadiza es usted —replicó Rupert—. ¿Ya no recuerda que me dijo que usted era el cerebro y yo los músculos? Como es lógico, espero que usted cargue con todo el peso de la conversación. Y, como es lógico, yo golpearé cabezas y arrojaré a la gente por las ventanas tal y como requiere mi puesto. ¿O acaso lo entendí mal? ¿También quiere que piense?

4

A Rupert le cayó mal el vizconde Noxley nada más verlo.

El hombre era unos cuantos centímetros más bajo que él y no tan ancho de hombros y de espalda, pero era bastante atlético. Tenía el cabello y los ojos de ese castaño dorado típico de los felinos. A Rupert le desagradaban sobre todo los ojos y su forma de mirar a la señora Pembroke.

Era la mirada con la que un león hambriento contemplaría a la gacela que había elegido para la cena.

Rupert deseó que se hubiera dejado el velo sobre el rostro.

Pero ella lo había levantado tan pronto como entró en la habitación y la cara del vizconde se había iluminado, más que el sol, al verla.

Y después, tan pronto como ella explicó lo sucedido, fue como si un enorme nubarrón se hubiera cernido sobre la cabeza del tipo.

Los criados entraron con presteza llevando el café y los dulces de rigor y se retiraron de la misma forma ante el brusco gesto de su señor.

—Es increíble —dijo Noxley—. No me cabe en la cabeza. ¿Qué estúpido llegaría a semejante conclusión y mucho menos a actuar en consecuencia? No, debe de estar loco. Es una idea descabellada. Estoy seguro de que su hermano jamás dio la menor muestra de haber realizado un descubrimiento de tamaña magnitud. Todo lo contrario. Es demasiado modesto acerca de su trabajo. Es casi imposible convencerlo para que hable de él.

—Coincido en que es bastante extraño —dijo ella—. Pero ambas cuestiones deben de estar relacionadas. O ¿acaso cree que es mera coincidencia?

—No, no, aunque de todos modos no sé muy bien qué creer. —El vizconde sacudió la cabeza—. Es desconcertante. Necesito un instante para ordenar mis ideas. Pero estoy descuidando mis deberes. —Señaló la bandeja con el café y el elegante despliegue de platos de plata—. Tome algo, se lo ruego. Señor Carsington, tal vez no esté familiarizado con la repostería local.

Explicó en qué consistía la comida al tiempo que disponía primorosamente un plato para la señora Pembroke. Con menos primor preparó otro para Rupert. En cuanto acabó con esa tarea, Noxley se olvidó de él y se concentró por completo en la dama.

Rupert dejó que su mente vagara por la estancia. La habitación estaba decorada por completo al estilo oriental. Metros y metros de alfombras turcas. Paredes enlucidas y encaladas. Techo con artesonado de madera adornado con complicados grabados y dibujos del que colgaba una lámpara. Altas ventanas con celosía. Banquetas que recorrían tres de las cuatro paredes y que estaban cubiertas con almohadones y cojines. Alacenas recubiertas de madera por encima de las banquetas. Puertas de cuarterones casi enfrentadas. Aquella por la que habían entrado estaba cerrada; la otra estaba entreabierta. La rendija era visible desde donde Rupert se sentaba. Una figura pasó de largo al otro lado para regresar un instante después y asomarse. Un rostro cubierto por un velo se asomó por la abertura y unos ojos oscuros se clavaron en los suyos.

Fingió estudiar el diseño de su taza de café mientras observaba con disimulo a la mujer que lo estaba observando.

A medida que pasaba el tiempo se volvió más atrevida y dejó ver algo más de su persona. Y había mucho que ver, ya que el velo era lo único modesto de su atuendo. Y debía de resultarle muy pesado porque lo dejó caer en un par de ocasiones.

Pese a todo, Rupert no perdía detalle de la conversación que estaba teniendo lugar. La señora Pembroke instaba a Noxley a recordar cualquier cosa que Archdale hubiera dicho o hecho para que alguien hubiera llegado a semejante conclusión.

Noxley aún parecía perplejo. Describió la cena íntima: nada más que tres invitados aparte de Archdale y todos ingleses, un artista y dos coroneles.

—Me pareció curioso —dijo el vizconde con el ceño fruncido—. El motivo por el que su hermano viajó a Giza se me antojó extraño. Pero supuse que lo había entendido mal. O eso o tal vez que debía atender asuntos personales allí que pretendía mantener en privado.

Eso llamó la atención de Rupert.

—¿Se refiere a una mujer? —preguntó.

La señora Pembroke lo miró sin pestañear.

Al igual que Noxley, cuya expresión se tornó desabrida.

—No había contemplado esa posibilidad —respondió el vizconde.

—¿De verdad? —dijo Rupert—. Es lo primero que se me ha ocurrido a mí.

—El señor Archdale jamás cometería la estupidez de involucrarse con una de las mujeres de la zona —afirmó lord Noxley con indiferencia—. Los musulmanes tienen nociones muy estrictas acerca de la propiedad y las consecuencias por violarlas son muy graves.

—Esas nociones no incluyen a las bailarinas según he comprobado —comentó Rupert—. Según mi experiencia...

—Señor Carsington... —lo interrumpió la señora Pembroke. Él le devolvió una mirada inocente y curiosa—. Creo que nos estamos desviando del tema —dijo—. La cuestión que tal vez se le escape es que el viaje de mi hermano a Giza pudo estar motivado por otras razones de las que me dio.

—Dada su teoría acerca de los dos incidentes, señora Pembroke, empiezo a preguntarme si después de todo el señor Archdale hizo algún tipo de descubrimiento en las pirámides —sugirió el vizconde—. O tal vez mientras estuvo en Giza hizo o dijo algo que despertó la curiosidad o la especulación de alguien.

Los egipcios son unos chismosos impresionantes, como ya debe saber. Son capaces de discutir durante horas los asuntos más nimios, de explicar con todo lujo de detalles los rumores que les llegan y de transmitirlos a cualquier persona que conozcan. Las noticias viajan por el Nilo a una velocidad prodigiosa. Y también habría que tener en cuenta a los franceses y sus espías, que vigilan cada uno de nuestros movimientos como si siguiéramos en guerra. Están tan celosos de nuestros hallazgos en esta parte del mundo... y de todos es conocido que sus agentes no tienen muy buena reputación.

—¿Los franceses? —preguntó Rupert.

—Parecen creer que Egipto, y todo lo que se encuentre en el país, es de su exclusiva propiedad —dijo Noxley—. No tienen el menor escrúpulo. Los sobornos, los robos y la violencia no significan nada para ellos.

—Vaya, vaya... —comentó Rupert—. Violencia. Personas de mala reputación. Y además franceses. —Miró a la señora Pembroke—. Bueno, será mejor que salgamos en busca de esos sinvergüenzas, ¿no le parece? Y ya que estamos, ¿dónde está Giza exactamente y qué la hace tan irresistible?

Eso hizo que ambas miradas se clavaran en él. La señora Pembroke lucía una cómica expresión de exasperado asombro.

Rupert sabía muy bien que la meseta de Giza se encontraba al otro lado del Nilo. Tendría que estar ciego para no darse cuenta. Las famosas pirámides podían verse a la perfección desde varios lugares de la ciudad.

Había formulado esas estúpidas preguntas tan solo para ver la reacción de la dama.

—Señora Pembroke, le ruego que me permita ayudarla —se ofreció Noxley—. Estoy seguro de que el cónsul general desea ayudarla en todo lo posible, pero sus recursos son limitados. —Miró de reojo a Rupert—. Permita que ponga mi personal a su disposición. Y también mi persona, por supuesto. Estoy seguro de que llegaremos al quid de la cuestión enseguida.

Mucho más rápido que con el hijo descerebrado de Hargate, fue la coletilla que flotó en el aire en aras de la buena educación.

Rupert no podía menos que estar de acuerdo en lo de «descerebrado». Había cometido un craso error. ¿Qué le impediría a la señora Pembroke desentenderse de él para sustituirlo por un hombre que demostraba claros signos de inteligencia?

Y ¿cómo podría culparla?

Era evidente que Noxcivo conocía a su hermano mucho mejor que él. El hombre llevaba viviendo en Egipto varios años. Parecía conocer a todo el mundo. Hablaba el idioma.

—Vaya, gracias —replicó la señora Pembroke—. Me alegraría mucho contar con su ayuda.

Idiota, se reprendió Rupert. Imbécil. Ahora Noxcivo se llevará toda la diversión de seguir el rastro con ella mientras que a ti te mandan al desierto en busca de rocas con inscripciones que nadie puede leer.

En ese momento la señora Pembroke y Noxley comenzaron a hablar como si Rupert no existiera.

Se desentendió mentalmente y redirigió sus pensamientos a la puerta entreabierta. La belleza morena seguía allí.

Menudo hipócrita era Noxcivo al mostrarse tan remilgado en lo referente a las bailarinas, cuando un miembro de su propio harén estaba apenas a unos pasos, medio desnuda y claramente molesta por el hecho de que la atención de su amo y señor estuviera puesta en otro sitio.

La mujer desaparecía y aparecía a intervalos, con aspecto cada vez más contrariado.

Mientras la observaba, Rupert apenas prestó atención a la conversación. Noxley había prometido hablar con algunos conocidos, empezando por los hombres que habían asistido a la cena de la otra noche. Envió a varios criados para que se hicieran eco de los últimos rumores que circulaban por la calle. Visitaría a algunos jeques de distrito.

Llamó a un criado y le dio órdenes en árabe. A lo que la señora Pembroke dio su aprobación.

El criado salió.

Después llegó el momento de marcharse.

Mucho más sumiso que cuando saliera, Rupert la acompañó

a casa. Apenas era consciente de que era más tarde de lo que había supuesto. Se preguntó cuánto tiempo habían pasado en casa de Noxcivo.

—¿No íbamos a otro sitio? —le preguntó cuando llegaron a la calle donde se emplazaba su casa.

—¿Es que no ha estado prestando atención? —lo reprendió ella—. Lord Noxley se encargará de visitar a los demás. Es muy amable de su parte. No me había dado cuenta de lo cansada que estaba hasta ahora. Claro que anoche no dormí nada. Tengo que descansar bien esta noche. De otra forma no serviría de nada en Giza.

—Vaya, así que va a ir a Giza —dijo Rupert con tristeza. Le habría gustado explorar el interior de una pirámide, sobre todo en su compañía. Había oído que los pasadizos eran oscuros y estrechos.

—Sí, bueno, pero eso él no lo sabe —replicó la mujer.

Rupert se giró hacia ella con brusquedad. Pero se encontró con ese odioso velo que ocultaba su expresivo rostro.

—¿Cómo es posible que no lo sepa? —quiso saber—. La acompañará hasta allí.

—¿Lord Noxley? —preguntó.

—¿Quién si no? —replicó Rupert.

—Él no va a ir a Giza —contestó ella.

—¿No va a hacerlo?

—No —repitió ella—. Irá usted.

Llegaron a la puerta.

—¿Yo? —preguntó Rupert como un estúpido.

La señora Pembroke dejó escapar un largo suspiro.

—De verdad, señor Carsington, me gustaría que tratara de prestar atención. Sin duda lo ha escuchado. Lord Noxley es como Vir... Es como Miles. Cree que las mujeres... Da igual. No importa. No necesita saberlo y usted no lo entendería. Pero le pido que preste atención ahora: me va a llevar a Giza sin tener en cuenta lo que él diga. Vendrá a buscarme mañana al amanecer. ¿Queda claro?

—Como el agua —respondió Rupert.

Esperó a que ella estuviera a salvo en el interior, salió de la casa y, tras despedirse de Wadid con un gesto de la mano, atravesó las puertas y se adentró en la calle, silbando.

La expresión alegre del vizconde desapareció en cuanto se marchó la señora Pembroke. A Asheton Noxley le gustaba salirse con la suya... ni más ni menos. Algo muy difícil de lograr en cualquier parte. Y en Egipto era particularmente difícil porque la gente en ese lugar —incluso los europeos o precisamente ellos— actuaba regida por reglas no escritas de comportamiento civilizado.

Al poco de llegar comprendió que los documentos oficiales iban perdiendo validez cuanto más se alejaban de la autoridad oficial que los había expedido. Por ejemplo, el bajá podría otorgarle el derecho exclusivo para excavar en tal o cual sitio o para llevarse tal o cual objeto; pero si ese lugar se encontraba en Tebas, por ejemplo, y el bajá a más de setecientos kilómetros de distancia en El Cairo, quien conseguía de verdad los derechos exclusivos para excavar era quien ofreciera el mayor soborno a las autoridades locales o quien contratara a la mayor banda de rufianes y maleantes a fin de asegurarse tales derechos.

Lord Noxley había descubierto que las autoridades locales no eran de fiar. Aceptaban sobornos de agentes rivales. Eran permisivos un día y molestos al siguiente. Retenían a los trabajadores, las barcas y las provisiones cuando les venía en gana.

Por consiguiente, se había rodeado de una enorme cantidad de hombres de confianza para hacer que la gente se comportara como era debido.

En esos momentos tenía agentes en la mayoría de las grandes ciudades entre Alejandría y la segunda catarata.

Aunque Miles Archdale y su atractiva hermana no lo supieran, el vizconde también había estado haciendo planes para ellos. Estaba rondando al hermano, que según se rumoreaba era unas de las personas más cercanas a descifrar los secretos de la antigua escritura. Formarían un equipo perfecto, o eso creía lord

Noxley. Juntos desenterrarían grandes hallazgos, mucho más formidables que cualquiera de los realizados por Belzoni.

Lo que era igual de importante: haría de la hermana su vizcondesa. La deseaba desde el momento en el que la vio por primera vez; porque, al igual que el papiro que había comprado su hermano, era una rareza.

Innumerables bellezas se habían lanzado a sus pies en Inglaterra y había disfrutado de un buen número de sus exóticas iguales en Egipto. La señora Pembroke no tenía igual.

No era guapa, tampoco bella. No estaba seguro de que fuera atractiva. Pero tenía un rostro fascinante y una magnífica figura, y era más rica que Creso. Más aún, estaba convenientemente en ese lugar. El vizconde no tenía necesidad alguna de regresar a Inglaterra para empezar de nuevo la tediosa búsqueda de una esposa adecuada. Podría quedarse en Egipto durante años. Cuando regresara por fin, lo haría rodeado de fama y honores.

Sin embargo, alguien había desbaratado sus planes. Era probable que Archdale, uno de los más grandes lingüistas del mundo, se encontrara en peligro de muerte. Mientras tanto, el pendenciero hijo del conde de Hargate estaba rondando las faldas de la futura vizcondesa de Noxley.

Lord Noxley había mandado llamar a uno de sus agentes, Ghazi, que llegó en menos de una hora.

Ghazi era su sicario y su mano derecha.

Lord Noxley le contó lo que había pasado y le preguntó por qué había sido el último en enterarse.

—Enviaré a algunos hombres a El Cairo copto —dijo Ghazi—. Descubrirán quién se ha llevado a su amigo. Pero es muy extraño. Un día roban al hombre. Eso lo comprendo. Lo hacen por el rescate. Pero ¿hoy roban un papiro? Eso no lo comprendo. El mercader Vanni Anaz tiene un surtido interminable. También tiene a hombres que los hacen. Los campesinos los venden en todos los pueblos. ¿Por qué tomarse el trabajo de robarlo?

Lord Noxley se lo explicó.

—Ah. Pero ¿es cierto? —preguntó Ghazi.

—Alguien cree que sí —replicó lord Noxley.

—Deben de ser los franceses —comentó Ghazi—. Se están desesperando.

Eso se debía a que los agentes de lord Noxley estaban expulsando poco a poco a los franceses de los mejores yacimientos. Si bien no estaba seguro de que la desesperación lo explicara del todo. ¿Habría malinterpretado a Archdale al confundir el secretismo con la modestia?

—La pregunta es: ¿quién posee los medios y es lo bastante despiadado como para cometer tales fechorías?

Además del propio lord Noxley, solo había un hombre que reuniera esos requisitos.

—Duval —respondió Ghazi.

—Yo también lo creo.

—Hablaré con su gente.

La palabra «hablar», tal y como ambos sabían, era un eufemismo que englobaba una gran variedad de actividades.

Claro que lord Noxley sabía que Ghazi no necesitaba que le especificara nada. El vizconde se limitó a añadir:

—Y en cuanto a ese idiota de Carsington... —Le describió de forma sucinta al cuarto hijo del conde de Hargate—. Estará en Giza mañana. Lo quiero fuera de juego.

Miércoles, 4 de abril

Rupert llegó al domicilio de la viuda al amanecer tal como se le había ordenado.

Descubrió que viajarían con séquito. Al parecer, los cobardes de sus criados ya habían regresado a la casa cuando ella volvió la noche anterior; todos salvo Ahmad. Y la señora Pembroke había decidido que debían acompañarla a Giza.

A Rupert le llevó un tiempo digerir esa noticia porque estaba intentando digerir su atuendo.

Había abandonado la seda negra por un disfraz: una chaqueta castaña ribeteada de oro y unos pantalones bombachos de azul brillante. Y un turbante. Se haría pasar por un hombre, por su intérprete maltés, le dijo.

No se parecía en nada a un hombre, maltés o de cualquier otra nacionalidad. Su visión despertaba en la cabeza de Rupert imágenes de harenes, concubinas y bailarinas. Y en esos pensamientos la ropa, fuera de la índole que fuese, no jugaba un papel predominante.

Recordó la sorpresa que había sentido al ayudarla a desmontar del burro: era más delgada de lo que había esperado, aunque bastante voluptuosa. Casi podía sentirla todavía: su estrecha cintura... la curva de las caderas allí donde su mano había descansado... Un calor conocido, que no tenía nada que ver con la temperatura de la mañana, se asentó en su entrepierna. Como consecuencia, le llevó largo rato que su mente se concentrara en la misión que lo aguardaba.

El ridículo turbante no ayudaba. La prenda le rogaba que lo desenrollara, haciéndola girar y girar como una peonza hasta que comenzara a reír y a marearse... Momento en que él la levantaría y...

Pero no podía hacerlo. Todavía no. Si apresuraba demasiado las cosas y le ponía la boca o las manos donde ella creía que no pertenecían, lo mandaría de vuelta con Salt. Acabaría en el desierto, supervisando a los nativos mientras removían arena y piedras. Sería lord Noxcivo quien disfrutaría de la búsqueda con ella y quien lucharía con gente de mala reputación, a buen seguro francesa, mientras él se moría de aburrimiento.

Al imaginar las manos de Noxcivo alrededor de su cintura, los impulsos lascivos de Rupert desaparecieron.

Miró con escepticismo a los cobardes de los criados. Mantuvo una expresión adusta y adoptó el mismo tono de voz desdeñoso que utilizaba su padre en tales ocasiones para decir:

—Me gustaría saber, señora, qué cree que pueda hacer este grupo, salvo obsequiarnos con una bella estampa de sus espaldas a la menor señal de peligro.

—No podemos viajar sin escolta —replicó ella—. No solo no es respetable, tampoco es seguro. Y no tenemos tiempo de acudir al jeque local para que envíe a alguien.

Esperar a que el jeque les enviara criados, les llevaría una eternidad. Aunque Rupert casi no entendía una palabra de árabe, sí sabía que frases tales como «Corre prisa», «No podemos perder un minuto» o «Ahora mismo» no se encontraban en el vocabulario de la zona.

En resumen, tendría que apañárselas con lo que tenía delante.

—Leena —dijo—, ten la amabilidad de decirle a estas buenas gentes que nadie saldrá huyendo hoy. Diles que no importa cuán grande sea la amenaza, porque no será ni la mitad de temible que lo que yo les haré si abandonan a su señora. —Proveyó una breve y colorida descripción de lo que les haría, descripción que acompañó con gestos.

Leena se apresuró a traducir.

—Como si fuera a servir de algo —dijo Rupert entre dientes—, primero tendría que atraparlos, ¿no?

—No huirán —le aseguró la señora Pembroke.

Se giró de nuevo hacia ella y el semblante adusto se vino abajo al ver ese extraño rostro con forma de corazón, que no acababa de encajar con el turbante.

—¿No lo harán? —preguntó, sonriendo a su pesar.

—Se ha corrido el rumor de que es usted un genio —explicó—. Wadid ya les ha contado lo que le hizo ayer y la hazaña ha sido exagerada hasta extremos insospechados.

—Bien —dijo Rupert—. Eso me evitará la molestia de tener que elegir a uno para hacer una demostración.

Un rato después, con las manos en las caderas y de pie sobre dos enormes bloques de piedra cuya separación lo obligaba a separar esas largas y musculosas piernas, el hombre que había llevado a Dafne hasta Giza sin un murmullo de protesta contemplaba la pirámide de Kefrén.

Poco a poco, el señor Carsington había ido deshaciéndose de los guantes, del sombrero, de la corbata y de la chaqueta. En ese instante, con su escaso atuendo y resplandeciente bajo el sol, parecía un coloso de bronce.

Dafne apenas si le prestaba atención a la pirámide, una de las maravillas del mundo. Lo único que veía era el hombre y, lo que era peor, una cantidad desproporcionada de su persona: la camisa se ceñía a los anchos hombros y el liviano tejido resultaba casi transparente al contraluz, de modo que revelaba los contornos de los músculos de la espalda y los brazos.

Le reportaba cierto consuelo saber que no era la única que lo observaba. Sus criados le lanzaban frecuentes y temerosas miradas. Los hombres que pululaban por las pirámides para ayudar a los visitantes a subir a la cima o a adentrarse en su interior también lo contemplaban desde una distancia respetuosa.

Y ella bien podría haber sido su sombra. Los guías apenas le prestaron atención y no parecían interesados en saber quién o qué era.

Todos lo sentían: el magnetismo de esa alta figura, el peligro que hacía crepitar el aire a su alrededor. Todos comprendían que una fuerza impredecible e incontrolable se encontraba entre ellos.

Dafne la había sentido incluso antes de verlo, cuando el hombre no era más que una oscura silueta en la penumbra de la mazmorra.

—Es grande —dijo el señor Carsington a la postre.

—Sí, lo es —convino ella—. Supongo que querrá subir a la cima. —Los hombres eran incapaces de resistirse.

—De momento no —respondió—. Si subo a la cima, solo será una escalera prodigiosamente larga. No, de momento la prefiero así: inmensa e impresionante. —Se giró para mirarla—. A menos que usted crea que podríamos encontrar una pista allí arriba.

Dafne negó con la cabeza.

—Miles dijo que quería estudiar el interior. Parecía convencido de que contenía pistas que nos ayudarían a encontrar más tumbas.

Los guías no disponían de ninguna información útil acerca de Miles. Sí, recordaban al inglés con cabello «blanco». Había estado allí unos días atrás. Nadie recordó nada fuera de lugar en la visita.

El señor Carsington bajó de las piedras y se reunió con ella.

Se había desabrochado el cuello de la camisa, cosa que hacía que la prenda se abriera sobre su torso. Dafne apartó la vista de la gran extensión de pecho bronceado y la fijó en la pirámide.

—¿Por qué a lord Noxcivo le extrañan tanto las razones de su hermano para venir a este lugar?

—¿Lord qué?

—Ya me ha oído —replicó él—. Me pregunto cómo es posible que ese pelmazo insufrible sea el mejor amigo de su hermano... o de cualquiera, ya puestos. Claro que me he percatado de que los compatriotas ingleses escasean por estos lares. Noxcivo debe haberse ganado el puesto por defecto.

—No le agrada —comentó ella. Una observación tan aguda como la que acababa de hacer el señor Carsington sobre el tamaño de la pirámide.

Había demasiado hombre a la vista... demasiado hombre poco vestido a la vista. Resultaba de lo más desconcertante. No era de extrañar que fuera incapaz de pensar. Tendría que decirle que se vistiera de nuevo.

—No era mi agrado el que andaba buscando precisamente —dijo él. El comentario atrajo su atención. Los ojos negros del hombre brillaron con malicia—. Hay que ver lo preocupado que estaba por usted... —continuó—. Lo comprensivo que se mostró con su precaria situación... No dio por sentado que su hermano se lo estaba pasando en grande en un burdel, visitando los Jardines de Alá con la ayuda de una pipa de hachís. No, claro que no. El vizconde se mostró debidamente comprensivo y desesperadamente ansioso por ponerse a sus órdenes.

—Me gustaría saber por qué lo convierte eso en *noxcivo* —lo interrumpió.

—Se apresuró tanto a imaginarse lo peor... —prosiguió el señor Carsington—. Cualquier otro hombre habría dicho: «Vamos, vamos, estoy seguro de que no hay nada por lo que preocuparse. Debe haber una explicación sencilla... un mensaje extraviado o algo por el estilo». En cambio hizo una montaña de un grano de arena y dejó caer insinuaciones, unas sutiles y otras no tanto, que la pusieron más nerviosa en lugar de calmarla.

—Odio ese «Vamos, vamos» —interrumpió ella—. Es de lo más condescendiente. Y nada me desagrada más que el hecho de que me traten como a una niña que se imagina cosas. Es lo que hizo el señor Salt. Es de lo más provocador.

—Tal vez al cónsul general le guste la forma en que sus ojos relampaguean ante una provocación —apuntó el señor Carsington—. Y la forma en que el rubor se extiende por sus mejillas, justo aquí. —Trazó una línea sobre su propia mejilla con el índice.

A pesar de estar bastante lejos, Dafne sintió la caricia como si ese largo dedo la hubiera rozado a ella.

Sintió un repentino calor en esa zona y supo que el rubor que el hombre acababa de describir se había intensificado. Tendría que haberse ruborizado... de vergüenza por ser tan susceptible.

—Tiene un don para desviarse del tema —le dijo—. Había preguntado qué tenían de extraños los motivos de mi hermano para venir aquí.

—Sí. ¿Por qué no iba su hermano a encontrar pistas? ¿Por qué no puede estar esa misteriosa tumba aquí mismo? Aún queda una pirámide a la que no se puede entrar. —Señaló hacia la tercera e inexplorada pirámide de Micerinos—. Además, ¿no han descubierto un montón de momias por las cercanías?

Dafne desvió la mirada hacia la tercera pirámide antes de volver a clavarla en él, que lucía una expresión tan inocente como la de un niño. Ella no era ninguna niña y no se dejó engañar.

—Lo sabe todo acerca de este lugar —dijo—. Ha estado jugando con nosotros, haciendo preguntas absurdas acerca de dónde estaba Giza y qué era.

Él se limitó a sonreír y a desviar la mirada hacia el grupo de guías.

—No me apetece una larga escalada bajo el sol abrasador —comentó—. Pero me muero por echar un vistazo a lo que hay dentro. Me gustaría ver con mis propios ojos qué tiene de extraño esa idea.

—Señor Carsington... —comenzó. Quería una explicación.

Pero el hombre ya había llamado la atención de un guía, a

quien le hizo un gesto para que se acercara. El hombre se apresuró a reunirse con ellos. El señor Carsington señaló hacia la entrada que Belzoni había descubierto tres años atrás y que en esos momentos era un rectángulo negro en la cara norte de la pirámide.

El guía llamó a otro, y ambos los condujeron a través del camino abierto entre los escombros que durante tantos siglos habían ocultado la entrada.

Dafne sabía que tenía que guardar fuerzas para lo que se avecinaba. Se recordó que lo estaba haciendo por el bien de Miles, que lo amaba muchísimo y que haría cualquier cosa por tenerlo de vuelta sano y salvo. Se dijo que lo que sentía en esos estrechos pasadizos era algo irracional, simples emociones. Ella era un ser racional. Tan solo tenía que concentrarse en los hechos.

El pasadizo de entrada tenía 1,20 metros de altura, alrededor de 1 metro de anchura y 31,8 metros de largo y descendía en un ángulo de 26 grados, le informó la señora Pembroke.

A Rupert no le resultó muy difícil estimar la altura y el ancho —lo había hecho de forma automática al entrar— y podía calcular el ángulo de descenso incluso mientras contemplaba el accidentado balanceo de su hermoso trasero mientras ello lo precedía.

Contemplar ese trasero no era una hazaña insignificante si se tenía en cuenta que debía caminar casi doblado por la mitad sobre una superficie irregular y apoyar las manos en las paredes para guardar el equilibrio y hacerse una idea de las dimensiones de los pasadizos.

De cualquier manera, la visión del trasero de la dama no era tan clara como le habría gustado. Las antorchas de los guías luchaban en vano contra la oscuridad reinante.

Habían recorrido unos quince metros cuando la señora Pembroke le informó de las dimensiones.

—Así que lo ha medido —comentó él.

—He citado los cálculos del señor Belzoni —le aclaró—. Encontró el bloque levadizo al final de este pasadizo. Ya puede imaginarse lo dificultoso que es levantar en este espacio tan reducido un bloque de granito casi tan alto como usted, de 1,5 metros de anchura y unos 48 centímetros de grosor.

A pesar de que Rupert sabía cómo se podía lograr, dejó que le explicara la forma en que Belzoni había analizado y resuelto el problema mediante un punto de apoyo y una serie de palancas, al tiempo que iban colocando piedras en el hueco para sostener el bloque que fue alzado centímetro a centímetro.

Cuando llegaron al bloque levadizo, Rupert no tuvo que fingir admiración. Levantarlo en tan reducido espacio no era tarea baladí. Se detuvo y recorrió con las manos los bordes de la abertura, así como la parte baja de la piedra.

Acto seguido se agazapó para pasar por debajo y avanzó unos cuantos pasos hasta que ella se detuvo y se dio la vuelta para mirarlo.

—Ahora tenemos que descender por el pasadizo vertical hasta el siguiente nivel —explicó—. Belzoni utilizó una cuerda y después apiló piedras a un lado, pero hace poco alguien trajo una escalera y la dejó.

—Mucho más civilizado —comentó Rupert. Se había percatado de un agujero sobre su cabeza mientras contemplaba la elegancia con la que se giraba la dama a pesar de que también se veía obligada a caminar agachada.

Bajaron al siguiente pasadizo de la manera civilizada, recorrieron otro, después volvieron a subir y por último avanzaron en línea recta. El camino se iba haciendo cada vez más fácil. El pasadizo era lo bastante alto como para permitir que la señora Pembroke caminara erguida, aunque él debía seguir con la cabeza gacha.

A la postre llegaron a la cámara central, donde pudo erguirse sin problemas. El ángulo del alto techo de la estancia, construido a dos aguas, imitaba el de la pirámide.

Los guías permanecieron junto a la puerta con las antorchas en alto. En la pared sur, unas enormes letras (símbolos romanos en toda regla, no las curvas y garabatos árabes ni las pintorescas figurillas de los jeroglíficos) rezaban: «*Scoperta da S. Belzoni 2 mar. 1818*».

—«Descubierta por el signor Belzoni» —tradujo la señora Pembroke, a pesar de que incluso Rupert podía deducir su significado—. El sarcófago de la pirámide de Keops se alzaba sobre el suelo —continuó ella, que se acercó a la pared occidental de la estancia—. Pero aquí, como puede ver, está incrustado en la tierra.

No resultaba fácil de ver. La oscuridad era tan densa que casi se podía palpar. Las antorchas poco podían hacer contra ella.

Rupert dejó vagar la mirada por la estancia.

—Tantos secretos... —dijo.

Sabía muy poco del Antiguo Egipto salvo lo que recordaba de las obras de griegos y romanos. Estaba el viajero de la Antigua Grecia, Herodoto, cuyas *Historias* eran una amalgama de hechos reales, cifras y mitos.

—Esta tumba podría guardar sus secretos durante toda la eternidad —comentó ella—. No hay jeroglíficos. ¿Entiende ahora por qué es tan desconcertante la decisión de Miles de acudir aquí? Además, el papiro supuestamente procede de Tebas... que está a cientos de kilómetros de distancia, en terreno montañoso.

Rupert estudió el espacio vacío entre las piedras de granito que rodeaban el sarcófago. ¿Qué habría habido allí?, se preguntó. ¿Una esfinge? ¿Un arcón lleno de tesoros? ¿Acaso otra piedra?

—Supuestamente —repitió él—. ¿Podemos tener la certeza de algo en lo referente al papiro?

—No cabe duda de que es muy antiguo —respondió ella—. Se tardaron varios días en desenrollarlo. Uno no puede dejarse llevar por la impaciencia con algo así, a menos que se quiera acabar con un montón de pedazos calcinados... y enfermo a causa de la inhalación de gas clorhídrico.

Hablaba deprisa, con un tono de voz algo más agudo de lo habitual.

Aunque había estado hablando así desde que entraran en la pirámide, se percató Rupert. Su cháchara resultaba excesiva.

Levantó la vista del desconcertante sarcófago. Al parecer también ella lo estaba contemplando. No podía estar seguro. Era difícil ver su expresión bajo la tenue y parpadeante luz.

—¿Se encuentra bien? —le preguntó.

—Sí, por supuesto —respondió ella.

—No todo el mundo lo estaría —dijo él—. Hay quienes sienten una aversión enfermiza por los espacios cerrados.

—Es una reacción irracional que se debe superar si se quiere aprender algo —declaró ella—. Exploraremos las tumbas de Tebas. Contienen jeroglíficos. Ese fue el motivo primordial de que viniéramos a Egipto: para estudiar los jeroglíficos de los templos y de las tumbas de los faraones. Para comparar nombres. Conocemos los símbolos que conforman el nombre de Cleopatra. Hemos deducido otros nombres de la realeza. Si tuviéramos suficientes faraones para comparar, podríamos deducir el alfabeto.

Plural. Rupert se percató del uso del plural. Nada de «él» ni de «Miles».

—Por lo pronto, preferiría con mucho no estar aquí —conjeturó Rupert.

—No me habría importado demasiado de no haber supuesto una pérdida de tiempo —dijo—. No hay nada. Ha sido un error estúpido. Debería haberle hecho caso a lord Noxley. Podría estar interrogando a otras personas en El Cairo. ¿Qué esperaba averiguar contemplando un montón de piedras?

El agudo tono de su voz se había suavizado hasta adquirir un deje de desesperación.

Rupert se irguió y caminó hacia ella mientras trataba de ingeniar cualquier estupidez que pudiera irritarla y así levantarle el ánimo.

Desde las entrañas de la pirámide les llegó un chillido aterrador.

—¡No! —rugió Rupert al tiempo que se giraba hacia la puerta.

Demasiado tarde.

Alcanzó a ver una última y breve imagen de la luz que se batía en rápida retirada con los guías. Después nada. La oscuridad los engulló por completo.

5

—No se desmaye —le advirtió Rupert en voz baja—. No veo nada, así que no podría recogerla y una conmoción podría suponer un problema.

—No sea ridículo —replicó ella—. Yo nunca me desmayo.

Si su voz no hubiera sido un poco más aguda de lo normal, tal vez habría creído que se encontraba de lo más tranquila. Pero estaba aprendiendo a reconocer los cambios en su tono de voz y ya se había percatado de su propensión a ocultar cosas. Su cuerpo, por ejemplo. Y eso no era todo.

Ya se ocuparía de los restantes secretos en cuanto salieran del apuro en el que se encontraban en ese momento.

—No se mueva y siga hablando, pero en voz baja —le ordenó. Estaba atento. Habían dejado de oírse los pasos de los guías. En el exterior de la cámara reinaba el silencio. No se fiaba de ese silencio. Estaba seguro de que allí había alguien.

Por lo pronto tenía que orientarse. La oscuridad era impenetrable. Jamás había experimentado nada semejante.

—No me desmayaré —aseguró ella—. Aunque debo admitir que nuestra situación actual no propicia una buena disposición de ánimo.

Rupert avanzó con sumo cuidado y muy despacio hacia ella. No quería tropezar con una de las piedras que los antiguos ladrones de tumbas habían arrancado del suelo ni caer en alguno de los huecos que habían dejado las piedras. Una extremidad rota o un cráneo fracturado no solo ralentizarían su avance, sino que mermarían su capacidad para partirles la cabeza a los rufianes.

—Las circunstancias distan mucho de ser propicias —continuó ella con el mismo tono agudo y pedante—. Oímos un alarido sobrenatural. Los guías huyen de inmediato y se llevan la única fuente de luz. Lo que nos deja en las dulces manos de quienquiera que haya causado el alarido.

La voz de la señora Pembroke se escuchaba muy cerca. Rupert extendió la mano y la deslizó por una curva cubierta de tela.

Ella se puso rígida y emitió un brusco jadeo antes de aferrarlo con sus gélidos dedos y apartarle la mano.

—No me veo la mano a un palmo de la cara —dijo ella—, pero usted no tiene problema alguno para localizar mi pecho.

—¿Es ahí donde he puesto la mano? —preguntó—. ¡Menuda suerte la mía! —¡Qué busto más extraordinario!, pensó.

—Cuando salgamos de esta —dijo la dama—, si es que lo hacemos, le daré un tirón de orejas.

—Saldremos de esta —le aseguró.

—No dejo de darle vueltas a lo del bloque levadizo —prosiguió la señora Pembroke—. Si retiran las piedras que lo mantienen arriba, nos quedaremos atrapados.

—Eso requeriría demasiado esfuerzo —objetó él—. Sería más fácil aguardar en la oscuridad y apuñalarnos o dispararnos cuando nos acerquemos lo suficiente.

—No había pensado en eso —reconoció ella—. Estaba preocupada ante la idea de que me enterraran viva. Con usted. No quiero ni imaginarme de qué podríamos hablar mientras morimos lentamente de hambre y de sed.

—¿Hablar? —inquirió Rupert—. ¿Es eso lo que quiere hacer en sus últimas horas? Qué curioso. Venga, deme la mano. Parece que por el momento nadie tiene demasiada prisa por rebanarnos el pescuezo. Creo que podemos arriesgarnos a seguir.

—¿Dónde está su mano? —preguntó ella.

Se produjeron otros cuantos toqueteos en los que Rupert

descubrió el otro pecho, arrancándole a la mujer otro brusco jadeo y un murmullo poco halagüeño, pero al final consiguió atrapar la esbelta mano femenina. Encajaban a la perfección. Rupert recuperó parte de su buen humor y notó que su corazón comenzaba a latir más deprisa.

—Tiene la mano caliente —dijo ella a modo de reproche—. ¿Acaso no hay nada que lo asuste?

Rupert había comenzado a avanzar hacia el lugar donde creía que se encontraba la entrada.

—Esto no —afirmó—. Estoy armado, como bien sabe, y resulta bastante sencillo encontrar la salida.

—Resultaría sencillo si uno pudiera ver dónde pone los pies —replicó la señora Pembroke.

Mientras buscaba a tientas con su mano libre, Rupert descubrió la jamba de la puerta.

—¿Y si no se puede? —preguntó.

—Se me ocurren una docena de formas diferentes en las que podríamos morir —contestó ella—. Con o sin la ayuda de los rufianes.

Dafne sabía que estaba parloteando de forma incoherente, pero hablar la ayudaba a controlar sus emociones.

Hasta ese momento se había permitido albergar la minúscula esperanza de que la preocupación que sentía por su hermano fuera tan infundada como le habían asegurado todos los hombres en El Cairo. Se había permitido albergar la esperanza, a pesar de que la lógica no la sustentaba, de que Miles no se encontraba en problemas y de que o bien Ahmad había mentido o bien había malinterpretado lo que había ocurrido en El Cairo copto.

El grito y la brusca huida de los guías no se le antojaban una simple coincidencia y esa pequeña y tonta esperanza estaba dando sus últimas bocanadas de aliento.

Y esa era la razón de que parloteara sin cesar.

—El camino que seguimos para venir hasta aquí es uno de

los dos que hay para entrar en la pirámide —dijo—. Hay otro que transcurre en paralelo y por debajo del pasadizo por el que entramos y que conduce a un pasadizo descendente. Este último se conecta con el superior a través de un pasadizo vertical. Aunque la entrada inferior sigue bloqueada.

—Así que solo hay una manera de salir —dijo él.

—Sí, pero es fácil perderse —le aseguró—. Podríamos acabar en el pasadizo equivocado. El inferior también conecta con un pasadizo vertical y una cámara lateral, si no recuerdo mal. —No estaba segura. El pánico que estaba combatiendo le confundía la mente. No podía recordar con claridad el plano de Belzoni. De todas formas, no pensaba permitir que el señor Carsington supiera el estado en que se encontraba. De modo que continuó con serenidad—: ¿Debo entender que cuenta con un sentido de la orientación infalible?

—Efectivamente —respondió él, el supremo macho arrogante.

—Me alegra oírlo —dijo—, porque resultaría bastante fácil, en una oscuridad tan impenetrable como esta, desorientarse y comenzar a vagar por este escaso número de pasadizos durante toda la eternidad. O caer en un pasadizo vertical.

—Si no quiere desorientarse, le recomiendo que se mantenga cerca de mí —dijo el señor Carsington.

—También debo recordarle —prosiguió Dafne, irritada— que, incluso en el caso de que no suframos ninguno de esos contratiempos, es posible que unos rufianes bloqueen la única salida. Después de todo, solo tendrían que tapar un pequeño espacio: 1,20 metros de altura por 1,1 metros de anchura. Podrían hacer rodar unas cuantas piedras grandes por el pasadizo sin mucha dificultad.

—Me da la impresión de que los guías se darían cuenta si alguien comenzara a acarrear grandes piedras hasta la entrada de la pirámide —dijo él—. Y es de esperar que se opongan firmemente a que cualquiera trate de bloquear el pasaje. Recuerde que guiar a los viajeros en las visitas a las pirámides es su medio de vida.

Sí, sí, por supuesto. ¿Por qué no se le había ocurrido eso?

Porque estaba viviendo una de sus peores pesadillas: quedar atrapada en un lugar sofocante sumido en la más absoluta oscuridad. El pánico había conseguido ahogar la razón y la lógica.

Estaba perdida y lo seguía a ciegas, aferrada a su manaza mientras avanzaban con lentitud pero sin mayores obstáculos, primero por el pasadizo horizontal más alto y después por el pasadizo inclinado más bajo. Allí tuvo que soltarle la mano y andar a tientas por detrás de él.

Sabía que no podía seguir sujetándose a su mano mientras seguían por el pequeño túnel. Una parte de su mente —la pequeña parte que aún funcionaba— comprendía esa necesidad. Pero la otra se encontraba demasiado sumida en el caos como para comprender nada, de modo que cuando le soltó la mano, se sintió miserable, perdida y sola.

Mientras se decía que debía dejar de comportarse como una niña, lo siguió tan de cerca como le fue posible, prestando atención al sonido de sus pasos mientras deslizaba las manos por las paredes del pasadizo. Tras lo que le pareció una eternidad, a pesar de saber que no habrían avanzado mucha distancia, él echó la mano hacia atrás y rozó la parte delantera de su turbante.

—Creo que hemos llegado al pasadizo vertical —dijo en voz baja—. Al menos hay espacio para que usted se ponga de pie. De todas formas espere aquí un momento mientras busco la escalera.

Otra larga espera. Dafne escuchó un susurro, seguido de la familiar voz ronca del hombre, demasiado grave para comprenderlo. A continuación y en un tono más alto, el señor Carsington añadió:

—Será mejor que deje que la lleve.

—¿Acaso los rufianes han roto la escalera? —preguntó.

—No. ¿Dónde diablos está? —Su voz sonaba tensa y distante. Una de sus manazas la cogió del antebrazo y la otra de la cadera—. Maldición, ¿dónde tiene la cintura?

Aunque el interior de la pirámide distaba mucho de estar fresco, Dafne era consciente de un tipo de calor muy diferente allí donde él la tocaba y también de una fuerza a la que esa parte infantil de sí misma quería aferrarse.

Retrocedió un paso.

—Puedo subir la escalera sin ayuda —aseguró—. La bajé sola, ¿no es cierto?

—Como quiera, señora mía. Trate de no pisar los cuerpos.

—Cuerpos —repitió ella.

—Son humanos, no llevan muertos mucho tiempo y cabe la posibilidad de que se hayan caído o los hayan arrojado sobre el montón de piedras que hay junto a la escalera —señaló él.

—¡Santo cielo! —exclamó Dafne.

—No se desmaye —le advirtió—. Los he apartado del camino todo lo posible, pero el espacio es limitado. Si lograra alzarla hasta el tercer peldaño, no tendría que acercarse a ellos.

Dafne reprimió un estremecimiento. Si se venía abajo, no tardaría en echarse a temblar de forma descontrolada.

—Muy bien —dijo. Tanteó en la oscuridad, en el lugar donde suponía que se encontraría su hombro. Lo encontró, cálido y duro como una roca. Tan solo el fino lino de la camisa se interponía entre la palma de su mano y la piel del hombre. Una vorágine de emociones innombrables cobró vida en su interior; un apremiante, punzante y penetrante recuerdo de su juventud y de deseos no del todo olvidados.

Se obligó a desterrar esas emociones y se apresuró a deslizar la palma a lo largo de su brazo para llegar a la mano. Después se la cogió y se la llevó a la cintura.

—Aquí estoy —dijo sin aliento.

Dos enormes manos le rodearon la cintura.

—¿Qué diablos es esto? —preguntó él.

—Mi cintura —respondió Dafne.

—Me refiero al fajín que se ha enrollado alrededor. ¿Le ha metido piedras? —Palpó un lugar cercano a su cadera izquierda.

—Se le llama *hizam* —explicó ella.

—Sí, pero ¿qué es?

—Una pañoleta que ciñe la cintura —contestó Dafne—. Muy útil para llevar cosas. Como mis cuchillos.

—¿Tiene la menor idea de cómo utilizarlos? —quiso saber el señor Carsington.

—Sé que se cogen por la empuñadura y que el extremo afilado es lo que hay que clavar —susurró ella con impaciencia—. ¿Qué más hay que saber?

—Que es mejor sujetarlos de manera que el extremo afilado quede hacia arriba y no hacia abajo —respondió él—. Así se tiene más control y se apunta mejor.

—Vaya... —dijo Dafne—. Sí, comprendo.

—Bien. —La sujetó con fuerza por la cintura (o sujetó el *hizam*, mejor dicho) y la alzó con facilidad. La sostuvo en alto hasta que Dafne tuvo plantados los pies en el peldaño y las manos aferradas a ambos lados. Entonces añadió en voz baja—: No se mueva. No sabemos qué pasa ahí arriba.

—No oigo nada —dijo ella.

—De cualquier forma será mejor que yo suba primero —aseguró el señor Carsington.

—Solo hay una escalera —replicó Dafne— y estoy subida en ella.

—Preferiría no tener que trepar sobre los cuerpos —admitió el hombre.

—No, no, desde luego que no.

—En ese caso tendré que apretujarla un poco —dijo él.

—¿Cree que la escalera soportará el peso de dos personas?

—Pronto lo descubriremos.

Dafne sintió cómo la mano del señor Carsington se deslizaba hacia arriba por su espalda y por su brazo para acabar en el lugar donde ella se aferraba a la escalera. Se echó hacia un lado para dejarle sitio, pero había poco sitio que dejar. Un momento después sintió ese duro torso contra su espalda y a continuación una larga y musculosa pierna presionando contra su muslo. Contuvo el aliento. El fuego se extendió desde el punto de contacto y ni siquiera la gélida vergüenza que lo siguió pudo sofocarlo.

El hombre no tardó en dejarla atrás, de modo que Dafne se concentró en salir de aquel espantoso lugar y en alejarse del horror que se encontraba a escasos centímetros de distancia. Escuchó cómo ascendía el señor Carsington y a continuación los sonidos amortiguados de sus botas alejándose del pasaje vertical. Se dio cuenta de que respiraba de forma irregular y de que los latidos de su corazón se habían desbocado. Dejó de pensar en los cuerpos que tenía cerca para concentrarse en los cuerpos desconocidos, aún con vida, que acechaban al señor Carsington.

La embargó el pánico y con él un sufrimiento desgarrador. A la postre escuchó los pasos del hombre. El alivio desterró el pánico y ese sufrimiento desgarrador regresó a la oscura caverna de la que había salido.

—Todo parece despejado por el momento —dijo él.

La escalera estaba en una posición casi perpendicular. Dafne la subió poco menos que a la carrera. Se detuvo en el peldaño superior y se atrevió a soltar las manos para tocar el suelo del pasadizo. Tanteando dio con la rodilla del hombre.

Fue entonces cuando unos fuertes dedos le rodearon la muñeca y ella lo imitó aferrándose a su brazo.

—Sujétese —le ordenó él—. Yo la sostendré.

Le pasó la otra mano por encima del hombro y del pecho antes de sujetarla con firmeza por debajo del brazo. Si la soltaba, le advirtió su agitada mente, caería hasta el fondo... o sobre los cadáveres. Pero el señor Carsington la sujetaba con firmeza y no tardó en trepar por el borde del pasadizo vertical y en caer de rodillas al suelo, con el corazón desbocado y la respiración entrecortada.

—Tranquila —dijo él. No la soltó.

Trató de calmarse, pero le temblaban las manos y le resultaba imposible recuperar el aliento.

—No se desmaye —ordenó el señor Carsington.

—Yo... nunca... me desmayo. —Cuatro costosas y airadas palabras.

—El camino parece despejado hasta el bloque levadizo —le informó él—. Más allá se encuentra el primer pasadizo. Dudo mucho que nadie se haya quedado al acecho tan cerca de la entrada.

Dafne obligó a su atribulada mente a concentrarse en cosas prácticas en lugar de en pensamientos histéricos.

—Hasta el bloque levadizo hay 6,88 metros —dijo—. El bloque mide 2,10 metros. —Pero mientras su mente racional calculaba la distancia que faltaba, la parte más oscura de su ser estaba abrumada por la percepción física: el tamaño y la fuerza de las manos del hombre que la sujetaba; su cercanía, a apenas un palmo en aquel reducido espacio; el olor almizcleño a hombre combinado con el tenue aroma del humo y del jabón.

La fina camisa que llevaba bajo la chaqueta estaba húmeda y se le pegaba a la piel. Dafne nadaba entre las aguas de la pasión y el desconcierto y por un momento deseó con desesperación estar en cualquier otra parte, a salvo y limpia, con su hermano.

También era consciente de otro impulso más peligroso, uno que no quería examinar con detenimiento. Las dos sensaciones se mezclaban y lo único que comprendía era que estaba cansada y confusa y que se sentía infinitamente desdichada. Ladeó la cabeza y la inclinó hacia el hombre que no era su hermano, que ni siquiera era un amigo íntimo de este, hasta que le tocó el pecho con el turbante. Él la agarró por los hombros.

—Nada de desmayos —le ordenó—. Ni de lágrimas.

Dafne levantó la cabeza con rapidez.

—No estaba llorando —le aseguró.

—¡Ah! —exclamó él—. ¿Acaso me encontraba irresistible? Lo siento. —Trató de estrecharla de nuevo contra su pecho.

Dafne se zafó de las manos que le sujetaban los hombros y se apartó tanto como le fue posible en aquel reducido espacio.

—Es usted imposible —le dijo.

—Si no estaba desmayándose, llorando ni tomándose libertades conmigo, ¿qué es lo que estaba haciendo? —quiso saber.

—Sucumbía a la desesperación —respondió ella. Era bastante cierto, si bien no toda la verdad—. Pero fue solo momentáneo. Ya estoy recuperada por completo. ¿Nos ponemos en marcha o debo obligarle a que se mueva a punta de cuchillo?

—Será mejor que lo deje donde está por el momento —contestó él—. No sea que me mate por accidente.

—Si le clavo el cuchillo y lo mato —replicó Dafne—, no sería por accidente.

A decir verdad, ni la señora Pembroke ni ninguna otra persona intentó asesinarlo o causarle problemas mientras salían. Rupert emergió ileso con ella a la luz del día.

A continuación se produjo una serie de acontecimientos con los que estaba más que familiarizado: fueron rodeados por un numeroso grupo de hombres y, pese a las furiosas protestas de la señora Pembroke en lo que parecieron cinco idiomas, los arrestaron.

A Ghazi, que se encontraba entre los espectadores que contemplaban la escena, le pareció gracioso que la pirámide de Kefrén, que no había albergado un cuerpo durante miles de años, en esos momentos diera cobijo a dos.

La policía encontró a los dos guías con el pescuezo rebanado sobre el montón de piedras que había junto a la escalera. Eso fue lo único que encontraron. No lograron descubrir quién había gritado. Ninguno de los presentes había oído ni visto nada.

Y todo porque se habían agrupado para escuchar ensimismados la narración de un cairota acerca del genio maligno que vivía en el tejado de su vecino y que les jugaba malas pasadas a los transeúntes.

El cairota era uno de los hombres de Ghazi.

También había enviado a otro a la policía del distrito con el cuento de que un inglés loco —el mismo que intentara asesinar a un soldado días atrás— estaba creando dificultades en la pirámide de Kefrén. El esbirro había ido bien provisto de dinero para alentar a la policía a actuar con rapidez.

Ghazi había tenido que improvisar, y rápido, porque las cosas no habían salido según los planes.

Dos de sus hombres se habían ocultado en la pirámide de Kefrén justo antes del amanecer. Habían estado esperando al inglés para así propiciar que sufriera un accidente.

Nadie contaba con que la mujer lo acompañara.

Por suerte, Ghazi no había enviado a dos estúpidos a la pirámide. Sus hombres sabían que la inglesa era muy importante para lord Noxley, el hombre a quien conocían como el Demonio Dorado. Sabían que no debían hacerle daño. Y también comprendieron —algo que un estúpido no habría hecho— que sería poco inteligente lastimar al inglés mientras ella anduviera cerca. Habría montado un escándalo —parecido al que estaba montando en ese momento—, lo que habría obligado al cónsul general inglés a montar otro. Eso habría molestado a Mohamed Alí. Y cuando el bajá se molestaba, las personas y sus cabezas tomaban caminos diferentes. En ocasiones ese hecho iba precedido de un poco de tortura. De vez en cuando, algún que otro destripamiento.

En consecuencia, los hombres de Ghazi habían realizado un nuevo examen de la situación y se habían decantado por matar a los guías. Nadie montaría un escándalo por un par de campesinos egipcios muertos. Pero los rumores acerca del incidente se extenderían con la rapidez del fuego y otros egipcios acabarían por entender que resultaba más saludable mantenerse lejos de la dama inglesa y de todo lo que tenía que ver con ella.

Esto, decidió Ghazi, resultaba de lo más satisfactorio. La mujer no tendría más remedio que recurrir a Su Ilustrísima. Entretanto, él aguardaría con impaciencia otra oportunidad para apartar al tal Carsington del camino de su señor.

En ese mismo momento, en Bulaq, el puerto de El Cairo, el sirviente de Miles Archdale, Ahmad, solicitaba trabajo en una de las embarcaciones más elegantes del Nilo. Casi tan famosa como la falúa del bajá, el *Memnon* era propiedad de un extranjero que llevaba viviendo varios años en Egipto.

El capitán observó el rostro magullado de Ahmad durante un buen rato.

—¿Un luchador? —preguntó a la postre.

—Tuve problemas con algunos soldados —respondió Ahmad. Era bastante cierto, aunque no la causa de sus heridas. Los soldados querían crearle problemas, si bien fue el alto inglés que intervino con tanta valentía quien se llevara la peor parte. El inglés había sido muy bueno con Ahmad y este deseaba poder recompensarlo de alguna manera. No obstante, por el momento lo único que podía hacer era huir.

El día anterior, cuando llegaron los falsos policías, había reconocido una de las voces. Se trataba de la voz de uno de los hombres que habían apresado a su señor un día antes. Fue en ese momento cuando Ahmad recordó que habían estado buscando un papiro entre las pertenencias del señor y que se habían puesto furiosos cuando no lo encontraron. Le habían dado una paliza y lo habían dejado por muerto porque no les dijo dónde se encontraba. Habrían hecho lo mismo si se lo hubiera dicho. Lo querían muerto. Era el único testigo del secuestro. Tan pronto como descubrieran que no lo habían matado, lo perseguirían... y cualquiera que tratara de protegerlo sufriría las consecuencias.

Tenía que salir de El Cairo.

Pero no tenía dinero y no se atrevía a pedirles ayuda a sus familiares ni a sus amigos.

Así pues, había acudido a Bulaq a fin de enrolarse en un barco, en uno que pudiera llevarlo lejos de El Cairo tan rápido como fuera posible.

Ese parecía encajar con sus necesidades.

—Necesitamos luchadores —dijo el capitán—. Algunos bandidos mantienen secuestrado a un inglés. Vamos a buscarlo. Mi señor, el dueño de este barco, nos ha ordenado que estemos listos para navegar mañana al alba. Es un trabajo peligroso y se necesitan hombres cuyo valor iguale su destreza.

El corazón de Ahmad dio un vuelco de felicidad. Agradeció en silencio al Creador esa oportunidad de ayudar a su señor. Le dijo al capitán que hablaba inglés y un poco de francés y que ya había atendido a viajeros ingleses con anterioridad, de modo que conocía sus costumbres. Sabía cómo afeitarlos, vestirlos, cocinar y coser para ellos.

—Por desgracia, no tengo cartas de referencia —dijo Ahmad—. Los soldados destruyeron todas mis pertenencias.

El capitán sonrió.

—Cualquiera puede falsificar una carta —dijo—. Mi señor juzga a los demás por sus actos. Hazlo bien y te irá bien. Hazlo mal y te irá fatal.

Y de esa forma, sin pretenderlo, Ahmad entró al servicio del Demonio Dorado.

La policía escoltó a Rupert y a la señora Pembroke hasta una prisión militar de El Cairo y ya estaba bien avanzada la tarde del día siguiente cuando el señor Beechey consiguió que los liberaran. Para entonces la señora Pembroke se encontraba en un estado de furia asesina, por lo que Rupert había tenido que sujetarla con fuerza del brazo mientras abandonaban la prisión para impedir que hiriera a algún miembro, si no a varios, de la policía.

A él lo habían desarmado nada más apresarlo, pero a ella ni siquiera la habían registrado. Tras descubrir casi de inmediato que su supuesto traductor maltés era en realidad una traductora, habían asumido de forma estúpida que era inofensiva. La mantuvieron separada de su presunto cómplice más por razones de decoro que por miedo a que los dos «sospechosos» aunaran sus fuerzas.

Para asegurarse de que la policía siguiera en su ignorancia, Rupert la sacó a toda prisa del lugar y silbó para conseguir un medio de transporte. Dos arrieros se acercaron con sus bestias a toda velocidad. Rupert la levantó del suelo y la plantó sobre uno de los burros antes de encaramarse con presteza al otro. Ella lo fulminó con la mirada, pero les dio a los conductores la dirección y se pusieron en marcha, los hombres corriendo por delante y los burros trotando detrás a través de las concurridas calles.

Los sirvientes de la dama, quienes por sorprendente que pareciera no habían huido cuando la policía apareció en las pirámides, habían regresado a El Cairo después de que los arrestaran. Cuando la señora llegó a casa, se pusieron en acción de inmediato. Una bandeja con café recién hecho y comida no inglesa apareció menos de un cuarto de hora después de su llegada.

La señora Pembroke contempló las viandas con desagrado antes de quitarse el turbante y arrojarlo al suelo.

—¡Me he comportado como una estúpida! —gritó—. Si hubiera hecho caso a lord Noxley, nada de esto habría ocurrido. Pero no, tuve que ir a Giza para perder el tiempo con un reconocido alborotador. ¡Si alguien hubiera tenido a bien informarme de la cantidad de veces que lo han arrestado, habría dejado que se pudriera en la mazmorra! ¡Además a estas alturas ya podría haber encontrado a Miles, en lugar de haber desperdiciado más de un día!

El pelo le cayó sobre los hombros. Era abundante y ondulado, y resplandecía como piedras preciosas rojas en las que la luz se hubiera quedado atrapada. Rubíes y granates. Y sus ojos eran como... No, no eran como esmeraldas. Tenían un verde diferente.

Rupert se dejó caer sobre el diván y contempló los distintos alimentos que había en los platitos.

—Usted me hizo creer que Noxcivo deseaba que se quedara tranquilita en casa mientras él se paseaba por El Cairo interrogando a sus amigos. Esa disposición no parecía hacerle mucha gracia.

—¡Esa no es la cuestión! La cuestión es... —La dama hizo una pausa y echó un vistazo a la habitación. Su mirada se detuvo en los egipcios de madera que la contemplaban en silencio desde su lugar en la estantería—. Me habría vuelto loca si me hubiera quedado en casa esperando —dijo sin más.

—En cambio fue a Giza y regresó con una imagen más clara de su enemigo —dijo Rupert.

La verde mirada de la mujer se posó sobre él.

—¿De veras?

—Por supuesto —aseguró Rupert—. En este momento está un poco alterada, de otra manera se daría cuenta de lo mucho que ha descubierto.

Ella se acercó al diván. Su extraordinario rostro mostraba una expresión cautelosa.

—¿Como qué?

—Incluso yo he conseguido unas cuantas pistas —dijo él. Levantó el pulgar—. Primero, no nos estamos enfrentando con bribones de tres al cuarto, sino con una organización. —Levantó el índice—. Segundo, el hombre al cargo es inteligente: el secuestro, el robo del papiro y los sucesos de hoy... todo orquestado al detalle. Recuerde que quienes murieron en Giza fueron dos simples egipcios. Nosotros no sufrimos daño alguno, salvo en nuestro orgullo. Nuestro hombre sabe hasta dónde puede llegar.

—La vida de los egipcios no tiene valor —murmuró ella, haciendo un gesto de asentimiento con la cabeza.

Rupert siguió contando con los dedos.

—Tercero, sabe cómo manipular a la policía. ¿No le parece interesante que se presentaran allí en cuanto salimos y que nos arrestaran antes de ir en busca de los cadáveres?

—Sobornados —concluyó ella.

Comenzó a pasearse de un lado a otro, inocentemente ajena al delicioso modo en que los livianos pantalones se amoldaban a sus piernas y a la forma en que iban ocultando y revelando el tobillo, la pantorrilla y el muslo; a la forma en la que el tejido se movía al compás de sus caderas.

Rupert la contempló sin el menor rastro de inocencia o inconsciencia.

—Cuarto. —Hizo una breve pausa—. Aunque me duela admitirlo, Noxcivo tenía razón en una cosa: francés o no, nuestro rufián cuenta con una impresionante red de espías.

—¿Cómo si no habría llegado a tiempo para arreglar lo que ocurrió en Giza? —murmuró ella sin dejar de pasearse—. No puede haber muchos hombres en El Cairo que encajen en el perfil. Debe de ser alguien que lleva viviendo aquí bastante tiempo. Tiene muchos contactos en los bajos fondos. Lo más probable es que se mueva con libertad entre la comunidad europea. Incluso puede que sea un miembro de la corte del bajá. Cualquiera que esté cerca de Mohamed Alí tiene influencia, poder.

—¿Cuántas personas cumplen esos requisitos? —preguntó Rupert.

—No tengo la menor idea —respondió ella—. Egipto atrae a los oportunistas. Personas con mala reputación en sus países de origen pueden conseguir cierto grado de respetabilidad aquí.

Se detuvo de golpe, lo miró y comenzó a pasearse de nuevo.

Después de un momento regresó al diván y se dejó caer con su característica y ágil elegancia. Se sentó mucho más cerca de él que antes, a menos de un brazo de distancia.

Sirvió el café con la mirada perdida. Dos tazas. Al parecer lo había perdonado. Por el momento.

Rupert cogió su taza y bebió con satisfacción. No había nada como el café turco. Ni como una atractiva mujer inglesa ataviada con pantalones turcos. Deseó que la chaqueta fuera igual de reveladora. La imaginó envuelta en diáfanas sedas, todo ese incitante cuerpo extendido sobre el diván mientras él averiguaba sus medidas exactas con las manos y con la boca.

Levantó la mirada y la descubrió observándolo con detenimiento.

Resultaba inquietante. Por un momento creyó que ella podría entrar en su cerebro. Tampoco es que allí hubiera mucho que ver. Aunque dudaba que la dama se mostrara más amable con él si llegara a descubrir, por ejemplo, la enorme cantidad de espacio mental que ocupaban sus fantasías de seducción en comparación con el minúsculo rincón dedicado al problema de los guías asesinados y la policía corrupta.

—Antes de que vayamos más lejos, debo decirle algo —afirmó ella—. Tengo mucho temperamento.

—Ya me he dado cuenta —le aseguró Rupert—. Resulta bastante excitante. No sé qué le estaba diciendo a la policía en la prisión, pero no parecía que estuviera tratando de convencerlos.

—Tiene razón —dijo la mujer—. Les estaba señalando lo ilógico que sería que hubiéramos matado a nuestros guías y nos hubiéramos quedado allí dentro en la más absoluta oscuridad.

—¿Era eso lo que les decía? —inquirió él—. Parecía algo mucho más complicado.

La señora Pembroke se ruborizó.

—Puede que hiciera algunos comentarios peyorativos acerca de su inteligencia y que añadiera un par de referencias desfavorables con respecto a su familia.

—Apasionante —dijo Rupert—. Es un milagro que no nos cortaran la cabeza en el acto.

—No pensaba con claridad —admitió ella—. Nunca me habían arrestado con anterioridad. Fue indignante. La estupidez de la policía sobrepasaba con creces cualquier cosa que me haya encontrado o siquiera imaginado jamás.

—Y sin embargo esos estúpidos lograron ver más allá de su magistral disfraz —señaló Rupert.

Ella se miró. Se le abrieron los ojos de par en par. Se llevó la mano a la cabeza.

—¡Dios Santo! —exclamó—. Lo había olvidado por completo. —Se levantó al instante—. No estoy presentable en absoluto.

Su idea acerca de lo que era «presentable» implicaba abrocharse todos los botones, recogerse el cabello y cubrirse, toda de negro. Rupert prefería con mucho la versión desarreglada y temperamental... sobre todo el pelo suelto, que parecía rogarle que enredara los dedos en él.

—Aquí no hay nadie más que yo —dijo él mientras cogía un dátil—. Y a mí no me importa que esté un poco desaliñada. —La miró con una expresión de inocente curiosidad—. ¿O acaso deseaba ponerse más atractiva ante mis ojos?

Ella volvió a sentarse.

—Le estaba explicando lo de mi temperamento... y quizá deba mencionar que tiene usted un gran talento para sacarlo a relucir. —Cerró los ojos y los abrió pasado un momento.

Rupert se preguntó si estaba contando hasta diez. La gente lo hacía a menudo cuando conversaba con él.

—Me gustaría pedirle disculpas —dijo ella.

—No es necesar...

—Sí es necesario —lo interrumpió—. Me habría sentido fatal si no me hubiera llevado a Giza. Y averiguamos algunas cosas, tal y como ha dicho.

Rupert no quería ni necesitaba una disculpa. No le molestaba el temperamento de la mujer en lo más mínimo. A decir verdad le gustaba. Aun así era muy justo por su parte disculparse.

Había mostrado el mismo arrojo en Giza. Puesto que parecía sentir una insana aversión a que la encerraran en lugares oscuros, tendría que haber estado muerta de miedo. Sin embargo, había apretado los dientes y había proseguido hasta salir a la luz con la presencia de ánimo necesaria para enfrentarse a la policía.

Ni siquiera una noche en prisión la había amedrentado.

Mientras tanto él, que contaba con abundante experiencia en lo que a cárceles se refería, no había pasado una noche muy confortable. Se había dicho que los policías no le harían daño a la mujer. Se habían contenido durante sus diatribas, ¿no? De todas formas se había pasado la noche en tensión constante, prestando atención a cualquier indicio de que ella se encontraba en peligro.

Desterró ese desconcertante recuerdo. Era una mujer difícil de manejar. Se había dado cuenta desde el principio. No era una de esas damas tranquilas y apacibles. Incluso lo obligaba a pensar de vez en cuando.

Y eso hizo en ese instante, impaciente por dejar atrás lo de las disculpas.

—Es obvio que nuestro malhechor está tratando de demorarla y confundirla —dijo—. Y eso significa que su hermano está ileso y probablemente no muy lejos.

Ella asintió, pero sus verdes ojos parecían ensimismados y se movían de un lado a otro.

Rupert siguió comiendo mientras la observaba reflexionar.

Tras unos minutos de intensa cavilación, la señora Pembroke dijo:

—Todas las pistas que tenemos apuntan hacia una persona inteligente, poderosa y peligrosa. Lo más probable es que haya alguien en El Cairo que pueda darnos una lista de sospechosos. Lord Noxley... —Hizo un gesto negativo con la cabeza—. No, tenemos que hablar con alguien que haya hecho de este su hogar, con alguien que lo sepa todo de todo el mundo. —Levantó la mirada para observarlo un instante antes de posar los ojos en las enigmáticas figuritas de madera que había sobre la estantería—. ¡Santo cielo! El mercader.

Rupert siguió la dirección de su mirada.

—Compramos la mayor parte de esas figuras al mismo hombre que le vendió el papiro a Miles —prosiguió ella—. Deberíamos haber empezado por ahí, por Vanni Anaz. ¿Quién le contó a Anaz la historia de la tumba perdida del faraón? ¿A cuánta gente se la contó él? ¿Cuántos mostraron interés por el papiro?

—Excelente disquisición. —Rupert apuró el café antes de ponerse en pie—. Comenzar por el principio. Y será mejor que lo hagamos más temprano que tarde... antes de que el rufián adivine nuestro siguiente movimiento.

—¿Ahora? —inquirió ella. Se llevó la mano a la cabeza antes de mirarse con abatimiento.

Rupert recogió el turbante que ella había arrojado al suelo.

—Yo la ayudaré —afirmó.

6

La mente de Dafne no atravesaba uno de sus mejores momentos. Había pasado la noche anterior en vela, esforzándose por escuchar lo que ocurría en el resto de la prisión y reprendiéndose por haber perdido el control con la policía. Si torturaban o golpeaban al señor Carsington, sería por su culpa.

Por ese horrible y tan poco femenino temperamento suyo. Los cinco años de afables reprimendas por parte de Virgil no habían ayudado a doblegarlo. Al contrario, las reprimendas solo habían conseguido enfurecerla aún más.

Al señor Carsington parecía no molestarle en absoluto su temperamento. Había dicho que lo consideraba excitante... aunque podría haber sido la causa de sus muertes.

Levantó la vista para observarlo mientras él se esforzaba por cubrirle el pelo con el turbante.

Era un hombre... muy vital.

Dafne era intensamente consciente del ascenso y del descenso de su pecho, del roce de su aliento sobre la cara y de esa oscura mirada clavada en su cabeza. Y de las manos, esas habilidosas manos... que tan reconfortantes habían resultado durante el largo y oscuro trayecto a través de la pirámide. Y tan peligrosas, puesto que le habían hecho desear más, le habían hecho desear con impaciencia... sus caricias.

Su corazón comenzó a latir más deprisa.

Le apartó las manos.

—No se moleste —le dijo—. Me pondré un chal.

Salió de la habitación sin pérdida de tiempo y se dio de bruces con Leena. Dafne la miró echando chispas por los ojos y prosiguió su camino. Cuando estuvo segura de que él no las escuchaba le preguntó:

—¿Has estado fisgoneando... escuchando tras la puerta?

—Sí —afirmó Leena, que no parecía avergonzada en lo más mínimo—. Pero el señor habla tan bajo que no he escuchado más que sus gruñidos. ¿Le estaba haciendo el amor?

Dafne se apresuró a seguir adelante.

—Por supuesto que no.

Leena la siguió.

—Pues tiene el peinado deshecho.

—Tuve un arrebato de mal genio y me arranqué el turbante —explicó Dafne—. Tengo que cambiarme. Voy a ir al *suq*.

—¿Ahora? —preguntó Leena, perpleja.

Ambas entraron en el dormitorio de Dafne. Esta sacó del armario unos pantalones de mujer de estilo árabe y una camisa. Se quitó a tirones la ropa que llevaba puesta desde el día anterior y la arrojó al suelo.

—Quémalas —le ordenó a la criada.

—No la comprendo —dijo Leena—. ¿Por qué no me envía a comprar mientras usted se queda y deja que el señor le quite la ropa? ¿Qué tiene de bueno ser una gran dama si hace el trabajo de los sirvientes y no obtiene ningún placer?

Dafne se acercó a la jofaina. Mientras se lavaba con rapidez, le recordó a Leena que ese no era el momento apropiado para el placer. ¡Por no mencionar que era la hija de un clérigo inglés! ¡Y la viuda de otro!

—Sí, pero ellos están muertos y usted está viva —replicó la mujer al tiempo que le ofrecía una toalla a su señora—. Y ese hombre... ¡Por Alá! Ya vio cómo levantó al corpulento Wadid del suelo. —Se llevó las rollizas manos a su más que rollizo busto—. Tan fuerte... Tan guapo... Me he dado cuenta de cómo lo miraba. Usted...

—Mi hermano ha desaparecido —la interrumpió Dafne con brusquedad—. Han asesinado a varias personas.

—Sí, pero usted está viva —insistió Leena mientras la ayudaba a ponerse la amplia camisa—. Me encantaría estar en un lugar oscuro con un hombre semejante. No tendría ninguna prisa por salir.

Los principios morales de Leena dejaban mucho que desear. Pero era una mujer inteligente que hablaba varios idiomas, además de ser muy eficiente. Mientras sermoneaba a su señora sobre la pérdida de oportunidades —y sobre la brevedad de la vida y la incertidumbre de esta—, las manos de la doncella trabajaban tan deprisa como su lengua.

Dafne regresó en un santiamén al *qa'a,* el equivalente cairota del salón inglés.

El señor Carsington la observó durante un buen rato y dejó que su oscura mirada se deslizara muy despacio desde el velo que Leena le había prendido al gorro de tela hasta la túnica que cubría la fina camisa y la mayor parte de los pantalones.

Lo mismo habría dado si hubiera hecho el recorrido con las manos.

Dafne podía imaginarse la suave caricia, casi podía sentirla. Su piel cobró vida y le costó un enorme esfuerzo permanecer inmóvil.

Él inclinó la cabeza hacia un lado y después hacia el otro antes de decir:

—Me rindo. ¿Qué papel representa esta vez?

El de una joven loca, indecente y desenfrenada.

No, el de una mujer que sabía cómo doblegar sus instintos más bajos.

—Da igual —respondió—. Todos lo mirarán a usted. Yo me limitaré a fundirme con el entorno.

—No lo creo —replicó él.

Dafne bajó la vista para observarse, para mirar el cuerpo que jamás había llegado a entender y en el que no podía confiar, tal y como le habían enseñado.

—Trataba de no parecer extranjera.

—Es más útil parecer atractiva —le aseguró el señor Carsington—. Embelesar a Anaz para que desvele todos sus secretos.

—Da igual lo útil que sea —afirmó Dafne—. No puedo hacerlo.

—¿Ah, no?

—No —contestó con firmeza—. No soy ese tipo de... esa... —Él la observó con detenimiento y una expresión indescifrable en la mirada. El corazón de Dafne se desbocó. La neblina que envolvía su mente se hizo más densa—. No soy el tipo de mujer con el que usted se ha relacionado en la alta sociedad... y en otros lugares —dijo—. Yo me desenvuelvo mejor entre libros.

—Leer mejora la mente —le aseguró el señor Carsington sin rastro de burla en su mirada.

—Pero no así la personalidad —señaló Dafne—. No soy una mujer fascinante. Carezco de diplomacia y soy malhumorada y testaruda. —Y algo peor. La confesión que le quedaba la avergonzaba. La batalla interior, de la que nunca había hablado en voz alta, la abochornaba mucho más. En consecuencia sentía un calor agobiante y sabía muy bien que tenía la cara como una remolacha. Pero ella era sin duda perseverante—. No es en absoluto algo que les guste a los hombres —dijo—. Tendremos que encontrar otra forma de arrancarle los secretos al señor Anaz.

—Desde luego —le aseguró él—. Si lo desea, yo mismo le arrancaré la cabeza. —Esa extraña y penetrante mirada se desvaneció sin dejar rastro y el hombre se convirtió una vez más en el alegre zoquete por el que lo había tomado en un principio.

La tensión que la embargaba se atenuó un poco.

Se había acostumbrado a que la gente no le prestara atención o, cuando eso no sucedía, a ganarse la desaprobación y el descontento de los hombres. Había aprendido a plantar cara a esas reacciones. Ya no le hacían daño.

Sin embargo, con ese hombre estaba a la deriva y a merced de la tormenta que desencadenaba en su interior.

Se colocó el velo sobre la cara.

—Será mejor que nos vayamos —dijo. Se giró hacia Leena, que estaba junto a la puerta con una expresión de reproche y decepción en el rostro—. Si alguien pregunta —le dijo—, hemos ido a comprar una alfombra.

Vanni Anaz era un viejo mercenario de origen desconocido; nadie podía decir con certeza si era armenio, albanés, sirio o griego. Sin embargo, todo el mundo sabía que se había instalado en Egipto mucho tiempo atrás y que dirigía un lucrativo negocio de importación de alfombras, hachís, opio y antigüedades. Su tienda, le dijo Dafne al señor Carsington durante el trayecto, se parecía más a las europeas que a las típicas y pequeñas *dukan* de la mayoría de los barrios comerciales. La tienda típica, con unos dos metros de altura y una anchura de metro o metro y medio, no podía albergar a más de tres clientes a la vez. Allí se sentarían y fumarían y regatearían durante medio día por una alfombra o un caldero de cobre. El suelo de esas tiendas solía estar situado a medio metro por encima del nivel de la calle, lo que lo situaba a la altura de los bancos de piedra típicos de sus fachadas, construidos para disgusto de los transeúntes que se afanaban por abrirse paso a través de las estrechas calles de El Cairo. Esos obstáculos de piedra o de ladrillo se llamaban «mastabas», explicó Dafne, y sobre ellas se llevaban a cabo las transacciones comerciales.

La tienda de Anaz se parecía más a una casa particular. El cliente podía entrar para ver las alfombras y negociar con el mercader tumbado en un diván.

Pero cuando entraron, la colección de artículos que el señor Anaz y sus agentes habían saqueado de las tumbas no estaba a la vista.

—Tiene fama de ser un mercader honesto —susurró Dafne mientras esperaban a que el vendedor de alfombras apareciera—. Pero la palabra «honesto» es más ambigua en Egipto que en Inglaterra. Creo que resulta de lo más deshonesto inventar historias sobre jeroglíficos que conducen hasta el tesoro de un faraón.

—Me dijo que el papiro tenía símbolos pertenecientes a la realeza —señaló el señor Carsington—. Que se mencionaba al menos a un faraón, ¿no es así?

Dafne asintió.

—El nombre de un faraón siempre está rodeado por un óvalo

llamado cartucho. El papiro de Miles tenía dos. El más sencillo contenía un círculo, un escarabajo, tres pequeñas líneas verticales y algo así como un cuenco poco profundo o una cesta. —Frunció el ceño al contemplar la puerta de cuarterones que conducía a las estancias traseras—. ¿Es que este hombre no va a venir nunca? Las personas deshonestas podrían robarle media tienda mientras él pierde el tiempo.

—Puede que esté con una mujer ahí detrás —apuntó el señor Carsington.

Dafne alzó la vista para mirarlo a la cara.

—¿Es que usted nunca piensa en otra cosa?

—Siempre trato de ponerme en el lugar del prójimo —afirmó—. Me pregunto qué estaría haciendo yo. O qué me gustaría estar haciendo.

El hombre la miró de forma directa y penetrante, y Dafne se perdió en las profundidades de esa mirada azabache. Apenas podía respirar ni mantenerse en pie. Sintió que se le quedaba la mente en blanco y extendió la mano hasta que estuvo a punto, a punto de tocarlo.

Un ruido procedente de la trastienda rompió el hechizo.

El señor Carsington giró la cabeza en dirección al sonido. Ella también lo hizo, mortificada a más no poder. El problema era la falta de sueño, se dijo. La fatiga anulaba la voluntad y las facultades mentales. Sin embargo, una depravada vocecilla interior se burló de ella: «El sueño no curará tu dolencia».

—Señor Anaz —lo llamó el señor Carsington.

No gritó, pero su voz grave pareció adquirir un tono más reverberante y poderoso. Una voz semejante, pensó Dafne, podría dirigir ejércitos o silenciar a la ebria multitud que asistía al Coliseo de Roma sin dificultad alguna. Esa voz la devolvió al presente y la puso en alerta de inmediato.

Sin embargo, no consiguió que el mercader apareciera a la carrera.

—¡Maldición! —exclamó el señor Carsington y, tras hacerle un gesto de advertencia a Dafne, añadió—: No se mueva.

Ella hizo caso omiso de la advertencia y se apresuró hacia la puerta. El hombre levantó el brazo, pero ella lo apartó para ver lo que trataba de ocultar.

Vanni Anaz yacía en el suelo, mirándolos con los ojos abiertos de par en par. Una línea roja le rodeaba la garganta y había un charco de sangre bajo su cabeza.

Rupert no esperó a descubrir si la señora Pembroke se desmayaría o no; en cambio sacó su cuchillo y atravesó con rapidez la habitación. Había atisbado un movimiento en las cortinas al entrar. El asesino no podía haber ido muy lejos.

No escuchaba a la persona que estaba al acecho, pero percibía su presencia; sensación que se acrecentó cuando se acercó a la puerta cubierta por la cortina. Apartó la tela a un lado y... se retiró al instante.

Una enorme figura de piedra se estrelló contra el suelo, justo donde él habría estado de haberle fallado el instinto.

Escuchó que la señora Pembroke gritaba «¡No!» cuando se abalanzó sobre la silueta que huía al otro lado de la puerta. Su objetivo cayó al suelo, pero consiguió zafarse y comenzó a ponerse en pie. Le asestó una patada a Rupert y este le agarró el pie. Su rival trató de quitárselo de encima, pero Rupert dio un fuerte tirón y logró desequilibrarlo. El tipo intentó alejarse rodando, asestando patadas y golpes. Rupert le dio un codazo en la cabeza y lo inmovilizó rápidamente contra el suelo clavándole la rodilla en la base de la espalda.

—¡Cuidado! —gritó la señora Pembroke.

Rupert se agachó y el objeto le acertó cerca de la sien. Comenzó a ver estrellitas. Y también vio que otro malhechor se acercaba con el cuchillo en alto. Rupert se abalanzó sobre él.

Cayeron al suelo entre forcejeos mientras los objetos de cerámica se hacían añicos a su alrededor.

Apareció otro hombre surgido de la nada y se escuchó un grito en árabe. Mientras Rupert golpeaba a uno de los asaltantes, vio por el rabillo del ojo que la señora Pembroke recogía algo del suelo y se unía a la reyerta.

No habría sabido decir qué era ni tuvo tiempo para imaginarlo. Pero escuchó un grito y vio cómo uno de los atacantes se tambaleaba, ya sin turbante, y se llevaba las manos a la cabeza. Sujetando un gran objeto en alto, la dama fue tras él y el tipo echó a correr. En ese momento, algo golpeó a Rupert en la parte posterior de la cabeza. El mundo se volvió negro y se llenó de luces parpadeantes. El suelo se abrió bajo sus pies y lo engulló.

Se hizo la oscuridad.

La luz regresó muy despacio. Rupert olió el olíbano, el ámbar gris y alguna otra sustancia que su cerebro consideraba femenina. Algo suave que olía a mujer le servía de almohada. Un instante más tarde se dio cuenta de que se trataba del busto de una mujer. Las caricias tan agradables que sentía en la mejilla las prodigaba la suave y delicada mano de una dama. De ella. Esa exótica fragancia también formaba parte de ella. Olíbano. El aroma a diosa.

—Señor Carsington, hábleme —le dijo.

Él habría preferido no hacerlo. Prefería quedarse tal y como estaba, apoyado sobre su suave busto mientras inhalaba su fragancia y ella le acariciaba la mejilla con ternura.

—Señor Carsington. —La mano dejó de acariciarle la mejilla para empezar a darle cachetes con creciente impaciencia.

Al recordar el irascible temperamento de la dama, supo que esos cachetes no tardarían en convertirse en bofetones. Abrió los ojos y se encontró con su verde mirada, donde la ansiedad se mezclaba con la exasperación.

—¿Dónde estoy? —preguntó, aunque sabía muy bien la respuesta. Era una táctica dilatoria. Sus pechos eran una almohada perfecta y no quería abandonarla.

—Sobre el suelo del almacén de Anaz —respondió ella—. Parece que se ha desmayado.

—¿¡Que me he desmayado!? —repitió con incredulidad—. Me golpearon en la cabeza. Ya debería saberlo. Me sucede bastante a menudo.

—Eso explicaría un montón de cosas —replicó ella al tiempo que hacía ademán de ponerse en pie.

Sabiendo que la mujer no mostraría ningún reparo en dejar que su pobre y magullada cabeza se golpeara contra el suelo, Rupert se sentó a toda prisa.

Miró a su alrededor. El suelo estaba cubierto por los fragmentos de las vasijas rotas y por un montón de figurillas. A su lado se encontraba la estatua de un halcón que mediría unos treinta centímetros. Con eso había golpeado la señora Pembroke al atacante.

—El halcón es una reencarnación del dios Horus —dijo ella—. No tenía otra cosa más a mano que pudiera infligir algo de daño. Esas figurillas son bonitas, pero resultan inútiles como arma.

Las figuras de madera pintada eran semejantes a las que había visto en la estantería de su casa. Rupert cogió una de ellas.

—¿Qué son? ¿Muñecas? ¿Ídolos sagrados?

—No se sabe —respondió la señora Pembroke—. Estos objetos, junto con los fragmentos de cerámica y los trozos de las momias, son lo que más a menudo se encuentra en las tumbas. Los ladrones se llevaron el resto de los tesoros hace muchísimo tiempo.

—Tantos secretos... —dijo él. Se metió la figurilla en el bolsillo del pecho de la chaqueta y se puso en pie—. Parece que Vanni Anaz guardará todos los suyos hasta el Día del Juicio.

—Yo no diría tanto —afirmó ella—. Mientras usted luchaba como un loco contra los asaltantes (sin tener la menor idea de cuántos había), yo me aseguré de comprobar si el hombre seguía con vida. Y así era. Antes de expirar dijo: «*Cherchez* Ramsés». O al menos eso entendí. —Le temblaba la voz.

Fue entonces cuando Rupert se fijó en las manchas oscuras de su túnica. Probablemente se habría arrodillado para ayudar al moribundo, igual que había hecho con él. No se había desmayado, ni había gritado, ni había salido corriendo. Había entrado en la trastienda, había cogido un arma y había luchado junto a él contra los rufianes.

Una reacción valiente dentro de su estupidez.

En su interior se sucedieron unas extrañas sensaciones; una súbita oleada de emociones que no supo nombrar. La lujuria tenía algo que ver, por supuesto, ya que era un hombre y haría falta algo más que unas cuantas manchas de sangre en la ropa de la dama para hacerla desaparecer.

No obstante, la lujuria era como un parásito; un viejo amigo cuya presencia le era tan familiar como respirar. Pero lo que lo mantenía en vilo era algo tan extraño y desconcertante como la figurilla de madera que tenía en el bolsillo de la chaqueta.

No entendía ese sentimiento y tampoco trató de hacerlo. Pero sí entendía que ella estuviera enfadada. Tenía razones para ello.

—Ha habido bastantes muertos en el último par de días —dijo antes de acercarse a la dama.

La señora Pembroke levantó una mano. El temblor era tan leve que Rupert podría haberlo pasado por alto de no haberse sentido tan fascinado por ella.

—No —dijo—. Ni se le ocurra tratar de consolarme.

Era algo instintivo, incluso para él. Sabía cómo abrazar a una mujer y dejar que llorara sobre su hombro mientras apretaba los dientes y soportaba los sollozos. Lo detestaba, pero podía hacerlo. Aunque no habría detestado abrazarla a ella en concreto. Era el llanto lo que encontraba insoportable.

—Se ha llevado una impresión muy fuerte —le dijo—. Es imposible que tenga por costumbre encontrarse con hombres muertos a los que les han rebanado el pescuezo.

—No quiero consuelo —insistió ella—. Quiero un baño. Y una taza de té. Esas dos cosas, me da igual en qué orden. Pero primero... —Cerró los ojos y sacudió la cabeza antes de volver a abrirlos de nuevo—. Tendremos que dar parte a las autoridades.

—¿Es que ha perdido el juicio? —inquirió él—. Tiene la ropa manchada de sangre. Recuerde que fue usted quien señaló lo estúpidos que eran los policías locales. Creerán que hemos sido nosotros quienes matamos al vendedor de alfombras.

—Huir nos haría parecer mucho más culpables —aseguró ella.

Rupert también quería bañarse... y un trago de algo más fuerte que el té. No quería ir a prisión de nuevo para verla discutir con un puñado de zoquetes descerebrados. No era capaz de calmar los ánimos de nadie ni de aligerar los procedimientos con un despliegue de buen humor porque no conocía el idioma. Y mucho menos deseaba pasar otra noche en la cárcel, separado de ella e incapaz de protegerla.

No quería que Beechey fuera a liberarlos y decidiera que quizá y después de todo no había sido tan buena idea asignarle a Rupert Carsington el cuidado de la hermana de Miles Archdale. No quería que el secretario le sugiriera al señor Salt que quizá y después de todo sería mejor permitir que un voluntario civil como lord Noxley se encargara de ayudar a la dama. Quizá y después de todo, lo más inteligente sería desterrar al señor Carsington al desierto, donde con un poco de suerte le caería encima un obelisco de trescientas toneladas.

Pero sobre todo, Rupert no quería revelarle ninguno de esos pensamientos a ella.

Compuso una afable y estúpida expresión y dijo:

—Como desee, señora. Usted es la encargada de pensar.

Menos de una hora después, el señor Beechey, la policía, el jeque del distrito y un traductor se habían reunido en la tienda. En esos momentos se encontraban en la trastienda, que parecía intacta salvo por las manchas de sangre del suelo. El almacén, por el contrario, había sido saqueado; quizá, sugirió Rupert, mientras uno de los asaltantes mantenía distraído a Anaz en la trastienda.

—Tal vez hicieran demasiado ruido —conjeturó— y cuando Anaz fue a investigar, el primer malhechor le rebanó la garganta.

Cuando lo tradujeron, el jeque frunció el ceño y se alejó para examinar el cadáver. Una vez hecho, se llevaron el cuerpo.

Entretanto, Beechey le hizo saber a Rupert en voz baja que la situación podría adquirir un tinte de lo más desagradable. Vanni Anaz no era uno más de los cientos de insignificantes mercaderes egipcios; era un extranjero importante que llevaba a cabo numerosos servicios para Mohamed Alí y por quien el bajá sentía, en consecuencia, un gran afecto. Además, era la tercera persona a la que mataban en presencia de la señora Pembroke y del señor Carsington en los dos últimos días.

Por suerte, el jeque Salim demostró ser un personaje más juicioso y razonable que la policía. Tras examinar el cadáver, comenzó a inspeccionar el almacén y a interrogar a la gente de las tiendas vecinas.

Regresó para informar de que los vecinos habían visto a varios hombres salir huyendo de la parte trasera de la tienda; uno de ellos con la cabeza descubierta.

Un adulto no europeo sin turbante en las calles de El Cairo era tan inusual y extraño como lo sería un hombre con turbante en las calles de Londres.

El jeque concluyó que todas las evidencias concordaban con la explicación que el «sabio caballero» —¡refiriéndose a él!— había dado.

Fue la señora Pembroke quien lo explicó todo, para asegurarse de que la traducción fuera correcta. Pero mientras hablaba, el jeque lo miraba a él, no a ella, y le respondía a él, no a ella. Para el caso que le hizo, la dama bien podría haber estado en Northumbria. Rupert estaba seguro de que eso la había enojado —incluso él lo encontraba molesto—, pero fueran cuales fuesen sus sentimientos, los ocultó muy bien. O quizá estuviera demasiado cansada o demasiado consternada como para que le importase. Al menos el jeque había prestado atención. Les dijo que eran libres de marcharse y que se encargaría de que la policía peinara la metrópoli en busca de un hombre sin turbante con un enorme chichón a un lado de la cabeza.

—Dígales que busquen a un tipo con síntomas de una conmoción —le había dicho Rupert—. La señora Pembroke le dio un buen porrazo y la estatua era de piedra maciza.

Beechey le lanzó una mirada hosca, pero no dijo nada hasta más tarde, cuando se marcharon del lugar. Hacía mucho que había anochecido y seguían al séquito de policías y sirvientes de la señora Pembroke hasta su casa.

El secretario aminoró el paso y le dijo:

—Creí haber dejado claro que debía proteger a la señora Pembroke de cualquier situación molesta o angustiosa.

—A ella no le gusta que la protejan —aseguró Rupert—. Se opone con todas sus fuerzas a que la traten como a una niña.

—Esa no es excusa para que usted la trate como si fuera uno de sus amigotes —dijo el secretario—. ¿No se le ocurrió pensar que otros asaltantes podrían haberse escondido en las cercanías y que debería haber pedido ayuda de inmediato? Mientras usted se metía a ciegas en una emboscada que debería haber previsto, ella podría haber resultado herida. Podrían haberla matado o algo peor.

Rupert se detuvo.

—¿Cree que existe algo peor que ser asesinado?

—Creí haberlo hecho partícipe de las opiniones y deseos del señor Salt con respecto a la desaparición del señor Archdale —dijo Beechey—. Creí haberme expresado en términos claros y sencillos.

—Así es —comentó Rupert—. Y yo hice lo propio con la señora Pembroke.

—Le dijo... —Tras una pausa, Beechey continuó con voz tensa—: No puedo creer que le haya revelado nuestras sospechas acerca de... ejem... los lugares de dudosa reputación. Supongo que esta es una de sus bromas. ¡Ja, ja!

—La señora Pembroke afirmó que su hermano no se encontraba ni en un burdel ni en un fumadero de opio y que de ningún modo iba a ir yo a buscarlo a uno de esos lugares —aclaró Rupert—. La obedecí, tal y como se me había ordenado. Usted me dijo que no debía hacerla enfadar, ¿cierto?

Se produjo uno de esos silencios iracundos a los que Rupert estaba tan acostumbrado.

No era la primera vez que dejaba a un interlocutor sin habla y no sería la última. Caminaron sin mediar palabra mientras Rupert se preguntaba cuánto tiempo le quedaba antes de que Salt lo enviara al desierto.

Pese a la magnífica protección con la que contaba la dama, Rupert la escoltó hasta su casa. Esperó un rato hasta comprobar que los guardias asignados habían ocupado las posiciones estratégicas alrededor del lugar y después se despidió de Beechey y se dispuso a seguir su camino.

Era de noche y sabía que las personas sensatas no atravesaban las calles de El Cairo después del anochecer. De cualquier forma, la ruta segura jamás había sido su favorita.

Siguió el camino que la señora Pembroke y él tomaran dos días atrás. Aunque era de noche, encontró la casa de lord Noxley sin ninguna dificultad... siempre y cuando no se tuvieran en cuenta las continuas paradas para apaciguar a los policías, los centinelas militares y los porteros.

La calle tenía una puerta y esta estaba cerrada, pero a esas alturas ya había memorizado la contraseña secreta. El vigilante dijo algo en un idioma extraño y Rupert respondió:

—*La ilaha il-allah.*

Tal vez tuviera que recibir unas cuantas lecciones de árabe después de todo, pensó, le gustara o no. Bien pensado, que la señora Pembroke le enseñara árabe sería mucho más agradable que aprender griego o latín de los aburridos maestros del colegio.

A la postre, después de pronunciar cuidadosamente las frases «Mensaje del señor Salt» y «Cónsul británico» en varias ocasiones, le dejaron entrar en la casa de Su Ilustrísima. Eso iba contra las reglas, según descubrió más tarde. Sin embargo, había tenido suerte: su visita había coincidido con la rabieta de una mujer celosa.

La belleza morena que había visto durante su visita previa se llamaba Juman. La mujer se paseaba de un lado al otro del pórtico cuando lo oyó saludar al portero. Dejó pasar a Rupert y poco después se sinceró con él en un inglés no muy bueno amenizado con un complicado despliegue gestual.

Lord Noxley la había comprado en el mercado de esclavos.

Ansiosa por complacer al apuesto extranjero que la había salvado de una vida con un amo mucho más viejo y menos atractivo, se había aprestado con diligencia a aprender inglés. Puesto que también era indeciblemente hermosa, Su Ilustrísima le había permitido complacerlo también de otras formas. Como resultado, ella había comenzado a albergar esperanzas —cosa de lo más normal entre las mujeres, como criaturas fantasiosas que eran— de un arreglo permanente, uno que a ser posible incluyera los ritos nupciales.

Sus esperanzas se habían hecho añicos el día anterior, cuando Su Ilustrísima partió hacia El Cairo en busca del hermano de la dama inglesa.

La abandonada Juman todavía estaba contrariada. Por esa razón había ordenado al portero que dejara pasar al hombre del consulado. Por esa razón le había hablado a Rupert de todos los negocios privados de su amo. Y por esa razón se había ofrecido a demostrarle que poseía otros talentos aparte de saber escuchar tras las puertas. Su talento era extraordinario; Rupert se vio obligado a poner en práctica su limitado repertorio de sutilezas para quitársela de encima.

No fue hasta mucho después de haber abandonado la morada de lord Noxley, mientras se preparaba para meterse en la cama en su propio alojamiento, cuando Rupert se preguntó por qué se había mostrado tan poco complaciente. Después de todo, las bellezas morenas no le caían a uno en el regazo —literalmente— todos los días. Cuando el cielo le concedía a uno semejantes obsequios solo un imbécil los rechazaba. Entre el amplio abanico de defectos de Rupert no se encontraba la imbecilidad.

Debía de estar enfermo, se dijo antes de darse la vuelta y caer dormido. Soñó con diosas furiosas de ojos verdes tocadas con turbantes.

Mientras Rupert soñaba, Ghazi y sus hombres partían hacia el desierto de Arabia.

Habían encontrado a dos de los hombres que habían desvalijado a Vanni Anaz, les habían quitado los papiros y los restantes objetos robados y los habían golpeado hasta que revelaron lo poco que sabían.

Ghazi no tardó en comprender que solo eran meros ladrones contratados para que las sospechas se desviaran de Duval, haciendo que el anterior robo del papiro pareciera uno más entre muchos, un delito común y corriente. Puesto que los ladrones no sabían apenas nada, Ghazi podría haber considerado dejarlos con vida. Pero habían cometido un tremendo error: les había entrado el pánico y habían matado a Vanni Anaz, un hombre útil y valioso. Ghazi los estranguló.

A partir de ese interrogatorio, pronto encontró a otros informantes. En pocas horas, Ghazi había reunido toda la información que necesitaba.

Los secuestradores se habían marchado con su cautivo en una embarcación ordinaria. El papiro viajaba aparte por tierra. El punto de encuentro era un pueblo al sur de Minya que se hallaba a más de doscientos cuarenta kilómetros río arriba.

Ghazi dividió a sus hombres en consecuencia: un grupo para perseguir a los secuestradores y otro que seguiría el papiro. Él guiaría al grupo del papiro. Estaba claro que los secuestradores no eran los secuaces más inteligentes ni eficientes de Duval. Además, Faruq, el hombre que llevaba el papiro, era tan perspicaz, tan cruel y tan inteligente como él mismo.

Ghazi aguardaba con impaciencia el encuentro.

7

Viernes, 6 de abril

—¿Cómo que se ha ido? —La señora Pembroke se levantó de un salto del diván entre una nube de seda negra y en el proceso golpeó la bandeja de plata que contenía su desayuno.

El café se derramó de las tazas y la *fatira* comenzó a deslizarse del plato, pero Rupert atrapó la bandeja a tiempo y salvó su preciado contenido.

Mientras ella se dirigía a la estantería de las figurillas de madera, Rupert se sirvió una porción del bizcocho de mantequilla, lo cubrió generosamente con miel, y le clavó los dientes con gran placer. La *fatira* era por de pronto su plato egipcio preferido. Claro que tan solo era una parte del deleite del momento.

La señora Pembroke había perdido los nervios. Y cada movimiento brusco lo obsequiaba con una imagen de sus delgados pies cubiertos por las medias y de sus perfectos tobillos.

—De todos los presuntuosos... —comenzó ella—. Apenas puedo dar crédito... —Dejó la frase en el aire y Rupert tuvo que desviar la vista de sus pies hacia su rostro para observarla mientras intentaba controlar su genio... y fracasaba en el intento, alabado fuera Dios.

Pocas cosas estimulaban tanto sus sentidos como la visión de la señora Pembroke consumida por la pasión. Fulminó con sus ojos verdes a los pequeños egipcios. Su busto perfecto, que el insulso luto no conseguía camuflar del todo, se elevaba y descendía como un mar azotado por la tormenta.

—Supongo que Noxcivo no tenía tiempo para tiernas despedidas —dijo Rupert—. Tenía que sacar a un rufián de su escondite.

—Sabía de quién se trataba —dijo ella con voz tensa.

—Solo he dicho que su sirvienta mencionó a un francés llamado Duval —puntualizó. Le había hablado de su visita nocturna a la casa de Noxcivo, pero no se había recreado con los detalles. La palabra «sirvienta» abarcaba con discreción a una multitud de bellezas exóticas ligeras de ropa—. He estado hablando de ese hombre con Salt y Beechey esta mañana —continuó—. Su descripción concuerda con nuestro retrato del rufián. Duval es uno de los amigos más íntimos del cónsul francés. Odia a los ingleses. Salt dice que sigue guardándonos rencor por lo ocurrido con la Piedra de Rosetta. Al parecer cree que pertenece por derecho a Francia.

—Duval —repitió ella. Siguió paseando de un lado a otro por un breve instante, envuelta por el frufrú de la seda negra al rozarle las piernas—. Lo he visto solo en una ocasión. En una cena en el consulado sueco. Estatura media, moreno, elegante... o tal vez «impecable» sea la palabra adecuada. Modales refinados.

—Salt y Beechey dicen que Duval solía ser un individuo cabal —comentó Rupert—. Pero que últimamente ha sufrido una serie de reveses en cuanto a las antigüedades se refiere.

—Al parecer los contratiempos tienden a envilecer y deformar a algunos hombres —afirmó ella. Se giró hacia él con el semblante ofuscado—. Se vuelven ariscos, nerviosos, suspicaces. Se encierran en sí mismos. Olvidan cómo evaluar las cosas en su justa medida. Se indignan por los logros y la felicidad de los demás.

Rupert asintió. La expresión turbada de su rostro, así como sus palabras y el tono desabrido de su voz, le indicó que lo sabía de muy buena tinta.

Ya había adivinado que su duelo no era tan intenso como su vestimenta hacía creer.

La señora Pembroke se acercó al diván.

—No es un estado mental que favorezca el buen juicio.

—Eso explicaría por qué Duval llegó a semejantes conclusiones acerca de su hermano y del papiro —dijo Rupert—. Allí estaba Duval, hirviendo de furia por esto y por aquello. Es indudable que desconfía de los ingleses. Por tanto le resulta fácil creer que un erudito inglés sabía más de lo que afirmaba.

Ella volvió a sentarse en el diván, en esa ocasión apenas a un brazo de distancia.

—Ya han muerto tres personas. Al menos que nosotros sepamos. Todos espectadores inocentes. Ese hombre debe de estar loco.

—Desde luego es peligroso —concluyó Rupert—. Supongo que ese es el motivo de que Noxcivo no perdiera ni un segundo. Se marchó en su embarcación ayer por la mañana. El *Memnon.* Un gran navío, distinguido y bastante famoso, según tengo entendido. Se aseguró de que todo el puerto se enterara de que partía en busca de su hermano. Sin duda pretendía presionar al francés. Funcionó. Pasé por la casa de Duval de camino hacia aquí. Parece que dejó El Cairo de forma repentina ayer por la tarde.

Ella no dijo nada.

Rupert le sirvió café. Ella cogió la taza, pero se limitó a mirarla.

—Espero que comprenda que es mejor que Duval haya salido de El Cairo —dijo Rupert. Y lo mismo podía decirse de Noxcivo, añadió para sus adentros—. No querría arriesgarse a que la hiciera su rehén. De ese modo su hermano no intentaría escapar.

La señora Pembroke levantó la vista para mirarlo.

—Lo entiendo. El problema es que ahora sé que Miles no está en El Cairo y que no puedo preguntarle a lord Noxley sobre el lugar al que esos hombres horribles se han llevado a mi hermano porque él también se ha ido. He estado moviéndome en círculos, perdiendo el tiempo, cuando habría podido hacer progresos si me hubieran dado un poco de información.

—Dudo mucho que se le hubiera ocurrido —replicó Rupert—. El hombre pensaría que usted estaba esperando en su casa como es debido, con un fortachón descerebrado enviado por el consulado como guardaespaldas. Además, póngase en el lugar de Noxcivo: un plan brillante (sin pérdida de tiempo), resuelve el misterio y se lanza presto al rescate. Vuelve con el hermano y con ese objeto de valor incalculable para recibir la ovación de todo el mundo. La dama llora de gratitud... y ofrece su... mmm... corazón a los pies del galante caballero.

Ella se tensó.

—Tal vez otra dama —dijo—. Pero esta no.

—Sí, eso pensaba yo —replicó él. Desde luego así lo había esperado. Había supuesto que la señora Pembroke era demasiado inteligente y temperamental como para aceptar el papel pasivo que Noxcivo le había asignado.

Observó cómo se preparaba para la batalla. La dama creía que él también la había infravalorado.

—Debo suponer que iremos tras él, ¿no? —preguntó Rupert.

Ella parpadeó una vez y la tensión comenzó a abandonarla al mismo tiempo que sus labios se curvaban en una sonrisa sesgada antes de poder refrenarse. Alzó la barbilla.

—Por supuesto que vamos a ir tras él.

No esperaba menos de ella. De todas formas, el corazón le dio un vuelco porque también era su más secreto anhelo. Y todo porque la había sorprendido y complacido lo suficiente como para arrancarle una sonrisa... o casi.

—Ya me parecía —replicó con indiferencia—. Bueno, entonces, ¿qué prefiere, señora: barco o camello?

Domingo, 8 de abril

Dos días más tarde, Dafne estaba en la puerta de su camarote, situado en la popa del barco, muy consciente de la presencia del señor Carsington a su espalda.

—¿Bien? —preguntó el hombre.

—Es bastante... espacioso —respondió. Es demasiado pequeño, pensó, está demasiado atestado de cosas.

La embarcación era una *dahabiya,* la versión de un yate en el

Nilo. El señor Carsington, sorprendiéndola con su conocimiento de la mitología antigua, la había bautizado como *Isis* en honor a la diosa egipcia que recorriera el mundo en busca del cuerpo de su esposo.

El *Isis* era enorme y lujoso, y albergaba seis camarotes bajo un techo inusualmente alto. El jeque Salim lo había incautado para su sabio (!) amigo el señor Carsington. El jeque no quería que su alto amigo inglés acabara con dolor de cuello por tener que estar todo el tiempo agachado.

Visto desde el embarcadero, le había parecido descomunal, sobre todo en comparación con el resto de las embarcaciones. Desde el interior, sin embargo, era otra cuestión.

Dafne se percató demasiado tarde de que era un espacio reducido que tendría que compartir con el señor Carsington durante un tiempo indefinido.

Había cometido un error al elegir el viaje por río.

Por tierra solo habría tenido que enfrentarse a las tormentas de arena, los camellos temperamentales y alguna que otra partida de beduinos. Aunque ya era demasiado tarde para cambiar de opinión, y la lógica le indicaba que esa era la opción más inteligente. Muerta no le serviría de nada a Miles y el viaje por el desierto era una manera muy eficaz para que los extranjeros fenecieran. Una numerosa escolta armada tal vez confiriera algo más de seguridad, pero les habría llevado mucho más tiempo hacer los preparativos.

Tal y como estaban las cosas, el señor Carsington había obrado milagros. Alquilar y aprovisionar una embarcación podía ser un proceso de semanas. Él lo había conseguido en dos días, y eso que el viernes, cuando había empezado, era el equivalente musulmán del sabbat, día en el que era imposible lograr que nadie hiciera nada.

A menos que se fuera un genio.

—En los armarios están sus libros y anotaciones —estaba diciendo el genio—. Leena ha guardado la mayor parte de su ropa y demás objetos imprescindibles en su propio camarote, que es la siguiente puerta. Los demás baúles y el resto de las cajas están almacenados en el camarote siguiente. No había previsto que necesitara tantos. ¿Debo suponer que su colección de ingeniosos disfraces es mayor de lo que había imaginado?

—Miles y yo estábamos planeando un viaje a Tebas —le explicó—. Ya teníamos el equipaje preparado: medicinas, alfombras, esteras, mosquiteras, sombrillas, faroles, escobas, velas... los artículos básicos. El resto del contenido de los baúles pertenece en su mayoría a mi hermano.

Se dio la vuelta con mucho tiento en el estrecho pasillo y comenzó a retroceder. Echó un vistazo al atestado camarote de la criada. Leena y ella compartirían camarote para dormir. De cualquier forma, no podría compartir con la criada ni con ninguna otra persona el mismo espacio a todas horas, día sí y día también. Si la privaban de su soledad, se convertiría en una fiera enjaulada. Aunque dos mujeres no podrían pasarse todo el día en cubierta. Tanto las costumbres como el calor del mediodía lo prohibían.

Trabajaré día y noche, se dijo Dafne. Los jeroglíficos reclamaban toda la atención de una persona y mantenían a raya las emociones conflictivas y los impulsos. No se preocuparía por Miles. No se pondría histérica por el paso del tiempo. Y sobre todo lograría mantener la distancia adecuada en lo referente a los... atributos del señor Carsington.

Deseaba con todas sus fuerzas poder hacerlo en ese momento, pero la tarea se le antojaba sobrehumana.

Técnicamente estaba totalmente vestido. Sin embargo, se había desatado la corbata y desabrochado la chaqueta y el chaleco. Su mirada no dejaba de vagar hacia la garganta masculina y esa porción de piel bronceada que había más abajo. Recordaba muy bien la calidez y el peso de ese cuerpo contra su espalda en la pirámide.

Le resultaba imposible controlar la vibrante reacción que esa alta figura, de pie a escasos centímetros, le provocaba. Tuvo que recurrir a toda su fuerza de voluntad para no tocarlo. Un paso y estaría pegada a ese musculoso cuerpo.

Se escabulló por su lado en dirección al camarote que hacía las veces de almacén.

—Habíamos planeado pasar algún tiempo en Tebas para hacer un estudio de los monumentos y de las tumbas —se apresuró a continuar—. Estos baúles contienen el sextante de Miles, así como su horizonte artificial, su cronómetro, telescopios de varias medidas, un barómetro de sifón, un termómetro y cinta métrica. Y sus ropas. Acuérdese de que sus secuestradores no le dieron tiempo para hacer el equipaje. —Le tembló un poco la voz al final.

—Lo encontraremos —afirmó el señor Carsington.

—Sí, sí, debemos hacerlo. —Con vida, esperaba.

—Duval tan solo nos lleva unos días de ventaja —prosiguió el hombre—. Y no debe olvidar que su hermano es muy valioso.

—Hasta que sus secuestradores averigüen la verdad —replicó.

—Es un erudito —dijo el señor Carsington—. No me cabe duda de que se las ingeniará para ocultárselo y hacerles creer que deben tratarlo bien si quieren encontrar ese tesoro. De hecho, si yo fuera uno de los secuestradores, no me arriesgaría y lo llevaría a Tebas para que ayudara en la búsqueda de la tumba. Seguro que es capaz de soltarles una retahíla de cosas en esa jerga incomprensible de los eruditos y alargar la búsqueda durante meses. O podría ponerlos a excavar sin ton ni son. Esas excavaciones llevan semanas. Así que, como puede ver, el tiempo juega a nuestro favor.

Esas palabras rescataron sus pensamientos del abismo en el que se habían sumido de repente. A pesar de no ser el erudito que el mundo creía, Miles no era ningún estúpido.

—Sí, ya lo sé —dijo—. O debería saberlo. Es solo que... —Recordó a la mujer que había sido hasta hacía apenas una semana con una vida dedicada por completo al estudio, hecho que había concentrado a su imperfecta persona en la resolución de un rompecabezas intelectual inofensivo.

Alzó la vista y clavó la mirada en esos ojos oscuros que a ella, capaz de leer en tantos idiomas, le costaba tanto esfuerzo interpretar y en los que resultaba tan fácil perderse.

—A diferencia de usted, no suelo tener una vida emocionante —explicó—. Mi mente está acostumbrada a moverse a un paso tranquilo y sin sobresaltos. Tal vez en cierta forma sea como esas mujeres encerradas en los serrallos. No están preparadas para enfrentarse al mundo exterior. Tengo la sensación de ir dando tumbos.

—¿Eso es todo? —La boca del hombre esbozó una lenta sonrisa. A Dafne le pareció sentir un reguero de calidez en la piel, como si su boca se deslizara... por todas partes—. No tiene que preocuparse. Si tropieza, allí estaré para cogerla.

Rupert estaba tan cerca que no habría necesidad de que la dama tropezara. Solo haría falta que se inclinara ligeramente hacia él para que alguna parte de esa oculta anatomía femenina entrara en contacto con la suya.

Adoraba esa embarcación. Había sido una idea brillante. Estancias cercanas. Pasillo estrecho y en penumbra. Y una cubierta resbaladiza en la que ella podría perder pie con facilidad y necesitaría que alguien la sujetara.

La señora Pembroke se escabulló hacia la proa del barco.

—Este es mi camarote —le dijo él, señalando la puerta.

—Ya lo había supuesto —replicó la dama, que pasó a toda carrera hacia el camarote de proa.

Rupert se agachó para pasar por la puerta y la siguió.

—Tal y como puede ver, esto es el salón —explicó—. Como el sitio ese de la casa. La estancia donde usted recibe a los invitados.

—Se llama *qa'a* —puntualizó ella.

—Repítalo —le pidió.

Mientras lo hacía, él estudio en detalle su boca. El labio inferior era bastante más carnoso que el superior y se curvaba en un tentador mohín.

—No es complicado —afirmó la mujer—. Podría hacerlo si lo intentara.

—*Ka* —probó él.

Ella se señaló la garganta.

—Más sílabas. Forme el sonido aquí detrás, en el fondo de la garganta.

Rupert miró su garganta, o al menos lo poco que podía ver de ella: un par de incitantes centímetros de piel pálida por encima del recatado cuello de su vestido negro. Contra su lengua resultaría de lo más suave. Y esa piel le rozaría el rostro... y podría embriagarse con su aroma. Se inclinó hacia ella.

La embarcación se sacudió. Rupert cayó sobre la señora Pembroke y ella cayó de espaldas sobre el diván.

Durante un glorioso instante ella yació bajo su cuerpo, con ese busto perfecto aplastado contra su pecho. El corazón se le desbocó y su consejero personal se puso firme. Levantó la cabeza para mirarla. La dama lo observaba con los ojos abiertos de par en par y de un verde tan oscuro como el de la selva. Rupert sintió su aliento sobre la piel y también lo escuchó, cálido y entrecortado. Ella separó los labios. Él bajó la cabeza.

Y en ese momento comenzó a empujarlo con los puños.

—¡Levántese! —ladró—. ¡Levántese, grandísimo imbécil! ¡Viene alguien!

Fue entonces cuando Rupert se percató del clamor de voces y de los pasos procedentes del exterior. Se puso de pie y la ayudó a sentarse. Abandonó la estancia, cerró la puerta al salir e inspiró hondo varias veces para calmarse. Paciencia, se aconsejó. La situación requería un lento asedio, no un asalto repentino. Tras concederles a sus órganos reproductores otro instante para recuperar la compostura, salió a cubierta.

Descubrió que el jeque Salim lo esperaba con una enorme sonrisa.

El jeque había ido a inspeccionar la embarcación y a desearles buen viaje. Había llevado consigo dos enormes gatos (que el señor Carsington se apresuró a bautizar como Gog y Magog) para controlar la población de ratas. También les había llevado otros regalos, además de un banquete. Le entristecía separarse de su sabio (!) amigo inglés, declaró. Para alegrar su corazón, había decidido dar una fiesta, de manera que todos se divirtieran juntos hasta que el *Isis* llegara a El Cairo copto, donde tendría que separarse de ellos.

Dafne se sorprendió cuando el jeque la invitó a la fiesta, ya que las mujeres solían verse excluidas. Sin embargo, alguien le había informado de que «las costumbres inglesas eran diferentes», le explicó el hombre. Se comportó con gran educación y la incluyó en la charla además de alabar su árabe.

No se trataba de un gesto sin importancia, como Dafne bien sabía. Profundamente emocionada, se decantó por un regalo de despedida más espléndido de lo habitual.

Hizo que el señor Carsington le entregara al jeque Salim un elegante par de pistolas.

Él se quedó en cubierta mientras el jeque desembarcaba. Dafne volvió al camarote de proa. Después se dirigió a su propio camarote. Luego regresó al camarote de proa. Se sentó. Se puso de pie. Se volvió a sentar.

Era incapaz de decidir lo que hacer.

¿Sería una muestra de cobardía pasar el resto del día escondida en su camarote?

No podría esconderse de él para siempre.

Pero era plenamente consciente de que a la primera oportunidad, cometería una locura.

«—Me temo, Dafne, que eres muy impetuosa.

»—Lo siento.

»—Es por tu juventud. Con el tiempo aprenderás a gobernar tus pasiones, lo sé.»

Ella no lo había descubierto hasta que Virgil se lo dijo. Nadie le había dicho que sus pasiones eran antinaturales y que debían controlarse con mano de hierro. Nadie habría adivinado lo ingobernables y depravadas que eran: el temperamento... el desasosiego... el loco anhelo, tan insistente como el hambre o la sed.

Por un terrible instante, el anhelo se acrecentó hasta tornarse insoportable.

La sensación de ese cuerpo grande y duro sobre el suyo le había resultado de lo más agradable. Pero no estaba bien y lo sabía. Era un sentimiento animal, un instinto animal; todos sus sentidos se preparaban para lanzar el ataque... las manos en un tris de alzarse para atrapar ese apuesto rostro y acercarlo al suyo para...

La puerta se abrió de par en par.

—Lo ha conseguido —dijo la profunda voz—. Creí que nada podría sorprenderme, pero usted lo ha conseguido.

Una oleada de calor la consumió antes de que se abatiera sobre ella el gélido asalto de la humillación.

—Yo...

—Eran un par de John Manton. —El señor Carsington se dejó caer en el diván junto a ella—. He estado a punto de echarme a llorar.

—Usted... Las... Yo no... —Inspiró hondo para tranquilizarse y le ordenó a su cerebro que volviera a funcionar—. ¿Quién es John Manton? —consiguió preguntar.

El hombre abrió los ojos de par en par. Los rayos de luz que se colaban por las rendijas de las contraventanas suavizaban sus rasgos. Eso, junto con la expresión de incredulidad, le confirió a su rostro el aspecto del niñito inocente que debió de ser tiempo atrás. Mucho tiempo atrás.

—¿Quién es Manton? —repitió—. ¿¡Que quién es Manton!?

—¿Debería conocerlo? —inquirió ella.

El hombre la miró sin pestañear durante un buen rato.

—Usted me dijo que había llevado una vida muy tranquila —comenzó—. ¿No sería por casualidad en una cueva? ¿En un convento?

Ella entrelazó las manos sobre el regazo.

—Ya le dije que mi vida son los libros —explicó—. No suelo salir mucho.

—¿Ha estado alguna vez en Londres?

—Sí, por supuesto —respondió—. Después de todo, la Piedra de Rosetta está en el Museo Británico, ¿no? Y también el busto del joven Memnón. Como es normal, solía visitar Londres para asistir a conferencias. Fue así como conocí a su prima, la señorita Saunders.

El hombre sacudió la cabeza.

—Su ignorancia se escapa al entendimiento. Incluso la prima Trifena sabe que los hermanos Manton de Dover Street son los mejores armeros de toda Inglaterra, quizá de todo el mundo. Espero que esas pistolas no fueran de su hermano. Bien podría desheredarla... y no lo culparía en absoluto.

—Antes de dejar Inglaterra, compramos muchos regalos —le explicó—. El señor Belzoni fue muy claro en este punto. Debe saber que uno de sus rivales perdió la oportunidad de conseguir el busto del Joven Memnón para Francia porque insultó al jefe local con el insignificante regalo de unas anchoas en conserva.

La expresión del señor Carsington se tornó trágica.

—Hay una gran diferencia entre un tarro de anchoas y un par de las mejores pistolas de Manton.

—Lo sé —replicó—. Miles me dijo que las pistolas eran para personas que realizaran servicios fuera de lo común. El jeque Salim nos libró de acabar en una mazmorra como poco... y probablemente también de un viaje muy corto al verdugo. Consiguió esta embarcación y removió cielo y tierra para ayudarle a prepararla. Además, ha sido muy amable y educado al invitarme a la fiesta y conversar conmigo.

Él se encogió de hombros.

—Lo habría hecho desde el principio, pero lo consideraba impropio. En cuanto comprendió que las costumbres inglesas le permitían hablar con una dama, estuvo encantado de hacerlo. Me dijo que nunca se había percatado de que el cerebro de una mujer fuera tan grande. Del mismo modo que yo no me había dado cuenta de que pudiera tener tantas y tan enormes lagunas.

—De verdad que no entiendo todo este jaleo por un par de pistolas —le dijo—. ¿Es que no se da cuenta de lo complacido que estaba el hombre?

—Por supuesto que estaba complacido. ¿Quién no lo habría estado? Eran unas de las mejores pistolas de Manton. Me ha llevado toda la vida hacerme con ellas.

—En ese caso debo suponer que ya tiene un par. ¿Quiere otro? ¿Cuántas pistolas necesita exactamente un hombre?

El señor Carsington dejó escapar un suspiro.

—Mis finanzas no han sido muy boyantes en los últimos tiempos.

—Vaya —dijo.

En realidad quería decir mucho más. O más bien quería preguntar. Se dio cuenta de que no sabía apenas nada de él. Sin embargo no se debía hablar de dinero, salvo con el administrador de la familia. Bajó la vista hasta sus manos, esperando que su vulgar curiosidad no hiciera acto de presencia.

—En uno de los temidos llamamientos a su despacho —prosiguió él—, mi padre me dijo que si no era capaz de vivir por mis propios medios, tenía su bendición para hacerlo en la cárcel de deudores. Y lo decía en serio. Todo el mundo sabe que lord Hargate jamás amenaza en balde. Me pareció que la cárcel de deudores sería bastante restrictiva.

—Así que aprendió a ahorrar —conjeturó ella—. Me hubiera gustado recibir clases. Y que Miles las recibiera también. Es incluso peor que yo. No sabe lo que es la moderación. Si la tuviera, seguramente no estaríamos en este aprieto.

El señor Carsington estaba observándola de nuevo.

—Entiendo —dijo, lo que la llevó a preguntarse qué era lo que entendía—. Eso lo explica. Todo el mundo sabe que los peces gordos locales prefieren que sus regalos sean armas de fuego europeas. A su hermano no se le ocurrió que cualquier arma que funcionara sería suficiente.

—Por supuesto que no se le ocurrió. Si conociera a Miles... —Tuvo que parpadear con rapidez y tragar saliva.

—Dígame —la instó el señor Carsington—, de haberse encontrado usted ese día en la tienda de Vanni Anaz, ¿habría regateado?

Fue un intento a la desesperada. Rupert no sabía si lograría azuzarla o no, pero estaba al borde de las lágrimas y él necesitaba una distracción. La pregunta fue lo primero que se le ocurrió.

Ella parpadeó, lo que hizo desaparecer las lágrimas que ya brillaban en sus ojos verdes.

—¿Lo habría hecho? —repitió—. ¿Habría pensado: «Esto sería un regalo encantador para Miles» y le habría dicho a Anaz: «Me lo llevo» sin pararse siquiera a convertir todas esas piastras o como se llamen en libras, chelines y peniques?

Ella sopesó su pregunta, moviendo los ojos verdes de un lado a otro con ese gesto tan característico, un gesto que hacía pensar que estuviera leyendo su propia mente.

—Bueno... es probable... —Se sonrojó—. Sí, es posible. Muy posible. Era espléndido. Imposible de resistir.

—Era artístico, o eso me dijo —intervino él—. De calidad superior. La versión en papiro del mejor par de pistolas de Manton, en otras palabras.

—Sí, sí que lo era —convino, y su voz se tornó anhelante—. Ojalá lo hubiera visto usted. Los colores. Los dibujos. Hay un precioso papiro ilustrado a color en la *Description de l'Égypte* que no es ni la mitad de hermoso.

Prosiguió con la descripción de su papiro... porque era suyo, de eso estaba seguro, y cada palabra que pronunciaba servía para confirmar lo que llevaba sospechando desde que la mujer se arrodillara junto a la mesa en el *qa'a* de su casa de El Cairo, cuando descubrió el robo.

Tenía esa cosa prácticamente memorizada. Describió las ilustraciones, algunas en grandes bloques, aunque la mayoría estaban dispuestas en grandes líneas por encima de las columnas de símbolos. Le dijo los nombres de los dioses que se reconocían a simple vista y especuló acerca de los restantes.

Debió de darse cuenta de que había hablado de más, porque dejó una frase a la mitad para explicarse.

—Hice la copia para Miles —dijo—. Por eso recuerdo tantos detalles.

—Parece mucho trabajo —comentó Rupert—. Estoy seguro que debe ser la hermana más devota del mundo.

El delator rubor le cubrió las mejillas.

—Su letra nunca fue buena y ha empeorado con el tiempo. Apenas se puede leer. Necesita un amanuense... y así yo tengo algo que hacer. Y por supuesto que se aprende mucho en el proceso.

Si hubiera tenido más roce social, pensó Rupert, sabría cómo mentir. No estaba seguro de por qué había mentido. Aunque era evidente que no tenía la suficiente práctica. Ni siquiera se le había ocurrido esconder sus libros o mezclarlos entre las pertenencias de su hermano.

Bastaba con echarle un vistazo a la colección de la estantería para darse cuenta de que dominaba como mínimo una docena de lenguas.

Rupert se preguntó si se podría decir lo mismo de Miles Archdale.

Domingo por la noche

De Miles Archdale se podía decir lo siguiente: estaba sentado en un delgado colchón infestado de chinches en el sucio camarote de una embarcación destartalada. Contemplaba la cadena asegurada a sus tobillos. Estaba calculando cuántos golpes y cuánta fuerza se necesitarían para romper el oxidado metal al tiempo que se preguntaba cómo hacerlo sin romperse ningún hueso en el proceso.

La embarcación parecía haberse detenido para pasar la noche, lo que traería consigo una plaga de ratas y mosquitos. Lástima que no pudiera adiestrar a las ratas para que royeran las cadenas. O para que royeran a sus anfitriones.

Uno de ellos tenía todo el aspecto de que algún animal lo hubiera roído.

Butrus, que parecía el líder, era una mole gigantesca. Su maltrecho rostro lleno de cicatrices le recordaba el rostro mutilado de la Esfinge, sobre todo por la nariz, ya que la del hombre era totalmente chata. En la mano derecha lucía un muñón donde debería estar el meñique. Aunque la media docena de hombres que atestaban la embarcación no conformaban el grupo de rufianes más atractivo, Butrus era el más feo de todos.

A Miles se le permitía subir a cubierta para estirar las piernas, por decirlo de alguna manera, después de que anocheciera y siempre con un escolta armado. Durante la primera noche, había intentado gritar para pedir auxilio y Butrus lo había golpeado en la cabeza con la culata de una pistola, lo que lo dejó fuera de combate sobre la cubierta durante un buen rato.

Cuando recuperó el sentido sobre el asqueroso colchón, Butrus le advirtió que no volviera a intentar nada semejante.

—No vamos a matarte —le dijo Butrus aquella primera noche—. No debemos cortarte la lengua porque ese órgano es necesario. No debemos cortarte las manos. Pero ¿una oreja? ¿Unos cuantos dedos? ¿Un pie? —Sonrió, dejando al descubierto una exigua colección de dientes podridos—. Tenemos que mantenerte con vida. Pero no hace falta hacerlo de una pieza.

Miles había supuesto que lo estaban reteniendo para conseguir un rescate.

No obstante, cuando llegó el tercer día y la embarcación continuó viaje río arriba, se quedó desconcertado. Cuanto más se alejaran de El Cairo, más dificultoso sería el intercambio del dinero por el rehén. Ya llevaban navegando siete días. ¿Dónde diantres lo llevaban y por qué?

El sol se había puesto y el lento anochecer se había llevado consigo los últimos vestigios de luz del camarote. Permaneció sentado en la oscuridad y dejó que su mente desterrara el problema de los grilletes de sus tobillos para concentrarse en su hermana. A esas alturas debería saber que se encontraba en apuros. A esas alturas debería haber acudido a Noxley en busca de ayuda, o eso esperaba.

La puerta se abrió y la luz de un farol, aunque muy tenue, inundó la estancia de sombras.

Butrus llevaba el farol. Detrás de él iba uno de sus camaradas con la conocida bandeja de madera. Butrus le hizo compañía mientras comía, como era habitual. Al parecer lo hacía para asegurarse de que el prisionero no se quedaba con el único utensilio que le proporcionaban: una cuchara de madera. Sin duda temían que lo usara como arma o para intentar escapar... tal vez blandiéndolo hasta que sus captores murieran de la risa.

—¿Dónde estamos? —preguntó Miles.

Hacía la misma pregunta todas las noches. Y todas las noches Butrus se limitaba a soltar una carcajada. Esa noche también lo hizo.

No obstante, esa noche Miles ya estaba harto del juego. A pesar de que no hablaba el árabe con tanta naturalidad como Dafne, sus conocimientos del idioma eran más que aceptables. Sobre todo para tratar con gentuza como esa.

—¿Intento adivinarlo? —inquirió Miles.

Butrus se encogió de hombros.

—¿A quién le importa, *inglisi*?

—Llevamos navegando a buen ritmo desde el lunes —dijo Miles—. Lo que me indica que hemos tenido el viento a favor casi todo el tiempo y que tenemos provisiones de sobra. —Hizo un cálculo rápido y después añadió—: Minya. Mi estimación es que estamos cerca de Minya. —La zona tenía muy mala reputación, si no le fallaba la memoria.

Butrus asintió.

—Me han dicho que eres un hombre de gran sabiduría —dijo—. Tu inteligencia no me sorprende. Dentro de poco te llevaremos a un lugar tranquilo. Allí, si además de sabio eres listo, harás lo que se te diga.

—Vaya, así que tengo que hacer algo —replicó Miles.

Butrus se encogió de hombros.

—Tal vez lo hagas, tal vez no. Tal vez no seas listo y te niegues. Eso será bueno para mí porque todavía no he torturado a ningún *inglisi*, y me interesa mejorar mi conocimiento al respecto.

—Un hombre ambicioso, por lo que veo —dijo Miles—. De lo más encomiable.

Tenía entendido que los árabes no comprendían la ironía ni el sarcasmo. No estaba seguro de que ese fuera el caso de Butrus.

Esa bestia se limitó a encogerse de hombros una vez más antes de decir:

—Pronto llegaremos a un lugar donde algunos *fransa* te esperan. Tienen algo que quieren que leas.

Fransa. No *frangi*, la palabra para todos los francos que se aplicaba a cualquier europeo. *Fransa* era la palabra para «francés».

—Está escrito en la antigua lengua de este país —continuó Butrus—. Un papiro.

—Mmm —musitó Miles. No se atrevía a decir nada más hasta que pudiera pensar. Se trataba de una broma, fue su primera idea. Tenía que ser una broma. El problema radicaba en que Butrus no era un bromista.

Noxley había mencionado que tenía problemas con los franceses y sus agentes. Belzoni también había tenido sus más y sus menos con ellos.

El apuro en el que se encontraba trascendía la rivalidad habitual, por enconada que fuera. Era una locura. ¿De verdad creían los franceses que él (o cualquiera) podía leer un papiro?

Butrus tenía que haber entendido mal.

Miles dijo con cautela:

—Va a ser difícil sin mis notas.

—Cuando te torture, tal vez recuerdes lo que hay en tus notas. Quizá te gustaría saber cómo voy a torturarte...

Miles se preguntó si sería posible matar a alguien con una cuchara de madera, porque era evidente que tenía que hacer algo, y deprisa...

Y fue en ese momento cuando comenzaron los gritos.

Escuchó unas fuertes pisadas en cubierta y el sonido metálico de las armas en plena lucha. Butrus se puso en pie de un salto y se abalanzó hacia la puerta. Esta se abrió de par en par, cuando la embarcación se bamboleó con fuerza. Butrus cayó de espaldas. Un hombre entró en el camarote con otro pegado a los talones. Miles vio el brillo de una hoja antes de que el farol se apagara. Una figura se acercó a él. Extendió los pies con los grilletes y la figura cayó. Una espada se alzó y bajó de nuevo. Se escuchó un grito que se interrumpió de repente. Lo último que vio fue el brillo del metal al cortar el aire en su descenso hacia él.

8

La espada golpeó el diván que tenía cerca antes de volver a alzarse. La embarcación se bamboleó y el atacante perdió el equilibrio. Miles no pudo ver lo que sucedió a continuación, aunque sí pudo escuchar el golpeteo del metal contra el metal, seguido por un grito que se interrumpió de súbito. Un gruñido. El ruido sordo de un cuerpo al caer al suelo... o ¿había más de uno? El camarote se quedó en silencio. En el exterior la lucha continuaba.

Empezó a tantear a su alrededor en busca de un arma. Encontró un cuchillo. Emprendió la huida con cautela mientras intentaba que los grilletes hicieran el menor ruido posible y se aseguraba de no tropezar con ningún cuerpo.

Estaba muy cerca de la puerta cuando la embarcación se sacudió de nuevo. Cayó de bruces contra la puerta, golpeándose la cabeza. Escuchó el crujido de la madera: habían encallado.

Los gruñidos de los que peleaban en el exterior no tardaron en acallarse. Se escucharon algunos susurros en árabe, ninguno conocido. Chapoteos. Después no se escucharon más voces. Esperó un poco más para asegurarse. Le pareció escuchar pasos, aunque bien podría haberse tratado del barco al resquebrajarse.

Se encaminó hacia el exterior y encontró la inclinada cubierta prácticamente desierta. Vislumbró a dos figuras en un bote amarrado a la embarcación. Solo esas dos. Ninguna otra figura se movía.

El pequeño bote suponía su única oportunidad para llegar a la orilla vivo. No podía nadar: las cadenas lo arrastrarían al fondo. Sería un estúpido si esperaba que alguien lo rescatase. Los habitantes de la zona no eran famosos por sus impulsos caritativos. Probablemente fueran amigos de sus secuestradores. Quienesquiera que fuesen los hombres que habían atacado la embarcación, debían pertenecer a una banda rival de malhechores. Los ladrones no tardarían en acercarse para rapiñar lo que pudieran. O tal vez ya lo hubieran hecho. Esos dos tipos del bote, por ejemplo.

Si no conseguía hacerse con ese bote, era hombre muerto.

Con los pies encadenados y un pequeño cuchillo por toda arma, sus probabilidades de salir victorioso en un enfrentamiento directo eran muy escasas.

Tendría que utilizar la cabeza.

Se le ocurrió una idea.

Se llevó las manos al mugriento cabello y se lo revolvió hasta dejarlo de punta.

Acto seguido dejó escapar un gruñido. Las figuras se quedaron petrificadas.

Miles empezó a caminar despacio hacia ellos, haciendo resonar las cadenas y recitando el monólogo sobre el mañana de Macbeth con la voz lastimera de un fantasma que clamaba venganza.

Los dos hombres se arrojaron por la borda con sendos alaridos.

El *Isis* no avanzó mucho el lunes dado que se encontraron con viento de proa. El *reis* —el capitán— hizo que la tripulación tirara de la embarcación con cuerdas. Con eso solo consiguió que no retrocedieran siguiendo el curso de la corriente. Según parecía, avanzar estaba totalmente descartado por el momento.

A pesar de la discusión entre Tom y Leena por el uso del vocabulario, Rupert consiguió comunicarse con Reis Rashid, quien resultó ser de gran utilidad en diversas materias. Tras dejar a Leena y a Tom enzarzados en una discusión acerca de cuál era el viento más letal, Rupert concentró sus pensamientos en la señora Pembroke. El retraso no iba a hacerle mucha gracia.

Según Leena, la dama estaba despierta. Sin embargo, no se había reunido con él en el salón para el desayuno y estaba impaciente por verla.

Tanto Tom como él se habían retirado la noche anterior horas más tarde que las mujeres. Rupert había permanecido en cubierta hasta mucho después de que la tripulación se durmiera, con la pretensión de asegurarse de que la embarcación estaba debidamente vigilada. En realidad, lo que necesitaba era enfriarse, aunque poco podían hacer las frescas temperaturas nocturnas para aliviar la clase de ardor que lo atormentaba.

Era la clase de ardor que le pedía tenerla desnuda; la clase de ardor que le pedía estar piel contra piel; la clase de ardor que le encendía la entrepierna.

Y lo consumía en parte porque por un momento había estado sobre ella... bueno, tal vez esa fuera la raíz del problema, no solo una parte. La entrega de ese cuerpo aprisionado bajo el suyo, el incitante mohín de esos labios dulces y carnosos y la forma de mirar de esos ojos verdes, profundos como el mar.

No era una mirada de «aléjate». Era el tipo de mirada que Helena de Troya debió de lanzarle a Paris; el tipo de mirada que Cleopatra debió de dejar caer en dirección a Marco Antonio. Se habían declarado guerras por semejantes miradas.

Claro que eso no era todo. Cuando el jeque Salim había alabado su dominio del árabe y se había maravillado por su extraordinario cerebro, Rupert quiso desnudarla. Cuando ella había estado hablando del papiro, de la belleza de sus dibujitos y de sus columnas de símbolos trazados a la perfección, quiso desnudarla. Cuando se paraba a pensar en esos libros escritos en una docena de idiomas que ella tenía en la estantería, quería desnudarla.

Ni entendía el motivo ni le importaba. Lo único que comprendía era que ella lo excitaba de una forma indescriptible.

Tanto que lo mantenía en vela durante la mitad de la noche.

Tendría que reconsiderar sus planes acerca de un lento asedio, decidió mientras se encaminaba al camarote de popa.

La encontró de rodillas, rebuscando entre las pilas de libros que había llevado consigo. Apenas levantó la vista cuando él golpeó el marco de la puerta.

—¿Pasa algo con la embarcación? —preguntó—. Nos hemos detenido, ¿no?

—El clima no es favorable —respondió él—. Viento del sur. Si lo he entendido bien, se llama *jamsin.*

El color abandonó su rostro. Dejó caer los hombros y se sentó sobre los talones.

—Vaya por Dios, no.

—No podemos hacer nada —le explicó—. Tenemos el viento en contra.

—Pero los malhechores nos llevan varios días de ventaja... casi una semana.

—Rais Rashid dice que los vientos de proa son habituales en esta época del año —le explicó Rupert—. Eso quiere decir que las restantes embarcaciones que recorran el Nilo también se verán afectadas. Lo que significa que tal vez su hermano nos lleve una semana de ventaja, pero no está a muchos kilómetros de distancia.

El color regresó, enfatizado por un débil rubor rosado en las mejillas.

—Por supuesto, ¿cómo no se me ha ocurrido antes? —Sacudió la cabeza—. No suelo sucumbir a las emociones. Por regla general mi mente está clara y despejada. No suelo dejarme llevar por los estados de ánimo. Y tampoco soy una llorona. —Se frotó el rabillo del ojo—. De hecho, soy una persona muy predecible y aburrida... Esta... —dijo al tiempo que hacía un gesto impaciente en dirección a su extraordinario rostro—. Esta no soy yo.

—Ya sé cuál es el problema —afirmó él. Se sentó en el diván, tan cerca que tan solo tenía que estirar el brazo para tocarla—. El problema es que no tiene suficientes hermanos. Cuantos más se tienen, más sencillo resulta desarrollar cierto desapego.

—¿Sus hermanos tienen por costumbre dejarse secuestrar por algún loco? —preguntó—. ¿Esa es la clase de cosa a la que uno se acostumbra?

—No, creo que me refiero a la totalidad de los incidentes en conjunto —explicó Rupert—. Al ser cinco hermanos, siempre estamos inmersos en una crisis u otra. Alistair, por ejemplo, tenía la costumbre de meterse en costosas catástrofes relacionadas con alguna mujer. Así que cuando se marchó a Derbyshire hace tres años, todos esperamos en mayor o menor medida una catástrofe muy costosa y continuamos con nuestros asuntos. —Frunció el ceño—. La verdad es que acabó siendo más calamitoso que de costumbre.

—¿Es el hermano que fue herido de gravedad en Waterloo? —quiso saber ella—. Santo cielo, ¿acaso no fue bastante? ¿Qué le sucedió en Derbyshire?

—Acabó comprometido... —respondió Rupert con voz desabrida—. En matrimonio.

—¡Ay, Dios mío! Supongo que la mujer era del todo inapropiada.

—No, quiero decir que ¡acabó comprometido...! —repitió Rupert más despacio y enfatizando las palabras—. ¡En matrimonio!

Ella se cruzó de brazos y lo observó con detenimiento.

—Comprendo —replicó a la postre—. El matrimonio es la gran catástrofe.

—Bueno, está claro que usted no lo ve de esa manera —dijo Rupert—. Por lo que veo, era un santo.

El comentario la dejó aturdida.

—¿Su hermano?

Rupert señaló el luto que la cubría de pies a cabeza.

—Todo ese negro. Debió ser admirable el... mmm... difunto.

—¡Ah! Se refiere a Virgil. —Su voz era glacial—. Era un erudito. Un respetado teólogo.

La señora Pembroke volvió a afanarse con los libros, devolviendo de cualquier manera a la estantería los libros que con tanto cuidado había ordenado él.

—Una lástima que no haya sobrevivido para hacer este viaje con usted —se lamentó Rupert—. Egipto parece hacer furor entre los eruditos.

—No para Virgil —replicó ella con un tono algo más gélido.

Vaya con Virgil Pembroke... Si el luto tenía algo que ver con el muerto, se comería sus botas. El intratable negro no era más que un disfraz, tal y como él había supuesto.

—Me habría llevado a Tierra Santa —prosiguió ella.

—Estoy seguro de que el lugar merece...

—Sé que debería desear hacer la peregrinación, pero me da igual —confesó—. Si voy a pasar calor e incomodidades, si voy a tener que comer arena en cada comida y buscar serpientes y escorpiones antes de ponerme las botas, el lugar debe interesarme de forma irresistible. —Lo miró con expresión desafiante y cerró el armario de un portazo.

—Bueno, ¿le atraen irresistiblemente las ruinas? —preguntó Rupert.

—Por supuesto —respondió con irritación—. Las ruinas egipcias. Por ese motivo estoy aquí y no en Tierra Santa.

—Rais Rashid dice que estamos cerca de Menfis —le dijo—. Podríamos alquilar algunos burros y acercarnos a las ruinas. Quedan restos de un templo y de un faraón, según me han dicho. Y no muy lejos de allí hay un montón de pirámides. Tal vez encuentre un trozo de piedra grabado con escritura ilegible.

Dafne no estaba segura de lo que esperaba encontrar en Menfis. Los sucesos de los últimos días habían hecho desaparecer todos los deseos de explorar. Dado su desconcierto, se lo había imaginado como una llanura desértica con monumentos parecida a Giza.

Incluso mientras emprendían la marcha, su mente se encontraba muy lejos de su lugar de destino.

Viajaba en burro junto al señor Carsington por una calzada, apenas consciente de los alrededores por un sinfín de razones. Ver cómo se desvestía era una de ellas.

El hombre había comenzado la jornada bastante bien vestido, ataviado con una especie de atuendo oriental. Había reemplazado su chaqueta ajustada por una túnica y cambiado sus pantalones ceñidos por unos pantalones anchos de estilo turco que remetió por dentro de sus botas. Sin embargo, mientras se alejaban del río, se había quitado en primer lugar la hermosa túnica verde, después se había aflojado la corbata y por último se había desabrochado por completo el chaleco amarillo pálido de seda, de manera que su camisa (la ropa interior) quedaba prácticamente expuesta.

Como no podía ser de otro modo, ella era incapaz de apartar la mirada.

Tendría que decirle, con mucha firmeza, que resultaba de lo más impropio, puesto que los mahometanos eran personas muy pudorosas y él estaba obligado a respetar su sensibilidad a pesar de no albergar el menor respeto por las normas de comportamiento inglesas. Tendría que insistir en que se vistiera de nuevo.

Siempre había tenido más problemas de los necesarios con las obligaciones.

Como la chiquilla indisciplinada que una vez fuera, no podía dejar de mirarlo de reojo. Se percató de la forma en que la camisa se ceñía a sus anchos hombros y del modo en que se convertía en una ondeante cortina transparente gracias a la luz del sol y dependiendo de la fuerza y de la dirección con la que soplara el viento. A través de la tela podía ver con toda claridad —y apenas podía apartar la vista— el contorno de los músculos de sus brazos y también de su torso, que se iba estrechando a medida que descendía hacia la cintura.

No debería mirar más abajo.

Aunque sí lo hizo y observó con disimulo la parte de su cuerpo que estaba en contacto con la silla. Los holgados pantalones no ocultaban por completo sus estrechas caderas. Su trasero era sin duda tan duro y firme como el resto de su persona.

De súbito se sintió acalorada y a punto de desmayarse.

Y entonces Virgil se entrometió en sus pensamientos, y su voz y su imagen le provocaron un escalofrío, tal y como decían que sucedía con los fantasmas.

El señor Carsington creía que su marido había sido un santo.

Y tan santo... En el transcurso de su matrimonio no había visto ni una vez a Virgil sin ropa.

La habitación permanecía a oscuras incluso cuando hacían el amor. Él llevaba su camisa de dormir, ella un camisón y había reglas, tantas reglas... demasiadas para ella en un momento en el que no quería pensar en nada.

No quería volver a pensar en Virgil. Seguía enfadada, fuera de sus casillas, y todo había comenzado justo cuando pronunció su nombre en la embarcación.

Recordó la manera en la que su esposo había cerrado los ojos cuando ella mencionó Egipto y la sonrisilla paciente que había esbozado al volverlos a abrir, así como el tono paciente que siempre adoptaba mientras le recordaba con infinita paciencia que todo lo que una dama necesitaba saber sobre Egipto estaba escrito en las Sagradas Escrituras, en el Génesis y el Éxodo.

Pero en ese momento estaba allí y no dejaría que Virgil le estropeara el viaje, por más que todo hubiera salido mal. De momento no podía hacer nada por Miles. Hasta que el viento cambiara solo tenía dos opciones: o se volvía loca por la situación y dejaba que el pasado la enfureciera o intentaba sacarle el mejor partido.

Echó un vistazo a su alrededor y... descubrió que el mundo había cambiado por completo.

Se habían adentrado en un palmeral. Los altos y elegantes árboles se alzaban sobre una alfombra de hierba de color verde intenso, moteada de flores rosas y púrpuras. Pasaron al lado de una serie de brillantes estanques junto a los cuales las cabras vigilaban a su retozante prole. Sobre ellos un pájaro comenzó a trinar y pronto otro lo imitó.

A la postre llegaron a una hondonada cubierta de hierba.

Allí, junto a un estanque que reflejaba el verde de los alrededores y el azul brillante del cielo egipcio, yacía un enorme faraón de piedra bocabajo, con los labios curvados en una misteriosa sonrisilla.

Cautivada, Dafne se apeó del burro sin ser apenas consciente de lo que hacía y se acercó a la cabeza de la estatua con la mano sobre los labios.

—Dios... —murmuró—. ¡Qué maravilla!

Hasta ese momento no comprendió cuán poco sabía de Egipto, cuán poco había visto. Las láminas de los libros estaban bien y habían cautivado su imaginación, pero solo como misterios que había que resolver en cuanto descifrara el enigma de la antigua escritura.

Las pirámides eran asombrosas, unos logros imposibles de entender, sí. Pero eran oscuras y estaban vacías; solo eran unos colosales montones de piedras. Y también tumbas, grandiosos monumentos dedicados a los muertos.

La estatua del faraón también era grandiosa: de unos doce metros de largo a pesar de faltarle las extremidades inferiores. Pero era mucho más que un magnífico monumento. Era una expresión artística que rayaba la perfección. Se sabía que era piedra, pero una piedra tallada de modo tan magistral que parecía ser de carne y hueso. La sonrisa, o la misteriosa insinuación de una sonrisa, era mágica.

Se percató de la proximidad del señor Carsington.

Luchó por desembarazarse del hechizo que el lugar había tejido a su alrededor y cambió a su actitud pedante, aquella con la que más segura se sentía; la que estaba regida por los hechos en lugar de por el confuso clamor de las sensaciones.

—Si la memoria no me falla, fue descubierto el año pasado —dijo—. De acuerdo con Herodoto y Diodoro, se trata de Ramsés II, también conocido como Ramsés el Grande. Se dice que estuvo emplazada delante del templo de Vulcano, o Ptah, que sería el nombre egipcio, acompañada de las estatuas de su reina y sus cuatro hijos. —Caminó junto al coloso y se detuvo al lado del codo. Se inclinó y ladeó la cabeza para examinar los grabados que había en el fajín que rodeaba la cintura de la estatua—. Aquí está su cartucho —dijo al tiempo que lo señalaba.

—No estoy seguro que sea decente que le mire el cartucho —dijo el señor Carsington.

Dafne fue consciente del comentario, consciente del calor que le subía por el cuello, así como de un creciente nerviosismo ante la posibilidad de que él la hubiera pillado estudiando su anatomía durante el trayecto. No obstante, la estatua ejercía un enorme magnetismo sobre ella y todas sus preocupaciones se evaporaron al contemplar la dulzura de esa enigmática sonrisa.

—Ya le expliqué lo que era un cartucho —replicó mientras se agachaba para poder ver mejor la parte delantera de Ramsés—. Los óvalos con escritura jeroglífica en su interior. Puede verlo aquí, en el fajín. Y también en la muñeca. Ah, y puedo ver otros dos sobre el pecho y el hombro. Parece que hay varios, pero no estoy segura. Da la sensación de que hay dos predominantes.

—¿Eso quiere decir que tiene dos nombres? —inquirió el señor Carsington—. O tal vez que tenga un nombre y un título. Ya sabe, como el rey: Su Majestad Jorge IV Augusto Federico. Y también tenía otro montón de nombres: príncipe de esto y duque de aquello.

—Es muy posible —contestó distraída, con la mente y la mirada puestas en uno de los cartuchos. Se agachó para tener mejor ángulo y la recorrió un escalofrío—. Sin duda ese es el símbolo del sol. En copto, la palabra para «sol» es *ra*... o *re*... Ay, qué no daría por una vocal como Dios manda. Pero hay tres colas unidas cerca del símbolo con forma de garfio. Es el mismo que en el cartucho de Tutmosis. La combinación debe ser «mosis» o «mesis». El doctor Young estaba equivocado, tal y como yo sospechaba. Este cartucho no puede pertenecer a Mentuhotep como sostiene. La identidad de la estatua es indiscutible. Todos coinciden en que se trata de Ramsés el Grande. Por lo tanto, los símbolos del cartucho deben leerse «ra-me-sis» —concluyó triunfal.

—Fascinante —dijo el señor Carsington.

Dafne se enderezó despacio con el corazón desbocado. Inmersa en la excitación del descubrimiento, no se había dado cuenta de que estaba pensando en voz alta. Se había ido de la lengua, se había delatado. Pero no, no con él. No era un erudito. Para él solo habría sido una retahíla ininteligible.

Estaba de pie, observándola con los brazos cruzados sobre ese amplio pecho, y su oscura mirada era tan penetrante que a Dafne le resultaba incómoda.

—No es tanto lo que dice como el modo en el que lo dice —explicó—. El primer día, cuando supo de inmediato que alguien había descolocado los objetos de la mesa. Dijo que había estado trabajando en el papiro.

—Ya le dije que ayudo a Miles.

—Recordaba con exactitud el lugar donde había estado cada cosa —le recordó él.

—Mi hermano tiene un sistema —replicó.

Él sonrió y sacudió la cabeza.

—Se delata. Cuando sabe por dónde pisa, cuando está en su terreno, su voz cambia, asoma una maravillosa expresión arrogante a sus ojos e inclina la cabeza de cierta forma.

¿Lo hacía? ¿Tan transparente era?

—No entiendo qué importancia tiene mi modo de inclinar la cabeza.

—Dice a las claras que usted sabe de lo que está hablando. Y cuando habla de un símbolo o de un sonido —prosiguió él—, cuando conoce la palabra copta para «sol» y cuando contradice con tanta soltura la interpretación del doctor Young, uno llega a la irremediable conclusión...

—Miles...

—Lo dudo —la interrumpió—. Me dijo lo que contenían los baúles de su hermano. Jamás mencionó sus libros. Es extraño que un lingüista viaje sin libros.

—A decir verdad...

—En cambio, usted viaja con una increíble cantidad de ellos —dijo—. Griego. Latín. Hebreo. Persa. Árabe. Turco. Copto. Sánscrito. Además de los habituales: alemán, francés, español e italiano. ¿He pasado algo por alto?

—Al parecer no —respondió con voz tensa—. Pero yo sí. Se supone que usted es un fortachón descerebrado.

—Lo soy —afirmó el señor Carsington—. Da la impresión de que poseo una brillante intuición porque cuento con una fanática de los jeroglíficos en la familia. Aunque la prima Trifena no se parece en nada a usted, y no estoy hablando solo de que ella sea mayor. Por regla general no hay quien la entienda. A usted la entiende cualquiera, hasta yo... más o menos. Ella apenas es interesante. Usted siempre lo es. Usted rebosa pasión.

Dafne se encogió ante la palabra, ante la miríada de significados que poseía, muchos de ellos peligrosos.

—No me ha conocido en circunstancias normales —declaró—. Soy un aburrimiento.

—Yo la encuentro fascinante —le dijo él—. Debe de ser por el aire de misterio que conlleva vivir una doble vida.

—¡No tengo alternativa! —exclamó Dafne—. No soy misteriosa. No soy una persona a quien atraigan las intrigas. Soy sosa, siempre estoy entre libros y me encanta pasar horas en soledad mientras memorizo vocabulario y gramáticas o mientras estudio un cartucho. Pero no se puede trabajar aislado. Aquellos que lo hacen acaban repitiendo los errores de los demás o perdiendo el tiempo con teorías ya rechazadas. —Como Virgil, que había desperdiciado décadas—. Mi condición de mujer y mis circunstancias me han aislado —prosiguió—. Me encontraba en una disyuntiva: o renunciaba a mi trabajo o recurría al engaño. No podía renunciar.

—Es muy difícil renunciar a las pasiones —afirmó él.

—Cualquiera diría que iba a dedicarme a seducir hombres en lugar de afanarme con un pergamino hecho pedazos hasta arrancarle una preposición... —replicó con amargura—. Una ramera de la calle no habría sufrido semejante desaprobación, burla o escarnio. —Soltó una carcajada, pero fue un sonido desagradable. Aún seguía luchando. Aún seguía sufriendo. Estaba tan cansada de pelear, de fingir...

—Tal vez se haya relacionado con el tipo de gente equivocada —sugirió el hombre.

—¿Y qué otra clase hay? —exigió saber—. ¿La clase que se ríe de las mujeres intelectuales?

—También están los que son como yo —replicó.

El señor Carsington no se había movido, aunque la distancia física no importaba. Le había dejado acercarse demasiado porque la emoción le había soltado la lengua, y sus secretos habían salido a la luz.

Dafne retrocedió un paso y chocó con el antebrazo de piedra de Ramsés.

La boca del señor Carsington se curvó ligeramente, como la del faraón de piedra, y acortó la distancia que ella había intentado interponer entre ambos.

—Si se decidiera, no creo que tuviera que afanarse mucho para arrancarme una proposición —le dijo.

—Preposición —corrigió ella—. Dije pre...

Él le colocó la mano en la nuca, enterró los dedos en su pelo y Dafne se quedó helada... en apariencia, claro. Porque por dentro su corazón había comenzado a palpitar con fuerza y allí donde momentos antes estuviera su cerebro solo quedaba una vorágine de incomprensibles fragmentos tan escurridizos como la lengua perdida que se afanaba por descifrar.

El señor Carsington ladeó la cabeza mientras la observaba.

—Bueno, hasta aquí llegó el lento asedio —dijo.

Se inclinó de nuevo y Dafne no tuvo tiempo de agacharse ni de apartarse, de manera que la boca del hombre se apoderó de la suya y la tierra tembló bajo sus pies.

Levantó la mano... para apartarlo como debía. Como tendría que hacer. Pero esa boca se movía con tanta osadía sobre la suya, con tanta firmeza y seguridad, que acabó aferrándose a él, cerrando los dedos en torno a su brazo. Era tan duro como la estatua que le bloqueaba la retirada, aunque también cálido y vivo... Su calor resultaba electrizante. El contacto le provocó un hormigueo en la punta de los dedos y la corriente le traspasó la piel, hasta que todo su ser reaccionó como si estuviera galvanizado.

Los incomprensibles fragmentos de su mente giraron hasta fundirse en una neblina y los frenéticos latidos se trasladaron de su corazón a todo su organismo, de modo que cada vena y cada músculo comenzaron a palpitar.

Dafne se aferró con más fuerza, sujetándose con ambas manos como si la tierra estuviera desapareciendo bajo sus pies, al igual que sucedía con todo lo demás. Un poderoso brazo le rodeó la cintura y la acercó más hacia él. Se tensó al chocar con ese cuerpo duro como una roca, pero le bastó un instante para volver a derretirse contra su calidez para amoldarse al contacto. No era suficiente. Deslizó las manos por sus anchos hombros hasta llegar al duro mentón. Sentía cómo el pulso del hombre latía contra el borde de su mano allí donde le rozaba la garganta. Le rodeó el rostro con las manos y separó los labios, en abierta invitación. Él comenzó a incitarla acariciándole los labios con la lengua antes de tomar posesión de su boca, momento en el que el mundo giró alrededor de Dafne mientras el sabor de ese hombre —dulce, fresco y de lo más pecaminoso— se le subía a la cabeza.

La mano del señor Carsington descendió un poco, se curvó sobre su trasero y la acercó aún más, de manera que Dafne sintió la presión de la pelvis masculina sobre su abdomen. Aquello era inmoral, muy inmoral... pero ella era una persona inmoral —había nacido así— y carecía de la fuerza de voluntad necesaria para apartarse. Se rindió a la devastadora sensación física y disfrutó del contacto de ese enorme y musculoso cuerpo, de la presión de su endurecido miembro contra el abdomen. Se rindió a la pasión abrasadora que los consumía y al frenesí de sensaciones que la había invadido.

Una serie de deseos ocultos desde hacía mucho tiempo brotó hacia la superficie. Le rodearon el corazón y se enroscaron en su estómago. No era capaz de darles un nombre. Lo que sentía requería una nueva lengua o tal vez no necesitara de una lengua en absoluto. El significado se redujo al sabor de la boca masculina, de su piel; a su aroma, tan potente, peligroso y familiar que sintió una punzada de nostalgia, como si fuera un recuerdo muy querido o un sufrimiento reavivado.

Debería haber combatido sus bajos instintos y liberarse del seductor embrujo en el que estaba atrapada. En cambio, comenzó a retorcerse para pegarse más a él, enterrando las manos en su abundante cabello mientras sus lenguas se enredaban. Tan inmoral... Tan lascivo.

Y tan extraño y excitante... como salir a rastras de una pirámide en la más absoluta oscuridad.

Sin embargo, ese hombre era mucho más peligroso; el hombre y las sensaciones que había despertado en su interior. De todos modos, en ese momento adoraba el peligro y hubiera continuado derecha hacia la ruina. Pero la mano del señor Carsington abandonó su trasero y su boca se alejó de la suya; privada de su contacto, Dafne volvió a ser consciente del sol, de las palmeras, de los trinos de los pájaros y del gigante de piedra contra cuyo brazo había perdido el control de forma tan estúpida... por no hablar de su autoestima y de toda pretensión de virtud.

Se apartó de él.

—¡Ay, Dios! —dijo.

Y después, puesto que no sabía qué más decir (no tenía ningún motivo para echarle la culpa a él ni ninguna excusa creíble para ella), hizo lo que solía hacer cuando se sentía de esa manera en su niñez: cerró el puño, echó el brazo hacia atrás y lo golpeó con fuerza en el pecho.

Pánico.

Un aciago y espantoso momento. Debía decir algo —ocultar, desviar, distraer—, pero eso implicaba pensar y la mente de Rupert no estaba por la labor en ese instante.

El golpe lo puso todo de nuevo en su lugar... y resultó de lo más conveniente.

—Lo siento —se disculpó—. Me dejé llevar.

La sinceridad del comentario resultaba bastante incómoda.

—¿Se dejó llevar? —repitió ella indignada.

Podría haberle dicho que no tenía derecho a sentirse indignada cuando ella había cooperado de buena gana... más que de buena gana, a decir verdad. Mucho más de lo que él estaba preparado para soportar... o de lo que lo estaría cualquier hombre.

Todavía veía las estrellas... y la luna y los planetas. Todo el universo daba vueltas. Mareado, empezó a buscar el enorme objeto —un halcón de piedra por ejemplo— con el que ella debía de haberlo golpeado en la cabeza.

Se contuvo justo a tiempo.

No había arma alguna. Ella era el arma. Lo había golpeado con sus dulces y carnosos labios y con su cuerpo; ese prodigio de sensualidad que el mismísimo Diablo habría ideado para distraer a los hombres.

Y también estaba el asunto de su pasión, tan profunda como el océano y tan salvaje como cualquier tifón.

Rupert tenía fuertes sospechas acerca de la causa de la muerte de su marido.

Hizo un gesto con la mano para señalar los alrededores.

—El... mmm... entorno romántico. La mujer con el aura misteriosa. —Con el magnífico trasero y un poderoso don para besar a un hombre hasta dejarlo ciego, mudo, tonto y medio loco—. La emoción del momento. Y que no había nadie cerca.

O eso pensaba, porque esperaba que no hubiera habido testigos. Miró más allá de la señora Pembroke, por encima del colosal Ramsés que los había ocultado de las miradas curiosas. Su guía y el puñado de criados y de miembros de la tripulación que los acompañaban se habían congregado a una distancia respetuosa. Estaban sentados a la sombra de un grupo de palmeras, fumando sus pipas mientras escuchaban a Tom hablar sin parar. Al otro lado, los arrieros aguardaban junto a sus bestias y hablaban con el entusiasmo tan característico de los egipcios.

—No tengo un aura misteriosa —replicó ella, malhumorada—. Ya le he dicho...

—Su mente es extremadamente fascinante —le dijo Rupert—. Está repleta de conocimientos. Y también de innumerables secretos. Es... complicada. Fascinante.

La expresión de la mujer se tornó desconfiada.

—¿Mi mente? —preguntó—. ¿Me ha besado por mi mente?

—No sea ridícula —le contestó—. ¿Quiere ver las pirámides? —Se las señaló—. Están por allí.

9

Dafne deseó poder correr de vuelta al barco y esconderse en su camarote, una reacción estúpida y pueril como muy bien sabía. Cuando por fin regresara a la embarcación, ya se encargaría de echarse una buena reprimenda. No podía volver a convertirse en la colegiala impetuosa que una vez fuera, dominada por sus emociones. En aquella época lo había pagado con una sentencia de matrimonio. En ese momento podría pagarlo con su reputación, lo que humillaría a Miles, el hombre que había hecho posible que continuara con su trabajo y a quien le debía su propia cordura.

Si el honor no significa nada para ti, se dijo para sus adentros, al menos ten en cuenta el suyo.

En voz alta y con todo el aplomo que pudo reunir dijo que le gustaría muchísimo visitar las pirámides... tan pronto como hiciera copias de los cartuchos.

El señor Carsington sacó sus utensilios de dibujo de las alforjas y se mantuvo alejado de ella mientras trabajaba. No le llevó mucho tiempo y al terminar le sorprendió descubrirlo bajo una palmera, dibujando.

—No tenía ni idea de que supiera dibujar —le dijo.

—Es uno de mis más profundos y oscuros secretos —replicó el hombre—. En realidad es el único. Tampoco es que sea un secreto. Mi padre cree que un caballero debe saber dibujar tan bien como blandir la espada o disparar. Si vuelvo a casa sin dibujos, nunca me lo perdonará. Mire. —Le mostró el dibujo.

Era un boceto del colosal Ramsés... y de ella sentada en su banquillo plegable mientras copiaba los grabados de la muñeca del faraón de piedra.

—Es muy bueno —aseguró Dafne con asombro.

También sintió una oleada de placer, por aparecer en el dibujo, y un escalofrío de ansiedad, por el mismo motivo, y el retrato se le antojó... íntimo. Pero eso era ridículo. Las emociones le estaban jugando una mala pasada a su sentido común. ¿Quién iba a imaginarse que Dafne Pembroke era esa diminuta figura que se encontraba junto al inmenso faraón caído de bruces?

Se creía que las pirámides de Saqqara eran más antiguas que las de Giza. De cualquier modo, eran unas construcciones imponentes, pensó Dafne mientras atravesaban la llanura. Su destino era la más importante de todas, la pirámide escalonada.

Cuando alcanzaron la rampa de arena y guijarros que conducía a la meseta de la pirámide, se apearon de la montura para no cansar demasiado a los burros.

El camino estaba sembrado de escombros. El señor Carsington se detuvo durante un momento para estudiarlos con una expresión extraña. Dafne no dijo nada; se limitó a observarlo con asombro mientras su semblante se endurecía hasta el punto de convertirse en un hombre diferente al que conocía. Esa gélida máscara le recordó el cambio que se había producido en su voz cuando descubriera los cadáveres en la pirámide. Entonces le había parecido un desconocido, frío y distante.

En ese momento estaba frente a ese mismo desconocido. Por lo general, aun cuando no esbozaba una sonrisa, Dafne tenía la impresión de que dicha sonrisa seguía allí. Solía vislumbrar un brillo alegre en esos oscuros ojos, como si el hombre disfrutara en privado de un buen chiste. Sin duda ese era el motivo de que la gente lo tomara siempre por un idiota afable.

El buen humor había desaparecido por completo. El señor Carsington se enderezó y, sin decir una palabra, comenzó a caminar deprisa, con unas zancadas largas y furiosas que ella no tenía esperanzas de igualar.

Perpleja, Dafne se puso en cuclillas para contemplar de cerca los escombros que cubrían el suelo. Había pedacitos de mármol y de alabastro.

Fragmentos de cerámica. Trozos de color verde claro o azul. Sucios jirones de lino marrón. Algunos pedazos de una cosa oscura. Y... huesos blancos.

Se puso en pie y miró a su alrededor.

El lugar era un cementerio saqueado. Esos eran los contenidos de las tumbas. Esa cosa oscura eran restos de momias. El lino era lo que quedaba de las vendas que las envolvían. Los demás fragmentos debían de ser restos de los ajuares funerarios.

—Ay, pobrecitos... —susurró. Se le había formado un doloroso nudo en la garganta.

Se frotó los ojos y se dijo con severidad que debía dejar de ser tan sensiblera. Su colección de papiros había sido robada de las tumbas de los antiguos egipcios. Y lo mismo podía decirse de sus pequeños egipcios de madera.

Menuda idiota, por no decir hipócrita, serás si lloras por ellos ahora..., se reprendió.

Pero al parecer llevaba comportándose como una idiota desde que se levantó esa mañana. Se frotó los ojos para aliviar un poco el escozor y respiró hondo para tratar de serenarse antes de seguir el camino hacia la pirámide.

Encontró al señor Carsington junto a un amenazador agujero negro que había en la cara norte. El semblante adusto y distante había desaparecido y sus ojos habían recuperado el brillo alegre. A su lado había un europeo con ropas árabes. El señor Carsington le presentó al hombre como el *signore* Segato. Según le dijeron, era el arqueólogo que llevaba a cabo la excavación de la pirámide para el barón Minutoli.

—Me ha dicho que el interior es extremadamente complicado —le informó el señor Carsington—. Que deja a la pirámide de Kefrén a la altura del betún, según parece. Este es el camino de entrada.

Dafne se asomó al borde del agujero. Era mucho más grande que la entrada de la pirámide de Kefrén.

—El pasadizo vertical solo tiene cinco metros y medio de profundidad —explicó el señor Carsington.

—Es imposible que sea tan fácil entrar.

—No, esto es solo el comienzo —aclaró—. Las cámaras mortuorias se encuentran a unos treinta metros, debajo de la pirámide.

—Treinta metros —repitió Dafne con el corazón desbocado por el miedo. ¡No, no, no y no!

—Se trata de un descenso gradual —prosiguió él—. Kilómetros de descenso a lo largo de pasadizos y escaleras. Algunos fosos y cosas por el estilo. Y un lugar donde las piedras parecen a punto de desplomarse. ¿Está preparada, señora Pembroke?

No quería meterse en ese agujero, por muy grande que fuera. Todos sus instintos se mostraban reticentes y el sentido común le advertía que no lo hiciera.

—Hay jeroglíficos en una de las entradas —señaló él.

—¿En el interior? —preguntó Dafne—. ¿Dentro de la pirámide? —Jamás había oído que se hubieran encontrado jeroglíficos dentro de una pirámide. Pero esa excavación era muy reciente. Miró al *signore* Segato y comenzó a hacerle una serie de preguntas en italiano.

Sí, sí, estaba de acuerdo con la *signora*: aquello era de lo más inusual. Él se había sentido enormemente sorprendido cuando los descubrió: pájaros, serpientes, insectos y otros dibujitos. La propia cámara estaba decorada, muy hermosa.

Dafne tragó saliva con fuerza.

—Muy bien —le dijo al señor Carsington—. Me gustaría ver esas inscripciones.

El camino hasta la cámara resultó en exceso largo e incómodo y el calor que hacía bajo la superficie habría bastado para cocer ladrillos. Sin embargo, una vez que hubieron hecho acopio de las antorchas necesarias y hubo dejado de toser a causa del humo, pudo apreciar el interesante laberinto de pasadizos y el complejo de cámaras, muy diferente de la sencillez de la pirámide de Kefrén, en Giza. Tampoco esta contenía ningún tesoro, cosa que no extrañaba a nadie. En Egipto los robos de tumbas no solo habían sido la triste realidad, sino una profesión que se remontaba al menos hasta la época de Keops.

No obstante, en su opinión sí había tesoros en las profundidades de la pirámide.

La cámara era todo lo que el *signore* Segato había prometido y más. Sobre el azul oscuro de la bóveda resplandecían estrellas doradas. Los muros estaban cubiertos por azulejos de color turquesa. Sin embargo, lo más extraordinario de todo era la entrada. Tenía jeroglíficos por encima y a lo largo de las jambas, grabados en una serie de magníficos bajo relieves.

Uno de los motivos se repetía en las jambas: un halcón tocado con la corona del faraón, situado sobre un pedestal rectangular que estaba dividido en dos. El cuadrado superior tenía tres símbolos: arriba, el hacha que identificaba el nombre como perteneciente a un dios; bajo el hacha, la figura almendrada que Dafne había tomado por el sonido /r/; y debajo un símbolo menos conocido: un sonajero, un insecto, una flor o un instrumento musical, no estaba segura. El cuadrado inferior estaba dividido en cuatro secciones verticales. ¿Hacían referencia a columnas?, se cuestionó. ¿A puertas?

—¿Este es el dios Horus? —preguntó con voz grave el señor Carsington, que aguardaba tras ella.

Esa voz le recorrió la espalda de arriba abajo. Como defensa, Dafne adoptó su tono pedante.

—Eso parece —contestó—. El símbolo que hay por debajo es el mismo que el doctor Young atribuyó a la palabra «dios». Como puede ver, Horus lleva la corona del faraón. En aquella época se creía que los reyes eran dioses. Quizá este estuviera muy unido a Horus.

—¿La *signora* es capaz de leer las escrituras antiguas? —inquirió el *signore* Segato.

—No, no —se apresuró a responder el señor Carsington—. Aunque es capaz de leer un poco de griego.

—Herodoto —puntualizó Dafne con rapidez.

Tenía que aprender a guardarse las especulaciones sobre los jeroglíficos para sí misma. Como Noxley había señalado, a los egipcios les encantaba hablar y las noticias se extendían con rapidez. Si el explorador hacía mención de una inglesa que era capaz de leer jeroglíficos, todo Egipto lo sabría enseguida... incluyendo los rufianes que habían secuestrado a Miles y que no dudarían en ir tras ella.

—Se basa un poco en Herodoto y un mucho en la intuición femenina —prosiguió el señor Carsington con ese tono sobreprotector que se esperaba de un superior masculino.

Por lo general, ese aire de superioridad le habría hecho hervir la sangre. Sin embargo, en ese momento estuvo a punto de echarse a reír —de alivio— por lo bien que el hombre había encubierto su error.

Resultaba irónico que pudiese confiar en que él guardara su secreto mucho mejor que ella misma.

Tenía que admitir que no alcanzaba a comprender a ese hombre y al parecer se entendía mucho menos a sí misma.

Daba la impresión de que solo comprendía su trabajo. Contempló los jeroglíficos, los conocidos símbolos de la cobra, el buitre, la abeja y el hacha. Reflexionó sobre el significado de los semicírculos que había bajo la mayor parte de las figuras. ¿Serían cestas y las de mayor tamaño estarían con la parte redonda hacia abajo? ¿Y las pequeñas, las que la tenían hacia arriba? ¿Sonido o símbolo? Con esas cuestiones, especulaciones y teorías olvidó enseguida cualquier otra cosa.

Para alejar a la señora Pembroke de los dichosos halcones y de como quiera que se llamaran los demás dibujos hizo falta una persuasión continua y paciente.

Y no era eso lo que Rupert deseaba estar haciendo.

Mientras la observaba y escuchaba, lo que quería hacer era desnudarla.

Aún sufría los efectos secundarios de ese beso que le había hecho ver las estrellas, algo parecido a la mañana posterior a una noche de juerga... salvo que no era la cabeza lo que le dolía.

Estaba eso que le estaba haciendo en esos mismos momentos, aunque no supiera de qué se trataba.

Esa mujer había conseguido (por los pelos) ocultarle sus conocimientos a Segato. Sin embargo, no podía ocultar su entusiasmo, tan intenso que hacía vibrar el aire.

Puesto que no podía ponerse a corretear de un lado a otro gesticulando de manera abierta mientras conjeturaba y hablaba en seis idiomas simultáneamente, permaneció pegada a él. Y cuando era incapaz de contenerse (cosa que ocurría cada pocos minutos) se agarraba con fuerza a su brazo y tiraba de él para acercarse a su oreja y poder susurrarle algo.

Rupert se veía obligado a sentir el roce de su aliento en la oreja y en la mejilla y a notar lo cerca que estaba su boca a sabiendas de que solo tenía que girar la cabeza para saborearla de nuevo... y ver las estrellas.

Pero no podía girar la cabeza. Tenía que comportarse porque no estaban solos, motivo por el que se veía obligado a soportar la tortura de los susurros.

Por suerte para ella, Segato era italiano. Tras asumir que los susurros eran de naturaleza romántica en lugar de pedante, el hombre se mantuvo a una distancia prudencial.

Esa suposición no le haría ningún bien a la reputación de la señora Pembroke. Aun así, la alternativa era peor.

No resultaba difícil imaginar lo que harían Duval y sus secuaces si llegaran a descubrir que habían secuestrado al hermano equivocado. Irían a por ella y asesinarían a cualquiera que se interpusiera en su camino: al capitán, a los miembros de la tripulación, a Leena y a Tom.

Si el secreto de la señora Pembroke salía a la luz, ninguno de ellos estaría a salvo.

Guardar el secreto iba a resultar más difícil de lo que él había supuesto en un principio. Cada vez que la mujer descubriera un jeroglífico, actuaría como lo estaba haciendo en ese instante; vibraría como un diapasón mientras su gigantesco cerebro comenzaba a burbujear y a derramar sus secretos: palabras en griego, en latín y en copto y los nombres de ciertos eruditos; así como quién asumía cuál teoría, qué alfabeto se oponía a tal otro o las diferencias entre las interpretaciones fonéticas y las simbólicas.

Cuando por fin salieron de la pirámide, el sol comenzaba a decaer, cosa que no sucedía en absoluto con el entusiasmo de la señora Pembroke.

Algunos miembros del grupo habían subido desde la llanura para esperarlos en las cercanías. Aunque llevaban comida y agua, la dama no les hizo el menor caso. Un montón de piedras emplazado a unos metros de distancia llamó su atención y se aventuró hacia el lugar.

Tom se acercó a Rupert para entregarle las ropas que se había quitado durante el camino. Aunque estaba bien avanzada la tarde, todavía no había refrescado. Además, deseaba quitarse la capa de arena y sudor primero. Le hizo al muchacho un gesto negativo con la cabeza y se giró para observar a la señora Pembroke.

Segato estaba a su lado y también la observaba, hecho que ponía de manifiesto lo inusual que resultaba encontrar a una mujer que compartiera la pasión de un hombre por la exploración y que afrontara las dificultades con tanto entusiasmo.

Menudo eufemismo...

La dama debía de estar tan acalorada, sucia y cansada como él. Ninguno de los dos había comido desde esa mañana. Aun así, en lugar de correr hacia los sirvientes que traían la comida y el agua, se agachaba para estudiar un bloque de piedra que sobresalía entre un montón de escombros.

Le quitó la capa de polvo que lo cubría, se inclinó para verlo más de cerca, sacudió la cabeza y, con un gesto de impaciencia, se arrodilló sobre la arena llena de guijarros. Comenzó a cavar y, tras un momento, desenterró la parte inferior. Agarró el borde y tiró de él. Parecía ser una especie de tablilla, ya que estaba cubierta de escritura.

Rupert se percató de todo eso y también de la oscura silueta que salió a la luz cuando ella apoyó la tablilla contra el montón de escombros. Vio que la serpiente se preparaba para atacar y le dio un vuelco el corazón. La señora Pembroke se echó hacia atrás, aún de rodillas en el suelo.

—¡No se mueva! —rugió.

Había empezado a correr hacia ella mientras hablaba. Le quitó las ropas al chico y desechó todo salvo la túnica al mismo tiempo que acortaba a toda velocidad la distancia que lo separaba del lugar donde ella permanecía inmóvil. La serpiente comenzó a mecerse en el sitio, todavía confusa, ya fuera por el brusco despertar o porque no era capaz de localizar la amenaza.

La señora Pembroke retrocedió en la medida de lo posible, apoyada sobre los talones, mientras guardaba el equilibrio con una mano sin apartar los ojos verdes de la serpiente.

—No se mueva —repitió Rupert, en esa ocasión con voz más baja.

Sacudió la túnica como un torero haría con el capote. La serpiente se abalanzó sobre la prenda, pero no se alejó de la mujer. Todavía percibía su presencia como una mayor y más cercana amenaza. Ella aún se encontraba a su alcance y el animal estaba completamente alerta, a la espera. Si se movía, la atacaría.

Sin dejar de agitar la túnica con suavidad para captar la atención de la serpiente, Rupert se fue acercando poco a poco. Cuando por fin consiguió interponer el tejido entre la mujer y el animal, dijo en voz baja:

—Ahora. Échese hacia atrás. Trate de hacer el menor ruido posible.

Ella lo obedeció, pero la serpiente debió de percatarse del movimiento. La cabeza estriada avanzó a toda velocidad y los colmillos se clavaron en la túnica.

En cuanto el animal estuvo distraído con la prenda, la señora Pembroke retrocedió tan rápido como pudo. Cuando se hubo situado fuera de su alcance, Rupert dijo:

—Está bien, ya puede levantarse.

A pesar de que fue en todo momento consciente de cómo se levantaba y de cómo se alejaba del peligro, Rupert no apartó los ojos de la irritada serpiente.

—Ea, ea, querida —le dijo de forma reconfortante—. Ya estás a salvo. La señora mala se ha ido. Perdona por haberte molestado. —Siguió hablándole con dulzura al animal mientras retiraba poco a poco la túnica.

Cuando también él estuvo fuera del alcance de la serpiente, esta comenzó a aplacarse. Rupert soltó la túnica con suavidad. La cabeza estriada del animal descendió y poco después la criatura reptó con asombrosa rapidez hacia el hueco más cercano del montón de escombros.

Rupert siguió observándola hasta que desapareció de la vista. A continuación buscó con la mirada a la señora Pembroke.

Le sorprendió descubrir que no había huido hacia la rampa de arena. Se encontraba a solo unos metros de distancia, paseando la mirada entre el agujero por el que había desaparecido la serpiente y él.

—Debe ser más cuidadosa cuando se encuentre cerca de un montón de piedras —le advirtió mientras se abrochaba el chaleco. Por alguna razón, estaba helado.

—Sí —convino ella mientras se sacudía la arena de la ropa—. Ha sido una estupidez por mi parte. Gracias. —Se enderezó y comenzó a alejarse en dirección a los demás.

Rupert hizo lo mismo.

Fue entonces cuando se dio cuenta del profundo silencio.

Los egipcios eran incapaces de estar callados. Por lo que había podido comprobar, no dejaban de hablar desde que se levantaban hasta que se iban a la cama.

Echó un vistazo a su alrededor. Los hombres de Segato y los suyos se habían congregado en las cercanías. En silencio e inmóviles, lo observaban sin parpadear.

Segato puso fin a la escena al acercarse a toda prisa a la señora Pembroke. ¿La *signora* se encontraba bien? ¿No estaba herida?

Se encontraba muy bien, le respondió.

El hombre se dirigió a él.

—Apenas puedo creer lo que he visto —dijo—. Todo ha ocurrido muy rápido. Abrí la boca para advertir a la dama...

pero ya era demasiado tarde. Vi levantarse a la serpiente... así. —Chasqueó los dedos.

—Las serpientes detestan las sorpresas —explicó Rupert. Y añadió dirigiéndose a la señora Pembroke—: Usted la asustó. La atacó porque creía que se encontraba en peligro.

—Vaya, ¿le dio tiempo a distinguir que era una hembra? —preguntó ella con un tono más agudo que de costumbre.

—Tal vez lo fuera —respondió—. Era bastante hermosa. ¿No se fijó en el dibujo?

—Yo conozco esos colores —afirmó Segato. Desvió la mirada hacia el agujero por el que se había marchado la serpiente—. Y también ese sonido. Aquí todo el mundo conoce ese sonido: ese ruido tan parecido al roce de una sierra. *La vipera delle piramidi.* ¿Cómo se dice en su idioma?

—¿Víbora? —inquirió la señora Pembroke, cuyo tono de voz había subido otra octava—. ¿La víbora de las pirámides?

—Sí. Muy mal genio. Y se mueve rápido, muy rápido. Veneno malísimo. Esta *vipera* es la más letal de las serpientes de *l'Egitto.*

El rostro de la señora Pembroke se puso tan pálido como la tiza y la dama se tambaleó un poco. Rupert exclamó:

—¡No, no lo haga!

No obstante, ella se dobló en dos y Rupert ya estaba preparado para atraparla cuando se desmayó.

Dafne se recuperó casi de inmediato. Aun así, el señor Carsington la llevó en brazos hasta la rampa de arena mientras le echaba un sermón.

—¿Cuántas veces se lo he dicho? —preguntó—. Nada de desmayos.

—No me he desmayado —mintió ella—. Solo estaba un poco mareada. Ya puede dejarme en el suelo.

No la obedeció y ella carecía de la decencia necesaria para forcejear como era debido. De hecho, tenía tan poca decencia que se sentía bastante cómoda donde estaba.

Era un hombre tan grande, tan fuerte y tan cálido, tan vital... Era su genio de la botella quien la llevaba en brazos, de modo que se permitió comportarse como una niña y disfrutar de la fantasía. Dejó escapar un resoplido furioso para fingir que se resignaba antes de apoyar la cabeza sobre su hombro.

La camisa del señor Carsington estaba húmeda y la piel de su mandíbula le raspaba la frente. Sin embargo, no estaba rígido y frío tendido en el suelo, como muy bien podría haber estado. La serpiente podría haberlo atacado. Podría haber muerto en un santiamén. Eso era lo que le había cruzado por la mente mientras el *signore* Segato les hablaba de la víbora de las pirámides: el señor Carsington retorciéndose hasta la muerte sobre el suelo cubierto de escombros. Y después había oído el zumbido y había visto una extraña multitud de colores brillantes antes de que se la tragara la oscuridad.

—«Yo nunca me desmayo» —dijo él, imitándola.

No, el hombre estaba vivito y coleando, en absoluto amedrentado por la experiencia.

—Es cierto —replicó ella contra su cuello.

—Pues esta vez sí lo ha hecho.

—Me mareé un instante.

—Se desplomó como una marioneta cuando alguien le corta las cuerdas. Reconozco un desmayo cuando lo veo. Y usted se desmayó, pese a todas las veces que le he dicho que no lo haga.

—Bueno, quizá me desmayara un poquito —admitió Dafne—. Pero no pretendía hacerlo.

Él siguió echándole la reprimenda: había hecho todo lo posible para desmayarse, afirmaba. Se había cocido en el interior de la pirámide durante la mayor parte del día. Se había sobreexcitado por un montón de halcones con sombrero. No había comido nada y había bebido muy poco. Cuando Segato y él consiguieron por fin alejarla de los puñeteros halcones, había seguido parloteando a lo largo de todos los kilómetros de pasadizos y escaleras. Y entonces, cuando por fin salía al aire libre, ¿acaso descansaba un poco como haría cualquier mujer sensata? No. Se iba directamente a un montón de rocas... y le daba un susto de muerte a una serpiente que se había estado echando una siestecita sin molestar a nadie. Pobre señor Segato. Había sido de lo más generoso y paciente al mostrarle su extraordinario descubrimiento. A cambio, ella le había dado un susto tal que era posible que su sensible alma italiana jamás se recuperara.

Dafne no replicó. Todo era bastante cierto, supuso. Había sido un día rebosante de emociones y no estaba acostumbrada a tener una vida emocionante. Era una mujer aburrida. Llevaba una vida aburrida según los cánones convencionales. Todo giraba en torno a su trabajo. En el trabajo se comportaba según su naturaleza y al concentrarse en una lengua perdida controlaba sus pasiones... todas ellas.

Mientras el señor Carsington seguía con la reprimenda y descendía por la rampa casi tan rápido como la había subido, a pesar de que en esa ocasión cargaba con una mujer adulta que no era ni mucho menos liviana, Dafne se preguntó quién era ella en esos momentos. Quería preguntarle si los restos que había alrededor herían su sensibilidad, pero estaba demasiado cansada como para interrumpir el sermón. Cerró los ojos y escuchó sus críticas. Parecía una nana.

Rupert deseaba con todo fervor que esa mente tan compleja no estuviera sufriendo una fiebre cerebral cuando sintió que ella se relajaba entre sus brazos.

¡Por todos los demonios! ¿Se había desmayado de nuevo? ¿O había caído en coma?

—Nada de desmayos —gruñó—. Y nada de caer en coma.

Ella murmuró algo, rozándole la piel del cuello con la boca en el proceso, y cambió ligeramente de posición entre sus brazos.

No estaba en coma. Estaba dormida.

—Bueno, espero que se encuentre cómoda, señora mía —susurró él—. Dormida... A decir verdad, a veces es como una niña; como una niña pequeña.

Bueno, no tanto. Ni por asomo. Era consciente de cada una de las diabólicas curvas de su cuerpo mientras descendía la rampa de arena con ella y los pedazos y fragmentos de los antiguos egipcios crujían bajo sus pies.

Resultó más fácil una vez que alcanzaron la explanada. Podría haberla llevado hasta el *Isis* si hubiera deseado dejar atónitos a los egipcios con sus proezas.

Pero llevar a una mujer dormida en brazos (a una mujer que además le rozaba el cuello con la nariz y le susurraba cosas ininteligibles al oído) era exigirle demasiado a su limitada reserva de autocontrol. Sabía que no podría desnudarla en un futuro próximo. La mujer había erigido a su alrededor un muro de principios morales que él debía saltar como pudiera, por no mencionar otros obstáculos más difíciles de identificar. No tenía sentido torturarse.

Hizo que les llevaran los burros, la despertó y la montó en uno. Una vez que hubo delegado la responsabilidad de que no se cayera en manos de los criados, montó su animal y desterró las frustraciones de su mente observando los alrededores en busca de víboras y malhechores.

10

Con la puesta de sol, el viento de proa amainó. Para entonces, Dafne estaba a bordo del *Isis*. Se había lavado, se había cambiado de ropa y estaba intentando no matar de aburrimiento a su compañero de cena. Cosa difícil para una erudita como ella, aun en la mejor de las circunstancias. Después de un día semejante, era imposible.

Los cartuchos de Ramsés... El beso... La pirámide escalonada con su maravilloso interior y los fascinantes símbolos de los halcones... El beso... La tablilla con la inscripción... La serpiente que se abalanzó hacia ella... La muerte tan de cerca... El beso... La extraña e idílica sensación de que un genio la llevaba en brazos como si fuera una princesa... El beso...

La necesidad de evitar el gran número de pensamientos indecentes o molestos reducía su conversación a los temas académicos más tediosos. En ese momento, mientras tomaban café y pastas, estaba parloteando sobre la lengua copta, la que se creía que era la versión moderna del egipcio antiguo. Aunque había caído en desuso, le contó, seguía siendo la lengua de la Iglesia cristiana copta de Egipto. Para escribirla se utilizaba el alfabeto griego al que se le habían añadido algunos símbolos a fin de representar sonidos que no existían en ese idioma.

Le explicó cómo podía utilizarse para descifrar jeroglíficos.

El señor Carsington miró su taza de café con el ceño fruncido.

Dafne se preguntó qué estaría pensando el hombre. Sabía

que no tenía nada que ver con el copto, uno de los temas más aburridos del mundo.

Se preguntó de qué estaría hablando si él no hubiera descubierto su secreto.

—Siempre me paso de la raya —dijo—. Miles diría a voz en grito: «¡Ya basta, Dafne! ¡Me va a estallar la cabeza!». Si no dice algo, señor Carsington, no sabré cuándo detenerme. Tiendo a olvidarme del pequeño número de personas, incluyendo a los eruditos, que encuentran la lengua copta tan fascinante como yo. Su prima, la señorita Saunders, es una de ellas. Mantenemos la más activa de las correspondencias. De hecho, fue ella quien me consiguió algunos diccionarios de copto hace muchos años, cuando comencé a estudiar los jeroglíficos en serio. —Se detuvo y se mordió el labio—. Bueno, eso tampoco es muy interesante.

—Sí que lo es —la contradijo él—. Fascinante. Fue mi prima Trifena en persona quien le consiguió esos libros.

—Así como un buen número de los papiros que engrosan mi colección —añadió.

—Supongo que al ser un devoto de la teología, su marido no tenía tiempo para ir a la caza de diccionarios y papiros para usted —aventuró el señor Carsington.

—El señor Pembroke no lo aprobaba —dijo intentando que su voz sonara jovial, si bien no lo consiguió del todo.

—¿Se refiere a Egipto en general? —Las oscuras cejas del hombre se arquearon—. Entiendo que quisiera evitar los peligros de viajar hasta aquí, pero ¿qué daño puede hacer el estudio de una lengua?

—El señor Pembroke, al igual que sucede con la mayoría de los miembros de su sexo, no creía que la persecución de un fin intelectual fuera una ocupación decente para las mujeres —explicó.

—No me lo puedo creer —dijo él—. Y ¿qué mal veía en eso? O ¿era acaso su devoción al estudio lo que encontraba tan reprobable? ¿Estaba celoso? Cuando estábamos junto a la estatua de Ramsés, usted dijo que era una obsesión. ¿Lo recuerda? Fue poco antes de que...

Dafne se puso en pie de repente.

—Apenas soy capaz de mantener los ojos abiertos —afirmó—. Será mejor que me retire a la cama temprano. Buenas noches. —Abandonó el camarote de proa a toda prisa y salió al pasillo con el rostro abrasado por el rubor. Sus aposentos no estaban muy lejos.

Aunque no lo bastante cerca. Escuchó los pasos del señor Carsington al mismo tiempo que su profunda voz resonaba a escasa distancia de su espalda.

—No sea mema —le dijo—. Estamos en una embarcación. ¿Adónde cree que puede huir?

—No estoy huyendo. —Sí lo hacía, aunque sabía que era una actitud estúpida y pueril. No le tenía miedo.

Se tenía miedo a sí misma; a la parte de sí misma en la que no podía confiar, la que encontraba su hogar en una habitación atestada de libros y documentos, de plumas y lápices.

—Usted no es una cobarde —prosiguió el hombre—. ¿Por qué se comporta como si lo fuera?

Dafne llegó a la puerta de su camarote. Mientras sus dedos rodeaban el picaporte, el señor Carsington colocó una mano sobre la puerta y se apoyó en ella con todo su peso. El pasillo era estrecho y acababa justo donde se encontraban. Su corpulenta figura, a escasos centímetros de ella, bloqueaba el regreso a la proa. Su enorme mano mantenía la puerta cerrada. Al parecer, no solo ocupaba la mayor parte del espacio, también se estaba quedando con todo el aire. A Dafne le costaba trabajo respirar y pensar le resultaba casi imposible.

—Usted tuvo su turno para hablar sobre el copto —dijo el hombre—. Ahora me toca a mí. Quiero hablar sobre... Ramsés.

Sabía que no la había seguido para hablar de los cartuchos del faraón.

—No hay ninguna necesidad —le aseguró—. Ya se ha disculpado.

La penumbra del pasillo ocultaba su expresión, pero Dafne percibió la sonrisa en su voz cuando dijo:

—¿De veras? Qué raro... Y ¿por qué narices me he disculpado?

—Sé que para usted es una insignificancia. —Bajó un poco la voz, mientras rogaba que Leena no hubiera pegado la oreja al otro lado de la puerta—. No obstante, mucha gente cree que resulta de lo más impropio besar a un miembro del sexo opuesto que no sea un familiar cercano.

—¡Vaya! Ese beso no fue una insignificancia —le aseguró el señor Carsington—. Sé lo que es un beso insignificante y le garantizo que el nuestro no lo fue en absoluto. Ese beso fue...

—Creo que lo mejor sería fingir que nunca ha sucedido —barbotó Dafne con evidente angustia.

—Eso sería deshonesto —alegó él.

El espacio era reducido y se volvía más pequeño y caluroso por momentos. Dafne era muy consciente de la enorme mano apoyada contra la puerta. Recordó la facilidad con que la había atrapado; la dulzura y la firmeza que había demostrado al sujetarle la cabeza para reclamar su boca y apoderarse de ella. Recordó esa poderosa mano sobre la espalda, estrechándola con fuerza, y la presión de su erección contra el abdomen. En esos momentos la inundaba una mezcla de olores a hombre: betún y jabón de afeitar, pomada para el cabello y, lo más embriagador de todo, el aroma de su piel; una combinación única y absolutamente devastadora.

—Fue una aberración, una locura momentánea —afirmó.

—Fue una locura apasionante —la corrigió él con una voz tan ronca que Dafne pudo sentirla en lugar de escucharla; la sintió reverberar en su cuello, tras la oreja, y muy, muy dentro de su cuerpo, allí donde acechaba el diablo y la tentaba con unos deseos salvajes e indecentes.

Replicó al comentario con voz tensa y un tanto aguda:

—Pero, por encima de todo, estuvo mal, señor Carsington.

No lo vio moverse, aunque le pareció que el hombre estaba más cerca, demasiado cerca.

—¿No me diga? —dijo—. ¿Y qué fue lo que estuvo mal? ¿Qué parte? ¿Debería haber hecho esto? —Colocó la otra mano contra la puerta y la aprisionó entre sus brazos—. Y ¿esto? —Bajó la cabeza y depositó un suave beso en su frente.

Fue la más leve de las caricias. El mundo se detuvo y la percepción de Dafne se redujo al liviano roce de esos labios sobre su piel. La acariciaban como las alas de una mariposa. Como los pétalos de una rosa. Con la suavidad del rocío de la mañana. O de la primera nota del canto de un pájaro. No conocía palabras en ninguna lengua que pudieran describir la dulzura de esa caricia.

—Y ¿esto? —Le besó la nariz.

Tenía miedo de moverse, tenía miedo de que esa increíble sensación que la invadía fuese un sueño. Si se movía, si respiraba, se desvanecería, al igual que lo habían hecho muchos otros sueños.

—¿Y esto? —Sus labios le acariciaron la mejilla.

—¡Señor! —exclamó—. Esto es... No creo que...

—Déjese llevar.

Los labios del hombre rozaron los suyos y en ese momento Dafne se derritió y sus entrañas se convirtieron en líquido.

Se dejó caer contra la puerta y apoyó las palmas de las manos sobre ella para sostenerse, o al menos para intentarlo. Sus rodillas habían dejado de funcionar. Estaba muriéndose de gozo. Era indecente, pero tan dulce... El placer se apoderó de ella y la hizo responder en consecuencia, de modo que la sensación aumentó hasta convertirse en deseo.

Dafne tenía muy claro que no debía desear a ningún hombre y mucho menos a uno como él. Sabía que la dulzura era sinónimo de seducción, no de cariño. Lo que sentía no tenía nada que ver con la dulce inocencia que aparentaba. En el fondo de su embriagada mente, allí donde quedaba un resquicio de cordura, lo sabía.

Por tanto, debería haberse alejado o haberlo apartado de un empujón. Pero no podía y no lo haría.

Tenía que sentir esos labios besándola con fuerza en la boca. Necesitaba volver a saborear a ese hombre en la misma medida que los consumidores de hachís necesitaban fumar. Parecía no poder saciarse del lento e indecente movimiento de su lengua ni de los diminutos escalofríos que le provocaba en la nuca y en el abdomen. En algún lugar de su aturdida mente sabía que acabaría sufriendo, pero la posibilidad le parecía muy remota y él estaba muy cerca; su olor y su sabor bloqueaban todo lo demás. Ese hombre la arrastraba directamente hacia la depravación y ese, al parecer, era su destino.

Rupert no apartó las manos de la puerta. Su intención había sido mantenerse apartado y esperar. Ya se había torturado bastante por un día y perseguirla o acariciarla era como pedir más a gritos. No obstante, por el momento la tortura resultaba deliciosa.

Solo era un beso. Eso sí, el beso más largo de la historia; un millar de besos encadenados. Jugueteó con sus labios y ella lo imitó, logrando en poco tiempo que viera lunas, estrellas y planetas girando a su alrededor.

No apartó las manos de la puerta. Para mantener el equilibrio. Para resistir. Y para evitar que el beso llegara a su fin. No debía mover las manos; no debía permitir que la acariciaran si no quería que ella saliera huyendo.

No obstante, podía embriagarse de ella. Podía inhalar su fragancia, una pizca de olíbano arrastrada por el viento del desierto. Y podía degustar su sabor, parecido al de un extraño champán, suave y fresco aun cuando dejara un rastro de fuego en sus venas.

Podía dejar que su boca la incitara y jugueteara sobre la insinuación del más leve de los mohínes. Podría frotarse contra su mejilla, piel contra piel; una piel suave como el terciopelo más sedoso; una suavidad que le provocaba una especie de punzada en las entrañas y lo dejaba débil y medio sonriente por dentro al pensar en la facilidad con la que una mujer podía postrar de rodillas a un grandísimo imbécil.

Depositó un reguero de besos, livianos como el roce de una pluma, sobre la piel tersa de su rostro con forma de corazón y siguió la línea de sus pómulos con los labios. Descubrió la sensible zona que tenía tras la oreja y el lugar donde latía su pulso en la garganta. Sintió como este se aceleraba bajo su boca y escuchó cómo su propio corazón latía con más fuerza en ávida respuesta.

Deslizó las manos hacia abajo por la puerta y descubrió que le temblaban un poco. Las colocó sobre sus hombros, porque tenía que detenerse. Había llegado el momento de detenerse. No era ningún santo. No era capaz de resistir la tentación y ya había puesto a prueba todos sus límites y los había traspasado.

Sin embargo, de algún extraño modo, sus dedos ascendieron sobre el terso cuello femenino para hundirse en su sedoso cabello. Y descubrió que necesitaba algo más que su boca, su extraño sabor a champán y el diabólico y subyugante jugueteo de su lengua.

Y a partir de entonces resultó muy fácil olvidar todas sus buenas intenciones. Ella se mostraba dócil, rendida y apasionada y, por el momento, estaba enteramente a su disposición. Tenía por fin a su alcance cada palmo de esas perfectas curvas y ese cuerpo encajaba a la perfección entre sus brazos.

Bajó las manos y las colocó sobre la parte posterior de su cintura. Resultaba maravilloso acariciarla y el deseo lo consumió. Olvidó todo eso del lento asedio, de sortear los obstáculos y de la conquista paso a paso. Olvidó que aún era demasiado pronto y que no debía apresurar su ofensiva si quería evitar que en lo sucesivo ella estuviera en guardia. Eran demasiadas cosas que recordar. Y su aroma lo tenía hechizado.

Fue vagamente consciente de que el jadeo de la dama no tardó en transformarse en un suspiro cuando capturó un pecho con una de sus inquisitivas manos. Era cálido, suave y encajaba en su mano como si hubiera sido creado para él, hecho a su medida desde un principio. Así pues, la necesidad de acariciar su piel se le antojó de lo más natural y comenzó a buscar los broches del corpiño...

—¡Santo Dios! —La señora Pembroke lo empujó con tanta fuerza que se tambaleó hacia atrás—. ¿Qué está haciendo?

—Quitándole la ropa —contestó.

—¡No! —exclamó ella—. No, no y no. —Abrió la puerta de

un tirón, entró en su camarote con paso vacilante y cerró dando un portazo.

Rupert observó la puerta con los ojos entrecerrados y la respiración alterada.

—Sabías que esto iba a pasar —se dijo— y lo has hecho de todos modos.

Aunque ella había dicho que estaba mal y también lo había hecho de todos modos.

Así pues, atravesó el pasillo y salió a la cubierta silbando por lo bajo.

Zawyat al-Amwat, frente a Minya

Miles había planeado remar hasta la parte menos poblada y más cercana de la orilla este, librarse de los grilletes, encontrar un lugar donde dormir un par de horas para recuperar sus fuerzas y después marcharse en cuanto le fuera posible. En el pequeño bote había herramientas, armas y una cesta con pan egipcio. El pan, junto con las lentejas, había conformado la dieta de la tripulación. Tendría que durarle una semana, para cuyo final —viajando durante el día en un pequeño bote y siguiendo la corriente— esperaba estar de vuelta en El Cairo.

Lo único que necesitaba —aparte de librarse de los puñeteros grilletes— era un disfraz. Sería mucho mejor no llamar la atención. Durante el día le resultaría imposible hacerse pasar por un fantasma y no podía viajar al amparo de la oscuridad, puesto que corría el riesgo de colisionar con otra embarcación o con un banco de arena. Aun los más experimentados navegantes del Nilo sufrían accidentes, a veces a plena luz del día. Los vientos cargados de arena del desierto modificaban constantemente el curso del río y la navegación era mucho más arriesgada durante esa época del año, cuando las aguas estaban en su nivel más bajo.

Deseó haber robado ropa antes de huir del barco, pero resolvería ese problema más tarde.

Resultó ser más tarde de lo que pensaba.

Tardó toda la noche en librarse de los grilletes. Para entonces le dolían tanto las manos como la cabeza. Una oleada de náuseas lo postró de rodillas. Vomitó, pero las náuseas empeoraron. Le hervía la cabeza.

Estaba saliendo el sol, el abrasador sol egipcio, que convertía al sol inglés en un simple farol en la niebla.

No podía viajar bajo ese sol ardiente, enfermo de peste o lo que fuese aquello. Lo único que podía hacer era esconder el bote en la medida de lo posible, llevarse consigo todo lo que pudiera y arrastrar su enfebrecido y tembloroso cuerpo a través de la estrecha franja de tierra fértil en dirección a las colinas que se alzaban tras ella.

Muchas horas después, cuando despertó en el interior de una tumba, fue incapaz de recordar cómo había llegado hasta allí. Se preguntó si alguien lo habría visto. Pensó en Dafne y deseó vivir lo bastante para poder verla de nuevo. Esos fueron sus últimos pensamientos coherentes. Cuando cayó la noche estaba delirando.

Viernes, 11 de abril

Cuando lord Noxley llegó a Minya en su *dahabiya*, el *Memnon*, Ghazi estaba esperándolo junto con dos hombres.

Ninguno de ellos era Miles Archdale, circunstancia que hizo aparecer un leve ceño en el angelical semblante de Su Ilustrísima. Aunque la expresión parecía bastante apacible, aquellos que lo conocían no tenían dificultad alguna en vislumbrar los oscuros nubarrones de tormenta que se estaban formando sobre su cabeza.

Ghazi lo conocía bien. De hecho, había estado esperando semejante reacción, motivo por el cual se había apresurado a llegar a Minya tan pronto como supo del descalabro con los secuestradores. Dejó que los dos hombres le contaran la historia al señor. Era bastante breve.

Dijeron que eran los dos únicos supervivientes del grupo que Ghazi había enviado para capturar al inglés, al amigo del señor. Todos los demás estaban muertos, incluyendo a los secuestradores.

Si hubieran sido un poco más inteligentes, también ellos habrían fingido sus muertes. Desde luego no se habrían quedado en Minya para informar a Su Ilustrísima de las malas noticias. Sin embargo, al igual que sucedía con la mayoría de los sirvientes de lord Noxley, no habían sido contratados precisamente por su inteligencia. Y también al igual que la mayoría de ellos, trataban siempre con sus lugartenientes, jamás con el Demonio Dorado en persona.

—¿Los secuestradores mataron al inglés? —preguntó Su Ilustrísima—. Qué cosa más rara. ¿Por qué iban a matar a un prisionero tan valioso?

Los hombres fueron incapaces de explicárselo.

—Confío en que al menos hayáis recuperado el cadáver de mi amigo —dijo el señor.

Los hombres intercambiaron una mirada antes de hablarle del fantasma que los había perseguido mientras amarraban el bote a la embarcación más grande.

Lord Noxley hizo pocos comentarios durante el relato y se limitó a asentir con una expresión que los hombres tomaron por lástima y comprensión, mientras los nubarrones que ellos eran incapaces de ver aumentaban y se oscurecían. Su Ilustrísima les ordenó que se retiraran y que buscaran una ocupación entre la tripulación del *Memnon.*

Luego se marchó en busca del *kashif,* el representante local del bajá.

De camino, Ghazi hizo un relato menos confuso de los acontecimientos.

—Mis hombres atacan la embarcación. Alguien corta las amarras y el barco queda a la deriva porque todos están luchando y nadie está al timón. Se estrellan contra un banco de arena. Estos hombres llegan al final, poco después que el resto del grupo.

—Y huyen de un fantasma «alto como un gigante y pálido como un espectro» —citó Su Ilustrísima, sacudiendo la cabeza.

—Es su amigo inglés, sí —confirmó Ghazi—. No sabía quiénes eran mis hombres; tal vez los tomó por ladrones procedentes de una de las aldeas. Quiso huir. Necesitaba el bote. Fue una treta de lo más inteligente.

—Yo también lo creo —convino el señor—. Archdale es un genio, ya lo sabes.

—Vine en cuanto me enteré —prosiguió Ghazi—. Duval tiene partidarios en el sur. Allí es adonde se dirige Faruq. A estas alturas ya habrán oído la historia del fantasma y Faruq también habrá adivinado su identidad, porque no es ningún idiota. Vine para encontrar a su amigo antes de que lo hagan los hombres de Duval.

Los nubarrones se dispersaron un tanto.

—Muy astuto —comentó lord Noxley.

Alentado, Ghazi continuó hablando.

—Este fantasma aparece sobre todo en la orilla oriental, en diferentes lugares de la zona comprendida entre las tumbas excavadas en la roca de Zawyat al-Amwat y las de Beni Hasan. —Señaló con la mano la orilla este del Nilo.

—Eso nos deja unos veinticinco kilómetros que explorar —concluyó lord Noxley. Hizo una pausa para contemplar la extensión de terreno—. Y las colinas están plagadas de tumbas. Por no mencionar que la mayoría de los avistamientos habrán sido imaginarios. Los árabes son demasiado crédulos. Uno de ellos dice ver un fantasma y al poco tiempo todos ven una horda de espíritus y demonios. Archdale no puede aparecer en varios sitios a la vez. Nos llevará semanas encontrarlo.

—Es cierto que lo han visto en todos sitios —afirmó Ghazi—. Pero en mi opinión, un hombre inteligente se mantendría lejos de las aldeas y cerca de las tumbas. Encontrarlo no es imposible, sobre todo si contamos con la ayuda del *kashif*. Tiene muchos espías.

—En ese caso solo hacen falta sobornos —aventuró Su Ilustrísima, que había comenzado a caminar de nuevo—. Me encargaré de ello. —Avanzó unos metros con expresión absorta antes de añadir—: Será mejor que deje en tus manos la tarea de encontrar a Archdale. Aún tenemos que capturar a Faruq.

—Sabe que lo seguimos, así que cambiará de planes —afirmó Ghazi—. Creo que no se demorará mucho en Beni Hasan para esperar a Duval, tal y como habían acordado. En su lugar, yo continuaría hacia el sur. Hay un numeroso grupo de franceses en Dendera. Creo que se dirigirá hacia allí.

—Sé lo que busca ese grupo de franceses, malditos sean —dijo Su Ilustrísima—. Esos salvajes han obtenido un permiso para llevarse el magnífico techo astral del templo de Hathor. No se llevarán también el papiro. Me pondré en marcha tan pronto como me haya encargado del *kashif*.

Caminaron en silencio hasta la residencia del funcionario. Una vez allí, Ghazi dijo:

—Los dos hombres a mi cargo, los cobardes... ¿qué le gustaría hacer con ellos?

—Encuentra a Archdale —contestó lord Noxley—. Yo me encargaré de los cobardes.

El viento, que había cesado por completo durante la noche, arreció por la mañana y en esa ocasión a su favor. Para alivio de Dafne, soplaba con fuerza y de forma constante, impulsando con rapidez al *Isis* río arriba. Recuperaron gran parte del tiempo perdido y alcanzaron Beni Suef en menos de tres días.

El paisaje era fascinante, sin duda. Al oeste del pueblo se encontraban los restos de la antigua Heracleópolis. En la orilla este había un camino que conducía a los monasterios coptos de San Antonio y San Pablo. Resultaba imposible atravesar la zona sin sentir el impulso de explorarla.

Sin embargo, no era más que un impulso. Encontrar a Miles era más importante que cualquier monumento. Después dispondrían de todo el tiempo del mundo para explorar Egipto juntos, tal y como habían planeado, se dijo.

Entretanto, ahondaría en sus recientes descubrimientos con

la mente tranquila, que no así la conciencia... No tenía ninguna necesidad de preocuparse por las distracciones. Era evidente que el señor Carsington había decidido ser «deshonesto». Tal y como ella le había pedido, el hombre estaba fingiendo que entre ellos no había tenido lugar ningún interludio íntimo.

Había vuelto a ser el parsimonioso zoquete que conociera en un principio. Dejó de formular preguntas incómodas e íntimas. No hacía ni un solo comentario o movimiento que pudiera interpretarse como un acercamiento.

Compartían agradables cenas durante las que charlaban, exactamente igual que lo habría hecho con Miles, sobre el paisaje que se contemplaba desde la cubierta del *Isis:* la enorme variedad de aves, por ejemplo; las formaciones rocosas más interesantes; o los métodos de cultivo de los egipcios, que parecían no haber evolucionado desde la época de los faraones.

Estaba claro que el señor Carsington no tenía problemas a la hora de interpretar el significado de un «No, no y no» y el de una puerta cerrada en las narices. Había olvidado al instante, y con sorprendente facilidad, sus dos interludios.

Dafne habría debido sentirse contenta y aliviada.

Estaba molesta.

A él le resultaba de lo más sencillo, se dijo. Solo era una más en la larga lista de mujeres para olvidar. Era muy probable que el señor Carsington fuese en busca de una bailarina en cuanto la embarcación atracara en una población grande para pasar la noche. Seguro que para él no habría diferencia alguna, salvo quizá que las bailarinas no serían tan aburridas como ella, que se pasaba todo el rato parloteando sobre copto, cartuchos y halcones tocados con coronas.

Sabía que a los hombres como él les parecía un bicho raro; un bicho raro que además era tedioso. En ocasiones incluso deseaba no haber nacido con la pesada carga de un cerebro como el suyo; en ocasiones deseaba que hubiera sido Miles quien heredara el famoso intelecto de los Archdale. De ese modo habría sido mucho más sencillo para sus padres; sobre todo para su padre, que había pasado años preocupado y sin saber muy bien qué hacer con ella: ¿tratarla como si fuera una niña normal y pasar por alto el don que le había sido otorgado o educarla como requería su inteligencia, aunque fuera antinatural?

Habría sido muchísimo más fácil para ella de haber sido una niña normal. No habría tenido que soportar las continuas reprimendas de Virgil:

«Estoy seguro de que pretendías tenerlo en cuenta...»

«No hay duda de que lo has pasado por alto.»

«Por supuesto, no se te ha ocurrido...»

«Está claro que desconocías mis deseos...»

Todavía podía escuchar su voz, tan suave, tan paciente y tan... exasperante.

Virgil había deseado una esposa normal. Ella no era normal.

Y no quería serlo, al menos no en el fondo, porque de otro modo se habría amoldado a los deseos de su marido.

En realidad no deseaba ser como las demás mujeres. Su trabajo la fascinaba, la entusiasmaba y la hacía feliz.

Sabía que los hombres no la entendían. Y que a la mayoría de ellos no les gustaba. Era su voluptuosa figura, y no su amueblada cabeza, lo que les interesaba. Cosa que, para su más completo asombro y desilusión, también le había ocurrido a Virgil.

Sabía que el interés del señor Carsington era puramente físico. Y temporal. Sabía que, desde el punto de vista del hombre, era lógico y razonable abandonar todo esfuerzo por comprometer su virtud.

Sabía que era ilógico e inadecuado por su parte echar de menos el placer y la pasión que había experimentado con él, esa sensación de que el mundo debería ser así: sin reglas, sin remordimientos.

Era escandaloso y estúpido, pero deseaba más. Cada vez que estaba cerca de él (en la cubierta de la embarcación, por ejemplo, mientras contemplaban el paisaje que iban dejando atrás con rapidez) deseaba enterrar la cara en su mejilla y aspirar su olor con una necesidad rayana en la desesperación. Deseaba, con ese mismo y salvaje apremio, sentir cómo le aplastaba su cuerpo.

No era más que instinto animal en su forma más pura, tan

profundo y atávico como el hambre o la sed. Sin embargo, esas necesidades eran racionales. La comida y la bebida eran imprescindibles para la vida. La intimidad con el señor Carsington no solo era prescindible, sino también peligrosa en un millar de sentidos.

Dafne lo sabía. Sabía que debería alegrarse al ver que la trataba como a una hermana. Pero estaba destrozada.

Esa mañana, mientras la embarcación pasaba por Beni Suef, aún seguía intentando doblegar a la criatura salvaje que llevaba dentro. No era de extrañar que hubiera hecho tan pocos progresos con el cartucho que tenía delante, uno de los que había copiado de la gigantesca estatua de Ramsés.

Contempló la diosa con el tocado emplumado y se preguntó si todas las mujeres acabarían con la cabeza llena de plumas en presencia del señor Carsington o si solo le ocurría a ella.

Unos golpecitos en la puerta y una voz imposiblemente grave y familiar la sacaron del último episodio de autoflagelación.

Estuvo a punto de darle permiso para entrar. De hecho, tenía la boca abierta para hacerlo cuando recordó las reducidas dimensiones del camarote. Dado el desordenado estado mental en el que se encontraba, invitarlo a entrar en un espacio tan reducido era una idea de lo más descabellada.

Se puso en pie, caminó hasta la puerta y la abrió.

Y reprimió un suspiro.

Allí estaba él: alto, moreno, demasiado guapo para el bien de todos y medio desnudo, como de costumbre. Llevaba unos amplios pantalones al estilo turco que había remetido bajo las resplandecientes botas, una camisa de corte árabe o *kamis* con mangas muy amplias y un chaleco inglés de color vino sin abrochar. No se había molestado en ponerse un pañuelo al cuello. La camisa carecía de botones y solo tenía una abertura en la parte frontal que dejaba al descubierto su cuello, parte de sus hombros y una porción más que generosa de su musculoso torso. El sol egipcio le había tostado la piel del cuello, de modo que estaba más oscura que la del pecho. Dafne sintió deseos de recorrer la zona más pálida con la lengua. De enterrar la cara en su cuello.

De golpearse la cabeza contra la pared.

Se secó el sudor de las manos en la falda y le preguntó si pasaba algo malo.

—Desde luego que no —replicó él—. De hecho, parece que las cosas se están poniendo muy interesantes. Rais Rashid me ha dicho que estamos entrando en territorio de ladrones.

Típico del señor Carsington encontrar «interesante» algo así. Era una oportunidad para romper cabezas, disparar pistolas y blandir espadas. Una oportunidad para jugar al «Te reto a muerte». Casi podía entender su entusiasmo. A ella también le gustaría tener la oportunidad de hacer algo violento.

—Parece que la zona que se extiende desde Beni Suef hasta Asiut es famosa —prosiguió—. Más de trescientos kilómetros plagados de ladrones. Leena dice que esta noche deberíamos contratar guardias en el pueblo para que el jeque local se responsabilice de nuestra seguridad. Aunque tendremos que dejar que alguien vigile a los guardias, porque son unos inútiles. Dice que no debemos descuidarnos ni siquiera a plena luz del día, porque —siguió explicando al tiempo que comenzaba a gesticular con el mismo dramatismo que Leena— de otro modo desvalijarán el barco y acabaremos cortados en pedazos. Son tan inmorales y malvados, tan feos y sucios, que nos darán náuseas.

Y así continuó, imitando el frenético estilo de la sirvienta, mientras repetía todas sus espantosas predicciones.

Una vez que su torbellino interno se hubo calmado, Dafne notó que una pequeña sonrisa asomaba a las comisuras de sus labios. Claudicó y sonrió de oreja a oreja.

—¿Le hace gracia la perspectiva de una muerte segura? —preguntó el señor Carsington, que también sonreía un poco.

—La imita a la perfección —le dijo—. Espero que sea consciente de que Leena tiende a exagerar las cosas.

—Ya lo he notado —aseguró el hombre—. Pero Tom parece estar de acuerdo en lo más importante. Hizo unas cuantas pantomimas de las suyas: un ratero y un ladrón que subía al barco de modo sigiloso. Y se tiró buena parte del tiempo con un ojo cerrado. Según Leena, casi todos los habitantes están horriblemente desfigurados. Muchos de ellos son tuertos. Asegura que son tan feos por dentro como por fuera. En resumen, parece que tendremos que utilizar las pistolas de su hermano.

Dafne intentó prestar atención a lo que el hombre estaba diciendo, pero su mente se negaba a cooperar. Deseó que no fuese ataviado de un modo tan provocativo. Era injusto que mostrara tanta extensión de piel cuando ella ya se veía acosada por su fragancia y el sabor de su piel. Solo tendría que acercarse un poquito para inspirar ese incitante aroma a hombre. Solo tendría que extender un brazo, agarrarlo por la nuca, tirar de él y...

—¿Señora Pembroke?

Dafne percibió la nota burlona en su entonación. El rubor le cubrió el rostro.

—Lo siento —se disculpó—. Decía usted... —¿Qué estaba diciendo?

—Al parecer tiene la cabeza en otro sitio. —La oscura mirada del señor Carsington abandonó su rostro y se posó sobre los papeles esparcidos sobre el diván—. ¡Claro, por supuesto! Ramsés. Los cartuchos. ¿Ha descubierto quién es la dama con la pluma en la cabeza?

—Una diosa —contestó.

—Y ¿la pluma?

—Será lo que me proporcione la identidad de la diosa —respondió Dafne—. Pero de momento no tengo la más mínima idea.

El señor Carsington se inclinó para poder echar un vistazo por encima de su hombro y Dafne alcanzó a percibir la esencia de su jabón de afeitar.

—Ligero como una pluma —dijo el hombre—. Ligero de manos. Ligero de conciencia. Ligero de corazón. Espere. —Cerró los ojos—. La he visto en algún sitio. La pluma que lleva en la cabeza. En una balanza. ¿Qué había en el otro platillo? Algo que servía de contrapeso. Una escena que representaba una especie de juicio. Huele usted como una diosa, a olíbano.

El señor Carsington abrió los ojos y los clavó en su rostro. Dafne se perdió en las oscuras profundidades de su mirada mientras se preguntaba si habría oído bien.

—Debo de haberla visto en uno de los libros de Trifena. En uno de los franceses. —Retrocedió un paso—. ¿Dónde están las pistolas?

Dafne aún no había asimilado el comentario de que olía como una diosa. Su cerebro tardó un instante en poder concentrarse en el resto de las revelaciones. Libros con ilustraciones. Franceses.

—¿Se refiere a la *Description de l'Égypte*? —preguntó a voz en grito—. ¿Usted lo ha estudiado?

—No hay razón para que se ponga histérica —dijo él—. Era de lo más popular entre las damas, a las que les gustaba sentarse cerca y comentar las ilustraciones. —Sacudió la cabeza—. De cualquier forma, no recuerdo dónde vi la escena. Trifena tiene innumerables libros y dibujos. Tal vez fuese la propia diosa emplumada la que estaba sentada en un platillo de la balanza. Y el contrapeso era... —Frunció el ceño—. Creo que era una jarra o una vasija.

El señor Carsington la estaba mareando con sus continuos cambios de tema.

Sin embargo, la obsesión y la costumbre no tardaron en retomar el control. Se obligó a dejar a un lado lo mucho que parecía conocer sobre la colección egipcia de la señorita Saunders y lo útil que le había resultado para atraer a las damas.

—¿Se refiere a una balanza como la de la justicia? —preguntó con avidez. Se dio la vuelta, corrió hacia el diván y alzó uno de sus dibujos—. ¿Piensa usted que puede tratarse de la diosa egipcia de la justicia?

—No, señora Pembroke —contestó—. Yo no pienso. De eso se encarga usted. Pero me alegra verla tan... entusiasmada. No obstante, le agradecería que me prestara atención un momento, tan solo un momentito de nada. Las pistolas. ¿Dónde están esas maravillosas Manton?

11

Zawyat al-Amwat. Jueves, 12 de abril

A unos cuantos kilómetros al sur de Minya se emplazaba una hilera de tumbas excavadas en la roca, en las colinas árabes de la orilla oriental del Nilo. Miles se refugió en la primera que encontró. Había asumido que moriría allí.

Sin embargo, tres días después de arrastrarse medio muerto al interior estaba comenzando a recobrarse. De cualquier forma, esperó hasta el ocaso para explorar los alrededores. Los egipcios, supersticiosos y temerosos de fantasmas y demonios, evitaban las tumbas y los cementerios después del crepúsculo.

Descubrió que en su mayor parte las tumbas estaban muy mal conservadas. Algunas incluso habían sido destruidas, ya que los habitantes de la zona se llevaban las piedras para construir en otros lugares. Decidió trasladarse a una de las que tenía mejor aspecto, la penúltima desde el sur. En sus paredes había murales con escenas de agricultura, pesca, construcción de embarcaciones y fabricación de armas.

Para cuando cayó la noche estaba famélico. Los bodegones le recordaban que apenas había comido en los últimos días. En la tumba no había nada que llevarse a la boca. Algún animal se había comido su pan seco. Solo le quedaba un trago de agua.

Así pues, cuando las estrellas comenzaron a brillar en el firmamento, Miles cogió la cesta y caminó a la luz de la luna en dirección al río, hacia el lugar donde había ocultado el bote.

Había desaparecido.

En realidad no se sorprendió mucho. La zona era famosa. ¿Por qué no iban a robarle el bote? Ya les devolvería el favor robando el de alguien. Al día siguiente.

Esa noche, no obstante, deseaba disfrutar de una cena como Dios mandaba.

Se dispuso a fabricar una caña de pescar.

Bien entrada la madrugada, Miles estaba sentado junto a una pequeña hoguera en su tumba, limpiando un triste surtido de pececillos. Un sonido apagado lo hizo levantar la cabeza.

La luz del fuego se reflejaba sobre un par de ojillos redondos.

—Tendrás que luchar conmigo para quedarte con los peces, amiga rata —le dijo.

La criatura se acercó. No era una rata.

Tenía un espeso y largo pelaje gris, una cola negra y las patas rojizas.

Miles sonrió.

—¡Por el amor de Dios! ¡Eres una mangosta!

Esos animales podían llegar a ser auténticas pesadillas, ya que mataban a las aves de corral y robaban sus huevos. Aunque también sentían especial predilección por ratas, serpientes y otro tipo de alimañas. Como resultado, gozaban de no poca popularidad. Algunos egipcios incluso las domesticaban. Ese ejemplar parecía uno de los domesticados. Era pequeño, tal vez una hembra o una cría. Cuando el animal se acercó, Miles descubrió que cojeaba.

—Será mejor que no estés fingiendo —le advirtió—. Una vez tuve un perro que solía hacer eso cuando había hecho algo que merecía una regañina.

La mangosta clavó los ojos en los peces.

—No —le dijo Miles con firmeza—. He trabajado muy duro para atraparlos. Ve en busca de alguna rata. Por aquí las hay a montones. Y también hay serpientes.

No le quitó la vista de encima al animal. Las mangostas eran criaturas muy rápidas. Gracias a esa cualidad lograban sobrevivir a sus enfrentamientos con las serpientes venenosas.

No obstante, esa no podía ser tan rápida como sus congéneres puesto que tenía la pata herida.

El animal alzó la vista hacia él. Al instante volvió a mirar los peces.

—Ratas —insistió Miles—. Montones de suculentas y sabrosas ratas que viven en la orilla del río, te lo garantizo. Y no nos olvidemos de las enormes y deliciosas serpientes.

La criatura lo miró con ojos tristes y llorosos.

—Apostaría lo que fuera a que eres una hembra —musitó.

Cogió uno de los peces que aún no había limpiado y se lo arrojó.

—El resto es mío —le informó—. Me espera un viaje muy largo. Plagado de peligros. Necesito todas mis fuerzas.

Acabó de preparar el resto de los peces y los asó. La mangosta se comió el suyo y no pidió más. Aunque tampoco se marchó. Aún seguía allí cuando Miles se despertó a la mañana siguiente con las primeras luces del alba.

Sin embargo, bastante más tarde, cuando los hombres llegaron a por él, uno de ellos le dio una patada y el animal salió huyendo.

Madrugada del domingo, 15 de abril

En contra de las esperanzas de Rupert y de las predicciones de Leena, el *Isis* y su tripulación no sufrieron percance alguno durante las dos noches siguientes a su partida de Beni Suef y solo tardaron una más en llegar a Minya, gracias a un constante y fuerte viento septentrional.

Ya había caído la noche y las estrellas brillaban en el oscuro firmamento cuando amarraron. No obstante, pudo verse una franja de luz en el horizonte durante una hora más. Rupert seguía despierto mucho después de que esa luz se hubiera desvanecido y todos se hubieran retirado tras la cena.

Juró que no volvería a hacerlo. Minya era una ciudad grande, la más grande hasta que llegaran a Asiut, emplazada a más de ciento cincuenta kilómetros de distancia. Deberían pasar todo el día siguiente allí para reabastecerse. Mientras los demás regateaban en el mercado y la señora Pembroke se dedicaba a contemplar piedras, él iría a uno de los cafés donde los hombres acudían en busca de bailarinas y de otras mujeres ajenas a cualquier escrúpulo moral.

Era consciente de que un poco de abstinencia no lo mataría, pero no podía continuar de ese modo. No había disfrutado de una buena noche de sueño desde que cometiera ese error táctico junto a la puerta de la señora Pembroke.

Era un hombre de mundo, capaz de percibir que una mujer no estaba preparada. Sin embargo, cuando estuvo lo bastante cerca como para inhalar su tentadora fragancia, cuando acarició su piel con los labios... olvidó todo lo que había aprendido.

Aun así, cualquiera pensaría que a esas alturas ya se habría calmado. Pero no. Era mucho peor por las noches, porque no tenía nada que hacer y no contaba con un cuerpo cálido a su lado que lo ayudara a olvidarla. Habían pasado seis días y las noches sin reposo lo ponían de mal humor, además de embotarle la mente.

Así pues, lo primero que haría al día siguiente sería buscarse un cuerpo bien dispuesto y acogedor que restableciera el equilibrio de sus humores.

Estaba intentando recordar la palabra egipcia para «bailarina» cuando escuchó un chapoteo. Se puso en pie al instante y en un momento estuvo fuera del camarote, en la cubierta, cuchillo en mano. Algo chocó contra él y lo envió al suelo.

Dafne también estaba despierta; de hecho, tenía los ojos abiertos de par en par y el corazón desbocado a causa de un sueño tan vívido que al despertar creyó haberlo puesto en práctica todo. Todos y cada uno de los actos prohibidos y tan poco femeninos que había soñado.

En el sueño solo iba ataviada con un velo transparente. Se encontraba de pie en la puerta del camarote del señor Carsington y se desprendía del velo mientras le sonreía.

Él estaba tendido en el diván y sus ojos oscuros la contemplaban con un brillo juguetón. Soltó una carcajada ronca y sensual, y al instante le hizo un gesto con el dedo para que se acercara.

Ella fue hacia el diván gateando y del mismo modo se colocó sobre él. Tras inclinar la cabeza, le pasó la lengua por el trocito de piel bronceada que dejaba al descubierto su camisa antes de recorrerle el amplio torso con las manos. Después lo desvistió y lo tocó por todas partes, lo besó por todas partes. Utilizó la lengua con el mismo descaro que las manos. Lo guió hasta su interior y lo montó hasta que se desplomó sobre él, satisfecha y exhausta.

Había roto todas y cada una de las reglas de Virgil.

Siempre había odiado esas reglas, porque ella no era como las demás mujeres. Poseía un cerebro masculino que debería haber estado en un cuerpo masculino. Un cerebro que le llenaba la cabeza de ideas en absoluto femeninas; ideas agresivas; ideas salvajes. Que le hacía desear lanzarse en pos de sus deseos en lugar de esperar a que estos se realizaran. Que le hacía desear colocarse encima en lugar de yacer tranquilamente debajo. Que le hacía desear dar en la misma medida que recibía. Esos deseos la convertían en una gata salvaje y no en la gatita dulce que Virgil quería.

Siguió acostada con los ojos abiertos como platos y la mirada perdida en la oscuridad, tan tensa como si la hubieran pillado haciendo lo que acababa de soñar.

Sabía que en su interior moraban esos deseos salvajes y desenfrenados. Sin embargo, la situación era muy semejante a lo que había sucedido en Saqqara. Sabía que había serpientes. Sabía que se refugiaban del sol en los lugares oscuros. Pero era una idea abstracta que nada tenía que ver con la criatura real que apareció de repente mostrando los colmillos y amenazando con una muerte inminente.

Se suponía que a esas alturas la madurez habría logrado refrenarla y tranquilizarla; que habría conseguido dominar sus pasiones en lugar de dejar que estas la dominaran. No obstante, el señor Carsington había irrumpido en su vida y...

En un principio lo creyó el genio liberado de la botella; una peligrosa fuerza desatada. Pero había sido ella quien se liberara. Descubrir quién era y en lo que se había convertido era como levantar la roca y ver alzarse a la serpiente.

Siguió acostada en la oscuridad, despierta y dolorosamente alerta. Por eso escuchó el chapoteo y poco después los ruidos procedentes de algún camarote cercano o del pasillo, no estaba segura. Pero el sonido hizo que se pusiera en pie de un salto. Cogió la bata y se la puso con rapidez.

No perdió tiempo tanteando en la oscuridad en busca de un arma y se limitó a coger una de sus botas. Pasó de puntillas junto a Leena en dirección a la puerta del camarote y salió con sigilo al pasillo.

Escuchó los atenuados gruñidos y los golpes incluso antes de llegar a la cubierta. La parte racional de su cerebro le dijo que echara a correr en dirección contraria, de vuelta al camarote. Estuvo a punto de hacerlo. Pero entonces se percató de que la puerta del señor Carsington estaba entreabierta. El hombre estaba allí fuera y lo más probable era que estuviera en apuros.

Musitó una rápida oración y salió en tromba a la cubierta. Una sombra oscura se abalanzó sobre ella. No era él. Golpeó al desconocido con la bota empleando todas sus fuerzas y el hombre se tambaleó hacia atrás. ¿Por qué no había cogido algo más pesado, más letal? ¿Dónde estaba el señor Carsington? Muerto no. Santo Dios, no podía estar muerto.

Estaba abriendo la boca para llamarlo cuando el desconocido mascculló una maldición y volvió a cargar contra ella... justo antes de soltar un grito y caer de bruces al suelo. No se levantó.

La embarcación cobró vida, la tripulación empezó a despertarse y se alzó un coro de voces somnolientas que se llamaban unas a otras.

La profunda voz del señor Carsington emergió de la oscuridad, serena y relajada:

—No se molesten, caballeros. Solo es un criminal que ha venido a rebanarnos el pescuezo, robarnos y violar a nuestras mujeres. No hay que alarmarse. La señora Pembroke ya lo tiene todo bajo control.

Un poco más tarde, ya en el camarote de popa y mientras le quitaba las astillas de la mano, la señora Pembroke le aseguró que los egipcios no entendían ni la ironía ni el sarcasmo en ningún idioma.

—Tal vez no, pero me hizo sentirme mejor —replicó Rupert—. Creo que se ha dejado una.

No sabía cuántas astillas se había clavado al caer a la cubierta, pero tampoco le importaba. Solo deseaba que ella siguiera observándole la mano y sujetándosela, porque de ese modo él podría seguir contemplando los reflejos cobrizos, granates y rubíes que la luz del farol le arrancaba a su cabello. Un cabello que se derramaba sobre sus hombros como una cascada de llamas que contrastaba con el camisón y la bata de muselina.

Su atuendo para dormir era sencillo y austero; la antítesis de la incitación.

Así que era natural que deseara desnudarla. Y como era de esperar su consejero personal se irguió, esperanzado.

—No debería haber salido a la cubierta para investigar —le estaba diciendo la mujer mientras movía las pinzas—. Debería haber gritado. De no haber estado despierta, jamás habría oído...

—¿Estaba desvelada? —¿Sería acaso el culpable de que a la dama la eludiera el sueño del mismo modo que a él? ¡Qué manera más horrible de malgastar las noches!—. Siento mucho oír eso. Quiero decir que sentiría mucho que no hubiera aparecido en un momento tan crucial.

No podía creer que hubiera permitido que un zoquete atolondrado lo tomara por sorpresa. Esa era la consecuencia de la falta de sueño y del exceso de abstinencia: los humores corporales estaban horriblemente desequilibrados.

—No estaba desvelada —aclaró ella—. Acababa de despertar de una pesadilla cuando escuché el chapoteo. Y otros sonidos que me parecieron extraños. Después vi su puerta entreabierta y supuse que había problemas.

Había ido en su ayuda, para salvarlo... qué mujer más adorable. A decir verdad resultaba enternecedor. Y terrorífico. Podría haber acabado violada y asesinada.

—No debería haber salido a la cubierta para investigar —dijo, imitándola—. Debería haber gritado para despertar a todo el mundo. Si hubiera tardado un poco más en recuperarme, el criminal la habría atrapado.

—En el futuro dormiré con un cuchillo bajo la almohada —afirmó la dama—. No se me había ocurrido nunca la idea de irme a la cama armada. Todavía sigo sin poder creer que un ladrón intentara colarse solo en una embarcación donde hay tanta gente. —Frunció el ceño—. Sin embargo, habría sido mucho peor si nos hubiera atacado un grupo numeroso. Será mejor que me enseñe a usar una pistola.

—Señora Pembroke, no estoy muy convencido de querer enseñarle a disparar armas de fuego en la oscuridad. Una pistola no es una bota. Si me hubiera disparado creyendo que era el intruso...

—Pero ¡yo sabía que no era usted! —exclamó—. Era demasiado bajo y rechoncho, y su olor no se parecía en nada al suyo.

—¿El olor?

—A suciedad y agua del río.

Ella olía de maravilla. A limpio... con una leve y sutil fragancia a humo y a hierbas parecida al incienso. Rupert se inclinó hacia la mujer de forma casi imperceptible.

—Podría haber sido yo quien oliera a agua del río —dijo—. Tal vez hubiera sentido deseos de darme un baño nocturno.

—Bien pensado, quizá unas vigorosas brazadas antes de irse a la cama lo ayudaran a relajarse. Hasta que encontrara una bailarina, claro estaba.

—Usted no sería tan idiota como para darse un baño en mitad de la noche sin avisar a alguien —afirmó la señora Pembroke—. No creo que quisiera causar un alboroto entre la tripulación.

—Por si no lo ha notado, nuestra tripulación está compuesta por personas que duermen como troncos —replicó.

—Razón de más para estar preparada en caso de que se produzca un ataque —concluyó ella al tiempo que le soltaba la mano.

—Un candelabro pesado le bastaría —dijo Rupert—. No le resultaría difícil dejar incapacitado a un atacante y le daría al tipo la oportunidad de sobrevivir al golpe. Al contrario que con una bala, que por regla general suele matar a la gente. Y el problema con las balas es que se puede disparar al hombre equivocado.

—Razón de más —replicó ella— para que me enseñe a manejarlas como Dios manda.

El segundo grupo de criminales resultó más civilizado que el primero. Miles ni siquiera estaba seguro de que fuesen criminales. Se acercaron a la tumba en actitud bastante pacífica, con las armas en los fajines y no en las manos.

De todos modos, Ghazi, el líder, sabía cómo se llamaba y ese detalle puso a Miles a la defensiva; aunque eso no le sirvió de mucho, puesto que lo superaban doce a uno y ninguno de sus contrincantes parecía estar convaleciente de un ataque de fiebres.

—Este alojamiento no es adecuado para usted, mi sabio amigo —le dijo Ghazi—. Yo puedo llevarlo a una elegante tienda, donde hay comida y bebida. Debe aceptar mi hospitalidad.

—¿Debo? —repitió Miles, inquieto por el adjetivo «sabio». Butrus lo había creído lo bastante «sabio» como para traducir papiros... y había hablado con gozosa expectación de utilizar la tortura para estimular su cerebro.

Ghazi sonrió.

—No le he puesto un cuchillo en el cuello ni le apunto con un rifle a la cabeza. Pero en el pueblo está la viuda que nos ayudó a encontrarlo. Si rechaza nuestra hospitalidad, puede que uno de mis hombres se sienta ofendido. Puede que quiera matar a la mujer por enviarnos aquí a sufrir insultos. Y entonces su bebé se quedará huérfano. Tal vez fuera un acto de misericordia matarlo también. ¿Qué opina?

—Creo que será mejor obedecerlo —contestó Miles.

Ghazi sonrió para expresar su aprobación. A diferencia de Butrus, tenía todos los dientes.

Se desplazaron hasta un campamento emplazado a unos kilómetros de distancia. Una vez allí, le ofrecieron ropa y una suculenta comida. Al menos el trato de esos hombres era mucho mejor que el que había recibido de Butrus y su camarilla, quienes lo habían desvalijado. No tenía ni idea de lo que esperaban encontrar entre sus pertenencias, pero las torvas expresiones de sus rostros le dijeron que no lo habían encontrado. Solo le dejaron una camisa, aparte de la ropa que llevaba puesta cuando lo secuestraron. Ambas camisas estaban sucias y desgarradas, y la que no llevaba encima se había quedado en el fondo de la tumba junto con los incriminatorios restos de los grilletes.

A la mañana siguiente ese otro grupo de asesinos lo invitó con toda la educación del mundo a montar en uno de los camellos. Miles decidió que era mejor seguir las órdenes, ya que no quería arriesgarse a que uno de los sensibles secuaces de Ghazi se ofendiera y acabara resarciéndose con cualquier persona inocente que pasara por allí.

No le dijeron hacia dónde se dirigían. Solo sabía que marchaban rumbo al sur y no tardó en descubrir que habría sido mejor hacerlo en cualquier otro medio de transporte que no fuese un camello.

Los animales transportaban con la suficiente resignación las mercancías inanimadas. Sin embargo, su camello mostraba una clara aversión a que lo montaran. Mientras Miles lo rodeaba en busca de un lugar por el que montarlo, el animal le demostró su afrenta con un despliegue de bramidos. Cuando por fin estuvo sentado sobre él, el camello siguió quejándose y maldiciéndolo en la lengua camélida. Gruñía y giraba el cuello para lanzarle todo un repertorio de miradas venenosas. Y después, como era de esperar, se negó a obedecerlo. Cuando Miles trató de hacer que girara la cabeza, el camello intentó morderle los pies. Cuando le ordenó con voz malhumorada que se comportara, el camello se tumbó en el suelo. Cuando al animal por fin le vino en gana levantarse, se aseguró de zarandear a Miles hacia delante y hacia atrás durante el proceso.

El viaje resultó un infierno, a pesar de que sus secuestradores tomaron en consideración su falta de experiencia y no viajaron más de ocho horas seguidas. De todos modos, y pese a las largas paradas para descansar y comer, dejaron atrás Minya con más rapidez que si hubieran viajado por el río. En lugar de seguir los meandros del Nilo, se adentraron en línea recta hacia el desierto. Además, podían viajar por la noche (y así lo hacían) sin temor a chocarse con las embarcaciones, los bancos de arena o las rocas. Su único temor, según le confesó Ghazi la primera noche de viaje durante la cena, eran los bandidos y las tormentas de arena. Las tormentas de arena eran voluntad de Dios. Los bandidos no tardarían en descubrir su error, afirmó con desenfado.

—No lo dudo —le dijo Miles—. Solo me pregunto a qué vienen tantas prisas y adónde nos dirigimos exactamente.

—Envié a unos hombres para que lo sacaran de la embarcación —le explicó—. Pero fallaron. Por eso he venido en persona. No obstante, tengo otras cuestiones que solucionar más al sur y debo acelerar la marcha para recuperar el tiempo perdido.

—¿Y si no lo hace?

Ghazi soltó una carcajada.

—Si no lo hago... —Trazó una línea transversal sobre su garganta con el dedo índice—. Algo así o tal vez no tan rápido y con mucho más sufrimiento. ¡Ja, ja, ja! El hombre que falla, mi sabio amigo, es quien muere.

Zawyat al-Amwat. Lunes, 16 de abril

El día posterior a su llegada, Dafne cruzó desde Minya a la otra orilla del Nilo. A cierta distancia en dirección norte se alzaba un reducido número de cabañas que no llegaban a conformar una aldea. Un tanto más cerca había un grupo más numeroso de cúpulas que señalaba el emplazamiento del cementerio local.

Se mantuvo a una respetuosa distancia del cementerio propiamente dicho mientras observaba la complicada distribución de las piezas metálicas cuyo funcionamiento le estaba explicando el señor Carsington.

El hombre tenía una de las codiciadas Manton en la mano y estaba hablando sobre cachas, cazoletas, pedernales, percutores y demás... En esos momentos Dafne entendía cómo se sentía él cuando ella hablaba sobre la lengua copta.

Tenían audiencia. Udail/Tom se encontraba muy cerca de ellos, junto con unos cuantos miembros de la tripulación y una pareja de guardias que les había enviado el *kashif*, el representante local del bajá. Como era habitual, los egipcios mantenían una bulliciosa conversación. Era incapaz de seguirla. Apenas podía seguir las explicaciones del señor Carsington.

—¿Necesito saber cómo funciona? —preguntó a la postre—. ¿Es que no puedo limitarme a disparar?

—Si entiende su funcionamiento, será menos probable que cometa un error —le aseguró él—. Cuando esté en peligro no podrá permitirse el lujo de hacer intentos ni de pensar.

Dafne escuchó el coro de carcajadas que se alzó a su espalda.

Se dio la vuelta. Udail/Tom estaba señalando de forma alternativa la pistola, al señor Carsington y a ella al tiempo que hablaba en voz demasiado baja para escucharlo. Los hombres meneaban la cabeza y se reían entre dientes.

Debía de parecer tan pánfila como se sentía.

Se giró de nuevo hacia el señor Carsington.

Se dijo que si había sido capaz de aprender copto, podría aprender aquello. No obstante, le resultaba muy difícil concentrarse. Él estaba muy cerca y hablaba con demasiada pasión y entusiasmo (no, más bien con adoración) sobre esa cosa de madera y metal que sujetaba. Incluso sacó un pañuelo y limpió las huellas que había dejado sobre la brillante culata.

—Yo la cargaré la primera vez —dijo él.

—Déjeme a mí, por favor —le pidió—. De ese modo aprenderé más rápido. —Así tendría el arma en la mano y se vería obligada a prestar atención a lo que estaba haciendo en lugar de observar la curva de su mentón, el arco de esas cejas oscuras o la delicadeza con la que esas grandes y ágiles manos acariciaban la pistola.

El señor Carsington se encogió de hombros y le tendió la pistola y el cartucho.

—¿Dónde está la pólvora de la que hablaba? —preguntó Dafne.

Él puso los ojos en blanco antes de mirarla.

—En el cartucho —contestó—. Primero tiene que abrirlo.

El cartucho estaba hecho de papel y tenía la bola metálica en uno de los extremos. Necesitaba las dos manos para abrirlo. Intentó tenderle la pistola al señor Carsington, pero él negó con la cabeza.

—Se abre con los dientes —le dijo—. Intente no tragar demasiada pólvora en el proceso.

—¿Por qué? ¿Es venenosa? —¿Explotaría si la tragaba? Imposible. La pólvora necesitaba una chispa. Él acababa de explicárselo todo. ¿Dónde tenía la cabeza?

—Supongo que es tóxica —contestó—. Pero la cuestión es que si traga demasiada, no le quedará la suficiente para disparar.

Dafne usó los dientes tal y como él le había ordenado, y efectivamente probó el sabor de la pólvora que, según pudo comprobar, era asqueroso. Aunque escupió, no consiguió librarse de él.

A partir de ese momento se limitó a seguir las indicaciones que el señor Carsington le había dado. Vertió la pólvora con mucho cuidado en la cazoleta antes de cerrarla, echó la pólvora restante en el cañón y acto seguido metió el cartucho de papel que contenía la bala. Después utilizó la varilla que él le ofreció para empujarlo todo.

En ese instante notó el silencio que había tras ella.

Miró hacia atrás.

Los hombres la miraban boquiabiertos. Todos se dieron la vuelta y corrieron en dirección al cementerio sin pérdida de tiempo. Dafne observó cómo se refugiaban tras uno de los edificios con cúpula. Udail/Tom le sonrió, la saludó con la mano y corrió en pos de los demás.

—Así que tenía razón, después de todo —dijo el señor Carsington.

Dafne se dio la vuelta y descubrió que la oscura mirada del hombre se había tornado muy seria.

—¿Sobre qué? —quiso saber.

—Sobre aprender a cuidar de sí misma —le contestó—. El pueblo egipcio se ha visto cruelmente avasallado en más de una ocasión. ¿Por qué iban a luchar para protegernos a nosotros, un puñado de invasores extranjeros? Tiene mucho más sentido huir. Usted y yo tendremos que confiar el uno en el otro.

Dafne apenas daba crédito a lo que estaba escuchando. Ese hombre se había mostrado del todo reticente a enseñarle a disparar. Sin embargo, esas palabras se utilizaban con alguien a quien se consideraba un igual. Eran palabras de confianza —en su buen juicio, en su habilidad— salidas de la boca de un hombre. El corazón le dio un vuelco, aunque no supo si por la felicidad o por el miedo. Tal vez por ambas cosas.

El señor Carsington señaló un enorme montículo situado a unos veinte metros de distancia. Los alrededores estaban plagados de montones de escombros semejantes.

—¿No necesito un blanco? —preguntó.

—Elija un punto al que disparar —respondió él—. Por ahora lo único que necesita es practicar cómo cargar el arma, apuntar y disparar. Más tarde nos centraremos en afinar su puntería.

Le mostró cómo amartillar el arma antes de colocarse tras ella y, una vez que le alzó el brazo y se lo sostuvo, le enseñó cómo debía apuntar. La pistola pesaba y Dafne estaba bastante asustada.

Sin embargo, ese no era el único motivo por el que le temblaba la mano. Acababa de inhalar el aroma del señor Carsington y era muy consciente de su proximidad.

—Sujete el arma con las dos manos si le hace falta —le dijo.

Ella así lo hizo y comprobó que la cosa mejoraba, aunque el temblor no tenía nada que ver con un pulso inestable.

En ese momento, el hombre se apartó y las ideas de Dafne comenzaron a aclararse.

—Dispare cuando esté preparada —le dijo.

Respiró hondo y apretó el gatillo. Se escuchó un chasquido metálico antes de que surgiera una pequeña voluta de humo y al instante resonó una descarga tan poderosa que estuvo a punto de hacerle soltar la pistola.

—Excelente —la felicitó el señor Carsington—. Le ha dado al montículo.

El montículo era del tamaño de Bedford Square. Habría dado en el blanco incluso con los ojos vendados. De todos modos, la embargó la felicidad. Sentía deseos de ponerse a brincar. De bailar. Deseaba rodearle el cuello con los brazos y besarlo hasta hacerle perder el sentido... para agradecerle que le hubiera enseñado a hacer algo; algo útil que los hombres sabían hacer; una habilidad que ni siquiera su indulgente hermano le había enseñado.

—Inténtelo de nuevo —le dijo él—. Esta vez comprobaremos si puede hacerlo sin ningún tipo de ayuda por mi parte.

En esa ocasión Dafne llevó a cabo los preliminares con algo más de confianza, apuntó y disparó. Y la bala volvió a alojarse en algún lugar de Bedford Square.

Disparó varias veces más y logró que la bala diera cada vez más cerca del lugar al que apuntaba.

—No es tan difícil, después de todo —comentó con indiferencia mientras su corazón latía desbocado por la felicidad—. Creo que es hora de probar con el rifle.

12

La señora Pembroke estaba inmensamente complacida consigo misma, ruborizada y sonriente y con un brillo especial en sus ojos verdes. Para no ser una mujer hermosa, en ocasiones mostraba un atractivo extraordinario, pensó Rupert.

Al principio estaba un poco pálida; sin duda asustada, como les sucedía con frecuencia a las personas que no estaban acostumbradas a manejar armas de fuego. Pero no permitiría que el miedo la dominara.

Ya había notado ese rasgo de su carácter cuando se conocieron. Debía de haber estado asustada en la mazmorra. Estaba oscuro y apestaba a muerte y a descomposición... y esos eran los olores más agradables del lugar. Aun así, ella había controlado el pánico por el bien de su hermano.

Desde entonces, Rupert había podido apreciar muestras de su arrojo todos los días. Todas le hacían desear desnudarla, por supuesto, pero también le despertaban otros sentimientos. No estaba seguro de cuáles eran: una especie de cariño, algo así como el afecto, algo que guardaba un extraño parecido a lo que sentía por sus hermanos.

Aunque tampoco le había dado demasiadas vueltas y no tenía la intención de hacerlo en ese momento.

En ese instante estaba demasiado entretenido observándola: el feroz ceño de concentración mientras cargaba la pistola; la seria determinación de su postura mientras sujetaba el arma con ambas manos; y los disparos razonablemente certeros que había efectuado a pesar de que el pulso le temblaba un poco.

Además resultaba muy divertido enseñarle a disparar, sobre todo aquellas partes que requerían colocarse muy cerca de ella y algún que otro tocamiento.

Bajó la vista hasta el rifle que había traído y sonrió. Ese sería más entretenido que la pistola.

—También puedo aprender a disparar eso —dijo ella al malinterpretar la sonrisa—. Seguro que su funcionamiento se basa en los mismos principios básicos.

Rupert asintió. Ella le devolvió la pistola y cogió el rifle.

Mientras él guardaba con sumo cuidado la pistola, la mujer comprobó el peso del rifle y estudió el mecanismo casi con tanta seriedad y concentración como mostró cuando estudiaba los halcones tocados.

No tuvo problema alguno para cargarlo, aunque al medir más de un metro resultaba mucho más complicado sujetarlo.

También era mucho más difícil de manejar. No tardaría en descubrir hasta qué punto. Sería muy interesante.

Cuando todo estuvo preparado, Rupert compuso una expresión seria y se acercó.

—Apoye la culata contra su hombro... Así —le dijo. Le explicó qué era el retroceso, le colocó bien las manos, niveló el rifle, le enseñó por dónde apuntar y demás. Después se colocó tras ella para realizar unos cuantos ajustes finales y añadió—: Dispare cuando esté preparada.

Ella meneó el trasero mientras buscaba una postura cómoda. Acto seguido amartilló el arma, cambió ligeramente de posición y apretó el gatillo.

Se escuchó un chasquido metálico, apareció una nubecilla de humo y a continuación se produjo la explosión, seguida del retroceso que la envió hacia atrás.

A pesar de que se lo había advertido, la señora Pembroke no estaba preparada para la fuerza del retroceso. Se le cayó el rifle de las manos y se tambaleó contra Rupert. Él sí que estaba preparado, por lo que la rodeó con los brazos a la altura del busto y le colocó las manos cruzadas con firmeza sobre sus pechos. Podría haber guardado el equilibrio, pero ni lo intentó. Se dejó llevar por el impulso y cayó de espaldas sobre la arena, llevándosela consigo.

Era del todo innecesario y de lo más indecoroso (sus pechos no corrían el menor peligro de desprenderse), pero le importaba un comino. Lo más probable era que ella le diera un bofetón o le pegara un codazo de un momento a otro, pero eso también le importaba un comino.

Se quedó tendido bajo ella sonriendo como un estúpido, con las manos apoyadas sobre su espléndido busto mientras aguardaba la explosión.

Pasó un buen rato.

Después ella le apartó las manos, se giró con brusquedad y se incorporó un poco para fulminarlo con la mirada.

Rupert sonrió. La mujer lo miró durante un instante, con un brillo feroz en los ojos verdes. Al final, abrió la boca y Rupert pensó: «Aquí viene el sermón».

Ella dejó escapar un resoplido de exasperación...

... y esos suaves labios descendieron hasta los suyos.

Sabía a pólvora.

Rupert le agarró la cintura para mantenerse firme. Aquello era como recibir un cañonazo o caer por un precipicio. No necesitaba más que rozarle la boca con los labios para que el mundo se viniera abajo y para que él saliera disparado a lugares que no era capaz de reconocer.

La mujer enterró los dedos en su cabello para sujetarlo —como si él fuera tan imbécil como para tratar de apartarse— y apretó más la boca contra la suya. El tenue e incitante aroma a olíbano estaba por todas partes y se mezclaba con el olor y el sabor de la pólvora y con la fragancia, el sabor y el tacto femenino: los carnosos labios y la sedosa suavidad de su piel; el hormigueo que le provocaba su cabello; el voluptuoso cuerpo moldeado para adaptarse a la perfección a sus manos.

Llevaba mucho tiempo esperando aquello. Había sido paciente (teniendo en cuenta su carácter) y cuidadoso (teniendo en cuenta su carácter)... Pero ella era muy distinta. Jamás había conocido a una mujer igual. Jamás había experimentado tantos sentimientos. Se estaba comportando como un inexperto jovenzuelo. Se enardeció en un instante, como un chaval.

Aunque a decir verdad, no le importaba quién era ni lo joven que se sintiera. Lo único que importaba era su boca y el hechizo de esa lengua perversa que lo arrastraba a las profundidades; y su extraño sabor a champán, un sabor dulce y chispeante que se arremolinaba en su interior hasta nublarle la mente. Lo único que importaba era su cuerpo, que se movía de forma sinuosa sobre él, y el delicioso roce de esos senos contra su torso.

El sol egipcio descendía en el cielo, pero para él ya era de noche. La molesta arena que notaba bajo la cabeza y la espalda era como una sábana de seda. Olvidó dónde estaba y por qué se encontraba allí. La señora Pembroke abandonó su boca para frotar la mejilla contra su mandíbula y la caricia fue como una puñalada en el corazón. Presionó los labios contra su cuello y dejó un rastro de besos hasta la base de la garganta, que le erizó la piel, avivó el fuego que lo consumía e hizo estragos en su corazón.

De haber podido pensar, habría permitido que ella se saliera con la suya, que siguiera su propio ritmo. Después de todo había que tener en cuenta todos los obstáculos. Había mantenido las distancias con la certeza de que el tiempo y la proximidad acabarían por minar sus defensas. Siempre lo había sabido: qué hacer y qué no hacer, pero sobre todo sabía que no debía apresurarla.

Pero eso había sido antes de que ella destruyera sus facultades mentales. En ese momento tan solo podía sentir y todos esos sentimientos se sumaban al «Yo quiero». El deseo se había adueñado de él y su mente no era más que un negro vacío; ella estaba a su alcance y debía poseerla. En ese mismo instante.

Le deslizó la mano por la espalda para apretarla con fuerza contra su palpitante verga. Dios, qué sensación tan maravillosa. Pero podría ser mejor, mucho mejor. Le levantó la falda y pasó la mano sobre las medias y el liguero antes de introducirla bajo el montón de faldas y enaguas que le cubría la parte posterior del muslo.

Ella se apartó como si le hubiera disparado.

—¡Por el amor de Dios! —gritó. Se apartó de él rodando al tiempo que se acomodaba la ropa—. ¿Se ha vuelto loco?

Rupert parpadeó e inspiró con fuerza.

—Bueno, supongo que sí —contestó con voz ronca—. La lujuria tiene ese efecto en los hombres.

—¿Creyó que íbamos a hacer... que podría hacerme... eso? ¿En público?

—Ni siquiera pensé dónde estábamos —respondió.

La señora Pembroke abrió los ojos de par en par.

—Soy un hombre —añadió Rupert con lo que consideraba, dadas las circunstancias, la paciencia de un santo—. Puedo hacer una cosa o la otra. Hacer el amor o pensar. Pero no las dos cosas a la vez.

Ella lo contempló durante un momento. Acto seguido dobló las rodillas, cruzó los brazos por encima y enterró la cara en ellos.

No cogió el rifle para atizarle con él en la cabeza.

Quizá no estuviera todo perdido.

—¿En algún otro lugar, entonces? —preguntó esperanzado.

Dafne levantó la cabeza y lo contempló con la más absoluta estupefacción.

—En algún lugar más íntimo —añadió el hombre.

—No —replicó ella—. Ni aquí ni en ningún otro sitio.

—Pero nos gustamos —señaló.

—Es algo completamente físico —dijo Dafne.

—¿Y no se trata de eso?

Se puso en pie, se sacudió la arena de la ropa y trató de volver a colocarse la enagua en su sitio con discreción. Aún podía sentir esa mano sobre la parte posterior de su muslo desnudo. Aún temblaba por dentro; aún sentía cómo la excitación y la necesidad, junto con otras sensaciones que no era capaz de definir y en las que no confiaba, le recorrían el cuerpo de arriba abajo.

Habían estado muy cerca; demasiado cerca. Y en un lugar público. ¡En público!

—Se trata de encontrar a mi hermano —respondió, con voz baja y serena. No resultaba fácil—. Esto no es un crucero de placer. El *Isis* no es un serrallo. No soy su amante y no tengo la intención de serlo. Siento haberle dado motivos para pensar lo contrario. Siento haberme comportado tan mal.

Dios, pero ¿cómo iba a poder resistirse la chica alocada que moraba en su interior?

Si se hubiera alejado de él en el instante en que cayeron, tal y como habría hecho una mujer decente, habría tenido una oportunidad. Pero ella no era una mujer decente y no lo sería jamás. Una mujer decente se habría sentido indignada. Pero ella era una indecente y le habían entrado ganas de echarse a reír. Por la forma en la que él se había aferrado con tanto descaro a sus pechos. Por la sensación que le había provocado esa caricia: una sensación agradable, placentera y apropiada. Se había deleitado con el placer que le proporcionaban sus manos. Se había regocijado al sentir ese cuerpo grande y poderoso bajo el suyo... Y lo más horrible e indecente de todo era el profundo deseo que había despertado en ella la presión de su miembro en la parte baja de la espalda.

¿Cómo diantres iba a comportarse con propiedad cuando sus instintos básicos doblegaban con tanta facilidad a los principios morales?

No estaba segura de dónde ni cómo había sacado la fuerza de voluntad necesaria para apartarle las manos. Había deseado quedarse donde estaba, atrapada entre sus brazos, pecaminosamente consciente del deseo que sentía por ella. Aunque de alguna manera había reunido las fuerzas necesarias para apartarse, darse la vuelta y enfrentarse a él.

Y ¿qué se suponía que debía hacer en ese momento mientras él estaba allí tendido con una sonrisa en los labios, en absoluto arrepentido, como un muchacho travieso? En sus ojos oscuros bailoteaba el diablillo que moraba en él. Eso debería haberla espantado. En cambio había incitado al diablillo que ella llevaba dentro y por eso se había inclinado para apoderarse de esa pecaminosa boca. Tan pronto como sus labios se rozaron, pudo notar la sonrisa del hombre; y un instante después captó su fragancia, una trampa diabólica para cualquier mujer que obnubiló su razón, su voluntad y sus principios.

Sin embargo, no había sido culpa del señor Carsington.

No podía culparlo. Él era un hombre después de todo. No tenía la culpa de que ella careciera de moral, de voluntad o de lo que quiera que fuese a lo que las mujeres normales recurrían en semejantes situaciones.

—Tiene un considerable magnetismo animal —prosiguió para romper el tenso silencio—. No tengo mucha experiencia con ese tipo de cosas. Siento haberle dado motivos para que me malinterpretara. Me educaron de acuerdo a unos estrictos principios morales. Debería ser capaz de seguirlos. Así lo haré en el futuro, se lo prometo.

El señor Carsington se alejó unos cuantos pasos y luego volvió a acercarse. Le dio una patada a un guijarro. Dijo algo entre dientes. Recogió el rifle del suelo y lo frotó para quitarle la arena.

—Esto necesitará una limpieza a fondo —dijo con tono seco, indiferente—. ¿Dónde demonios están los criados?

Silbó y Udail/Tom llegó a toda prisa. Pocos minutos más tarde, Dafne descubrió lo que había mantenido entretenida a la comitiva durante tanto tiempo después de que ella dejara de disparar.

Uno de los guardias los había embelesado con una historia acerca de un fantasma de pelo blanco que había hundido un barco cerca de Minya una semana antes, tras hacerlo encallar en un banco de arena.

El fantasma, dijo el guardia, tenía una barba muy corta, aunque parecía un hombre adulto. Era alto —casi tan alto como el caballero inglés— y vestía como un extranjero. Era muy pálido y llevaba cadenas. Lo había visto mucha gente, aseguró.

Algunas personas que estaban en la orilla habían visto al fantasma en el barco mientras se hundía. Vieron a dos hombres saltar al agua y alejarse nadando atenazados por el pánico. El fantasma apareció otra vez esa misma noche río arriba, flotando hacia las tumbas; y también unas cuantas noches después, de camino hacia el río. Ya nadie se acercaba a las tumbas que había más allá de la colina roja por miedo a encontrarse con él.

Por lo general Dafne se habría limitado a sonreír al escuchar el cuento. La vida de los egipcios estaba plagada de entes sobrenaturales. Pero el cabello «blanco» y la pequeña barba le dieron que pensar y la llevaron a pedir más detalles.

Mientras se lo traducía al señor Carsington, se percató de que la expresión tensa y distante desaparecía de su semblante y de que el entusiasmo brillaba en sus ojos. También él había averiguado la identidad del fantasma. Aunque al igual que ella se guardaba mucho de no demostrar más que un ligero interés en el cuento.

Sin embargo, cuando el guardia acabó y se reunió con los demás, el señor Carsington dijo en voz baja:

—Su hermano, supongo.

El corazón de Dafne latía desbocado... por la esperanza, la expectación y también por el miedo. Recuperó la compostura, enfrentó su mirada y asintió.

—El guardia ha dicho que el barco se hizo pedazos al chocar con un banco de arena. Han aparecido varios cuerpos, pero al parecer no hay supervivientes. Miles debe de haber escapado.

—Fingió ser un fantasma para mantener alejada a la gente —dijo el señor Carsington—. Muy inteligente por su parte.

—Miles tiene una imaginación prodigiosa —le aseguró ella—. En lo referente a la solución de problemas prácticos, puede ser increíblemente agudo y rápido, incluso ingenioso.

—Eso es bueno —afirmó el señor Carsington—. A juzgar por lo que he oído, Minya no es un lugar seguro para un europeo solitario.

A decir verdad, incluso con la enorme escolta armada y la compañía del señor Carsington, que sobrepasaba con mucho a todos los demás en altura, Dafne se había alegrado de dejar la ciudad atrás.

Leena no había exagerado acerca de la gente. Dafne nunca había visto tanta gente tuerta en un mismo sitio ni tantos niños enfermos y atrofiados. Sabía que la oftalmía era uno de los peligros de Egipto, de modo que llevaba sulfato de cobre y ungüento de cidra, los medicamentos recomendados para su tratamiento.

Los egipcios no disponían de medicinas ni tomaban precaución alguna contra las enfermedades. Se regían por la magia y la superstición. Había visto demasiados niños pequeños (incluso bebés indefensos) con los ojos llenos de moscas. Había visto a una madre impedir que el niño se las quitara de encima. También había oído que se mutilaba de forma deliberada a algunos niños con el fin de que no los reclutaran para el ejército de Mohamed Alí.

Las moscas y los rostros llenos de cicatrices eran razón suficiente para dejar la ciudad atrás a toda prisa, incluso en el caso de que la gente se hubiera mostrado amistosa. Que no era así. Los lugareños eran siniestros y esquivos.

Miles, que se había encargado de planear su viaje, le había contado que había unos trescientos kilómetros poblados de ladrones. No era de extrañar que hubiera hecho todo lo posible para mantener a la gente alejada.

—Los egipcios creen en una inmensa variedad de entes sobrenaturales, tanto buenos como malos —le explicó Dafne al señor Carsington—. Las apariciones, los espectros y los demonios poderosos son algunos de estos entes sobrenaturales. Frecuentan los cementerios y las tumbas.

—Bueno, en estos momentos su hermano no merodea por el cementerio —dijo el señor Carsington—. Me atrevería a decir que solo sale de noche.

—Hay tumbas cerca, hacia el sur —le informó al tiempo que señalaba la dirección con el dedo—. Cerca del montículo rojo, el Kom al-Ahmar.

—En ese caso será mejor que echemos un vistazo —dijo él.

El anochecer se acercaba de forma peligrosa cuando encontraron rastros de Archdale y se hizo evidente que habían llegado demasiado tarde.

A medida que avanzaba el día, su séquito egipcio se había ido mostrando cada vez más reacio a continuar la búsqueda. En ese momento, los guardias esperaban en el exterior de la tumba. La mayor parte de la tripulación se había atrevido a adentrarse apenas unos pasos en la entrada. Solo Tom y otro joven criado, Yusuf, que portaban las antorchas, habían tenido el valor de acompañar a Rupert y a la señora Pembroke hacia el interior.

En las profundidades de la tumba encontraron los restos de una hoguera y otros signos de ocupación. No era algo inusual, como bien sabía Rupert. Los exploradores extranjeros tomaban a menudo las tumbas y los templos como residencia, al igual que algunos nativos.

Sin embargo, en aquella tumba había trozos de cadena junto con vestigios de prendas inglesas de buena calidad. Pese a estar sucios y desgarrados, podrían considerarse un vestuario demasiado regio al lado de las ropas del campesino normal egipcio. Ningún residente de tumbas nativo habría dejado semejantes riquezas atrás, a plena vista.

En ese momento Tom y Yusuf se encontraban en un rincón, hablando entre murmullos.

La señora Pembroke tenía las raídas prendas y los trozos de cadena en las manos. Las contemplaba fijamente con una expresión desolada en ese rostro iluminado por el resplandor de la antorcha.

Esa mirada desconsolada no hacía sino intensificar la desagradable mezcla de emociones que estaba experimentando Rupert.

Prefería no pensar en lo que sentía ninguno de los dos. Él quería salir de allí y pasar página. Pero tenía que hacer algo, decir algo. La señora Pembroke había comenzado la búsqueda con mucho empeño y entusiasmo y había acabado tan decepcionada...

Por no mencionar que todavía estaba alterado por lo que había sucedido antes.

A pesar de que no era ningún santo, sí se regía por ciertas normas; normas simples y equitativas sobre lo que un caballero debía y no debía hacer. Un caballero no se acostaba con una dama soltera, por ejemplo. Se había acostado con solteras que no eran damas: actrices, bailarinas, cortesanas y ese tipo de mujeres. Podría acostarse con una dama casada, aunque él siempre había evitado esas relaciones, ya que se le antojaban demasiado complicadas. Las viudas, por el contrario, eran de lo más sencillas. Sin virginidad y con el marido fuera de juego, se las consideraba presas aceptables.

Rupert deseaba a esa viuda con desesperación. Ella había dado muestras claras de que no le era del todo indiferente. No era alguien fácil de seducir y el desafío la hacía incluso más atractiva.

Además tenía la figura y el rostro de una diosa y un cerebro descomunal. De todos era sabido que las diosas eran más difíciles y peligrosas que las mujeres normales y corrientes. No había más que fijarse en la mitología griega. Uno no podía esperar que una mujer extraordinaria se comportara como una normal.

Si ella le hubiera atizado con la culata del rifle, le hubiera partido las narices o al menos le hubiera echado una buena reprimenda en su momento, él habría aceptado el castigo de buena gana. Después de todo había obrado de un modo imperdonable al aprovecharse de un accidente sin importancia para tomarse unas libertades escandalosas.

En cambio, esa desconcertante criatura se había echado la culpa de todo y le había pedido disculpas, ¡nada más y nada menos! Estaba enfadada consigo misma y no con él. No tenía sentido. Peor aún, lo hacía sentirse fatal.

Experimentaba la terrible sensación que lo acompañó en su infancia: remordimientos de conciencia. Hacía años que no lo molestaban. En esos momentos lo reconcomían por dentro y le retorcían las entrañas.

¡Y todo por un revolcón de nada con una viuda que había dejado bien claro que lo encontraba físicamente atractivo!

—Bueno, según parece hemos llegado con unos cuantos días de retraso —admitió Rupert al fin—. Aun así, mírelo por el lado positivo, sabemos que estamos siguiendo el rastro adecuado: no está retenido en El Cairo. Y nos lleva menos de una semana de ventaja.

—Puede que no —replicó ella—. Puede que haya tratado de regresar a El Cairo.

O que estuviera muerto. O que hubiera cambiado de escondite. Las colinas estaban plagadas de tumbas. Era un milagro que hubieran encontrado el rastro de Archdale tras solo medio día de búsqueda.

Sin embargo, la señora Pembroke lo sabía tan bien como él, y si no decía algo para animarla, perdería la esperanza. Su rostro adquiriría esa expresión tan pálida y tensa que lo alteraba casi tanto como las lágrimas.

—Lo más probable es que Noxcivo ya lo haya encontrado a estas alturas —dijo—. Se diría que Su Ilustrísima ha puesto todo su empeño en encontrarlo. Todo el mundo hace un alto en Minya. Lo más probable es que le llegaran rumores acerca del accidente del barco y atara cabos. No hace falta ser un genio. Hasta yo he sido capaz de llegar a esa conclusión.

Ella alzó la mirada y Rupert fue testigo de cómo emergía de ese rincón oscuro de su inmenso cerebro en el que había ido a parar. Su rostro se iluminó. Incluso a la luz parpadeante de la antorcha, pudo ver que esos increíbles ojos verdes se movían de un lado para otro.

—¡Santo cielo! Me había olvidado de él —admitió ella—. Aunque no ha habido nada que me lo recordara. Nadie lo mencionó. ¿No resulta extraño? Su embarcación es inconfundible, según dijo usted. Ha recorrido el Nilo en varias ocasiones. La gente la habría reconocido. El *kashif* lo conocería.

—No es tan extraño —dijo Rupert—. Los lugareños no son precisamente los egipcios más afables con los que nos hemos topado.

—En ese caso tendremos que conseguir que hablen —afirmó ella antes de apresurarse a salir de allí con las cosas de su hermano apretadas con fuerza contra el pecho.

Durante el camino de regreso al embarcadero, Dafne hizo inventario de sus provisiones, preguntándose si debería sacrificar otro juego de pistolas o quizá alguno de los instrumentos de Miles para utilizarlo como soborno. Se alegraba de tener algún tipo de plan, algo productivo en lo que pensar.

No se había dado cuenta de lo grandes —y dolorosas— que eran las esperanzas que había albergado hasta que se hicieron añicos. A decir verdad, no se había dado cuenta de lo mucho que echaba de menos a Miles hasta que tuvo su camisa raída entre las manos. Y al ver los trozos de cadena... Se había imaginado lo que su hermano debía de haber soportado y se había sentido tan indefensa... En aquel momento se dijo que no debía sucumbir a la desesperación, que debería sentirse agradecida por no haber encontrado su cadáver. Se dijo que no debía llorar. No serviría de nada.

No obstante, jamás había deseado tanto hincarse de rodillas y llorar hasta que no le quedaran lágrimas.

De cualquier forma ya se había recuperado, gracias a la mención de lord Noxley que había hecho el señor Carsington.

Su Ilustrísima había señalado lo rápido que se extendían las noticias en ese lugar. Resultaba extraño que en Minya nadie lo hubiera mencionado ni de pasada. Su embarcación tendría que haberse detenido en la ciudad para aprovisionarse. De otro modo se habría visto obligado a llegar a Asiut, que se encontraba a unos ciento sesenta kilómetros.

El cálculo de sobornos y las especulaciones acerca de Su Ilustrísima mantuvieron su mente ocupada durante el camino de vuelta al embarcadero. Cuando se acercaban al agua, una joven se abrió paso entre los hombres y le colocó a un bebé envuelto en sucios harapos delante de la cara.

—¡Ayude a mi bebé! —gritó la angustiada mujer en árabe—. Dele al bebé su magia, señora inglesa.

Algunos de los hombres trataron de apartar a la mujer.

El señor Carsington le rodeó los hombros con un brazo.

—Su bebé está enfermo —dijo Dafne.

—Ya me he dado cuenta —replicó él—. Pero todos lo están y yo no confío en nadie. Tom, saca una moneda de mi chaqueta y dásela —ordenó al tiempo que la abrazaba con más fuerza—. Vámonos de aquí.

Dafne hizo ademán de seguirlo, pero echó un último vistazo atrás. La mujer era joven, poco más que una niña. Sacudía la cabeza con la vista clavada en Udail/Tom, que le ofrecía una moneda. Tenía las mejillas anegadas de lágrimas.

—¡Mi bebé! —gritó—. Por favor, señora inglesa...

Dafne levantó la vista hacia el señor Carsington.

El hombre compuso una expresión apesadumbrada.

Dafne se giró entonces hacia la mujer y dijo:

—Ven con nosotros.

Rupert se dio cuenta de que la madre era joven, pobre y de que estaba desesperada. No quería darle la espalda. Pero podría ser una trampa. O podría acarrearles problemas. Si el bebé moría —y a juzgar por su aspecto estaba en las últimas— podrían suceder un montón de cosas y ninguna buena. Tom y Leena coincidían en que las enemistades familiares eran muy frecuentes en el interior del país.

Ya tenía bastante con proteger a la señora Pembroke y a su séquito de los asaltantes. No necesitaba que también lo persiguieran unos aldeanos vengativos.

Lo más sensato sería darle a la chica una generosa propina y alejarse de allí lo antes posible.

Habría hecho lo sensato, se habría llevado de allí a la señora Pembroke a la fuerza si hubiera sido necesario... si la dichosa egipcia no se hubiera echado a llorar.

En cuanto la mujer derramó las primeras lágrimas, Rupert supo que estaba perdido.

Se encargó de que todo el mundo embarcara sin contratiempos y mantuvo la vigilancia mientras atravesaban el río hacia el *Isis*. Allí pasó algún tiempo con los hombres en cubierta. De vez en cuando, Leena salía del camarote central, que se había transformado en la enfermería del barco en un abrir y cerrar de ojos. Sus informes sobre la mejora del bebé eran siempre pesimistas. El bebé padecía fiebre hepática, quizá tifus, tal vez algo peor. Las fiebres mataban a adultos fuertes y saludables. Habían llevado al cónsul general al borde de la muerte en más de una ocasión, según había oído ella, y eso que el diplomático contaba con verdaderos médicos, no con curanderos y hechiceras locales. ¿Qué posibilidades de sobrevivir tenía un bebé débil y mal alimentado que solo había sido tratado con encantamientos y hechizos mágicos durante días? Les contagiaría la fiebre a todos y morirían en uno de los lugares más inmundos y feos del mundo; y cuando todos hubieran muerto, los campesinos saquearían el barco y arrojarían sus cadáveres al río para que los devoraran los peces y los cocodrilos.

Una vez que Leena hubo regresado con su señora —y a una muerte segura, según parecía—, Rupert pudo pasar las siguientes horas maldiciéndose por haber sucumbido una vez más a las lágrimas femeninas.

Era un imbécil. No, peor aún: era un estereotipo.

Lágrimas femeninas. Fáciles y frecuentes. Un hombre adulto debía ser capaz de conservar la cordura cuando las mujeres lloraban. De haberlo hecho, la señora Pembroke no correría el peligro —al menos no más que de costumbre— de contraer una abominable enfermedad extranjera.

Se encontraban a kilómetros de distancia de la civilización y de cualquier cosa que guardara una remota semejanza con los cuidados médicos. Lo único que ella tenía era su botiquín, cuyo contenido menguaba a ojos vistas gracias a los frecuentes accidentes de la tripulación. Había tratado con éxito el pie magullado de uno, el pulgar hinchado de otro y un caso de insolación. Rupert no tenía la menor idea del alcance de los conocimientos de la señora Pembroke para tratar fiebres. Más que él, eso estaba claro. Si ella se ponía enferma, no sabría ni por dónde empezar.

Desde el ocaso hasta que el último rayo de luz se desvaneció del cielo y las estrellas conformaron de nuevo las conocidas constelaciones, Rupert se paseó por la cubierta, respondiendo con un gruñido cuando le hablaban y rechazando sin cesar con un gesto de la mano los intentos de Tom por llevarlo hacia el camarote de proa para que cenara algo.

Cuando escuchó pasos a sus espaldas, dio por hecho que se trataba de Tom, que había venido otra vez a darle la tabarra.

—No, no quiero cenar —dijo—. No quiero. ¿Ha quedado claro? Creí que entendías a la perfección ese término. Es evidente que me equivocaba. ¿Cómo se dice «no» en egipcio? ¿Algo así como «bukra»? Hoy no.

—Se dice *la* —respondió una risueña voz femenina—. La negativa educada sería *la shukran*.

Rupert se giró con rapidez y el corazón comenzó a golpearle las costillas. Consiguió reprimir el impulso de extender las manos y estrecharla entre sus brazos. Sin embargo, no consiguió reprimir la estúpida sonrisa que se dibujó en sus labios ni la carcajada de placer en la que se convirtió.

—¿El bebé? —preguntó—. ¿Se encuentra bien?

—Aunque parezca mentira, es una niña —dijo—. Las niñas no son muy importantes aquí y por lo general nadie se hubiera tomado ninguna molestia. Pero la madre de Sabá la considera extremadamente valiosa. Debe saber que su nombre significa «mañana». Conseguimos que bebiera un poco de líquido y parece que le ha sentado bien. Le dimos un baño frío y lo soportó sin problemas; al contrario que su madre, que estaba aterrada. Después probé con una infusión de corteza de quina. La fiebre parece estar remitiendo. Bastante rápido, de hecho.

Rupert dejó escapar el aire que no sabía que estaba conteniendo.

—Me alegra saberlo —dijo.

—No se hace una idea de lo aliviada que me siento —afirmó ella.

Rupert habría apostado que no lo estaría ni la mitad que él.

—No tengo experiencia con niños —prosiguió la mujer—.

Aun así, cuando me ocupé de mis padres y de Virgil debí de adquirir algunos conocimientos médicos. Muy pobres, a decir verdad, pero esta gente no tiene ninguno. Una venda, un baño, una cataplasma... los remedios más sencillos son para ellos magia y grandes milagros. Santo cielo, ¿qué clase de mundo es este? —Se le apagó la voz.

—Ha sido un día largo y duro para usted —se apresuró a decir él—. Venga dentro y ayúdeme a comerme esa cena que tiene a Tom tan desesperado. —Hizo una pausa antes de añadir—: Doctora Pembroke.

Ella se echó a reír al escucharlo, pero Rupert aún podía percibir la tensión en su voz.

—Vamos, estoy hambriento —prosiguió. Y no fue más que el instinto lo que le hizo rodearle los hombros de forma protectora mientras la conducía al interior.

Compartieron una cena tranquila y agradable, y Rupert tenía el brazo extendido para coger su tercer dulce cuando Leena gritó.

13

Todos irrumpieron en el pasillo a la vez: Dafne; el señor Carsington con un dulce en la mano; Nafisa con su bebé pegado al pecho; y Leena, que cerró de golpe la puerta del camarote de Dafne.

La criada atajó la lluvia de preguntas con la torva declaración de:

—Mangosta.

—¿Es todo? —preguntó el señor Carsington. Se había abierto camino a través del puñado de mujeres y estaba ya girando el picaporte—. Creí que alguien te estaba rebanando el pescuezo.

—Me estaba enseñando los dientes —se defendió Leena.

El señor Carsington abrió la puerta y sonrió.

—¡Por el amor de Dios! Si no es más que una cría... Bueno, al menos no está crecida del todo. —La sonrisa se desvaneció—. Pero tiene... ¿es una hembra? Sí, creo que es una hembra.

—¿Qué tiene? —preguntó Dafne. Rodeó a Nafisa y al bebé, pasó junto a Leena y se puso de puntillas para mirar por encima del hombro del señor Carsington.

—Vaya, es la camisa de Miles.

La criatura tenía un trozo de puño entre los dientes. Miraba de forma amenazadora a los humanos que había en la puerta.

—Son buenas con las ratas —dijo el señor Carsington—. Y con las serpientes. Podría sernos de utilidad, señora Pembroke, cuando empiece a desmantelar templos y pirámides. —Mientras hablaba se giró hacia ella con esos ojos tan negros como una noche sin estrellas.

La boca del hombre estaba a escasos centímetros de la suya y una sonrisa se escondía en la comisura de sus labios. Dafne deseó atrapar ese asomo de sonrisa y besarlo hasta que quedara grabado en su propia boca. Necesitaba esa sonrisa, la broma íntima, el humor que era parte fundamental de su salvaje vitalidad.

Se apartó un poco y se ordenó tranquilizarse.

—Tenemos dos gatos —le recordó.

—Matar serpientes venenosas no es su especialidad —dijo el señor Carsington—. No se olvide de que le gusta rebuscar en los lugares donde esas ariscas víboras suelen dormir.

—No creo que a los gatos les guste mucho la idea —objetó Dafne—. Además, podría ser salvaje. O tener la rabia. No se me ocurre ningún motivo por el que una mangosta en sus cabales quisiera comerse una camisa sucia. No será por falta de ratas en los alrededores.

—Sí, es muy interesante —convino el señor Carsington—. Ocurren cosas tan interesantes a su alrededor... —La expresión cómica desapareció. Por un momento, a Dafne le pareció... ¿Confuso? ¿Perdido?

Claro que no podría estar perdido. Sin duda alguna, el abrazo indecente del día anterior le había trastocado el cerebro tanto como la moral.

La expresión tan inusual desapareció en un santiamén y el hombre volvió a clavar la mirada en la mangosta.

—Supongo que querrá que le quite la camisa.

La criatura seguía observándolos con la prenda entre los dientes. Se le erizó el pelaje.

—No estoy segura de que eso sea sensato —dijo Dafne—. Parece dispuesta a pelear por ella.

Por entonces Leena ya le había contado a Nafisa lo que pasaba y la joven madre se acercó para preguntar si podía echar un vistazo.

Dafne y el señor Carsington se echaron a un lado. Nafisa

miró al animal. El bebé señaló con la mano y dijo algo con el típico balbuceo infantil.

—Creo que es la mangosta de mi vecino —dijo Nafisa—. Está domesticada pero hace poco que crea problemas. Una noche la pillo cerca de mis gallinas. La espanto con un palo. Poco después viene mi vecino y está enfadado conmigo. Dice que le hice daño en la pata. Dice que ahora cojea y que ya no sirve para matar serpientes porque es muy lenta. Creo que fue él quien le hizo daño. Vino a robar mis huevos porque es más fácil que matar serpientes. Pero mi marido está muerto y no tengo a nadie que me defienda de este hombre. Eso lo hace valiente. Mire si está coja —instó—. La puso en el suelo y se escapó. Vi que le dolía la pata y me dio lástima. Más tarde salí a buscarla, pero vi al fantasma y me dio miedo. Mire si está coja —repitió.

El arte de la brevedad no se tenía en mucha estima en Egipto. Dafne fue capaz de condensar toda la historia en unas pocas frases. Cuando acabó, el señor Carsington se agachó, extendió la mano con el dulce y llamó al animal.

—Ven, pequeña. ¿No prefieres esto a esa camisa vieja?

La criatura miró fijamente el pastelillo sin moverse.

—Es egipcia —le recordó Dafne antes de agacharse a su lado—. *Ta'ala hena* —canturreó. Ven aquí.

El animal la miró y olisqueó.

—*Ta'ala hena* —repitió Dafne.

La mangosta avanzó unos cuantos pasos, arrastrando la camisa consigo. Después se detuvo, emitió un chillido y se sentó sobre la prenda con los dientes firmemente clavados en la manga. Esos pasos demostraron que protegía la pata delantera izquierda.

—Así es como anda Alistair —dijo el señor Carsington.

—Su hermano —comentó Dafne—. El que fue herido en Waterloo.

Él asintió.

—Esa cojera derrite a las féminas. Suspiran. Se desmayan. Se arrojan a sus pies. Tal vez sea una cojera lo que me hace falta. —Le dirigió una elocuente mirada de reojo.

No se trataba de una mirada cualquiera. Era decidida e íntima. Conjuraba el sabor de su boca y el tacto de sus manos y de su duro cuerpo, así como la oleada de salvaje alegría que la había recorrido al disparar la pistola por primera vez... y al besarlo. Primero se le aflojaron las rodillas, después las siguieron sus músculos y por último su cabeza.

Mientras Dafne luchaba por recuperar lo que una vez fuera su cerebro, Nafisa dijo:

—Es la mangosta de mi vecino. Estoy segura.

El intelecto de Dafne volvió a su sitio, al igual que su atención regresó a la muchacha y a las importantes palabras que acababa de pronunciar.

—La viste la misma noche que al fantasma, Nafisa —comentó—. Háblame del fantasma.

Dafne le tradujo la conversación al señor Carsington más tarde, cuando regresaron al camarote de proa. Aunque él ya había captado lo esencial gracias a Leena.

Nafisa había visto al fantasma la noche del martes. A la mañana siguiente se lo había contado a la mujer de su vecino. No mucho después algunos hombres del *kashif* fueron a su casa y la interrogaron largo rato acerca del fantasma. Describió lo que había visto y dónde. Le dieron dinero y se marcharon. Más tarde vio a un grupo de hombres que se dirigía a las tumbas. Eran extraños y extranjeros. No eran de su pueblo ni de Minya, pero la mayoría de los lugareños parecían conocerlos y temerlos.

—¿Deberíamos hacerle otra visita al *kashif*? —preguntó Dafne—. Un soborno generoso nos proporcionaría la información que queremos.

—Me encargaré de él a primera hora de la mañana —dijo el señor Carsington—. Me llevaré a Tom.

—El conocimiento que posee Tom de nuestro idioma es cuando menos irregular y tiene un vocabulario limitado en extremo —le recordó.

—No pasa nada —replicó el señor Carsington—. No tengo intención de hablar mucho.

—Pero...

—Usted no vendrá conmigo —prosiguió él—. Necesito que se encargue de la embarcación mientras estoy ausente.

—¿Encargarme?

—Necesito a alguien en quien pueda confiar —le dijo—. Debe convencer a Nafisa para que viaje con nosotros. No es seguro que vuelva al pueblo. Su vecino es uno de los espías del *kashif,* no me cabe la menor duda, y al parecer están cooperando con nuestros villanos.

—Pero usted...

—Si alguien intenta abordar la embarcación, dispáreles —le dijo—. Es la única en quien puedo confiar para que mantenga la sangre fría en caso de problemas.

—Pero ¡no disparo bien! —protestó ella.

—Casi nadie lo hace —contestó—. Aunque los hombres se quedan paralizados por el pánico al verla empuñar una pistola. No tiene más que empezar a disparar y decirle a Rais Rashid que zarpe.

—Pero usted...

—Si Tom y yo nos metemos en problemas, ya los alcanzaremos más tarde —le dijo.

Los alcanzarían más tarde siempre y cuando sobrevivieran a su encuentro con el *kashif,* claro estaba. Rupert anticipaba problemas. De hecho los estaba buscando. Aunque se guardó semejantes expectativas.

A la mañana siguiente, cuando visitó a ese gordo mentiroso, Rupert se limitó a enseñarle a volar. Después demostró sus métodos educativos cogiendo al más alto de sus guardias y arrojándolo contra una pared.

Fue entonces cuando los demás guardias se abalanzaron sobre él.

Le dijo a Tom que huyera y se quedó de pie con los brazos

abiertos a modo de invitación mientras sonreía a los guardias.

Era justo la clase de pelea que había estado esperando.

No estaba de buen humor.

Había sufrido una experiencia muy perturbadora la noche anterior cuando desvió la mirada de la mangosta loca a la mujer que tenía al lado. Había contemplado los increíbles ojos verdes de la señora Pembroke y se había dado cuenta de que no se había aburrido ni un solo instante desde que ella entrara en la mazmorra de El Cairo.

No sabía por qué, pero lo hacía sentirse inquieto.

Él jamás se sentía inquieto y no le gustaba la sensación.

Por añadidura, la lujuria aún gobernaba su cuerpo y no había atisbado ni una sola mujer atractiva en aquella irritante ciudad.

Así que se había conformado con lo que más se aproximaba: una pelea.

Dafne se paseaba por la cubierta, rifle en mano. Leena y Nafisa —con su bebé desnudo a horcajadas sobre sus hombros al estilo egipcio— paseaban junto a ella.

—Volverá sano y salvo —le aseguró Nafisa—. La mangosta es un buen presagio. Todo el mundo lo sabe.

—El muchacho dirá lo que no debe —intervino Leena—. El *kashif* se ofenderá y le cortará la lengua, tal vez la cabeza. No debería haber dejado que su inglés se marchara esta mañana, señora. Debería haberse metido en su cama y haberse quitado la ropa. Si lo hubiera mantenido contento de esa forma, él no se habría dado cuenta, ni siquiera le habría importado, que la embarcación siguiera su rumbo. Podríamos habernos marchado de este condenado lugar con el alba. ¿Qué haremos si el pueblo se vuelve en nuestra contra y el viento no sopla? Matarán a todos los hombres y a nosotras nos venderán como esclavas. O nos violarán y nos dejarán en el desierto para que nos coman los cuervos y los chacales.

El viento no mostraba indicios de amainar. En todo caso, soplaba con más fuerza a medida que avanzaba la mañana. Si los lugareños se volvían en su contra, el *Isis* podría zarpar de inmediato. Dafne y el señor Carsington lo habían consultado con Rais Rashid al amanecer. Todo estribaba en la disposición para partir con rapidez.

Si el viento seguía soplando.

—No tema, señora —tranquilizó Nafisa a Dafne—. Esta embarcación es mágica. Usted tiene el poder de la sanación y el señor inglés tiene poder sobre las serpientes.

—Nadie teme a un encantador de serpientes —replicó Leena con sarcasmo.

—Pero en Saqqara doblegó a una víbora salvaje, no a uno de esos animales domesticados sin dientes que los encantadores de serpientes meten en las cestas —dijo Nafisa—. Todo el mundo ha oído hablar de su magia en la pirámide escalonada de Saqqara. Todo el mundo ha oído hablar de su fuerza, como la de un genio. ¿Por qué cree que solo un hombre vino a robar la embarcación la otra noche? Los demás temían la magia.

Dafne dejó de pasearse.

—¿De verdad? Qué decepcionante para el señor Carsington. Estaba deseando luchar contra los bandidos.

—Busca pelea —dijo Leena con seriedad—. Todo el mundo se da cuenta. —Bajó la voz para que solo Nafisa pudiera escuchar sus siguientes palabras—: Se desean. Pero son ingleses, ya ves, y los ingleses tienen extraños...

Un grito la interrumpió.

La atención de Dafne se centró de nuevo en tierra.

El hombre del que hablaban se acercaba hacia el embarcadero, con Tom a la zaga. Yusuf, que había descendido a tierra, corría hacia ellos.

Dafne estuvo tentada de hacer lo mismo.

El sol arrancaba destellos a su cabello, tan negro como el ala de un cuervo. El viento azotaba las amplias mangas de la camisa contra esos musculosos brazos, de la misma manera que agitaba sus pantalones holgados contra las fuertes piernas.

El corazón de Dafne también parecía henchido por el viento y latía con una loca algarabía contra sus costillas. Estaba vivo. El hombre desvió la vista hacia Udail/Tom, que estaba hablando, y después se echó a reír por lo que había dicho el muchacho. Y justo entonces el señor Carsington la miró, sonrió y la saludó con la mano, y ella pensó: Estoy perdida.

El *Isis* zarpó en cuanto el señor Carsington y sus jóvenes adoradores embarcaron. Para entonces Dafne ya había vuelto a recuperar el control.

—Está vivo —dijo con asombrosa compostura—. De una pieza. Sin heridas aparentes.

—Eso es culpa de Tom —replicó él—. Justo cuando las cosas comenzaban a ponerse interesantes, empezó a farfullar. No paraba. Algo acerca de genios y demonios, creo. De cualquier forma, el *kashif* se puso pálido y despachó a todos salvo a su intérprete. Y de repente Su Señoría comenzó a «recordar» cosas.

Un ruido a sus pies le hizo bajar la vista. La mangosta estaba sentada sobre los cuartos traseros, mirándolo. Seguía sujetando la camisa entre sus afilados dientecillos.

El animal había tenido una pelea la noche anterior con los gatos, pero la cosa no llegó a mayores. El cocinero, que tenía todos los motivos del mundo para temer por sus pollos, le había dado de comer. Y la tripulación parecía aceptarla. Todos —salvo los gatos— parecían tener a la mangosta por un buen augurio, en palabras de Nafisa.

—Ah, veo que sigues con nosotros —dijo el señor Carsington.

Lo que era mucho más importante: él seguía con ellos. Vivo. De una pieza. Hasta que lo vio acercarse con tanta parsimonia al embarcadero, Dafne no se había dado cuenta de la ansiedad que sentía.

—Parece que quiere quedarse —le dijo con voz entrecortada—. Nafisa también. No tuve ningún problema para convencerla. No tenía ningún deseo de regresar al pueblo de su difunto esposo. Al parecer habían empezado las negociaciones para que se sumara a la larga lista de esposas de su vecino... el vecino a quien pertenecía esta mangosta.

—Ahora es nuestra —comentó el señor Carsington—. ¿Cómo vamos a llamarla?

—Nafisa —contestó Dafne—. Seguro que puede pronunciarlo.

—Me refería a la mangosta —señaló él.

—¡Ah! —Dafne miró al animal, que seguía hipnotizado por el señor Carsington. ¿Acaso nadie era inmune a su encanto?

Los gatos, Gog y Magog. Ambos se comportaban con regia indiferencia hacia él, la misma que mantenían hacia el resto de la tripulación.

Ojalá yo fuera un gato, pensó Dafne.

—Margarita —dijo—. ¿Qué le parece el nombre de Margarita?

—Me parece estúpido —replicó ella—, lo que le va a la perfección. Es la mangosta más estúpida que he conocido.

El hombre se agachó.

—¿Margarita? —dijo.

La mangosta comenzó a masticar el trocito de camisa que tenía en la boca.

Él se puso en pie.

—Se lo está pensando.

—Mientras lo hace, tal vez tendría la amabilidad de decirme lo que el *kashif* ha recordado.

—Sí, claro. —Frunció el ceño—. Vayamos dentro. Me muero por un café.

El café llegó, acompañado de comida. La bandeja, abarrotada con platos que no tenían ni un ápice de ingleses, le recordó a Rupert que no había comido nada desde el breve desayuno al amanecer. Entre bocado y bocado comenzó a relatarle en detalle a la señora Pembroke su encuentro con el *kashif* de Minya.

Cuando describió los esfuerzos diplomáticos que hiciera en un principio —la demostración de vuelo—, ella lo miró con esos ojos verdes abiertos como platos. Después palideció y la expresión sorprendida se trocó en enfado.

—¿Cómo pudo ser tan irresponsable? —preguntó—. Podrían haberlo matado... y a Tom. Y ¿dónde nos habría dejado eso? ¿Se le olvidó que había varias mujeres a bordo, una de ellas apenas una muchacha y otra un bebé? —Se puso en pie de un salto, en una nube de muselina—. Aunque no sé por qué me molesto en preguntar. Está claro que es un irresponsable. Si no lo fuera, no lo habría encontrado en esa mazmorra de El Cairo. Si fuera un individuo responsable y cabal, el señor Salt no se habría aferrado a la primera oportunidad de librarse de usted.

Tal y como cabría esperar, su cerebro funcionaba a la perfección: tenía razón en todos y cada uno de los puntos.

—Vamos, no se enfade —le dijo—. Admito que fue algo estúpido. Pero estaba de mal humor y no pensaba con claridad.

—No podemos permitirnos que esté de mal humor —lo interrumpió—. No puedo hacer esto sola. Dependo de usted, señor Carsington. No me gusta... refrenarlo. Sé que es un hombre de acción y que tanta responsabilidad debe de resultarle agobiante. Pero debo pedirle... —Le tembló la voz.

—Ni se le ocurra —dijo él.

La señora Pembroke levantó la mano.

—No voy a ponerme a llorar —aseguró.

—Sí que va a hacerlo —la contradijo él.

Ella regresó al diván y se sentó. Después se mordió el labio.

Rupert suspiró.

—Adelante.

Ella negó con la cabeza.

—No pasa nada —la tranquilizó—. Preferiría con mucho que me pegara, pero este castigo es mucho más doloroso. Justo lo que me merezco.

Ella esbozó una sonrisa temblorosa.

—Mostraré clemencia por esta vez —dijo—. Pero que no se repita.

Esa sonrisa temblorosa bien podría haber sido un anzuelo, porque se clavó con fuerza en un lugar muy profundo y él la contempló como un estúpido, como el pez que bien podría ser, enganchado en esa sonrisa que presagiaba un torrente de lágrimas.

—No volveré a hacerlo. Jamás —le aseguró.

—Bien. —La sonrisa se ensanchó y la señora Pembroke se recostó en el diván, sentándose sobre los pies—. Dígame lo que le ha sonsacado al *kashif*.

—La famosa embarcación de Noxcivo sí se detuvo aquí, hace algo menos de una semana. —Rupert se concentró en la historia y en la comida para olvidarse de lo que ella le estaba haciendo—. Fue una visita corta, para abastecerse. Visitó al *kashif* con otro hombre. Se discutió el asunto del fantasma. Después de que Noxcivo se marchara, el otro tipo se dedicó a hacer preguntas por la zona acerca del fantasma. Cosa de un día después, fue con un grupo de hombres a las tumbas excavadas en la roca para realizar un ritual sagrado con el que convocar al fantasma y hacerlo desaparecer. Y ¡oh, milagro! Un genio apareció entre una tormenta de arena y arrastró al fantasma hacia el desierto. En otras palabras: su hermano está atravesando el desierto en compañía de personajes de mala reputación pertenecientes a varias tribus y naciones. Y se sabe que esos hombres están al servicio de Noxcivo.

Sus ojos verdes se abrieron de par en par.

—Santo cielo.

—Todos los cónsules en Egipto (incluido el nuestro) emplean a maleantes de vez en cuando —continuó Rupert—. Noxcivo está intentando recuperar su papiro a la par que a su hermano. Los que secuestraron a su hermano son asesinos, literalmente. Por más que deteste defenderlo, comprendo a la perfección por qué el vizconde contrataría a hombres de la misma calaña.

—Tal vez eso sea comprensible —dijo ella—. Pero dejar a Miles a su cuidado no lo es.

—Sí, bueno, el asunto es algo más complicado de lo que creíamos —prosiguió Rupert—. Al parecer se está librando una guerra, y no se trata de una simple competición poco amistosa para conseguir antigüedades. Parece que es algo personal entre Noxcivo y Duval... y bastante más violento de lo habitual.

—En otras palabras: Miles está atrapado en medio —concluyó la mujer.

—Eso parece.

Rupert continuó comiendo, pero siguió levantando la vista de vez en cuando para contemplar cómo sus ojos verdes se movían de un lado a otro. Sabía que solo estaba pensando y que no tenía nada que ver con la seducción. Estaba dándole vueltas a las implicaciones de las noticias. Se preguntó por qué encontraba tan fascinante observarla mientras meditaba.

—Una guerra —dijo ella a la postre—. Y dado que los hombres de lord Noxley tienen en su poder a Miles, podemos suponer que los hombres de Duval vendrán a por mí.

—Sería una moneda de cambio muy valiosa —admitió. Hizo una pausa antes de añadir—: Si he entendido bien, se dirigen al sur. Si cree que sería sensato llegados a este punto y sabiendo lo que sabemos...

—Por supuesto que no —lo interrumpió con rapidez—. No voy a regresar. Por mí pueden pelearse por ese estúpido papiro si quieren, pero no pienso dejar a Miles en manos de ladrones y asesinos, trabajen para quien trabajen. No voy a regresar a El Cairo sin mi hermano. No he llegado hasta aquí para salir corriendo al primer problema.

—No es ni por asomo el primer problema —le recordó él—. ¿Se ha olvidado de que nos quedamos atrapados en la pirámide? ¿Se ha olvidado de los diferentes cadáveres que nos hemos topado en el camino? Si no me falla la memoria, también nos arrestaron. Está el enternecedor encuentro con la víbora. Y hemos sufrido la invasión de una mangosta chiflada...

Ella desestimó sus palabras con un gesto de la mano.

—Sabíamos casi desde el principio que Duval podría venir en mi busca para utilizarme contra mi hermano. La amenaza no me detuvo entonces y no lo hará ahora.

—Jamás se me habría ocurrido tal cosa.

Rupert sonrió como un estúpido. No pudo evitarlo, como tampoco podía evitar sentirse tan estúpidamente complacido. La habría llevado de vuelta si así lo hubiera querido, aunque no estaba en absoluto dispuesto a poner fin a su aventura.

Ella se puso de pie.

—Proseguiremos según lo planeado. Los hombres de lord Noxley se reunirán tarde o temprano con su jefe. Recuperaremos a Miles y dejaremos que continúen con su guerra sin nosotros. Aunque de momento necesito tiempo para pensar. A solas. —Abrió la puerta y la mangosta entró con la camisa en ristre—. Margarita le hará compañía.

El viento fue soplando con más fuerza con cada kilómetro que recorrían. Amainó al anochecer, aunque solo para regresar con renovadas fuerzas con las primeras luces del alba. Por suerte soplaba a su favor, lo que le dio una excusa a Dafne para permanecer encerrada en su camarote.

La arena que arrastraba el viento solía obligar a las mujeres a permanecer en el interior, en unos camarotes cuyas grietas estaban cubiertas con trapos. Leena pasaba gran parte del tiempo con Nafisa y el bebé, dejando a Dafne tranquila a fin de que estudiara su nuevo cartucho.

Salvo que no estaba tranquila.

No podía concentrarse. Le resultaba imposible zafarse de la intranquilidad que sentía por Miles, aunque ese no era el problema principal.

Sabía que había traspasado cierto límite el día en que dejaron atrás Minya. El arrebato en sí no era ilógico dadas las circunstancias, pero lo que había dicho no era ni la mitad de lo que había sentido.

Se había encariñado con él, el error más estúpido de todos, porque no era la clase de hombre que podría encariñarse con una mujer, mucho menos con un aburrido ratón de biblioteca de casi treinta años.

Contemplaba con desesperada incomprensión un conjunto de cartuchos que había copiado en su cuaderno cuando escuchó el ruido de unos pasos seguidos por unos golpecitos en su puerta.

Arrojó el cuaderno a un lado, se acercó a la puerta y la abrió. Y su corazón también se abrió para lanzarse a un alocado baile.

Udail/Tom estaba en el pasillo llevando una bandeja con café. Detrás de él se hallaba el señor Carsington con uno de sus disfraces de *Las mil y una noches.* El intenso bronceado y el cabello negro alborotado por el viento lo hacían parecer más salvaje que nunca.

—Leena dice que está enfadada —le dijo.

—No es cierto —mintió Dafne—. Estaba trabajando.

—No, no es cierto —la contradijo él—. No está cubierta de tinta. —Echó un vistazo por encima de su hombro hacia el camarote—. Sus papeles y sus cuadernos no están diseminados por el diván.

—Dispuestos —lo corrigió—. Mi material de consulta está cuidadosamente dispuesto. Ya le dije que tiene que haber orden.

—Su idea de orden me parece un embrollo de libros y papeles —comentó—. Pero claro... yo solo soy un idiota.

—Señor Carsington...

—Necesita café y dulces para estimular ese enorme cerebro suyo —le dijo. Le dio una palmadita en el hombro al muchacho y este entró con la bandeja en el camarote y lo dispuso todo en el taburete situado junto al diván.

Una vez cumplida su tarea, Tom se fue.

El olor a café turco recién hecho invadió el pequeño camarote. Dafne volvió a sentarse en el diván. El señor Carsington se recostó contra el marco de la puerta y allí se quedó.

—Venga, pase —lo invitó—. Sabe que soy incapaz de comerme toda esta *fatira* yo sola. Por no mencionar que es ridículo fingir que tenía la intención de marcharse de inmediato cuando la bandeja está preparada para dos.

—Qué inteligente es usted —dijo—. Es cierto que tengo un motivo ulterior. —Sacó un rollo de pesado papel de debajo de su camisa—. Tenemos que examinar el mapa y decidir cuántas paradas hacer antes de llegar a Asiut, donde nos veremos obligados a detenernos.

Mientras hablaba se acercó al diván y se sentó, cruzando sus largas piernas con tanta facilidad y tanta naturalidad como el príncipe árabe al que tanto se parecía.

—Asiut —repitió ella, con la mente en blanco por un instante; después—: sí, claro. La tripulación hornea el pan allí.

—Tendremos que darles todo el día —comentó él. Sirvió café para los dos.

No debería permitirse pensar en lo íntimo que parecía ese gesto a pesar de que la puerta estaba abierta como marcaba el decoro. No debería permitirse seguir siendo estúpida.

—No se me ocurre ningún motivo para detenernos antes, salvo para pasar la noche —dijo Dafne—. Es poco probable que alguien quiera proporcionarnos información. Cualquiera de los bandos en conflicto habrá sobornado o aterrado a los lugareños para que mantengan la boca cerrada, y usted no puede llegar a todas las aldeas y comenzar a golpear a la gente para alentarlos a hablar. —Cogió el mapa y se apartó un poco de él para desenrollarlo y buscar el lugar—. Sí, aquí está. Asiut servirá a la perfección. Es una ciudad importante. Las caravanas se detienen allí. Podemos enviar a los criados al mercado para que se enteren de los rumores. —Estudió el mapa—. No me cabe duda de que a este paso ya habremos dejado atrás Beni Hasan.

—Hace bastante rato —confirmó el señor Carsington—. Reis Rashid espera detenerse para pasar la noche en un lugar impronunciable. Con unas ruinas famosas cerca.

—¿La orilla oriental o la occidental? Antinópolis está en la oriental.

—Occidental.

—En ese caso, al-Ashmunain —dedujo ella—. Las ruinas de la antigua Hermópolis están cerca. Estaba consagrada a Tot, el dios egipcio de la sabiduría. Es el equivalente del griego Hermes y del romano Mercurio. Según Plutarco, Tot estaba representado por un ibis y tenía un brazo más corto que el otro.

—He leído a Plutarco —dijo el señor Carsington—. Eso lo único que leemos. Griegos y romanos. Romanos y griegos.

Ella apartó la vista del mapa para mirarlo. Estaba extendiendo la mano para coger otro trozo de *fatira,* cuya cantidad había disminuido considerablemente en los últimos minutos.

—Lo que quiere decir que ha recibido una sólida educación clásica —concluyó Dafne.

El hombre se comió el trozo de pastel con el entrecejo fruncido, como si ella hubiera dicho algo en extremo desconcertante.

Dafne dejó el mapa a un lado y le dio un sorbo al café mientras se preguntaba qué cosa podría obligarlo a meditar... sobre lo que fuera.

Tras un buen rato, el señor Carsington dijo:

—Me atrevería a decir que mi educación fue lo bastante sólida, pero espantosamente aburrida. Los mismos autores y temas resultan mucho más interesantes cuando usted habla de ellos. Al principio creí que era porque usted es mucho más agradable a la vista.

El comentario no significaba nada, tan solo eran un puñado de palabras pronunciadas sin pensar. El hombre siguió bebiendo su café sin apenas mirarla.

Dafne no sabía dónde mirar. Su corazón había retomado ese estúpido baile que hiciera momentos antes.

Sabía que a los hombres les gustaba mucho su cuerpo. Incluso a Virgil. Al parecer era lo único que le había gustado.

Era consciente de que su rostro, aunque no hermoso, tampoco resultaba repulsivo para ellos.

De todos modos, estaba emocionada. En su interior todo parecía abrirse, como las flores en primavera.

—Vaya... —dijo, consciente del rubor que le teñía las mejillas—. Un cumplido.

—No es más que una simple constatación de la realidad. —La voz del hombre se hizo más grave hasta convertirse en un murmullo que reverberó en su interior—. Cuando no entiendo lo que está diciendo, me imagino que estoy en una galería de arte y que usted aparece en todas las obras.

Dafne creyó que estallaría de placer. Nadie, ni un alma, le había dicho jamás algo semejante. Era mucho más que un cumplido. Era... era... poesía... Casi.

—Aunque no se trata solo de su apariencia —prosiguió él con la mirada perdida, pensando—. Es el entusiasmo. Ama lo que hace. Lo hace interesante porque le encanta. Podría hablar del tema más aburrido y yo seguiría sintiéndome como el tipo ese mientras escuchaba a Sherezade.

El rostro del hombre cambió en ese momento, se oscureció. Si se hubiera tratado de cualquier otro, Dafne habría creído que se había ruborizado.

Pero sus ojos oscuros volvieron a mirarla al tiempo que sacudía la cabeza antes de echarse a reír con su habitual despreocupación.

—Ya sabe que soy como un niño, me entretengo con cualquier cosa. ¿Por qué cree que ese tipo, el dios, era deforme?

Viernes, 20 de abril

Casi había amanecido.

La *dahabiya* de lord Noxley, que se había detenido en Thinis para pasar la noche, zarpó bastante antes de que el sol comenzara a clarear el horizonte. Una o dos millas más arriba, el *Memnon* se acercó a un banco de arena donde dormitaban media docena de cocodrilos. Eran los primeros que habían visto hasta ese momento, ya que con el transcurso del tiempo las criaturas se habían establecido más hacia el sur.

Momentos después, Su Ilustrísima contemplaba cómo los dos hombres que habían huido del «fantasma» eran atados y arrojados al río. En cuanto tocaron el agua y comenzaron los gritos, los cocodrilos se despertaron y empezaron su desayuno.

La mayor parte de la tripulación, acostumbrada a los métodos del Demonio Dorado, contempló la escena siguiendo su ejemplo: sin mostrar emoción alguna.

Unos pocos, los que no estaban acostumbrados, se giraron. Ahmad entre ellos.

Hasta ese momento había creído que lord Noxley era un buen hombre. Al igual que su venerado señor, ese inglés pagaba bien, nunca gritaba ni pegaba a quienes estaban a su servicio y no consentía las palizas.

Ahmad comprendió en ese preciso instante por qué los gritos y los golpes resultaban innecesarios y por qué todos se esmeraban en su trabajo.

Comenzaba a sospechar que tal vez hubiera cometido un terrible error.

Pero también comenzaba a sospechar que su amo lo necesitaba más que nunca.

Huir estaba fuera de toda cuestión.

14

Asiut, 21 de abril

El *Isis* continuó navegando gracias al fuerte viento a favor hasta el anochecer, momento en el que amainaba para regresar revigorizado al alba.

Cuatro días después de haber partido de Minya, llegaron a Asiut.

La bulliciosa ciudad comercial estaba emplazada allí donde en otro tiempo estuviera la antigua Licópolis, cuyos habitantes adoraban al chacal o al lobo. En la *Description de l'Égypte* se incluían diagramas, además de ilustraciones detalladas, de algunas de las tumbas más complejas excavadas en las colinas circundantes.

Para llegar a la necrópolis había que emprender un trayecto de casi una hora a través de una de las franjas de tierra más fértiles del Nilo tras la cual se llegaba a un puente. Las aberturas de las tumbas y las cuevas se podían contemplar desde la lejanía. Había un cementerio moderno a los pies de la montaña.

Sin embargo, las famosas tumbas excavadas en la piedra no eran el destino de Rupert y la señora Pembroke. Habían decidido aventurarse hacia las colinas y el desierto que se extendía más allá donde la gente tal vez se sintiera más predispuesta a responder a sus preguntas.

Vestidos con ropas árabes a fin de no atraer la atención, ambos emprendieron la marcha en burro acompañados de Tom, Yusuf y un par de guardias de la ciudad.

Rupert advirtió el cambio de dirección del viento cuando llegaron a la ladera de la colina. Había perdido fuerza esa mañana, aunque seguía siendo favorable, y había lamentado la pérdida de tiempo tanto como la señora Pembroke. No obstante, en el transcurso de su excursión matutina, había amainado por completo.

En ese momento, mientras alcanzaban el límite del desierto, volvía a arreciar. Si bien había cambiado de dirección.

Pasados unos cuantos kilómetros, Rupert comenzó a tener un mal presentimiento. Los guardias se estaban quedando rezagados y los muchachos parecían nerviosos.

Rupert miró a Tom.

—Simún —dijo el muchacho—. Creo que el simún se acerca.

Yusuf, que estaba a su lado, asintió y prosiguió con una larga parrafada en árabe.

El viento estaba cogiendo fuerza y empezaba a levantar la arena.

La señora Pembroke comenzó a decir:

—Creo que sería mejor que...

Tom la interrumpió con un grito y señaló hacia el sur. Rupert se giró en esa dirección. Una enorme nube amarilla se alzaba sobre el horizonte.

Otro grito lo hizo mirar a sus espaldas. Los guardias se alejaban a todo galope.

Yusuf gritó:

—*Hadid ya mashum!*

—*Allahu akbar!* —chilló Tom.

Rupert sabía lo que significaba eso último. «Dios es grande.» Era un cántico para alejar al mal. En Minya había descubierto que los egipcios creían que los demonios cabalgaban sobre las tormentas de arena.

Huir en busca de refugio era la mejor idea.

—¡Marchaos! —les dijo a los muchachos—. Seguid a los guardias. Señora Pembroke —gritó. Podía escuchar el rugido del viento que se acercaba.

—Sí, yo... —Las palabras se trocaron en un grito cuando su

burro se espantó y salió a la carrera en la dirección equivocada.

Rupert espoleó su montura para seguirla. La nube se convirtió en una oleada de arena que se abalanzó sobre ellos. Un instante antes de que Rupert le diera alcance, el burro de la mujer se detuvo en seco, se giró de golpe y cayó al suelo. Rupert desmontó y se acercó a toda prisa al animal y a su jinete.

Pero el burro de la dama ya luchaba por levantarse.

Antes de que pudiera atraparlo, la bestia, libre de su carga, huyó. Rupert agarró las riendas de su propia montura antes de que pudiera seguir el mismo camino.

La señora Pembroke también luchaba por ponerse de pie, pero volvió a caer.

—Es mi pie —jadeó cuando él se arrodilló a su lado—. Ese asno tonto cayó encima.

La ola de arena se elevaba como si de un tornado invertido se tratara. Creció hasta convertirse en una enorme columna de arena que giraba y avanzaba directamente hacia ellos.

Le rodeó la cintura con un brazo y la levantó del suelo mientras que con la otra mano seguía sujetando las riendas de su nerviosa burra. Los arrastró a ambos hacia las accidentadas y pedregosas laderas de la necrópolis de la montaña.

La arena le golpeaba la cara, le aguijoneaba los ojos y se le introducía en la nariz. El torbellino estaba casi encima de ellos.

Empujó a la mujer y al animal en dirección al hueco más cercano. Se quitó la túnica, se arrodilló en el suelo y arrastró a la señora Pembroke consigo. La colocó entre sus piernas dobladas y ambos se cubrieron con la túnica. La burra se acercó a los humanos.

La tormenta de arena, con su estruendoso rugido, cayó sobre ellos.

Los hombres que seguían al grupo dieron media vuelta de repente y corrieron de regreso a Asiut. Esperaron a que el simún pasara en una cafetería cercana a la puerta sur de la ciudad, que daba a las tumbas. En ese establecimiento se podía conseguir café «negro» y café «blanco», este último mezclado con el prohibido brandy. Los hombres bebieron café blanco. Todos eran mercenarios que trabajaban para un francés llamado Duval. Habían recibido la orden de capturar a la inglesa pelirroja que habían estado siguiendo. Ese día se les había presentado la primera oportunidad. La mujer había dejado atrás a la mayor parte de su gente. Se dirigía a las tumbas con apenas unos sirvientes y un par de guardias que a buen seguro huirían a las primeras de cambio. El enorme inglés que la acompañaba no los preocupaba. Un hombre solo no tenía nada que hacer contra diez sicarios experimentados.

No obstante, tras varias tazas de café, comenzaron a discutir acerca del inglés. Todos habían escuchado que era el hijo de un lord importante cuya fortuna sobrepasaba con mucho la de Mohamed Alí. Algunos de ellos comenzaban a pensar que valía mucho más vivo que muerto. Con cada taza de café, el debate se intensificaba. Despertaron de su siesta al guardia que tenían más cerca, que abandonó su puesto para exigirles que guardaran silencio. Uno de ellos, Jarif, se disculpó y lo acompañó fuera del establecimiento. En cuanto quedaron fuera de la vista de cualquier testigo, Jarif le clavó un cuchillo entre las costillas. Dejó el cuerpo en su puesto habitual, donde permanecería imperturbable hasta que cambiara la guardia al día siguiente, ya que los viandantes asumirían que el hombre estaba dormido, como de costumbre. Jarif encontró ese hecho de lo más gracioso y soltó alguna que otra carcajada mientras lo pensaba.

Rupert no habría sabido decir cuánto duró la tormenta de arena. Le pareció una eternidad.

El viento aullaba y la arena los azotaba como un monstruo rabioso. No era de extrañar que los árabes creyeran que los demonios cabalgaban sobre las tormentas de arena.

Bajo el resguardo de la túnica hacía calor y estaba oscuro. También olía a burro. Pero las rocas los protegían del grueso de la brutalidad de la tormenta y el tejido de la prenda bloqueaba la mayor parte de la arena.

La señora Pembroke se pegaba a él, silenciosa e inmóvil... Ah, y también dócil. Sentía su aliento, rápido a causa del miedo, contra la clavícula, lugar por donde se le había abierto la camisa. Era muy consciente de los acelerados movimientos del pecho femenino con cada respiración, así como de la suave presión de su trasero contra el muslo y la entrepierna.

Se inclinó para depositarle un tranquilizador beso en la coronilla. Su cabello era suave y caía en ondas semejantes a las dunas del desierto.

Cayó en la cuenta de que había perdido el velo. Ese odioso velo que tanto lo molestaba, aunque era consciente de la protección que ofrecía tanto para el sol egipcio como para los curiosos ojos masculinos. Recordaba que no era negro, aunque se le escapaba el color. Cayó en la cuenta de que hacía días que no llevaba ropa negra. ¿Desde Minya?

—Todo saldrá bien —le dijo.

Apenas podía escuchar su propia voz por encima del silbido y de los aullidos de la tormenta de arena. No sabía si ella le había respondido. Lo que sí supo fue que se aferraba a él con fuerza y le rodeaba la cintura con los brazos como si temiera que la tormenta se lo llevara si no lo sujetaba.

Hubo momentos en los que creyó que así sería. Aquel viento no se parecía a nada que hubiera experimentado en tierra firme. Era más como una tempestad en alta mar, como si estuvieran atrapados en un arrollador mar de arena. En dos ocasiones creyó que los sacaría de su refugio y los levantaría kilómetros en el aire para después dejarlos caer en pedacitos sobre las colinas libias.

Aunque de ser así, se los llevaría a ambos o a ninguno. No la entregaría ni a un hombre ni a una fuerza de la naturaleza, por poderosa que esta fuera. La abrazó con más fuerza y apretó los dedos que sujetaban la túnica para mantenerla cerrada mientras rezaba para que la tormenta pasara antes de que se ahogaran.

No malgastó el aliento en más palabras de consuelo que ella no podría escuchar debido al ruido de la tormenta. Se limitó a presionar los labios contra su cabeza una y otra vez con la esperanza de que ella comprendiera: él la protegería. No sufriría daño alguno mientras él siguiera con vida.

Momentos después, el estruendo disminuyó. El viento seguía soplando con fuerza y la arena seguía golpeándolos, pero no con tanta ferocidad. La columna de arena, esa fuerza destructora, se había desplazado para sembrar la ruina en otro lugar.

Levantó la cabeza. Soltó la prenda con mucho cuidado para echar un vistazo.

—Creo que ya es seguro respirar —dijo.

La señora Pembroke dejó escapar el aliento y después tosió.

—Lo siento —le dijo él. La besó en la sien—. Lo siento. No pretendía aplastarle las costillas.

Ella le soltó la cintura. Levantó la cabeza. Apartó su trasero unos centímetros de su entrepierna.

Rupert deseaba que se acercara de nuevo. Deseaba tenerla entre sus brazos y que ese suave cabello le hiciera cosquillas en la barbilla. Deseaba sentir su respiración contra la clavícula y la suave presión de sus pechos y su trasero.

Pasado un momento, la señora Pembroke se alejó gateando y escupió arena.

—Cielo santo —dijo—. Cielo santo.

—¿Está bien? —le preguntó—. ¿Qué tal su pie?

Ella movió el tobillo para comprobarlo.

—Parece que funciona bien —respondió—. Tengo las botas llenas de arena. Tengo los pantalones llenos de arena. Soy un saco de arena andante. No, andante no. Todavía no. Deje que... recupere el aliento.

Se apretó las rodillas contra el pecho para después apoyar la cabeza sobre los brazos.

Rupert miró a su alrededor. El viento había apilado una gran cantidad de arena en la abertura por la que habían entrado.

Se puso de pie con cautela y miró hacia el sudeste.

Una nueva ola amarilla se estaba formando.

—Mmm... —murmuró él.

—Sí, me levantaré en un minuto.

—No creo que tengamos un minuto —objetó—. Y no me apetece quedarme enterrado aquí.

La puso en pie de un tirón y comenzó a arrastrar de ella y de la burra colina arriba.

Ser puesta en pie de un tirón y arrastrada colina arriba hizo que Dafne perdiera la mitad del aliento que había conseguido recuperar. No le quedaba lo suficiente como para malgastarlo en comentarios. Aunque pensándolo bien, él tampoco la habría escuchado... ni falta que le habría hecho. Había resumido su situación a la perfección, como no tardó en averiguar.

Bastó un simple vistazo a su espalda para saber por qué el hombre estaba tan impaciente por ponerse en movimiento. La arena había cubierto en parte su refugio y una nueva columna de arena se dirigía hacia ellos.

Por suerte alguien había abierto caminos en las laderas para acceder a las tumbas. Con el señor Carsington a la cabeza, Dafne podía avanzar sin muchas dificultades. Se sentía agradecida de llevar pantalones anchos, que le permitían moverse con más comodidad que las habituales capas de enaguas bajo unas faldas no demasiado anchas.

Dafne se preguntó dónde se habría metido su montura, en el caso de que la pobre bestia siguiera con vida. La buscó sin mucha esperanza. La visibilidad era cuestionable cuando menos. El sol desaparecía por completo y volvía a aparecer convertido en una infernal masa roja oculta tras el velo de arena. Aunque tampoco se podía mirar en una misma dirección durante mucho tiempo. Tenía los ojos, las orejas, la nariz y la boca llenos de arena. Apenas si se podía respirar. El mero hecho de intentar protegerse la dejaba exhausta. Sin embargo, lo que estaba experimentando en ese momento, como ya bien sabía, no era ni de lejos el peor castigo que el abrasador viento podía depararles.

Se obligó a dejar de contemplar la letal cosa amarilla que se abalanzaba hacia ellos y a concentrarse en su compañero.

Recordó el pánico que la había embargado cuando el burro

cayó al suelo y vio que esa monstruosa ola de arena se cernía sobre ella. Por un instante, cegada por la arena que acarreaba el viento, se había sentido sola, abandonada. Pero tan solo fue un instante, porque un segundo después él se encontraba a su lado.

Mientras él estuviera cerca, podría enfrentarse a cualquier cosa. Lo había seguido a través de la oscuridad absoluta de la pirámide, arrastrándose junto a cadáveres por el camino. Había sido arrestada, encerrada en una celda como una vulgar delincuente. Había entrado en tromba en una habitación llena de asesinos y los había atacado. Se había arrodillado junto a un mercader moribundo y había intentado consolarlo mientras las últimas gotas de sangre brotaban de su rebanada garganta. Había disparado una pistola y un rifle, a pesar de que siempre le habían aterrado las armas de fuego.

Ni siquiera estaba segura de cómo había logrado todas esas cosas. Tal vez no se conociera después de todo. Tal vez, y de alguna manera, el señor Carsington la conociera mejor.

Saldría con vida de aquello, se dijo. Lo único que tenía que hacer era pegarse a él, impedir que muriera y, de ese modo, también dejarían atrás el problema al que se enfrentaban.

La metió en la primera tumba que encontraron. La burra se negó a entrar. Dio un repentino tirón y le arrancó al señor Carsington las riendas de la mano. Después se quedó muy quieta en la entrada, rebuznando.

—Hermione, entra aquí —le ordenó el hombre.

El animal rebuznó y pateó el suelo.

—Hermione, no me hagas ir a buscarte —le advirtió.

—Vamos, por el amor de Dios —dijo Dafne—. Es una burra egipcia. *Ta'ala hena* —gritó con fuerza al nervioso animal—. *Ta'ala.*

La burra bufó y sacudió la cabeza.

—*Ta'ala* —dijo el señor Carsington.

La bestia entró al trote y se encaminó directamente hacia él para darle unos golpecitos en el brazo con el hocico.

Cómo no...

—Está asustada —dijo el señor Carsington al tiempo que le acariciaba el hocico—. Seguro que es el olor.

Era un olor al que Dafne empezaba a acostumbrarse: a muerto. No a un muerto cualquiera, sino a momia, el distintivo olor de miles de años de antigüedad y confinamiento característico de Egipto.

—Es mejor que la tormenta de arena —dijo Dafne—. ¿Podemos adentrarnos un poco más? —Una vez fuera del peligro inminente, comenzaba a temblar—. Me gustaría sentarme. Pero lejos del alcance del viento y de la arena.

Comenzó a adentrarse en el pasadizo sin aguardar a que él la siguiera.

Era mucho más amplio que la típica entrada a una pirámide. Podía vislumbrar figuras en las paredes y lo que parecía ser un bloque de jeroglíficos más adelante. La oscuridad no tardó en rodearla, de modo que comenzó a avanzar más despacio y con más cautela, manteniéndose cerca de las paredes y tanteando el camino con los pies para evitar caerse o tropezar con algo.

—Ya se ha adentrado lo bastante, señora Pembroke —resonó la voz grave del señor Carsington tras ella—. Estamos bien lejos del alcance de la arena y Hermione está temblando como una hoja. Esperemos a que pase la tormenta con tranquilidad y reposo, ¿le parece?

Reposo, sí.

Rupert necesitaba recuperar el aliento, volver a pensar con claridad. Podría haberla perdido en la tormenta de arena. Necesitaba un momento para calmarse, eso era todo.

Nunca tuvo la intención de quedarse dormido.

Lo había preparado todo en el interior: las alforjas y (lo que era más importante) la cantimplora de agua estaban guardadas en lugar seguro, había despejado un espacio de escombros y había dejado a la señora Pembroke sobre una estera. A continuación se apoyó contra la pared para descansar y recuperar el aliento.

Lo siguiente que supo fue que se despertó en la más absoluta oscuridad.

Y que hacía calor, por supuesto; un calor que no dejaba de sorprenderlo a pesar de que para entonces ya debería haberse acostumbrado.

En Inglaterra, el interior de una cueva como esa estaría frío y húmedo. Pero allí no. Pasaba lo mismo que en las pirámides. Cualquiera esperaría que al descender tanto y estar bajo tantas toneladas de piedra el lugar sería fresco.

Pero en Egipto las piedras y las montañas acumulaban miles de años de ardiente sol del desierto.

Junto con miles de cuerpos. Hermione se había calmado, olvidada su inquietud por los antiguos muertos egipcios o por alguna superstición asnal. Su respiración parecía haber vuelto a la normalidad. Si alguien más respiraba por allí, la burra sofocaba el ruido.

—Señora Pembroke —llamó Rupert. Extendió la mano hacia la estera que había sacado de su alforja y extendido en el suelo para ella. La estera estaba allí. Su túnica estaba allí. Ella no—. Señora Pembroke —repitió, en esa ocasión un poco más alto. Nada—. ¡Señora Pembroke!

Hermione resopló, pero ninguna voz humana respondió.

—Maldición.

Aún medio dormido, Rupert se puso de pie. Le llevó un momento recordar en qué dirección estaba la salida. Primero se acercó a la entrada de la cueva, puesto que recordó que la mujer se había demorado ella, tal y como cabría esperar, cautivada por las pinturas de la pared.

El ardiente viento seguía soplando, arrastrando arena y trozos de rocas hacia el pasadizo. Entraba un poco de luz, pero no llegaba muy lejos. Resultaba difícil saber qué hora era. Sin embargo, sí comprobó que ella no estaba en el pasadizo externo de la tumba. Dio la vuelta y regresó por donde había llegado.

—¡Señora Pembroke! —gritó. A esas alturas se había despejado por completo. Estaba muy despierto y alerta, y el corazón le latía desbocado—. ¡Señora Pembroke!

Hermione dijo algo en lengua asnal cuando pasó junto a ella, pero ese fue el único sonido que escuchó aparte del ruido que hacían sus botas al caminar sobre el suelo de la tumba.

Sabía que no podía correr a ciegas hacia el interior. Podría darse de bruces con una pared o caer sobre algo y golpearse la cabeza, cosa que no les beneficiaría en absoluto. Ni siquiera podía verse la mano si la colocaba frente a su cara, y mucho menos el suelo que pisaba. La tumba estaba llena de obstáculos y peligros: agujeros y grietas, trozos de piedra, esqueletos de animales y otras cosas en las que prefería no pensar. Solo pensaba en mantenerse en pie y en encontrarla. Podría matarse de cien maneras distintas allí sola en la oscuridad. Podría caer en uno de los pasadizos mortuorios y descender al menos treinta metros para acabar inconsciente (o muerta) en el fondo.

—¡Señora Pembroke! —rugió.

Un sonido. Una voz por fin. Distante, apagada.

—Señora Pembroke, ¿dónde demonios está?

—¡Oh, en el lugar más maravilloso! —gritó ella en respuesta—. Venga a verlo.

Rupert se abrió camino a duras penas, aferrándose a las paredes de la tumba, durante lo que pareció una eternidad. Se topó con pasadizos sin salida y tuvo que buscar a tientas la salida. Recorrió con las manos las paredes de una estancia hasta que encontró la entrada. Se abrió paso por un largo pasadizo.

Y a la postre vio una luz parpadeante que iluminaba la entrada a una cámara.

La pared posterior de la cámara tenía tres recovecos. Ella se encontraba en el central. En la pared del fondo, un antiguo egipcio seguía a tres mujeres que llevaban flores. El tipo aparecía también en otro pasaje, presidiendo a un montón de gente y realizando lo que parecía algún tipo de ritual.

Rupert lo asimiló todo sin llegar a verlo en realidad. Toda su atención estaba puesta en ella, que se encontraba sana y salva, absorta en sus adorados personajes antiguos sin tener en cuenta que él se había vuelto medio loco de preocupación por ella.

—Velas —dijo con voz tensa—. No me dijo que tenía velas.

—En mi *hizam*... mi fajín —explicó al tiempo que se inclinaba para estudiar una de las figuras—. Después de que nos abandonaran en la pirámide de Kefrén aprendí a llevar un yesquero y algunas velas. ¿No es precioso?

—No me dijo que se iba a alejar —la reprendió.

La señora Pembroke debió de percibir la tensión que traslucía su voz, porque apartó la vista de la figura para mirarlo.

—Se quedó dormido —explicó—. Estaba hablándole y me respondió con un ronquido.

—Nunca ronco.

Ella se encogió de hombros.

—Pues debió de ser Hermione.

Rupert deseó poder negar que se había quedado dormido o poder echarle la culpa al animal, pero no había manera de salir del apuro con un poco de dignidad: se había derrumbado de cansancio.

Bueno, ¿cuándo había sido la última vez que había disfrutado de una noche entera de sueño? Además, ¿no las había arrastrado a ella y a la burra ese mismo día montaña arriba, luchando contra el viento y la arena, mientras se esforzaba por inhalar una bocanada de aire? Todo mientras lo consumía el pánico de que ella se soltara y el monstruoso viento se la llevara para enterrarla tan profundamente que jamás podría hallarla a tiempo.

Incluso Hércules tenía sus límites y Rupert no era ningún semidiós. Era un mortal con un aguante limitado. Era lógico que hubiera necesitado al menos un instante de descanso.

Pese a todo, no podía creer que se hubiera desplomado a su lado como un enclenque.

La vergüenza no mejoró su humor.

—Tendría que haberme despertado —le dijo—. No debería haberse adentrado aquí sola. Podría haberse caído en uno de los pasadizos mortuorios.

—Tenía una vela —replicó en ese tono de «Estoy hablando con un estúpido» que solo consiguió avivar su mal humor—.

Además, esos pasadizos son muy fáciles de distinguir. Si hubiera prestado la suficiente atención a los diagramas y a las secciones en la *Description de l'Égypte*, sabría que dichos pasadizos se encuentran en lo más profundo de las tumbas y que no aparecen por arte de magia bajo los pies. Los enterramientos son un asunto muy complicado y las tumbas están diseñadas siguiendo un sistema muy complejo. Un pasadizo estaría marcado con una entrada, real o simbólica, como este recoveco. Pero claro... usted no le prestó mucha atención a las ilustraciones francesas. No eran más que una triquiñuela para atraer mujeres a su lado.

Rupert no estaba de humor para soportar sermones sobre diagramas, su cuestionable moralidad o cualquiera otra cosa.

—La cuestión es que debería haberse quedado conmigo en lugar de obligarme a buscarla a tientas por este infernal sitio —dijo él.

—Estaba aburrida —replicó con manifiesta impaciencia—. ¿Creyó que me conformaría con sentarme a su lado en la oscuridad para escuchar cómo dormía?

—Creí que tendría en mente la posibilidad de que hubiera serpientes —gruñó—. Y escorpiones. Y caídas y trampas. Pero no tiene el menor sentido de la precaución. Cuando hay un jeroglífico cerca o un dios con cabeza de animal, se olvida de su sentido común. Se lanza de cabeza al peligro...

—¿Yo? —preguntó ella con indignación—. Le dijo la sartén al cazo...

—¿Qué habría hecho yo si hubiera resultado herida? —explotó—. ¿Qué haría si acabara muerta? ¿Es que nunca piensa en mí? No, ¿por qué iba a hacerlo? No soy más que un grandísimo idiota. No tengo sentimientos, así que ¿por qué debería tenerlos en cuenta?

—¿Sentimientos? —gritó ella—. ¿Qué sabe usted de sentimientos?

—Esto —respondió.

No había acabado de hablar cuando ya había cruzado la distancia que los separaba. Al instante la rodeó con sus brazos. Ella se resistió. Intentó apartarse, pero no la soltó. Y en cuanto la tuvo firmemente sujeta, la señora Pembroke comenzó a golpearle el pecho.

Rupert la aplastó contra su cuerpo y la besó.

Los puñetazos en el pecho cesaron.

La boca de la mujer, rígida por la furia en un principio, se rindió en un abrir y cerrar de ojos. Y después comenzó a recorrerle el pecho con las manos, apartándole la camisa para deslizar las palmas desnudas más arriba, hasta sus hombros. Se aferró con fuerza, tal y como él quería, como si lo necesitara.

Ella le devolvió el beso y Rupert saboreó una necesidad semejante a la suya, entremezclada con furia y desesperación.

No quería sentirse así. No sabía la causa ni cómo le había sucedido. Un momento atrás había sido consciente de una multitud de sentimientos... peligrosos para él, como serpientes y escorpiones que acecharan ocultos entre las sombras.

Ella había convertido su mundo en algo peligroso y salvaje, pero no le importaba. Estaba entre sus brazos y tenía un extraño sabor a champán; ese cuerpo había sido creado para amoldarse al suyo. Su atrayente aroma a olíbano le llenó las fosas nasales, la consciencia. Se olvidó del torbellino que asolaba su interior y de la letal tormenta que aullaba en el exterior; se olvidó de la muerte que había allí dentro, convertida en polvo bajo sus pies y también en el aire que respiraban.

Ella deslizó las manos sobre su piel y comenzó a descender desde sus hombros, apartando la camisa de su camino en el proceso. Rupert deseaba quitársela de un tirón, pero a la vez se resistía a soltarla. Le recorrió la espalda con las manos hasta llegar a la cintura y más abajo, pero el fajín se interponía en su camino; un largo y ancho pañuelo enrollado y repleto de Dios sabía qué cosas. Le llevó apenas un instante desatarlo. Después lo dejó caer al suelo y su contenido golpeó la piedra con un amortiguado tintineo.

Rodeó la cintura femenina con las manos, entre las cuales parecía diminuta una vez libre del fajín y sin el aumento que proporcionaba un grueso corsé de bucarán. A decir verdad, era una maravilla que nada se interpusiera en su camino salvo el largo y ajustado chaleco, la diáfana camisa de crepé... y la pretina de sus pantalones.

Rupert era consciente de todo aquello (de la distribución de la ropa) en ese apartado de su mente reservado para la solución de problemas; en ese apartado donde los hombres almacenaban la logística necesaria para desnudar a las mujeres.

Sin embargo, era mucho más consciente de las voluptuosas curvas que había bajo sus manos y de la forma en que la señora Pembroke respondía cuando la acariciaba. Se movía como una gata, con agilidad y delicadeza, exigiendo sin inhibiciones que la acariciaran: sí, ahí. Ah, sí, ahí. Más. Otra vez. Sí.

La boca femenina se apartó de la suya para trazar un abrasador sendero por su rostro y su cuello. Entretanto, sus manos le acariciaban el pecho bajo la camisa. No hubo titubeos ni inseguridad: estaba a su entera disposición y ella lo sabía. Rupert se recostó contra la pared para sostenerse, porque ella le debilitaba las piernas y porque lo quería todo de golpe: tenía que hacerla suya en ese mismo instante, aunque no quería moverse; no quería hacer nada que interrumpiera las sensaciones que lo recorrían. No era capaz de nombrar lo que estaba sintiendo. Incluso podría estar muriéndose. Un placer tan intenso le era desconocido. Bien podría dejar que lo matara.

Bien podría ella torturarlo o matarlo de pasión y placer. Mientras lo deseara, podría tomarlo como le viniera en gana. Era un hombre fuerte, podía soportar cualquier cosa que le hiciera y de buena gana. Pero él también la deseaba y no podía esperar una eternidad.

La cogió por la nuca y enredó los dedos en su cabello para acercarla a su boca. No con gentileza. Y ella tampoco respondió de esa manera. Enredó la lengua con la suya y le introdujo las manos bajo la camisa para apretar los músculos de su espalda hasta hacerlo gemir contra sus labios.

Le apartó el ajustado chaleco de los hombros y lo deslizó por sus brazos, tironeando de la tela hasta que por fin se la quitó. La tiró al suelo. Le desabrochó las cintas que cerraban la camisa y apartó la prenda para exponer sus hermosos pechos. Y entonces se detuvo pese a la pasión, la necesidad y la impaciencia por poseerla.

Sus senos parecían dorados a la luz de la vela y se sintió como un antiguo ladrón de tumbas dispuesto a robar el tesoro del faraón. Se inclinó para besar aquella piel sedosa y pudo escuchar cómo su jadeo de asombro se transformaba en un suspiro. Le rozó un enhiesto pezón con el pulgar antes de llevárselo a la boca. Ella dejó escapar un gritito y enterró los dedos en su cabello para acercarlo más, para pegarlo a su cuerpo, y en ese momento la pausa llegó a su fin.

La pasión y la necesidad regresaron, aniquilando cualquier pensamiento, y Rupert se arrancó la camisa antes de hacer lo mismo con la de ella y volver a pegarla a su cuerpo, piel contra piel. No era lo bastante cerca, ni por asomo.

Le aferró el trasero con ambas manos y la apretó contra su entrepierna, contra su henchida verga, pero eso tampoco era suficiente. Tardó un instante en encontrar la cinta anudada de sus pantalones; poco después la había desatado y los pantalones descendían por las caderas y las preciosas piernas femeninas. Le acarició el trasero, las caderas y los muslos.

Su piel era como terciopelo ardiente y Rupert la sentía temblar bajo sus manos. Las caricias ascendieron hacia el triángulo de suave vello de su entrepierna. Un lugar tan suave, tan delicado... El salvaje arrebato de deseo se aplacó una vez más. Se tomó su tiempo y se cercioró de acariciarla con cuidado, con muchísimo cuidado, deslizando sus dedos una y otra vez sobre ese lugar.

—Ay, Dios —dijo ella—. ¡Ay, Dios!

Rupert le acarició el cuello con la nariz y sintió la suave boca femenina contra la oreja hablándole con un ronco susurro:

—Oh, es... sí. ¡Sí!

Sus dedos se introdujeron aún más en ella mientras con el pulgar estimulaba la sensible protuberancia. Sabía qué hacer. Sabía cómo complacer a una mujer. Pero ella estaba tan excitada y húmeda y...

—Sí —dijo ella.

La mente de Rupert se convirtió en un torbellino y fue incapaz de recordar qué debía hacer. Perdida la razón, tironeó de sus propios pantalones. La tela cedió y su miembro quedó libre. La aferró del muslo y le levantó la pierna. Ella le rodeó la cintura y entonces la penetró, haciéndola gritar:

—¡Oh, Dios mío!

Él podría haber gritado lo mismo, pero hacía mucho tiempo que había perdido la capacidad de pronunciar palabra.

Estaba perdido en ella y en el deseo que lo embargaba. Un deseo tan salvaje como la tormenta de arena. Era una fuerza sobrecogedora e imparable. Embistió una y otra vez y la escuchó gritar y estremecerse, sacudida por el clímax. Pero no era suficiente. Más. Más. Más. Siguió penetrándola con movimientos bruscos y desesperados, como si de ese modo pudiera hacerla suya por entero, poseerla por completo.

Ella no se reprimió; lo montó con la misma ferocidad, estremeciéndose con un clímax tras otro. Al final le cogió la cara entre las manos y lo besó con fuerza justo cuando la oleada de placer lo atravesaba. Y con ella llegó una extraña exaltación, como la franja de luz que tomaba el horizonte de Egipto al atardecer. Y fue en el último instante cuando recobró el sentido común y salió de ella. Derramó su semilla contra su muslo y con ella llegó la liberación... y la silenciosa oscuridad.

Dafne se estremeció contra él y bajó la pierna, deslizándola sobre el muslo masculino. Se quedó así, a la espera de que su corazón aminorara sus frenéticos latidos y su respiración volviera a la normalidad. Apoyó la cabeza sobre ese amplio pecho y escuchó cómo su corazón recuperaba el ritmo normal. Se aferró a él, rodeándole la estrecha cintura con los brazos. No quería que terminara y su inseguro corazón dio un vuelco cuando sintió que el hombre apoyaba la barbilla sobre su cabeza. Recordó cómo le había besado la coronilla durante la tormenta de arena y la oleada de emociones provocadas por esas caricias, tan terriblemente parecidas al cariño.

No quería pensar en esa oleada de emociones. Resultaba mucho más aterradora que la tormenta de arena. Se había apartado de él porque era la única manera de evitar tumbarse entre sus brazos mientras dormía y acurrucarse a su lado, de fingir que le pertenecía al igual que ella a él.

Había buscado refugio en las escenas que adornaban las paredes de la tumba. Se había preguntado quiénes eran las mujeres y qué representaban las flores, de manera que no quedara ni un resquicio en su cabeza para pensar en el señor Carsington y en lo mucho que se había encariñado con él... aunque había sabido desde el principio, tal vez desde el momento en que escuchara su voz por primera vez, que había sido creado para romperle el corazón a las mujeres.

Se había esforzado muchísimo para evitar que volvieran a hacerle daño.

Y en menuda situación se encontraba...

Él le acarició la cabeza y dejó que sus largos dedos descendieran hasta el cuello.

—Nada de lágrimas —dijo con voz ronca.

Dafne levantó la cabeza y se habría apartado, pero el señor Carsington la retuvo al colocarle la mano, con suavidad pero con firmeza, sobre la nuca.

—No estaba llorando —replicó indignada—. No soy una llorona. No me dejo llevar por las emociones. No soy... —Para su consternación, se le escapó una lágrima.

—Lo sabía —afirmó él.

—No lloro por usted —le aseguró—. Ni por lo que ha pasado... hace un momento. —Levantó la barbilla—. Al parecer era inevitable, el resultado de una prolongada proximidad y de la excesiva agitación emocional. Tengo entendido que tales cosas suceden, tales actos desesperados, tras un encuentro cercano con la muerte.

—Vaya —dijo él—. ¿Así que ha sido un acto desesperado?

—Sí —contestó Dafne.

—Lo dice en serio.

—Sí. —Se secó la lágrima—. No significa nada. Es una especie de... de instinto, tal vez. Una reacción primitiva. De lo más irracional.

Él la rodeó con los brazos y la estrechó con fuerza contra su cuerpo.

—No sea obtusa —le dijo—. No ha sido nada de eso.

A Dafne le llevó un instante recuperar la cordura. Sus pensamientos insistían en extraviarse... por el duro pecho contra el que se aplastaban sus senos, por la agradable sensación de que la abrazara de esa manera y también por la humedad que se extendía más abajo.

Señor, ese hombre tenía un cuerpo magnífico. Como un dios. No debería tener pensamientos tan impuros, pero no dejaban de asaltarla junto con los recuerdos. Bien podría ser un dios, porque la había llevado al paraíso media docena de veces. Esas manos, esas perversas y diestras manos...

Y después:

—¿No lo ha sido? —preguntó.

Echó la cabeza hacia atrás para mirarlo. Las sombras se cernían sobre su apuesto rostro que, como siempre, tenía una expresión indescifrable. Pero la risa parecía bailotear en sus ojos negros.

—Me ha deseado desde el momento en que nos conocimos —afirmó el señor Carsington.

—Eso no es...

—Y después de haberse comportado de la manera más absurda durante una eternidad, ha actuado de la forma más lógica y racional. —Sus manos le acariciaron la espalda hasta llegar al trasero.

Un trasero que se encontraba totalmente desnudo.

Dafne se percató entonces de que tenía los pantalones en los tobillos. Una de las perneras seguía trabada bajo la rodilla. Debería sentirse mortificada. No lo estaba en lo más mínimo. Todo lo contrario, sentía un deseo casi irrefrenable de echarse a reír.

—Lo que ha sucedido es que por fin se ha dejado llevar por la cordura —continuó él—. A la postre, tras engañarse con toda una sarta de pamplinas puritanas, ha admitido la verdad: soy irresistiblemente atractivo.

Estaba a punto de negar esa pomposa declaración cuando él le cubrió la boca con la mano.

—Mmm —murmuró ella.

—Chitón. He oído algo.

15

Lo que escuchaban era la burra. Parecía nerviosa, si bien Rupert no estaba seguro. El sonido reverberaba de un modo raro allí dentro. No era de extrañar que la señora Pembroke, inmersa en el Antiguo Egipto, no lo oyera cuando la llamó.

—Algo ha asustado a Hermione —dijo.

No quería apartarse de la ardiente y subyugada mujer a la que rodeaban sus brazos. Sin embargo, no podía correr el riesgo de que el animal se soltara y huyera. Podría servir como medio de transporte en caso de que cualquiera de los dos resultara herido o cayera enfermo; y si la situación se volvía desesperada, también podría proporcionarles comida.

Se apartó con delicadeza de la mujer.

—Será mejor que vaya a ver qué pasa. —Se agachó para coger los pantalones, se los subió y comenzó a alejarse al tiempo que se ataba el cordoncillo de la cintura.

—Espere, espere —dijo ella.

Rupert se dio la vuelta. La señora Pembroke, desnuda de cintura para arriba, avanzaba hacia él dando traspiés mientras se alzaba los pantalones con una mano y sostenía la vela en la otra.

—Llévese la vela. Tengo otra.

¡Por Zeus, menudo ejemplar del género femenino!, exclamó para sí mismo con pesar antes de marcharse sin más dilación en busca de la histérica Hermione.

Dafne lo seguía de cerca. Ya había conseguido ponerse la camisa cuando llegó a la primera cámara, allí donde Hermione rebuznaba presa del pánico.

—Creí que era una serpiente —gritó el señor Carsington por encima de los rebuznos—. Pero no veo nada que pueda moverse. No hay serpientes ni escorpiones ni ningún otro bicho que pudiera asustarla.

Dafne se puso en cuclillas y movió la vela despacio para examinar el suelo de la cámara.

—Yo tampoco veo nada con vida —dijo—. Trozos de piedra y yeso. Pan seco o juncos secos o excrementos de animal secos o... ¡Vaya!

Entretanto, el señor Carsington le susurraba al animal:

—Ven aquí, querida, no pasa nada. Ya estamos contigo. Pobrecita, seguro que tenías miedo de la oscuridad. Te hemos abandonado y te estabas imaginando que había monstruos.

—Creo que se trata de esto —afirmó Dafne.

Cogió un objeto largo y con forma de pera, un tanto aplastado. Estaba envuelto en un material pardusco muy familiar.

Hermione elevó el volumen de sus protestas e intentó salir de la tumba arrastrando al señor Carsington en el proceso. Mientras el hombre forcejeaba con la burra, Dafne retrocedió hasta llegar al otro extremo de la cámara.

El animal se calmó un tanto, aunque siguió quejándose y moviéndose con evidente intranquilidad.

—¿Qué demonios es eso? —quiso saber el señor Carsington.

—No estoy segura —respondió ella. Vertió un poco de cera sobre el suelo de piedra y dejó la vela encima. Acto seguido, se sentó al estilo egipcio con el fin de estudiar el objeto a la luz—. Es un animal o un pájaro. No sé si sabe que momificaban a los gatos. Y en esta zona también a los lobos y a los chacales.

—Una momia —dijo él con voz fría y distante—. Debería haberlo imaginado. ¿Está segura de que eso no es humano?

—Más o menos —contestó—. Aún está envuelto con las vendas, pero es demasiado pequeño y la forma no se corresponde con la de un ser humano, ni siquiera con la de un bebé. Supongo que Hermione lo pisó. O lo olisqueó mientras buscaba comida. Es bastante melindrosa, ¿no le parece? Cualquiera diría que una burra egipcia estaría acostumbrada a...

—Tal vez debería dejarla en algún sitio —la interrumpió con la misma voz desapasionada—. A cierta distancia. Donde no pueda olerla.

A la mente de Dafne acudió un recuerdo: el señor Carsington mientras contemplaba los escombros esparcidos en las inmediaciones de la pirámide escalonada de Saqqara... Su expresión torva... La rapidez con la que ascendió la duna...

—¿Usted también es melindroso? —le preguntó.

—En absoluto —respondió.

—Sorprendente —dijo Dafne—. Creí que no le tenía miedo a nada.

—No me da miedo un trozo de ser vivo petrificado —le aseguró con voz desabrida.

—Acérquese —le pidió.

—Estoy intentando tranquilizar a Hermione —se excusó el hombre.

—Ya está calmada —le aseguró—. Está lo bastante lejos como para que no la asuste. ¿No le apetece echarle un vistazo? Es muy interesante. Nunca había visto un animal momificado con anterioridad, al menos no de una pieza... más o menos. Solo está un poco aplastado.

—Hermione no está tan tranquila como aparenta —adujo el señor Carsington—. Será mejor que no le demos ninguna excusa para que eche a correr. Si huye...

—Tiene miedo.

—No sea ridícula —rezongó él.

—En ese caso, acérquese —insistió.

El hombre le dio unas palmaditas a la burra.

—Venga aquí —dijo una vez más.

Él murmuró algo parecido a «estúpidas féminas» a oídos de Hermione.

—Señor Carsington —apremió Dafne—, venga aquí.

El hombre acarició la cabeza del animal y comenzó a silbar por lo bajo.

—Rupert —lo llamó.

Al fin se dignó a mirar en su dirección.

—*Ta'ala hena* —dijo Dafne.

Típico, pensó Rupert. Hazle el amor a una mujer y al instante se creerá tu dueña.

Bueno, tal vez lo sea...

Lo había llamado «Rupert» por voluntad propia. Había utilizado su nombre de pila y ni siquiera estaban haciendo el amor. Sin embargo, a él así se lo parecía: ese modo de susurrar su nombre, lo bien que sonaban las palabras de esa lengua extraña en sus labios... Su cabeza se llenó de imágenes de harenes, concubinas y bailarinas, todas ellas interpretadas por la señora Pembroke. Todas las mujeres más seductoras del mundo en una.

¡Por el amor de Dios! Iba por mal camino. Por un camino patético.

Se acercó a ella y observó la cosa que tenía en la mano, tal como le había pedido. Su mente se rebeló y desvió la mirada hacia el busto de la mujer. Estaba prácticamente expuesto, dado que no se había abrochado el cuello de la camisa de crepé.

Salvo por los molestos velos, los egipcios sí sabían cómo vestir de modo adecuado a las mujeres.

—¿Le da asco? —le preguntó ella.

—En absoluto —respondió.

La señora Pembroke bajó la mirada para echar un vistazo a su busto medio desnudo, que a la luz de la vela adquiría un tono dorado.

—Me refería a la momia —especificó. No intentó cubrir la extensión de piel expuesta.

Semejante falta de pudor no molestó a Rupert en lo más mínimo, todo lo contrario. Sin embargo, aquello no lo ayudaba a reflexionar. Intentó comprender su reacción, pero no supo explicar el motivo.

—No es que me dé asco exactamente —dijo a la postre.

—No le gustan las momias —afirmó ella—. Ya me había dado cuenta antes. A mí tampoco me gustan mucho, sobre todo cuando las encuentro hechas pedazos porque alguien las ha desmembrado mientras buscaba amuletos y esas cosas. Pero no dejan de atraerme por ello. —Pasó el dedo índice con mucha suavidad sobre la cosa que tenía en la mano—. Observe con qué delicadeza está envuelta, cuánto cuidado pusieron en su preservación.

Rupert intentó captar la belleza de la que hablaba, pero le resultó imposible. Mirar esa cosa resultaba demasiado perturbador. Apartó la vista.

El silencio cayó sobre ellos, pero percibió que la mujer estaba pensando, haciéndose preguntas.

—En una ocasión vi cómo desenvolvían una momia en Londres —dijo Rupert con voz tensa para romper el silencio—. Un gran acontecimiento al que asistieron un buen puñado de aristócratas que lo contemplaban todo boquiabiertos y un médico que se encargaba de los procedimientos. Cuando apartaron las vendas con las que la habían envuelto con tanto esmero, se descubrió que la pobre criatura era una mujer desnuda. Fingieron que solo se trataba de una investigación científica, pero la mayoría de los presentes se encontraba allí por el morbo. Para ellos solo era un espectáculo; como si en su día no hubiera sido una mujer con vida, igual que sus esposas, sus hermanas, sus madres y sus hijas. —Se le hizo un nudo en la garganta al recordarlo. No pudo añadir nada más. Si lo intentaba, se ahogaría.

—Entiendo —contestó ella al tiempo que dejaba la momia en el suelo y se ponía en pie.

Rupert la miró antes de observar la cosa que había dejado a un lado. Sabía que ella deseaba quedársela. Había visto el deseo en su mirada; la misma expresión que tenía cuando la descubrió contemplando las pinturas de los muros. Y aun así se desprendía de la pequeña momia por él. Le dio un vuelco el corazón.

—Solo es un pájaro o un gato —le dijo—. La mascota de alguien o un animal sagrado. Usted la ha encontrado. Debería quedársela. La próxima persona que entre aquí la pisará por accidente o la hará pedazos a propósito mientras busca algún objeto valioso. Al menos usted la tratará con cariño. —Se inclinó para cogerla. El olor le provocó náuseas. Contuvo el aliento y se la ofreció. La mujer enarcó las cejas—. Que sí, que sí, quédesela. —consiguió decir a duras penas mientras reprimía el impulso de arrojársela.

—¿Está seguro? —le preguntó ella mientras se la quitaba de las manos, alabados fueran los dioses.

Rupert retrocedió un paso.

—Por supuesto. ¿No le dije que era un hombre muy fácil de manejar? Una vigorosa sesión amatoria y soy como arcilla en sus manos. Reboso generosidad y bondad, se lo juro.

Y otras cosas. Algo diferente a la sensación de bienestar que por lo general seguía a ese tipo de interludio. Una especie de anhelo, algo que no acababa de estar bien, pero tampoco mal.

—Aunque también me ha provocado un hambre atroz —añadió con presteza—. Si no recuerdo mal, tenemos pan en las alforjas.

No había significado nada para él, eso lo tenía muy claro Dafne. Había hablado de sentimientos, pero en realidad solo se refería al deseo. Había satisfecho un apetito físico no muy distinto del hambre. Así lo veía él. Y así se lo había dicho: lo deseaba y la respuesta lógica era hacer el amor. Igual que la acción lógica cuando se tenía hambre era comer.

En otras palabras, para el señor Carsington el apasionado interludio tenía la misma importancia que la sencilla cena de pan y agua que degustaron poco después en un rincón de la primera cámara, rodeados por las imágenes del dueño de la tumba, las de su esposa y las largas columnas de jeroglíficos.

Entretanto, el mundo de Dafne acababa de derrumbarse a su alrededor. Contemplaba en vano los jeroglíficos bajo la parpadeante luz de la vela. Tenía la impresión de haber pasado toda su vida de adulta sumida en una especie de oscuridad, traduciendo cuando menos una parte de su vida al idioma equivocado.

—¿Alguna idea de lo que pone? —le preguntó el señor Carsington.

Su mirada se posó sobre él. No había vuelto a ponerse la camisa. La tenue luz hacía brillar esa piel broncínea y resaltaba los contornos de su musculoso torso. La miraba con una expresión misteriosa, insondable.

Aunque a decir verdad tampoco habría podido interpretarla con una mejor iluminación. Los ojos de Rupert Carsington no eran las ventanas de su alma, como sucedía con los de Virgil. Pero claro, Rupert Carsington parecía ocultar pocas cosas. Tanto sus palabras como sus acciones eran claras y directas. Igual que su ira. No la ocultaba tras una fachada de amabilidad y beatífica paciencia. Decía lo que se le pasaba por la cabeza... en lugar de tratar de desmantelar la suya.

—Sabe muy bien que no —contestó—. Ya le he explicado muchas veces las dificultades que existen para traducirlos.

—Sí, pero creí que ahora que por fin ha aliviado la lujuria que le embotaba la mente podría experimentar una súbita revelación o algún tipo de inspiración —le dijo él.

—He tenido una revelación —afirmó Dafne—, pero no tiene nada que ver con los jeroglíficos. En cuanto a la lujuria...

—Sí, ya. No la ha aliviado del todo, supongo.

—Eso no era lo que...

—Lo malo de la lujuria es que solo puede aliviarse con dedicación constante —la interrumpió—. Dedicación constante y repetida. Por tanto, tan pronto como empiece a molestarla de nuevo, hágamelo saber.

—Eso no era lo que... —Sin embargo, la idea había estado presente en sus cavilaciones y por eso, para zanjar el tema consigo misma, le preguntó de repente—: ¿Me encuentra femenina?

—¿Acaso la tormenta de arena le ha resecado el cerebro? —preguntó el señor Carsington a su vez—. ¿Cree que la he tomado por un hombre?

—Quiero decir que si cree que soy poco femenina.

El hombre se inclinó hacia ella para observar su rostro, que en esos momentos estaría de color escarlata, sin duda alguna.

—¿Qué parte? —preguntó—. ¿En qué sentido?

—Poco... femenina. Indecorosa. Demasiado... —Recordó las amables recriminaciones de Virgil, su exasperante paciencia y la ira aniquiló cualquier azoramiento—. Demasiado tempestuosa —prosiguió con voz tensa— a la hora de hacer el amor.

—¿Una mujer... demasiado tempestuosa... «a la hora de hacer el amor»? —repitió el señor Carsington con incredulidad—. No existe tal cosa. ¿De dónde se ha sacado una ocurrencia tan estúpida? No importa. No me lo diga. Puedo imaginármelo. No debería haberse casado con un hombre mayor.

—Virgil tenía cincuenta y cuatro años cuando nos casamos —le explicó—. No se puede decir que fuera Matusalén.

—¿Cuántos tenía usted?

—Casi veinte —contestó.

—Le habría ido mucho mejor con dos maridos de veintisiete —replicó él—. En cuanto al difunto, debería haberse casado con una mujer más acorde con su edad, cuyos instintos animales se equipararan a los suyos. Tal vez así habría vivido más tiempo. Y lo más importante, no habría necesitado criticar a su bella y apasionada esposa para encubrir su falta de vigor.

—Su... falta... de vigor... —repitió Dafne—. ¿Qué...?

—No hay nada que lo justifique —prosiguió el señor Carsington con indignación—. Decir esas mentiras tan agraviantes... ¡Un clérigo nada menos! Espero que lo castigara con la abstinencia durante una larga, larga temporada (por lo menos durante quince días) para darle una lección. ¡Por el amor de Dios! Es lo más desconsiderado... Y pensar que estaba atada a ese bruto para toda la vida. La hizo sentirse poco femenina (a usted, ¡a usted nada menos!) cuando era él quien carecía de virilidad. Me hierve la sangre. Acérquese.

—¿Desconsiderado? —repitió ella—. ¿Carente de virilidad?

—Debía de ser muy poco hombre —concluyó él—, de otro modo no habría intentado rebajarla.

Dafne lo observó con detenimiento mientras trataba de asimilar lo que había dicho. Acababa de asegurarle que no era poco femenina... él, un hombre de vasta experiencia.

—Tengo que saber la verdad —prosiguió—. Olvídese de la diplomacia. Esto es importante.

—¿Diplomacia? —repitió el señor Carsington—. No puedo creer que una mujer de su inteligencia fuera incapaz de comprender sus verdaderas intenciones. Cualquier imbécil se daría cuenta de que su marido tenía celos de su intelecto, porque sabía que el suyo no era formidable. Tenía miedo de que usted lograra hacer algo que lo eclipsara. Por eso le prohibió que estudiara la antigua escritura jeroglífica de Egipto. Y también es obvio que estaba celoso de su pasión y de su energía. Usted era demasiada mujer para él.

—Demasiada mujer... —repitió Dafne, saboreando las palabras.

Ni carecía de feminidad ni era masculina. El suyo no era un cerebro masculino. No era más que su cerebro, eso era todo.

—Como habrá podido comprobar, no es demasiada mujer para mí. —Sus ojos negros resplandecieron.

—No le importa mi cerebro —dijo ella.

—No me asusta su cerebro —la corrigió—. Venga aquí. *Ta'ala hena* —dijo mientras tiraba de ella para capturarla entre sus brazos y besarla.

No fue tierno ni delicado. Fue un beso largo y atrevido, pecaminoso, profundo e impúdico, que logró derretirle los músculos y los pocos principios morales que le quedaban. Ni siquiera fingió resistirse. Volvió a sucumbir a su abrazo y dejó que sus manos vagaran sobre los poderosos contornos de su pecho, de sus hombros, de sus brazos y de su espalda.

Dafne no tenía claro si alguna vez podría hartarse de acariciarlo. Ni siquiera comprendía cómo había logrado mantener las manos apartadas de él durante tanto tiempo. Era un hombre afectuoso, fuerte e intensamente vital... y, pese al gran tamaño, su cuerpo era hermoso y de proporciones perfectas. Deslizó las manos hasta sus nalgas, suaves y firmes, y él gruñó sobre sus labios antes de alejarse.

Dafne abrió los ojos, horrorizada. Había sido demasiado atrevida y él se había sentido asqueado. Pero no, ya le había dicho que nunca podría ser demasiado atrevida.

—Antes tenía la intención de satisfacerla —le dijo él. Gruñó él...

—Y lo consiguió —replicó. Jamás se había sentido tan satisfecha. Nunca había imaginado que fuera posible sentirse tan satisfecha... por más que esa palabra fuera del todo inadecuada.

—Pero tenía bastante prisa —confesó—, después de esperar tantísimo tiempo a que se decidiera.

—Quedé de lo más satisfecha —le aseguró Dafne. Había creído morir de placer y felicidad. Por un momento había creído que estallaría a causa de la intensidad del placer y de las emociones.

—Y ¿cómo lo sabe? —inquirió el señor Carsington—. Su anterior amante fue un hombre mayor. —La besó en ese lugar tan especial situado tras la oreja. La besó en el cuello y en la base de la garganta.

Dafne no discutió. ¿Cómo iba a saberlo? Al parecer, en lo referente al arte del amor no sabía nada.

Sin embargo, ese hombre lo sabía todo. Estaba escribiendo con los labios misteriosos mensajes sobre su piel mientras descendía por la clavícula, por el valle que separaba sus senos y seguía hacia abajo. En ese momento el señor Carsington rompió el abrazo para tenderla sobre la estera. Dafne sintió que su ropa desaparecía y que esos labios la sustituían con caricias ligeras como plumas, escribiendo más besos sobre su piel.

Unos labios que le narraron una larga y compleja historia sobre el abdomen antes de descender un poco más y reunirse con los dedos, que también se dispusieron a recorrer los contornos del lugar más íntimo de su cuerpo. Aquello le produjo una especie de anhelo en la parte baja del vientre, un ansia de ser explorada y experimentar una vez más esa tortura dulce y embriagadora.

Le enterró los dedos en el pelo porque tenía que tocarlo, tenía que hacer algo. El anhelo estaba en todas partes: latía en su corazón, corría por sus venas y hormigueaba sobre su piel. ¡Y allí también! En esa diminuta protuberancia tan pecaminosa... que él atormentó con el pulgar... antes de acariciarla con la boca.

¡No, no, no debes hacer eso!, pensó. Es... indecente... obsceno. No puede estar bien. Nos condenaremos para toda la eternidad... Me da igual. Que nos condenen. No pares. No pares nunca.

Un éxtasis casi insoportable la inundó en sucesivas oleadas de perverso deleite. Se estremecía una y otra vez al borde del abismo; un abismo al que él la transportaba una y otra vez. Hasta que ya no pudo soportarlo más, al menos no sin él. Se incorporó un poco para aferrarse a sus hombros.

—Dentro —jadeó—. Quiero tenerte dentro.

Él se puso de rodillas. Dafne le acarició el pecho con las manos antes de bajar hacia su musculoso abdomen y llegar hasta su miembro, enorme por la erección y ardiente al tacto. Lo acarició con ansia pero con ternura y el hombre soltó una tensa carcajada.

—De acuerdo, está bien; no seas tan tímida —le dijo antes de colocarle una de sus enormes manos en el pecho para obligarla a tenderse. Se quedó así durante un instante, observándola.

Dafne lo miró a los ojos y, por un momento, rodeada por la oscuridad que apenas lograba atenuar la parpadeante y tenue luz de la vela, le pareció que se había adentrado en el inframundo y que quien estaba sobre ella no era un simple mortal, sino un semidiós.

Él le sonrió y la penetró muy, muy despacio. Hasta llegar muy, muy adentro, allí donde más lo necesitaba.

—¿Así? —le preguntó—. ¿Esto es lo que querías?

—Sí —respondió Dafne antes de alzar las caderas para hundirlo hasta el fondo—. Y así.

En esa ocasión él se movió más despacio, como si dispusieran de toda la eternidad. Dafne se amoldó a sus movimientos, disfrutando de la pasión y de la arrolladora marea de placer. Durante esos momentos se pertenecían el uno al otro. No tenía prisa por llegar al final ni a la separación que este supondría.

El hombre se inclinó y la besó en la mejilla con tanta ternura que Dafne creyó que se le partiría el corazón. No obstante, su corazón siguió latiendo, cada vez más deprisa y con más fuerza. El placer se convirtió lentamente en un palpitante deseo y una vez más se encontró perdida en mitad de la tormenta. Sin embargo, en esa ocasión él estaba allí y la tempestad le pareció ardiente, salvaje y maravillosa. Se adentró en la tempestad a su lado, al igual que lo había hecho en las pirámides, en el peligro. El mundo adquirió un tinte dorado y Dafne se sintió embargada por una sensación de felicidad que se asemejaba a la certidumbre de un futuro perfecto y que envolvía todo lo que la rodeaba. Él dejó escapar un grito antes de estremecerse y ella sintió que la inundaba una cálida humedad.

La tormenta amainó y Dafne se dejó arrastrar por un placentero bienestar mientras el señor Carsington se tumbaba sobre ella.

En cuanto recobró el juicio, Rupert supo lo que había hecho.

Con esa ya eran dos las ocasiones en las que se había comportado como un adolescente con su primera amante.

La primera vez lo había hecho a toda prisa, como si fuera la única y última oportunidad que tendría antes de que la muerte se lo llevara.

La segunda se las había arreglado para satisfacerla mínimamente y luego había perdido el juicio en el momento crucial.

No solo se había dejado caer sobre ella, demostrando ser un enorme patán (sin tener en cuenta siquiera que estaba tumbada sobre una delgada estera, encima del suelo de piedra), sino que también se había derramado en su interior.

Imbécil... ¡Imbécil! Eres un fortachón descerebrado, se dijo.

Y ¿si...?

Daba igual. Preocuparse no servía de nada.

Se apartó y la cogió en brazos. La acomodó en su regazo una vez que estuvo sentado. La señora Pembroke apoyó la cabeza en su hombro y Rupert sintió el roce de su aliento sobre la piel. Le acarició el pelo y contempló los destellos rubíes y granates que le arrancaba la luz de la vela. Bajó la mirada y también allí vio rubíes y granates...

Sonrió y dejó el enfado consigo mismo para más tarde. Esa parte la había sorprendido.

Sí, era una mujer experimentada, pero su experiencia era muy limitada y más bien pésima.

Recobró el buen humor al pensarlo. Era como disfrutar de todas las ventajas de una virgen sin sufrir los inconvenientes, se dijo.

Y con respecto a su error... bueno, el daño ya estaba hecho y era imposible enmendarlo. Lo único que podía hacer era cuidarla y eso no le supondría ningún problema. Se relajó, se apoyó contra la pared y no tardó en quedarse dormido.

—¡Despierte! ¡Despierte!

Un apremiante susurro en la oscuridad. Alguien lo estaba zarandeando.

Rupert se despertó al instante.

—¿Qué? —preguntó—. ¿Qué pasa?

—Hay alguien ahí afuera y yo... ¡Silencio!

Rupert afinó el oído.

Voces. Voces masculinas. ¿Los guardias? Se puso en pie y comenzó a vestirse.

—Hay unos cuantos —le dijo ella en un susurro—. Salí para ver qué tal estaba Hermione, porque se estaba quejando de nuevo. Los escuché en la entrada. No sé si la habrán oído. Pero sé que nos están buscando.

—Bueno, ya era hora de que alguien...

La mano de la señora Pembroke le tapó la boca.

—Los escuché porque estaban discutiendo... no sabían si matarlo o mantenerlo con vida para pedir un rescate. Tenemos que escondernos.

Rupert le apartó la mano. Se ató el fajín, buscó a tientas su pistola y se la colocó en la cintura.

—No podemos escondernos —aseguró—. En primer...

—No hable, limítese a escuchar —le ordenó ella—. Aunque crea que está susurrando, su voz es tan ronca que reverbera en las paredes. —Le dio un empujón—. Atrás. Hacia la cámara más profunda.

Rupert no veía ese «atrás». O la vela se había consumido o ella había tenido el buen juicio de apagarla. La oscuridad resultaba impenetrable. No obstante, la señora Pembroke lo cogió de la mano para guiarlo y daba la sensación de que sabía lo que estaba haciendo.

En esa ocasión no tardaron tanto en llegar al final.

No había salida.

—Estamos atrapados —murmuró—. Y eso era lo que trataba de decirle. A menos que haya descubierto un pasadizo secreto.

—No exactamente —dijo ella.

—¿Qué, entonces? —Rupert tanteó los muros y descubrió un hueco.

Y en ese momento lo recordó: los planos franceses de los que le había hablado. Un pasadizo estaría marcado con un portal, ya fuese literal o simbólico, como ese hueco.

La señora Pembroke tironeó de su brazo.

—El hueco central no. Por aquí.

—Vamos a escondernos en la cámara mortuoria —aventuró Rupert—. Ese es su astuto plan.

—No hay otra salida —replicó la mujer—. Antes exploré toda la cámara, porque he leído que algunas tumbas tebanas son verdaderos laberintos. Esta no lo es. —Mientras hablaba, tiraba de él hacia la izquierda—. Dese prisa —le dijo.

Rupert ya podía escuchar las voces, distorsionadas y aparentemente remotas. Sin embargo, sabía que no estaban muy lejos. Esa tumba no era como el interior de una pirámide. Si llevaban antorchas o faroles, los hombres no tardarían en llegar hasta ellos.

Sintió deseos de quedarse y luchar, y así lo habría hecho de haber sabido cuántos eran sus perseguidores. Sin embargo, no tenía modo de averiguarlo y tampoco se le ocurría cómo dispersarlos. Podían haber entrado tres mientras fuera los aguardaban otros diez o veinte. Y si lo mataban, ¿qué sería de ella?

—Será mejor que me deje entrar a mí primero —le dijo, aunque su sentido común se rebelaba ante la idea; un estrecho pasadizo que acababa en una reducida cámara mortuoria con el espacio suficiente para un sarcófago y poco más. Si deseaban matarlos, lo tendrían fácil.

—No, déjeme a mí —dijo ella—. Yo sé dónde está. Dese prisa, por el amor de Dios. Puedo escuchar sus voces. Agáchese. Es más seguro gatear. Alguien ha excavado... ¡Vaya! Aquí está. ¿Lo nota? —Le cogió la mano para que palpara el borde de una abertura—. Eso es —dijo—. Está despejado hasta el final. Lo comprobé antes.

—Yo voy delante —insistió Rupert.

El pasadizo tenía una pendiente muy pronunciada. Rupert descendió de espaldas y llegó al fondo casi deslizándose. La señora Pembroke lo siguió de cerca, utilizando el mismo método. La cámara mortuoria resultó ser sorprendentemente amplia. Sin embargo, el suelo estaba cubierto de escombros y un desagradable y ya conocido olor anunciaba la presencia de antiguos cadáveres en los alrededores.

De cualquier forma, no tenía tiempo para pensar en los muertos. La señora Pembroke acababa de tocar el suelo cuando escuchó las voces. Tiró de ella hacia atrás con la intención de alejarla todo lo posible del pasadizo.

Un haz de luz cayó sobre el lugar que ella acababa de abandonar y se escuchó un coro de voces que hablaban en árabe.

Rupert cargó la pistola.

En esa ocasión se escuchó una voz diferente que hablaba francés con un fuerte acento. No había nada que temer, aseguró la voz. Sus amigos y él estaban allí para rescatar a la dama inglesa y al caballero. Todo Asiut estaba buscándolos desde la puesta de sol, cuando amainó la tormenta de arena.

Rupert colocó un dedo sobre los labios de la señora Pembroke para indicarle que guardara silencio y tiró de ella palmo a palmo sin hacer ruido hasta que se encontró lo bastante lejos del pasadizo... y se topó con una pared.

No había escapatoria.

Se colocó delante de ella.

Durante un buen rato no se escuchó otro sonido que el de la respiración de ambos. Los que aguardaban en la cámara superior también prestaban atención a los ruidos en busca de algún indicio de vida, sin duda. Aunque tendrían que acercarse mucho para escuchar algo.

A la postre alguien habló. Y después alguien más. Parecían estar discutiendo. Rupert captó las palabras «*inglisi*», «genio» y «demonio poderoso».

¿Estaban hablando de él?

Tom había hecho alarde de los supuestos poderes mágicos que su señor poseía, a fin de lograr la cooperación del *kashif* de Minya. El muchacho había adornado en gran medida varios incidentes que habían tenido lugar durante la travesía por el río, alegando que eran pruebas suficientes de la íntima relación que su señor tenía con las fuerzas sobrenaturales. Al parecer, Rupert poseía también una aterradora capacidad para «echar el mal de ojo», o lo que era lo mismo: para conjurar maldiciones y calamidades sobre aquellos que lo ofendían.

O tal vez los hombres estuvieran decidiendo aún si dispararle o cortarle la cabeza; si debían vender a la dama inglesa como esclava o violarla antes de matarla. Habrían mencionado a los demonios por el mero hecho de que creían que esos seres moraban en las cámaras mortuorias.

Rupert se dio la vuelta y acercó los labios a la oreja de la señora Pembroke.

—¿Qué están diciendo?

—Que la tumba está maldita —musitó ella en respuesta—. ¿Para qué bajar cuando los demonios o el hambre nos obligarán a subir pronto?, se pregunta uno de esos portentos de sabiduría. El otro teme que encontremos un modo de salir. Creen... —Se interrumpió porque la discusión había llegado a su fin.

Rupert escuchó ruidos en la parte superior del pasadizo. Alguien se arrastraba sobre el suelo tras haber decidido arriesgarse a un enfrentamiento con los demonios. Amartilló la pistola.

Pudo ver al hombre con claridad antes de que entrara en la cámara. Llevaba una antorcha en la mano y las luces de sus compañeros lo iluminaban desde arriba; pero aún no los había localizado, ocultos como estaban entre las sombras. A juzgar por el ruido, otro tipo iba tras él.

Rupert apuntó.

Y en ese momento algo pasó volando junto a él y el primer hombre cayó desmadejado al suelo.

La señora Pembroke le pegó algo duro e irregular al costado. Una piedra.

No pronunció una palabra, pero Rupert comprendió lo que quería decir. Se agachó y cogió varias piedras del suelo. Cuando el compinche del criminal llegó a la cámara, Rupert le arrojó una con todas sus fuerzas. El hombre cayó al suelo.

Alguien dijo algo.

Mientras los que aguardaban arriba llamaban a sus compañeros inconscientes, Rupert se acercó a uno de ellos, lo agarró por el pie y tiró de él para arrastrarlo hacia las sombras. La señora Pembroke hizo lo mismo sin necesidad de que se lo dijera.

¡Por el amor de Dios! Era una mujer maravillosa.

Piedras en lugar de armas de fuego. Un método de destrucción casi inaudible.

Mucho más efectivo que disparar un arma de fuego (con el peligro de balas rebotando en los muros de piedra), lo que a buen seguro habría logrado que toda la estructura se derrumbara sobre sus cabezas.

Los de arriba habrían escuchado como mucho el ruido de las piedras al caer al suelo, algo normal en un lugar cubierto de escombros. No sabrían si abajo les aguardaban sus presas o un grupo de demonios hambrientos.

En esos instantes pudieron oír a varias personas que llamaban a voces a Amín y a Omar.

Aprovechando el ruido, Rupert dijo:

—Si llegan a...

—Ayúdeme a meterlos en el sarcófago —susurró la señora Pembroke.

—En el sarc... ¿Cómo dice?

—Soy incapaz de matar a un hombre a sangre fría —explicó—. No tenemos nada lo bastante fuerte para atarlos. Está justo aquí. La tapa está rota.

Las antorchas de ambos hombres yacían allí donde habían caído y una de ellas aún conservaba una débil llama. Iluminaba muy poco. En un principio Rupert fue incapaz de vislumbrar el sarcófago. No obstante, ella ya había comenzado a tirar de uno de los hombres inconscientes. Rupert la imitó, guiado por el sonido constante de sus jadeos.

Meter a los tipos en el sarcófago resultó bastante fácil. Mantenerlos allí dentro fue otra cuestión. Rupert colocó varios trozos de lo que antes fuera la tapa sobre el sarcófago. Al menos, eso los demoraría.

Dudaba mucho que fueran lo bastante considerados como para permanecer inconscientes hasta que sus amigos desistieran y se marcharan.

Dudaba mucho que sus amigos desistieran y se marcharan.

Tal vez fuera mucho mejor limitarse a matar a esos dos y mermar así la ventaja de sus perseguidores. Un cuchillo lo haría de forma lo bastante silenciosa.

Todo su ser rechazó la idea. Nunca había matado a nadie y, al igual que le sucedía a la señora Pembroke, la idea de hacerlo a sangre fría le resultaba abominable.

En ese momento ella le dijo:

—Estaba equivocada.

Rupert giró la cabeza en dirección al sonido de su voz. Apenas podía vislumbrar su silueta en la oscuridad.

—Detrás del sarcófago —prosiguió—. Hay un agujero.

16

El túnel resultó ser más estrecho e irregular que el pasadizo que descendía hasta la cámara mortuoria. Rupert se vio obligado a arrastrarse en algunos tramos. También era mucho más largo.

Hizo un descanso en un punto del interminable trayecto.

—¿Se encuentra bien? —le preguntó a la señora Pembroke.

—No malgaste aliento mostrándose solícito —contestó ella con voz malhumorada—. Ya andamos cortos de aire. Y no necesito descansar. ¿Es que no puede ir más deprisa?

—Señora Pembroke... ¡Maldita sea! Ni siquiera sé cuál es tu nombre de pila.

—Dafne —dijo ella.

—Dafne —repitió—. Es bonito.

—¡Por todos los dioses! ¿Qué más da eso? ¿Quiere hacer el favor de moverse?

—Necesitas descansar —comentó—. Parece que te falta el aliento.

—Quiero salir de aquí —replicó la mujer—. Ahora mismo.

Fue entonces cuando Rupert recordó la insana aversión que sentía por los espacios cerrados. Comenzó a arrastrarse de nuevo, en esa ocasión lo más rápido que pudo. Era muy probable que ella estuviera al borde de la histeria y no era para menos. El túnel era sofocante y el poco aire del que disponían apestaba. Él también quería salir de allí.

Siguió avanzando con la esperanza de que hubiera un poco de aire fresco al final, aunque no hubiera luz. Sin embargo, lo que más deseaba era que no hubieran escapado de la sartén para ir a caer en las brasas.

Mientras aguardaba junto a la entrada del pasadizo, Kharif descubrió que el brandy no siempre infundía valor a los hombres. Ninguno estaba dispuesto a seguir a Omar y a Amín.

Decían que allí abajo había demasiado silencio. Que había algo malo.

—Este sitio está maldito —dijo un cobarde—. La burra está poseída.

A cierta distancia del lugar donde se encontraban, cerca de la entrada de la tumba, la burra de los extranjeros seguía rebuznando sin parar.

—Hemos hecho demasiado ruido —adujo otro—. El inglés nos oyó llegar y huyó.

—Y ¿adónde iban a ir? —preguntó Kharif—. Solo hay un modo de entrar o salir.

—¿El túnel de los ladrones? —preguntó a su vez otro.

Kharif soltó una carcajada.

—Si lo encuentran, no llegaran muy lejos. Se está derrumbando. Tendrán que regresar.

—Tal vez se les caiga encima.

—En ese caso, morirán.

—A Duval no le gustará mucho.

—La mujer no debe sufrir daño.

Kharif, al igual que los demás, estaba borracho. La mención de Duval lo despejó. La mujer iba a ser la prisionera de Duval. Para qué fin, ni lo sabía ni le importaba. Lo único que sabía y le importaba era lo que le sucedería a él si fracasaba en su cometido.

Le quitó la antorcha a uno de los hombres y comenzó a descender por el pasadizo.

El resto se puso en cuclillas en la entrada para esperar su regreso. Poco después escucharon la voz de Kharif llenando el aire de maldiciones.

—Venid aquí, cobardes —gritó—. Venid aquí para ayudar a vuestros hermanos.

Uno a uno, los hombres comenzaron a descender.

Encontraron a Kharif inclinado sobre un sarcófago de piedra.

—Mirad lo que ha hecho ese cerdo inglés —les dijo.

Dos de los hombres tuvieron que emplearse a fondo para mover las losas lo bastante como para poder sacar a sus aterrados y magullados amigos.

—¿Por qué no gritasteis pidiendo ayuda? —quiso saber Kharif—. Estas viejas miedosas pensaron que os había devorado un demonio.

—El inglés —jadeó Omar—. Demonio. Rocas. —Se llevó las manos a la ensangrentada cabeza.

—La mujer —dijo Amín—. Valerosa y fiera como un león.

—No es más que una mujer —replicó Kharif con desdén—. Os lanzó piedras como lo haría cualquier niño travieso. El hombre no es más que un hombre. Pero ya veréis cuando salgan de ese agujero... —Apuntó con la pistola en dirección a la entrada del túnel de los ladrones.

Se inclinó sobre el sarcófago y se dispuso a esperar.

Dafne tenía miedo.

A decir verdad, estaba al borde del pánico más absoluto.

No le había hecho ninguna gracia adentrarse en las pirámides y en los pasadizos de las tumbas. No obstante, en esos momentos le parecían amplias avenidas comparadas con ese túnel toscamente excavado en la roca. Dudaba mucho que formara parte del complejo funerario. Parecía más bien el trabajo de unos ladrones.

No le cabía duda de que habían llevado a cabo un gran trabajo, puesto que era mucho más largo que cualquiera de los interminables pasadizos de la pirámide escalonada de Saqqara.

Aunque tal vez le pareciera más largo de lo que era en realidad. No tenía ni idea de la distancia que habían recorrido cuando el señor Carsington se detuvo de nuevo sin previo aviso. Dafne podía hacerse una ligera idea acerca del motivo.

Durante los últimos metros le habían caído trozos de piedra y arena en la cabeza. En ese punto, el suelo estaba cubierto de escombros.

—¿Tiene mal aspecto? —preguntó.

—No pinta bien —respondió él—. El camino está bloqueado.

A juzgar por los sonidos, el hombre estaba moviendo piedras.

—Pero si miramos el lado positivo, las piedras están sueltas —afirmó.

El lado positivo, sí... Aquello podía derrumbarse y enterrarlos vivos.

—Aunque —continuó— no sabría decir hasta dónde llega la obstrucción.

Si tenía que desandar el largo y sofocante camino que habían recorrido, se volvería loca.

—Los antiguos excavaban la roca con herramientas primitivas —le dijo—. ¿No cree que nosotros seremos capaces de abrirnos paso entre esas piedras sueltas utilizando nuestras manos y nuestros cuchillos?

—Podemos intentarlo —respondió el señor Carsington—. Pero tal vez nos lleve mucho tiempo y quizá la cosa empeore más adelante. ¿Estás segura de que no quieres regresar?

—Tengo la firme impresión de que nos están esperando —contestó.

Lo matarían. «Matad al hombre primero», había dicho uno de los egipcios. «En cuanto haya muerto, ella no nos dará problemas.»

Sin embargo, otros adujeron que el inglés sería mucho más valioso con vida, ya que podrían pedir un rescate o convertirlo en un eunuco y venderlo como esclavo. Alguien replicó que encontrar un buen comprador era muy difícil. Otro señaló que era mucho más fácil deshacerse de un cadáver que ocultar a un enorme inglés furioso. Y la cosa no terminó ahí.

Habían discutido sobre la vida del señor Carsington como si estuvieran regateando el precio de una pipa de fumar.

No permitiría que lo atraparan.

—Si no le importa apretujarse un poco —le dijo—, puedo ayudarlo a apartar las piedras. Tendremos más oportunidades con dos pares de manos.

Y si acababan enterrados vivos, al menos estaría cerca de él cuando llegara el final.

—No digas más, querida —replicó el hombre—. La simple sugerencia de apretujarme contra ese magnífico cuerpo tuyo ya me ha convencido.

—Es usted imposible —dijo Dafne—. Estoy sucia. Y huelo mal.

—Yo también —afirmó él con voz desenfadada—. Y aun así no te ha importado. No acabo de decidir si eres increíblemente valiente o estás increíblemente enamorada de mí. Tal vez las dos cosas.

Dafne avanzó pegándose a él, lo que lo obligó a hacerse a un lado.

—Cuando salgamos de esta, si es que salimos, voy a darle un buen tirón de orejas —le prometió.

—Saldremos de esta —aseguró él.

—Deje de hablar —le ordenó— y comience a excavar.

Rupert dejó también de pensar y empezó a apartar rocas. Los escombros eran en su mayor parte piedras sueltas, al igual que en la tumba que habían dejado atrás. Podría haber sido mucho peor, se dijo. El derrumbamiento debía de haber tenido lugar poco tiempo antes, ya que los restos no se habían compactado. No era arena. Tan pronto como hubo apartado parte de las piedras, vio que a partir de ese punto el túnel se ensanchaba considerablemente con relación al trayecto que habían recorrido. Debían de encontrarse cerca del final.

Sin embargo, se guardó sus esperanzas y siguió trabajando en silencio con la dama pegada a él, cadera con cadera, cada uno de ellos trabajando en su correspondiente lado del túnel. Su mente trabajaba también rememorando esas últimas horas, ese día que parecía englobar toda una vida: la tormenta de arena, el miedo y la ira que ella le había suscitado, las dos ocasiones en las que habían hecho el amor (eso sí que era un buen recuerdo), su pasión, su valor...

Dafne.

Era uno de esos nombres griegos. ¿Una diosa? ¿Una ninfa?

—¿Cuál era Dafne? —quiso saber.

Ella dejó de quitar piedras. Rupert intuyó más que vio que se frotaba el rostro.

—¿A qué se refiere? —preguntó la mujer a su vez.

—A los mitos griegos. ¿Cuál es el de Dafne?

—Es la hija del río Peneo. La que se transformó en un laurel para escapar de Apolo.

—Sí, ahora lo recuerdo. Esas griegas siempre estaban haciendo lo mismo, transformándose en árboles, flores o ecos. Siempre me ha parecido excesivo. ¿Qué hay de malo en un «me duele la cabeza»? Además, bien pensado, ¿qué pánfila huiría de Apolo? ¿No era uno de los dioses más apuestos?

—Siempre he creído que fue una tonta —murmuró ella—. Apolo, nada más y nada menos. De todos modos, los mitos no tienen ni pies ni cabeza. Por un lado te encuentras a una mujer que acepta las atenciones de un cisne, otra las de un toro. Y por el otro... señor Carsington, ¿qué es ese olor?

—Antes era Rupert —se quejó él—. ¿Por qué vuelvo a ser «señor Carsington»? ¿Tengo yo la culpa de que nuestra ruta de escape esté medio derruida? De cualquier forma, si huelo peor que antes, se debe a los esfuerzos y al hecho de que debemos de estar a casi treinta y dos gr... —En ese momento percibió el inconfundible aroma de un egipcio muerto desde hacía siglos.

El olor era muy fuerte. Más fuerte que en cualquier otra ocasión anterior.

Rupert comenzó a apartar las piedras con más rapidez, pese a la revulsión y al temor.

El olor se hizo más penetrante.

Sin embargo, el pasadizo estaba despejado. Extendió el brazo por delante, hacia el vacío. Bajó la mano hasta apoyarla en el suelo. Algo crujió debajo de ella.

—Creo que hemos llegado al final —dijo.

Sintió que Dafne se movía a su lado y avanzaba en dirección al espacio que había frente a ellos.

—No cabe duda de que huele como una tumba —afirmó.

—Supongo que no te quedarán más velas —dijo Rupert—. El suelo parece estar muy... concurrido.

Escuchó que ella tanteaba entre sus ropas.

—Tengo un cabo de vela en el fajín —replicó ella—, pero no encuentro el yesquero.

Rupert sacó el suyo y tras varios intentos infructuosos consiguió encender la vela.

No arrojó mucha luz. Si bien fue suficiente para mostrarle que acababan de entrar en una cámara mortuoria cuyo suelo estaba cubierto de momias hechas pedazos.

El señor Carsington la obligó a mantener la vela encendida hasta que encontraron la entrada del pasadizo.

No quería pisar las momias, dijo.

Era difícil no hacerlo. La cámara había albergado a una familia bastante numerosa. Todos los cadáveres habían sido destrozados y sus miembros y cráneos estaban esparcidos por el suelo. La búsqueda de objetos valiosos debía de haber tenido lugar hacía relativamente poco tiempo, supuso Dafne. O eso o alguien había entrado no hacía mucho, ya que el polvo de las momias aún flotaba en el ambiente. Atascaba las fosas nasales y hacía llorar los ojos.

Pero el polvo de las rocas ya le taponaba tanto los ojos como la nariz, lo que le proporcionaba cierta protección contra los efluvios de las momias.

De cualquier forma no se entretuvieron demasiado.

Gracias a las recientes excavaciones y a los saqueos, el camino de salida estaba despejado y no resultó demasiado largo. Esa tumba no era tan profunda como la que habían dejado atrás. En cuanto se alejaron de las momias desmembradas y del pasadizo, apagaron la vela.

La luz de la luna bañaba la entrada, que se encontraba a escasos metros de distancia más adelante. Se apresuraron en esa dirección, pegándose a unos muros carentes de todo adorno y excavados de forma tosca.

Se detuvieron en la entrada.

En Egipto la luna parecía iluminar mucho más que en Inglaterra. Ambos echaron un vistazo al exterior.

Habían salido por la parte de la colina que se alzaba sobre Asiut. La ciudad estaba emplazada en mitad de una fértil llanura y sus minaretes resplandecían como la nieve bajo la luz de la luna. Desde los márgenes del asentamiento se alzaba un dique de barro que tenía la función de contener la crecida anual del río y que se extendía de forma sinuosa hasta llegar al Nilo, cuyos meandros resultaban visibles a una gran distancia.

También resultaba visible la pequeña aldea de al-Hamra, el puerto de Asiut, atestada de embarcaciones. Entre todas ellas era imposible distinguir al *Isis*.

Sin embargo, la *dahabiya* no era la principal preocupación en esos momentos. Lo principal era llegar al puerto sanos y salvos.

—¿Nos arriesgamos a atravesar la ciudad? —preguntó Dafne—. Podría llevarnos horas rodearla.

—Si todas las puertas están cerradas, no nos quedará otra alternativa —respondió el señor Carsington—. Aunque prefiero probar ese camino primero. Es tarde y la mayoría de la gente estará en sus casas. Con suerte tal vez pasemos sin llamar la atención.

—Esos hombres —dijo Dafne—. Quizá hayan encontrado el túnel. O tal vez sepan dónde acaba.

—En ese caso será mejor que nos demos prisa —replicó él.

Nadie los detuvo en la puerta sudoeste. El guardia parecía estar dormido, al igual que el resto de la ciudad. Los hombres que querían matar al señor Carsington no aparecieron. Estuvieron a punto de atravesar la ciudad sin ningún contratiempo. Sin embargo, cuando estaban llegando a la puerta principal, la que se encontraba más cerca del río, un soldado turco se acercó a ellos.

Por fortuna iba solo y estaba borracho. Cuando comenzó a dar problemas, a Dafne se le cayó el velo de forma «accidental» y su busto quedó casi desnudo. Mientras el soldado la miraba boquiabierto, el señor Carsington sacó la pistola de su fajín y lo golpeó en la parte posterior de la cabeza. El soldado se desplomó con un gruñido. Dafne ofreció su ayuda para arrastrarlo hasta el callejón más cercano.

Y después:

—Corre —le ordenó él.

Y corrieron.

Llegaron a la puerta principal sin apenas aliento.

Estaba cerrada.

—Esta —dijo el señor Carsington— es la gota que colma el vaso.

Despertó al guardia y exigió que los dejara pasar. El hombre farfulló entre bostezos que se marchara.

Dafne tradujo la orden al árabe.

El guardia hizo un gesto con la mano para que se fueran. Debían dejar de hacer ruido, les dijo. La puerta se abriría cuando llegara su hora y no antes. Si causaban problemas, acabarían en la prisión militar.

En ese momento se escuchó una voz somnolienta y juvenil procedente de las sombras del muro.

—¿Señor?

—¿Tom? —preguntó el señor Carsington.

El chico se acercó corriendo.

—¡Señor, señor! —Cayó al suelo de rodillas y rodeó las piernas de su ídolo con los brazos—. Sabía que no estaba muerto. —Se puso de pie de un salto—. ¡Señora! Me alegra verla de nuevo. El demonio de la tormenta no se la llevó.

Dafne agarró al muchacho y lo abrazó.

—Y tú también estás a salvo —le dijo en su lengua—. Mi corazón se complace. ¿Y Yusuf?

—Nos escondimos en la tumba grande, la que llaman el «Establo de Antar». Cuando la tormenta amainó comenzamos a buscarlos. Los buscamos todo el día, hasta que cayó la noche. —Se dio la vuelta en dirección al guardia— ¡Mira! Aquí están el señor y su *harim.* Te dije que vendrían. La tormenta de arena trató de engullirlos, pero el señor es poderoso e hizo que el demonio los escupiera. Pero está enfadado con este lugar porque hay hombres malvados que le desean mal. Deja que se marche con su *harim* y no permitas que nadie nos siga hasta que llegue la hora de abrir la puerta. Te suplico que lo hagas si no quieres que te eche el mal de ojo.

Tal vez la advertencia no hubiera surtido efecto por sí misma, pero las monedas que Tom le dio al hombre sí lo hicieron.

La puerta se abrió apenas una rendija y se cerró en cuanto hubieron pasado.

Mientras corrían en dirección al puerto, Dafne escuchó un coro de gritos airados tras ella.

La puerta permaneció cerrada.

Cuando llegaron a la embarcación descubrieron que toda la tripulación estaba despierta. No tardaron en acallar los gritos de alegría y las exclamaciones que daban gracias a Dios. Pocos minutos después de embarcar, el *Isis* se alejaba del puerto.

Apenas habían puesto un pie en la cubierta cuando las mujeres arrastraron a Dafne a su camarote.

Rupert no recordaba mucho de lo que había sucedido a continuación. Se dio un baño... o alguien lo bañó. Comió... o alguien le dio de comer. No estaba seguro. En cuanto supo que ella estaba a salvo en el barco, lo invadió la extenuación y soportó los rituales del baño y de la comida como un sonámbulo. No recordaba haber regresado a su camarote ni tampoco el momento en que se quedó dormido.

Aunque sí recordaba el sueño.

Estaba en el cementerio, a los pies de la montaña, y contemplaba cómo un halcón volaba sobre su cabeza. En ese momento la vio en la entrada de una tumba grande. La llamó, pero ella pareció no oírlo y entró en la tumba. Corrió tras ella y entró también. Escuchó su voz desde las profundidades del lugar. Siguió el sonido, pero no conseguía acercarse. Llegó a la cámara mortuoria y se acercó al sarcófago con el corazón desbocado. Estaba abierto. Le echó un vistazo. Vacío.

Escuchó que alguien lloraba y siguió el sonido, pero se trataba de la misma triquiñuela cruel. Nadie. Nada. Ni un solo fragmento de momia. Solo un vacío oscuro e interminable. En ese instante se escuchó un grito lastimero en la lejanía.

Cuando despertó, el calor y la brillante luz del sol entraban a través de las rendijas de las contraventanas. Desde el exterior llegaban los lamentos que reconoció como música egipcia. Los marineros estaban cantando mientras uno de ellos tocaba la flauta y otro el timbal a modo de acompañamiento.

Se incorporó hasta sentarse y echó un vistazo a su camarote. Su mirada se encontró con la de Tom. El muchacho, que había estado esperándolo agachado pacientemente junto a la puerta, se puso en pie y le acercó el aguamanil, la jofaina y una toalla.

Rupert se lavó.

—¿Va a afeitarse, señor? —le preguntó.

Él se pasó una mano por la cara y compuso una mueca. Esperaba que aquello fuese la barba que le había crecido durante la noche. Esperaba no haber arañado la delicada piel de Dafne con esas devastadoras cerdas.

Dafne, pensó. Se llamaba Dafne. El nombre le arrancó una sonrisa, aunque no supo por qué.

—¿Señor?

—Sí. Sí. *Aiua.*

Se afeitó mientras pensaba en el cuerpo de la dama, en el modo en que se había movido bajo sus manos y en su sabor. Rememoró su aspecto cuando corrió tras él con el torso desnudo mientras se sujetaba los ondeantes pantalones con la mano.

Desvergonzada, desinhibida, apasionada...

... y en esos momentos fuera de su alcance, comprendió de repente.

Ya no estaban aislados del resto del mundo.

Se encontraban en una embarcación enorme que no dejaba de ser un pequeño mundo; nadie sabía lo que había sucedido en la tumba de la colina de Asiut. Aunque todos sabrían de inmediato cualquier cosa que sucediera a bordo del *Isis.*

La cosa estaba fea. Muy fea.

Nunca se le había dado bien resistir la tentación. Estaba acostumbrado a hacer lo que le venía en gana... dentro de unos márgenes, por supuesto, por muy amplios que estos fueran. La tolerancia de su padre tenía un límite y él no era tan tonto como para traspasarlo. No tenía miedo de su padre. Tampoco tenía miedo de las serpientes. Pero eso no quería decir que estuviera dispuesto a meter la mano en un nido de víboras.

Además, ni siquiera a él se le ocurriría mancillar la reputación de una dama. Eso excedía los límites del comportamiento galante.

Era cierto que Inglaterra estaba a un mundo de distancia. Pero no estaba fuera del alcance de las cartas. Los viajeros ingleses podían intercambiar cotilleos escandalosos con amigos y familiares con el mismo entusiasmo que lo hacían en casa. Tendría que ser discreto. Tendría que mantenerse alejado de ella hasta que...

¡Santo Dios! ¿Hasta cuándo?

Se aconsejó no pensar en ello. No se le ocurría ninguna solución y preocuparse solo conseguiría irritarlo y hacer de él una pésima compañía. Acabó de afeitarse y se vistió.

—¿Ya traigo el café? —preguntó Tom.

—Sí. No. Lo tomaré en el camarote de proa. ¿La señora está despierta?

—Despierta, sí —contestó el muchacho. Tras una pausa, añadió—: No bien. Enferma, señor. Me dieron con la puerta en las narices. —Se colocó la mano frente a la cara.

Solo entonces Rupert cayó en la cuenta de lo callado que parecía el muchacho. Por regla general, Tom parloteaba a una velocidad de vértigo en una desconcertante mezcla de árabe e inglés. El significado de sus palabras por fin se hizo evidente.

—¿Enferma? —repitió con el corazón acelerado.

Sí, muy enferma. Las mujeres echaron a Tom de la habitación y cerraron la puerta porque lloraba muy fuerte. Pero no podía evitarlo. El furibundo demonio de la tormenta de arena había herido el corazón de la señora porque se había escapado de sus garras. Era una señora muy buena, afirmó Tom, una buena madre para él. Jamás permitía que le pegaran, ni cuando rompía cosas. Lo había cuidado cuando estuvo enfermo. Había resucitado a su tío Ahmad de entre los muertos. Llegados a ese punto, el chico comenzó a berrear.

—Detén ese escándalo ahora mismo —masculló Rupert—. No se está muriendo.

De cualquier forma, eso no impidió que saliera a toda prisa de su camarote y descendiera el estrecho pasillo en dirección al camarote de popa. Dio unos golpecitos en la puerta.

Leena abrió una rendija.

—Mi señora no puede atenderlo —susurró—. Está demasiado enferma.

—¿Qué es? —quiso saber—. ¿Qué le pasa? Ayer estaba bien. ¿Por qué nadie me ha despertado?

—No quiere verlo —afirmó Leena mientras hacía ademán de cerrar la puerta.

Rupert la abrió de par en par.

Dafne yacía en el diván, hecha un ovillo. Tenía una expresión tensa en el rostro y estaba pálida por el dolor.

Rupert sintió una fuerte punzada en el pecho, como si hubiera corrido varios kilómetros.

—¿Qué es? —le preguntó en voz baja—. ¿Una fiebre biliosa?

¿La habría contagiado el bebé después de todo? Daba igual, sabía lo que tenía que hacer. Ella se lo había dicho. Un baño frío. Una infusión de... de... ¿qué?

—Márchese —le dijo Dafne con voz también tensa.

Se arrodilló junto al diván y le tocó la frente. Estaba húmeda pero no tenía fiebre.

—Márchese —repitió.

—Tienes que decirme qué te pasa —insistió Rupert—. Tom está berreando como un loco. En cuanto la tripulación deje de cantar, lo escucharán y todos se pondrán a llorar y a lamentarse. —Se inclinó un poco hacia ella al tiempo que bajaba la voz—. Dafne, tú sabes lo emocional que es esta gente. Todos te quieren porque les arreglas los pulgares rotos, los cerebros recalentados por el sol y devuelves a la vida a los bebés moribundos. No debes dejar que piensen... que pensemos lo peor. ¿Qué te pasa? Dime cómo puedo ayudarte.

—No puede ayudarme. —Se giró un poco para mirarlo. Su rostro compuso una mueca de dolor. El de Rupert también, movido por la simpatía—. No pasa nada —lo tranquilizó—. No me estoy muriendo. No tiene nada de que preocuparse. De verdad. Nada.

—Pero no te encuentras bien. Hasta un fortachón descerebrado como yo puede darse cuenta. ¿Te preparo un poco de té bien cargado? ¿Necesitas algo de tu botiquín? ¿Una infusión de... de... algo?

Dafne se giró aún más hacia él y se las arregló para esbozar una apagada sonrisa.

—Lo único que necesito es tiempo —le aseguró—. Se trata de mi indisposición mensual.

Rupert se sentó sobre los talones.

—Vaya...

—Perfectamente normal —prosiguió—. El dolor es bastante más intenso de lo habitual, pero no va a matarme. No se puede hacer nada, salvo esperar a que pase.

Nada de lo que preocuparse. No la había dejado embarazada. Estaba aliviado, sí, por supuesto. No había necesidad de preocuparse por las... complicaciones. Era un problema femenino; él no tenía la culpa ni tenía nada que hacer allí. Las mujeres se encargarían de cuidarla. Debería irse, a ella le gustaría disponer de intimidad.

Sin embargo, no le hacía gracia la idea de dejarla sola y sufriendo, aunque él no tuviera la culpa y la única cura fuese el tiempo.

—Para ser una mujer tan inteligente eres de lo más ignorante —le dijo—. Se puede hacer mucho.

Aunque no sabía qué. No tenía hermanas y, de haberlas tenido, le habrían ocultado el secreto, tal y como hacían el resto de las mujeres. Incluso sus amantes habían utilizado una palabra en clave para informarle de que el momento no era oportuno. Desde luego, no habían esperado que las cuidara. De hecho, ni siquiera se había dado cuenta de que las mujeres necesitaran cuidados en ese trance. Nunca había visto a una de ellas sufrir tanto en semejante ocasión.

Y verla a ella así, tan hundida, cuando siempre era tan atrevida, tan valiente y tan inteligente...

Resultaba de lo más inquietante.

—Lo que necesitas es... mmm... un paño frío en la frente —improvisó—. Y un masaje en la espalda. Y no entiendo qué haces ahí acostada, sufriendo, cuando tienes toda una provisión de láudano en tu botiquín.

—Es para un caso de dolor agudo, para una urgencia —replicó ella—. Es ridículo tomar láudano para aliviar un suceso mensual de lo más natural.

—Si no puedes levantarte de la cama, si yaces ahí aferrándote el abdomen y acurrucada como un bebé, yo diría que el dolor es agudo —rebatió Rupert—. Y esto no es un suceso mensual de lo más natural. Ten en cuenta lo que ocurrió ayer en Asiut. No solo atravesaste una tormenta de arena, por no hablar de que escalaste una montaña, sino que también te viste obligada a buscar una salida despejando un túnel excavado en la roca. Entre otras cosas... —Esbozó una de sus sonrisas desvergonzadas, aunque no se sentía desvergonzado en absoluto.

Se sentía confuso.

—Cuando me reponga —dijo ella—, le daré un tirón de orejas. Entretanto —comenzó, pero se detuvo para hacer una mueca de dolor—, tal vez tome una gota de láudano. Pero solo una gota. Ahora, márchese.

Pero no se marchó. Mezcló el láudano con miel y agua y se aseguró de que ella se lo tomara. Humedeció los paños y los escurrió antes de colocárselos sobre la frente. Le masajeó la espalda. La distrajo con anécdotas familiares divertidas. No se marchó hasta que se quedó dormida.

El viaje en camello de Miles acabó en Dendera, en el templo de Hathor.

Había oído hablar del lugar. Había visto ilustraciones en la *Description de l'Égypte.* Había leído las narraciones de algunos viajeros. Dafne también le había hablado sobre él. No obstante, conforme sus captores y él entraban en el espacio cubierto de arena y escombros que conformaba el patio, lo que más le interesaba era la sombra que les proporcionaría el interior.

Después de nueve días de viaje a través del desierto a lomos de un camello hostil, después de los repetidos y feroces zarandeos de las tormentas de arena, lo único que quería era tumbarse y morir en algún lugar alejado del sol y de ese arenoso viento abrasador.

Los hombres lo guiaron al interior y él los siguió dando traspiés por el cansancio. De vez en cuando alzaba la vista en dirección a las inmensas columnas. Dafne estaría maravillada, pensó. El lugar estaba cubierto de jeroglíficos.

Se preguntó lo que pensaría su hermana de la famosa Hathor, la equivalente egipcia de Afrodita. Él la encontraba especialmente falta de atractivo. Tenía una frente pequeña, los ojos muy juntos y unas mejillas regordetas. De ambos lados de la cabeza surgían unas orejas de vaca que se asemejaban a las asas de una jarra. Parecía una gárgola en lugar de una diosa, concluyó. Claro que, dado que no se encontraba de muy buen humor, tal vez no fuera capaz de apreciarla en su justa medida.

Los hombres lo condujeron a través de un enorme vestíbulo y, tras atravesar una puerta, llegaron a un espacio más reducido —aunque no por ello dejaba de ser inmenso— en cuyos muros laterales se distinguía una serie de aberturas estrechas que supuso que conducían a otras cámaras oscuras. Sus guías no se detuvieron. Prosiguieron la marcha en línea recta, atravesando más estancias hasta que por fin llegaron a un lugar estrecho, enclaustrado y muy oscuro. La luz de las velas solo alcanzaba a iluminar la parte inferior de los muros cubiertos de relieves.

Sin embargo, iluminaba a la perfección al hombre que aguardaba en su interior.

—¿Noxley? —preguntó Miles, sin acabar de creerse lo que veían sus ojos.

Lord Noxley se acercó a él y le dio un apretón de manos.

—Mi querido amigo, ¡cómo me alegra verte!

—No tanto como a mí —replicó Miles—. Estoy muy sorprendido. Tenía la esperanza de que mi hermana acudiera a ti en cuanto se percatara de que me había pasado algo, pero no esperaba verte tan pronto.

—Se hizo todo a la carrera —explicó Noxley al tiempo que aflojaba el fuerte apretón de su mano—. Como siempre, el consulado prefería ir despacio. Sin embargo, la señora Pembroke decidió tomar cartas en el asunto. El resultado fue que pude salir en tu busca solo tres días después de que te secuestraran. Pero ya hablaremos largo y tendido más tarde, cuando hayas descansado.

Se giró hacia Ghazi.

—¿Tienes algo más para mí?

—Pronto —contestó el hombre—. En unos cuantos días.

—Duval no está aquí —le dijo lord Noxley—. Ni tampoco su gente.

Ghazi sonrió.

—Tal vez haya escuchado que no era un lugar seguro.

—Tendremos que encontrarlo —replicó Noxley—. Pero antes el otro asunto.

—Sí, antes el otro asunto —repitió Ghazi—. A menos que necesite de mis servicios, me marcho ahora mismo.

—Eso será lo mejor. —Lord Noxley se sacó una bolsita de un bolsillo de la chaqueta y se la tendió a Ghazi. La bolsa tintineó.

El hombre la cogió al tiempo que le daba las gracias, se despidió con esa afable cortesía tan característica y se marchó, llevándose a sus hombres con él.

—Supongo que estás atónito por mi elección de empleados —sugirió Noxley—. En Inglaterra ese hombre sería un delincuente común.

—No creo que sea «común» en absoluto —objetó Miles—. Sus modales son exquisitos y tiene una forma encantadora de proferir amenazas acerca de matar a gente inocente si no se coopera con él.

—¡Ay! Sin hombres como Ghazi uno no conseguiría nada en un lugar tan incivilizado como este —afirmó Noxley—. Como dice el refrán, allí donde fueres... ya sabes. —Esbozó una sonrisa apaciguadora—. No podría haberte encontrado tan rápido sin la ayuda de esos individuos.

—Ellos no tienen la culpa del retraso —dijo Miles—. Hemos tardado nueve días en llegar desde Minya debido a las tormentas de arena.

—Debe de haberte resultado espantoso, no me cabe la menor duda —dijo Noxley—. De otro modo habríais llegado muchos días antes que yo. Los vientos también retrasaron a los que viajábamos por el río. —Abrió la marcha para salir de la estancia—. ¡Por Dios que me alegro de verte! —exclamó antes de añadir en voz más baja—: A decir verdad, esto se ha convertido en un asunto muy feo. Esos malditos franceses... —Hizo una pausa y echó un vistazo al templo—. Están trasladando el techo astral, los muy cerdos. El bajá les ha dado permiso, ¿sabes? Se lo llevarán a París; y no puedo hacer nada al respecto hasta que este otro dichoso asunto esté arreglado. —Meneó la cabeza—. Pero olvidémonos de los franceses. Supongo que además de darte un baño, después de la sucia marcha por el desierto estarás deseando ponerte ropa limpia y tomar una comida como Dios manda. En cuanto a mí... si me quedo aquí un rato más, podrían entrarme ganas de asesinar a alguien...

17

Aunque Dafne tomó el láudano en pequeñas dosis, la ayudó en gran medida. Se sentía muy agradecida por la insistencia del señor Carsington y así se lo dijo en cuanto tuvo oportunidad.

En secreto, estaba sorprendidísima por el hecho de que se hubiera tomado semejantes molestias a causa de su indisposición mensual. Aunque a decir verdad ese hombre era una caja de maravillosas sorpresas. Se había pasado los dos días de convalecencia en la cama pensando en él y en su enorme capacidad para asombrarla.

A pesar de que la droga le nublaba un poco el juicio, había algo que le quedaba muy claro: no era en absoluto el patán que había creído en un principio. Todo lo contrario, a su lado los demás hombres parecían patanes, sobre todo Virgil. Su difunto esposo había hecho que se sintiera inferior, incluso monstruosa en ocasiones. La había dejado con una gran fortuna y muy poca confianza en sí misma.

A lo largo de las semanas que había pasado con Rupert Carsington, la confianza en sí misma había aumentado de forma gradual. Durante el día y la noche que habían pasado en Asiut, había soportado el miedo, el peligro y la pasión, así como una prueba de resistencia tras otra. Y jamás se había sentido tan viva.

Pese al estupor narcótico, era muy consciente del roce de sus grandes y hábiles manos cada vez que le colocaban los paños frescos y húmedos sobre la frente o le frotaban con suavidad la espalda. Era muy consciente de esa voz grave y profunda, risueña en ocasiones, cuando le contaba alguna anécdota.

También era consciente de que, como el láudano, ese hombre podría convertirse en un hábito peligroso.

Para la mañana del tercer día, los violentos espasmos de dolor habían remitido y se habían transformado en punzadas ocasionales. Por fin era capaz de sentarse, de observar el mundo que la rodeaba y de asombrarse de lo enferma que había llegado a estar. No podía deberse solo a su menstruación, decidió. Siempre resultaba una fuente de cansancio y mal humor, y a menudo era dolorosa, pero nunca tanto. Jamás la había incapacitado por completo.

Pero claro, su vida nunca había sido tan tumultuosa.

Supuso que la dispepsia o cualquier otra afección intestinal habrían agravado el problema.

Fuera lo que fuese parecía haber desaparecido, porque se despertó con un saludable apetito. Fue Nafisa quien le trajo el aguamanil y la jofaina tan pronto como se incorporó.

—Ya se siente mejor —dijo Nafisa con una sonrisa—. Lo veo en su cara.

—Mucho mejor —admitió Dafne. Después de lavarse, descubrió que la niña no estaba por ningún sitio—. ¿Dónde está Sabá?

—En el camarote de proa, con el señor y Tom —contestó la muchacha.

—Se llama Udail —la corrigió Dafne de forma automática.

—Él quiere que lo llamen Tom —aseguró Nafisa—. Dice que es el esclavo del señor y que quiere seguirlo allí donde vaya, porque el señor le ha salvado a usted la vida.

—No me estaba muriendo —replicó Dafne—. Sabes muy bien que no padecía nada mortal.

—También la salvó de la tormenta de arena. Yo también me alegro de servir a un señor semejante, que muestra tanta amabilidad con su *harim* y la cuida como un esclavo.

La palabra *harim* convertía a Dafne en propiedad del señor Carsington: una mujer que le pertenecía, que formaba parte del servicio de su hogar. El calificativo no le hizo ninguna gracia, aunque comprendió lo inútil que sería corregir a Nafisa. La muchacha no lo comprendería. Desde su punto de vista, todas las mujeres pertenecían a un hombre o a otro. En cualquier caso, sería poco inteligente por su parte alentar en exceso las especulaciones de la servidumbre sobre la relación existente entre el «señor» y su señora.

De todos modos, la relación entre los europeos y sus mujeres dejaba perplejos a los egipcios, aunque la mayoría la aceptaba con resignación. Aquellas prácticas que los egipcios encontraban por regla general indecentes, se explicaban y excusaban con un simple «Son sus costumbres».

La tripulación y la servidumbre sabían muy bien que Dafne compartía el camarote con su criada, que Tom compartía el del «señor» y que el camarote que Nafisa y Sabá compartían con distintos enseres domésticos se encontraba entre los dos antes mencionados.

Si semejante disposición cambiaba, todos los que se encontraban a bordo se enterarían. Dafne no sabía con certeza si los hombres pensarían mal de ella o pasarían por alto su comportamiento por considerarlo una costumbre extranjera. Sin embargo, no le cabía duda de que Miles acabaría por enterarse. Dependiendo de lo chismosa que fuera la gente, los rumores y especulaciones se extenderían con mayor o menor rapidez a lo largo del Nilo.

En Inglaterra había llevado una vida solitaria, sin importarle en absoluto lo que los demás pensaran de ella. Pero jamás había provocado un escándalo. Miles era la única familia que le quedaba. No podía deshonrarlo.

Lo que había ocurrido en Asiut debía ser el principio y el fin de toda intimidad con el señor Carsington, se dijo mientras se vestía. Durante un tiempo habían estado aislados del mundo y de sus reglas. Pero ya estaban de vuelta y debían atenerse a esas reglas. Y ella debía regresar a la realidad, a los hechos reales y no a las fantasías.

El señor Carsington y ella no tenían ningún futuro. Y era lo mejor. Las circunstancias habían reunido a dos personas que no podrían tener menos cosas en común.

Para reforzar la decisión de mantenerse apartada de él, volvió a vestir de luto. Al mirarse, recordó la expresión del señor Carsington cuando contempló sus pechos desnudos. Recordó lo que era acurrucarse desnuda entre sus brazos. Y sintió una punzada de dolor.

Mientras se recordaba que debía comportarse con sensatez, se dirigió al camarote de proa.

Los egipcios la recibieron con su acostumbrada exuberancia: Tom barbotó una larga y alegre perorata de alborozo con la mano sobre el corazón. La niña consiguió dar unos cuantos pasos titubeantes en su dirección antes de desplomarse sobre la estera entre risas y aplausos. Incluso la mangosta salió de dondequiera que se hubiese escondido para corretear alrededor de sus tobillos sin dejar de olisquearla.

El señor Carsington no dijo nada; se limitó recorrerla de arriba abajo con la mirada, lenta y minuciosamente.

Dafne se ruborizó, muy consciente del calor que se acumulaba más abajo, justo en su entrepierna.

Desvió la mirada hacia la mangosta.

—Margarita ha crecido mucho durante el tiempo que he estado enferma —dijo con serenidad—. Y se ha vuelto más amigable. —¿Habría seducido también a la mangosta?, se preguntó. ¿Habría alguien o algo capaz de resistirse al encanto de ese hombre?—. ¿Qué le ha pasado a su preciada camisa?

—La esconde —respondió el señor Carsington—. Hoy está debajo del diván. Descubrirá que de vez en cuando se acerca para comprobar que todavía sigue allí. Resulta una criatura de lo más entretenida ahora que se le ha curado la pata. No me había dado cuenta de lo curiosos e inquietos que son estos animales. Se pasa el día correteando de un lado para otro para investigar.

El animal se apartó de Dafne y rodeó el diván a plena carrera. Escaló el cuerpo del señor Carsington como si se tratara de un árbol y se sentó en su hombro durante un momento para olisquearle el cuello antes de bajar de nuevo y salir del camarote.

La niña lo encontró enormemente divertido y prorrumpió en carcajadas. Se puso en pie, se cayó y soltó unos cuantos grititos más.

En ese momento entró Nafisa, la levantó del suelo y se la llevó en brazos para permitir que la señora desayunara en paz.

Dafne se sentó en el diván, a una decorosa distancia del señor Carsington.

Al instante entró Leena, que llevaba una enorme bandeja cargada de pasteles y frutas para el desayuno.

—Bueno, ¿por qué te quedas ahí de pie como un pasmarote? —le preguntó a Tom—. ¿Dónde está el café para tu señora?

—Lo olvidé porque mi corazón está lleno de alegría —respondió el muchacho—. Ahora todos estamos bien y a salvo. Este barco está lleno de alegría. La niña que estaba a punto de morir ahora ríe y bate las palmas. Mi amo, que fue engullido por la tormenta de arena, ha regresado con nosotros. Trajo a nuestra señora con él y le devolvió la salud cuando la muerte amenazó con llevársela. Encontrará a nuestro señor (al otro) y se lo arrebatará a los demonios extranjeros que se lo han llevado al desierto. Hay doce, pero Yusuf y yo lucharemos a su lado como auténticos demonios.

—¿De qué está hablando ahora? —le preguntó el señor Carsington a Dafne. Ella se lo tradujo al instante. Tom siguió con su rimbombante discurso.

—Un momento —dijo el hombre. Levantó una mano—. Espera. Para.

El muchacho se detuvo.

—¿Demonios extranjeros? —inquirió—. ¿Doce? ¿Cómo lo sabes?

—Todo el mundo lo sabe —afirmó Leena—. Lo escuchamos en el mercado. Las caravanas vienen a Asiut. Han visto a esos hombres; hay un par de ellos egipcios, pero la mayoría son extranjeros: sirios, griegos, armenios y turcos. Vigilan muy de cerca de un hombre alto y rubio que habla un árabe muy extraño y se pelea con su camello. ¿Nadie se lo había dicho? —Se giró para lanzarle una mirada de reproche a Tom—. ¿No se lo dijiste? ¿No le contaste lo que se decía en Asiut?

—Claro que sí —aseguró Tom—. Señor, se lo dije cuando llegó al barco. Todo el mundo se lo dijo. Todo el mundo se enteró en el *suq*.

—¿Se lo dijiste en inglés? —preguntó Dafne.

El muchacho lo meditó y a continuación se encogió de hombros y levantó las manos.

—En su lengua, en la nuestra, no lo sé. Rebosaba de alegría al verla. Las lágrimas me anegaban los ojos. Era tan grande nuestra dicha que, ¿quién se acuerda de las palabras que dijimos?

—Leena, siéntate —ordenó el señor Carsington—. Tom, tú también. Ahora, los dos nos contaréis muy despacio todo lo que averiguasteis en Asiut.

Puesto que Leena y Tom no dejaban de interrumpirse el uno al otro con sus acostumbrados excesos verbales, el informe se alargó bastante y a Rupert le pareció cada vez más melodramático. La traducción de Dafne reducía la interminable epopeya a unos cuantos y escuetos sucesos.

Habían visto a Archdale con vida tan solo unos días antes, de camino a Dendera. Si eso era cierto, el *Isis* no se encontraba tan lejos como temían. Las tormentas de arena habían retrasado el avance de los secuestradores a través del desierto. El *Isis* tampoco estaba tan lejos de Noxcivo. Su *dahabiya* se había detenido en Asiut esa misma semana.

A esas alturas, la narración adquirió un tinte dramático.

El *Memnon* era bien conocido en Asiut, dijeron los sirvientes. Tan pronto como lo avistaron, un buen número de personas huyó de la ciudad para esconderse y no regresaron hasta mucho después de que el barco zarpara.

—Todos llaman a este hombre «el Demonio Dorado» —dijo Tom— porque su pelo tiene el color del oro. Es inglés, como ustedes. Pero es un demonio que tiene un ejército de malvados secuaces. La gente del Alto Egipto lo teme más que a Mohamed Alí y a sus soldados.

El Demonio Dorado se había convertido en una leyenda, al parecer. Cuando los niños se portaban mal, sus madres les decían que el Demonio Dorado se los llevaría.

Tom siguió hablando del Demonio Dorado. Dafne le obsequió la versión traducida y reducida, como era habitual.

Se lo contó con bastante calma.

Una vez que Tom se marchó en busca del café y que Leena fue en busca de los mapas que le había pedido, Rupert dijo:

—Parece que las revelaciones sobre Noxcivo no te han afectado mucho.

La mujer tenía una expresión distante, absorta.

—Después de lo que he descubierto acerca de mi difunto esposo, dudo que cualquier información sobre un hombre pueda sorprenderme. Este viaje... o misión... o como quiera que se llame, ha resultado de lo más educativo. No es de extrañar que Miles me llamara ingenua e idealista.

—Es tu hermano —dijo Rupert—. Los hermanos suelen ver a los parientes de una forma muy distinta. Quizá yo te vea de una forma completamente diferente porque no soy tu hermano. Me pareciste una persona sensata y perspicaz desde el primer momento.

—Usted solo me ha visto en circunstancias inusuales —replicó.

—Tal vez sean esas circunstancias las que nos ayudan a demostrar de qué pasta estamos hechos —afirmó Rupert—. Tal vez la vida que habías llevado hasta ahora no te permitía comportarte tal y como eres.

—No lo sé —admitió ella—. Aún no tengo claro cómo soy. Con lord Noxley resulta más sencillo. Al menos sus actividades siguen un patrón. Sabíamos que estaba en guerra con Duval, que competían por antigüedades. En cuanto a lo del ejército de demonios de Su Ilustrísima, Belzoni dijo lo mismo de los agentes de sus rivales. Dijo que eran malhechores. «Renegados, bandidos y exiliados europeos», los llamó.

—Extraordinario —dijo Rupert. La mirada verde de Dafne se posó en él—. Me refiero a tu mente —aclaró—. La forma en que reúnes las pruebas, las meditas y llegas a la conclusión lógica. Resulta extraordinario, teniendo en cuenta lo mucho que te juegas.

Ella esbozó una débil sonrisa.

—Es lo único que sé hacer.

—No es lo único que sabes hacer —la corrigió.

El suave matiz rosado de sus mejillas se extendió y se transformó en rojo.

—No me refería a eso —explicó—. Quiero decir que no me refería solo a eso, aunque también eres una amante extraordinaria y desearía...

Leena entró de repente con los mapas. Acababa de marcharse cuando Tom regresó con el café.

Rupert aguardó a que el muchacho se hubiera marchado y Dafne sirviera el café antes de decir:

—Sé por qué te has vestido de luto de nuevo. No hace falta que me digas que me mantenga alejado. Sé que debemos atenernos a las normas del decoro. Esa es la razón por la que desearía estar en cualquier otra parte.

—No importa dónde estemos —dijo ella—. No estamos viviendo *Las mil y una noches.* Fue excitante dejarse llevar una... bueno, dos veces.

—¿Eso es todo? —inquirió él con una punzada en las entrañas, algo que lo acaloraba y lo dejaba frío al mismo tiempo—. ¿Te dejaste llevar?

—¿Qué quiere que diga?

Rupert no supo qué responder a eso.

El silencio se alargó mientras buscaba en vano las palabras adecuadas, pero lo único que encontró fueron sensaciones para las que tampoco tenía nombre.

—No lo sé —dijo a la postre—. Pero podrías decir algo más. Tú eres el genio aquí, no yo.

—No es una cuestión de inteligencia —aseguró ella—. Lo que sentimos fue pura y simple lujuria... bueno, no exactamente pura...

—Para mí no es simple —la interrumpió Rupert, que acababa de sentir una nueva punzada—. Debe de tratarse de lujuria egipcia, porque no se parece en nada a la que estoy acostumbrado. Tengo... sentimientos.

Dafne deseaba preguntar, como no podía ser de otro modo, a qué clase de sentimientos se refería. Quería indagar en el tema, como si se tratara de un matiz gramático o de vocabulario.

Quería, en pocas palabras, agarrarse a un clavo ardiendo.

Pero actuaba movida por la emoción, no por la razón.

La razón le recordaba que en circunstancias normales era una mujer rodeada de libros y solitaria, mientras que él era un hombre hambriento de emociones. Él era atractivo; ella, sosa. Provenían de mundos diferentes. El mundo de la elegante sociedad aristocrática le resultaba mucho más extraño que Egipto.

No le hacía falta saber cuáles eran esos sentimientos. Sabía que eran efímeros, puesto que él no pertenecía al tipo de hombres cuyo interés por las mujeres pudiera ser duradero. Sabía que no podía jugarse el corazón basándose en esos sentimientos y eso era todo lo que en realidad necesitaba saber.

—Es culpa de Egipto —afirmó—. De la emoción. Del hecho de haber escapado por los pelos de la muerte en varias ocasiones. Todo eso hace que sintamos cosas que no sentiríamos de otra forma. A eso me refería con lo de *Las mil y una noches.* Estamos viviendo una aventura romántica. Pero es solo temporal. Una vez que encontremos a Miles...

—Todo acabará —concluyó él en su lugar.

—Sí —dijo ella.

—Qué lástima. —Se encogió de hombros y desenrolló un mapa—. Tu hermano se dirige hacia Dendera. ¿Está cerca de Tebas?

«Qué lástima.» Eso era todo. Había aceptado su decisión. Y ¿por qué no iba a hacerlo? ¿Qué había esperado que hiciera? ¿Que suplicara?

Dafne prestó atención al mapa.

—Aquí está Qena —dijo al tiempo que señalaba el lugar.

—A tres o cuatro días de aquí si el viento no cambia, o eso parece —comentó él.

—Como puede ver, aquí está Dendera, que cruza el río cerca del asentamiento de la antigua Tentyra —prosiguió Dafne—. El famoso templo de Hathor se encuentra aquí. Es la diosa egipcia del... amor —dijo para luego añadir con rapidez—: Tebas se encuentra a unos setenta u ochenta kilómetros río arriba, si no recuerdo mal.

—A otros cuantos días de distancia, entonces —dijo él sin levantar la vista del mapa—. Ahí es donde está supuestamente emplazado el campamento de Noxcivo en estos momentos. ¿Qué te apuestas a que se dirigirá hacia allí en lugar de volver a El Cairo?

Dafne contempló el mapa mientras su mente barajaba las posibilidades.

—Dijiste que se rumoreaba que el papiro describía una tumba tebana —dijo el señor Carsington —. Tal vez Noxcivo quiera ayudar a tu hermano a encontrarla.

Era muy típico de Faruq ocultarse bajo las narices de sus enemigos, en los propios dominios de lord Noxley.

Los restos de la antigua Tebas se extendían a ambas orillas del Nilo. En la orilla occidental, cerca del río, se encontraban las ruinas del pueblo de Qurna, que había sido destruido algunos años antes por los mamelucos. Sus habitantes decidieron que en lugar de reconstruir sus cabañas, harían un mejor uso del tiempo si vivían en el mismo lugar donde trabajaban: en las tumbas de Tebas. Al contrario que otros campesinos egipcios, no vivían de la agricultura. Vivían de saquear tumbas y vender papiros y otras *intikjanas* que arrancaban a las momias.

Tenían fama de ser el pueblo más independiente de todo Egipto, con la posible excepción de los beduinos. Un ejército tras otro trató de doblegar a los qurnan... y todos fracasaron. Lo que sí lograron fue reducir su población de unos trescientos mil a unos trescientos.

Los supervivientes se ocultaron en las lejanas colinas de Tebas, que albergaban cientos de tumbas comunicadas entre sí por una complicada red de túneles. Era allí donde Faruq se había escondido.

Por desgracia para él, a Ghazi se le daban bien los ladrones de tumbas. Prendió fuego a las tumbas más cercanas, donde vivían las ancianas; mató a tiros a sus crueles perros guardianes y acabó con la vida de todas las vacas, ovejas y cabras. Si hubiera ido detrás de uno de los suyos, ese método no habría funcionado. Pero los qurnan no se sentían inclinados a sacrificar a sus madres, a sus abuelas y a su ganado para proteger a un extranjero.

Así fue como Ghazi logró localizar a Faruq con tanta rapidez, pocos días después de dejar a lord Noxley. Los qurnan, que conocían los mejores escondrijos, lo ayudaron también a encontrar la bolsa de cuero bajo un montón de momias desmembradas. En cuanto estuvo seguro de que los objetos que quería se encontraban en su interior, Ghazi recompensó a sus ayudantes con generosidad, tal y como Su Ilustrísima habría deseado. También recompensó a Faruq, la mano derecha de Duval, como el vizconde habría deseado: le cortó la cabeza en presencia de una enorme audiencia de qurnan.

Miércoles, 25 de abril

Cuando lord Noxley y su amigo desembarcaron del *Memnon* en Luxor, se encontraron con que Ghazi los aguardaba. Este les entregó con orgullo no solo el papiro y la interesante copia con sus numerosas anotaciones, sino también la cabeza de Faruq; estaba en una cesta y no en una bolsa...

El rostro de lord Noxley se iluminó ante semejantes ofrendas, de modo que por una vez su expresión coincidía con sus sentimientos.

El semblante de Miles Archdale estaba ceniciento.

—Te convendría endurecer el estómago —le dijo lord Noxley—. Lo único que respeta esta gente es la fuerza, sobre todo los qurnan. Ahora se lo pensarán dos veces antes de dar cobijo a cualquier otro amiguito de Duval.

Ghazi tenía más noticias, las cuales transmitió en privado a su señor de camino a la casa: la hermana de Archdale no los aguardaba pacientemente en El Cairo, como todo el mundo había asumido. Pese a todos sus esfuerzos, las autoridades no habían conseguido cargarle al estúpido hijo de Hargate los asesinatos de los dos guías de la pirámide ni el de Vanni Anaz. En consecuencia, Carsington estaba libre y en esos momentos llevaba a la señora Pembroke Nilo arriba en busca de su hermano.

—Yo estaba lejos de El Cairo cuando sucedieron todas estas cosas —explicó Ghazi—. Aun de haberlo sabido...

—No habrías podido regresar. —Lord Noxley aminoró el paso para aumentar la distancia que los separaba del grupo que iba en cabeza. Su expresión se alegró tras meditar un rato—. Quizá haya sido lo mejor —concluyó—. Nosotros estamos aquí. ¿Por qué no iba a estarlo ella? Ve a buscarla. En cuanto a Carsington, me encantaría que pudieras hacerlo desaparecer.

Ver la cabeza de Faruq fue para Miles la primera prueba de que la de Noxley no funcionaba muy bien.

En Dendera, Noxley había mencionado un «asunto muy feo». Hasta que estuviera solucionado, le dijo a Miles de camino al barco, estaría más seguro en Tebas, donde podía confiar en la lealtad de los soldados turcos destacados allí. El Francés se mantenía alejado de Tebas por el momento.

De cualquier forma, Miles no podía ir a ningún sitio sin la aprobación de su amigo. Una vez que el *Memnon* partió, no obstante, Noxley le explicó cuál era ese «asunto muy feo».

Al parecer, «el Francés» era el apodo con el que Su Ilustrísima parecía referirse a un hombre llamado Duval, a quien Miles recordaba vagamente haber conocido en una reunión del consulado. Noxley afirmó que había sido ese hombre quien contratara a los secuestradores. Cuando registraron sus cosas, estaban buscando el papiro. Al día siguiente, otros esbirros de Duval fueron a su casa y se llevaron el papiro y la copia.

En otras palabras, Duval no solo creía la historia sobre la tumba llena de tesoros del faraón; creía también que Miles era capaz de leer los jeroglíficos.

Hasta el momento y para alivio de Miles, nadie había descubierto la verdad sobre Dafne. Y prefería que siguiera siendo así. Ya era bastante vulnerable tal y como estaban las cosas.

Si no hubiera estado fuera en el momento del robo, podrían haberla secuestrado también como rehén para obligar a Miles a que cooperara con ese francés lunático. Pero había estado en el consulado, intentando que tomaran alguna medida; lo que, como todo el mundo sabía, no sucedía a menos que dicha «medida» supusiera conseguir antigüedades a un precio módico. El robo había hecho que acudiera a Noxley, quien se había propuesto de inmediato recuperar el papiro y a Miles.

Era evidente que había logrado ambas cosas.

Era evidente que Duval era un hombre peligroso.

Aun así, el asunto de la cabeza...

Estaba muy bien lo de «Allí donde fueres, haz lo que vieres». Pero los ingleses habían dejado de cortar cabezas y de mostrarlas para edificación de las masas bastantes años atrás y Miles no veía motivo alguno para retomar esa práctica salvaje por el simple hecho de encontrarse entre salvajes.

Perdido en elucubraciones que explicaran el comportamiento de su amigo, prestó poca atención a lo que le rodeaba, aparte de observar que en el presente los egipcios construían sus casas en el interior, alrededor y encima del antiguo templo de Luxor. Allí donde el faraón y sus sumos sacerdotes celebraran una vez sus rituales sagrados, los campesinos habían alzado sus palomares.

La casa de Noxley, que ocupaba una esquina del extremo meridional del templo, no era una estructura en exceso imponente. Sin duda cabría con facilidad en el vestíbulo del hogar ancestral de Su Ilustrísima en Leicestershire. Pero para los cánones de Luxor, resultaba espaciosa y elegante con sus dos plantas; la planta alta bien aireada e ideal como alojamiento durante las noches estivales.

Ya en el interior de la casa, Noxley sugirió que guardaran el papiro y la copia en una caja fuerte. Miles se mostró de acuerdo, aunque se preguntó quién cometería la temeridad de tratar de robarle algo a cualquiera mientras Ghazi anduviera por allí.

Miles se retiró a la habitación que le habían asignado, se bañó y se desplomó sobre el diván. Durmió hasta que un criado lo despertó para cenar.

Cuando se reunió de nuevo con Noxley en el amplio *qa'a*, confortablemente amueblado, descubrió que no tenía apetito ninguno.

—Te ruego que me perdones, querido amigo —dijo Noxley—. Debes de estar harto de la comida nativa. Déjame decirle al cocinero...

—No se trata de la comida, sino de Faruq —lo interrumpió Miles—. No consigo sacarme su cabeza de la mente. ¿Estás seguro de que es conveniente alentar a personas como Ghazi a llevar a cabo esas prácticas salvajes?

—¿Por qué debería ser más salvaje que colgar a un hombre en Tyburn? —le preguntó Noxley—. Yo diría que es más misericordioso. Déjame decirte que se puede tardar un buen rato en morir colgado del extremo de una soga. En cuanto al hecho de guardar la cabeza para mostrársela a los demás, resulta que es la única forma de que las noticias se extiendan. Queremos que a Duval no le quede la más mínima duda acerca de la muerte de su mano derecha. Así sabrá que ha perdido tanto el papiro como a ti. —Noxley sonrió—. Estará echando espuma por la boca, como el perro rabioso y loco que es.

—Solo lo he visto una vez, pero me pareció bastante cuerdo —aseguró Miles—. Aunque no debe de estarlo si cree que alguien ha conseguido descifrar los jeroglíficos. Debe de estar todavía más loco para actuar como lo ha hecho, movido por esa falsa ilusión.

—¿Seguro que es una falsa ilusión? —Noxley levantó la vista de su plato con una expresión extrañamente inocente.

—El papiro contiene nombres de faraones —explicó Miles—. Y eso es lo único que cualquier erudito puede asegurar por el momento.

—¿No lo compraste porque creías que describía una tumba real, tal y como Vanni Anaz afirmaba? —inquirió Noxley sin dejar de mirarlo con esa expresión ingenua—. ¿No hay nada en él que te indique que tal vez sea el mapa de algún tesoro?

Miles hizo un gesto negativo con la cabeza. Lo había comprado para Dafne. Porque era bonito y estaba casi en perfectas condiciones. Porque ella no tenía nada ni la mitad de bonito en su colección. Porque sabía que le brillarían los ojos como solían hacerlo mucho tiempo atrás; antes de casarse con Pembroke. Y le habían brillado los ojos; Miles jamás la había visto tan feliz como cuando comenzó a trabajar en el papiro. Solo por eso habría estado dispuesto a pagar diez veces más por el objeto.

—Me llegó el rumor de que el cónsul general francés, Drovetti, le ofreció a Belzoni diez mil libras por el sarcófago de alabastro que había encontrado —dijo Miles—. Creí que el papiro, otro raro espécimen de gran calidad artística, tendría un valor proporcional.

—En ese caso puede que hayas solucionado el problema de Duval —afirmó Noxley. Le indicó a un criado que se llevara la bandeja de la cena. Una vez que el sirviente se hubo marchado, añadió—: Duval siempre ha creído que los franceses «descubrieron» Egipto, todo por las expediciones científicas y la publicación de la *Description de l'Égypte.* Odia a los ingleses en parte porque los vencimos, pero sobre todo porque nos llevamos la Piedra de Rosetta como botín de guerra.

—Por Dios, eso sucedió hace veinte años —dijo Miles—. No se puede decir que los franceses no se hayan llevado objetos valiosos de los países que han conquistado. Y jamás he tenido noticias de que devolvieran ninguno.

—Intenta decirle eso a Duval —replicó Noxley—. Aun así, hasta hace unos años no era peor que cualquier otro buscador de antigüedades

¿Hasta que tú llegaste y comenzaste a emplear a hombres

como Ghazi?, se preguntó Miles. Sin embargo, el recuerdo de la cabeza de Faruq hizo que se mostrara cauteloso.

—¿Sabes por qué? —preguntó.

—Por Belzoni —respondió Noxley—. Duval lleva en Egipto más de veinte años. Belzoni llevaba aquí menos de cinco y de pronto se hace famoso en todo el mundo. Duval había excavado en Biban al-Muluk, el Valle de los Reyes. Jamás encontró una tumba real, pero Belzoni sí; una tumba magnífica que contenía un extraño sarcófago de alabastro. Ni Duval ni Drovetti lograron encontrar la entrada de la pirámide de Kefrén, pero Belzoni sí. Los franceses no fueron capaces de encontrar la forma de trasladar la cabeza del Joven Memnon, pero Belzoni lo hizo y ahora se encuentra en Inglaterra.

—Veinte años de trabajo y ningún trofeo que lo demuestre —concluyó Miles. Al igual que en el caso de Virgil Pembroke, pensó—. Debe de estar loco de celos. —De nuevo como Pembroke, que tan celoso había estado del don que Dafne poseía para las lenguas.

—Imagínate lo que sintió al escuchar los rumores sobre el papiro que Anaz te había vendido —dijo Noxley.

—La gota que colmó el vaso —dedujo él.

Noxley sonrió.

—Debo admitir que yo también me sentí un poco celoso. Debiste caerle en gracia a Anaz. Por cierto, el tipo ha muerto, pobre hombre...

18

Jueves, 26 de abril

Rupert vio sus primeros cocodrilos a la altura de Tinis, donde una media docena tomaba el sol en un banco de arena.

El nivel de las aguas había descendido y los bancos de arena formaban un laberinto de obstáculos a través del cual debía abrirse paso el *Isis*. Momentos antes había visto una bandada de pelícanos y de patos salvajes sobrevolar su posición. Aunque debía admitir que si bien sus ojos miraban en esa dirección, había tenido la mente en otra parte.

En ella.

En desembarcar y buscar un lugar privado. Cada hora que pasaba los acercaba más a Tebas. Se le estaba acabando el tiempo. Una vez que encontraran a su hermano, nada sería como antes.

Se dijo que debería estar planeando el modo de librar a su hermano de las garras de los villanos. Debería estar planeando cómo proteger a las mujeres y a los niños.

En cambio, su mente no dejaba de maquinar y descartar planes para saciar su lujuria en el magnífico cuerpo de Dafne Pembroke.

Incluso en esos momentos, mientras contemplaba los cocodrilos, no dejaba de preguntarse cómo podrían ayudarlo a desnudarla.

Su cerebro solo era capaz de encontrar excusas para verla. Abandonó la cubierta y se dirigió al interior, donde ella solía pasar las horas más calurosas del día de un tiempo a esa parte.

No la encontró en el camarote de proa, sino en el suyo. La puerta estaba abierta para que corriera el aire.

Extendido sobre el diván se encontraba un conocido documento en el que se distinguían tres tipos de escritura. Era una copia de la Piedra de Rosetta. En el regazo tenía un cuaderno.

Rupert dio unos golpecitos en la puerta abierta y ella levantó la mirada. El rubor se extendió por su pálido rostro.

Deseaba besar esa piel sonrojada. Y las partes más pálidas. Y luego comenzar un lento descenso.

—Cocodrilos —dijo Rupert.

—¿De verdad? —Dejó el cuaderno a un lado—. ¿Dónde?

Rupert cogió una sombrilla y la condujo hasta la cubierta. Sostuvo la sombrilla sobre su cabeza mientras Dafne observaba con embeleso las extrañas criaturas. Pasó un buen rato antes de que la mujer hablara.

A él no le hacía falta decir nada. Le bastaba con estar cerca de ella, con observar cómo el asombro y el placer que ella sentía transformaban todo lo que él estaba mirando. Los cocodrilos le parecían de súbito más exóticos y sorprendentes. A su lado tenía la impresión de contemplar siempre nuevas maravillas.

—Apenas puedo creer que sean de verdad —dijo ella por fin—. Mire, hay uno que se está metiendo en el agua. Es como un sueño.

Rupert escuchó un par de voces juveniles no muy lejos y, a juzgar por el tono, estaban discutiendo. Los mandó callar con la mirada.

Tom se acercó corriendo.

—Señor, por favor, tengo que hablar con usted.

Aunque no podía hacerlo delante de la señora, explicó el muchacho. Era una conversación de hombre a hombre. Tras encogerse de hombros y esbozar una sonrisa, Dafne regresó al interior, lejos del sol abrasador.

—Será mejor que se trate de algo importante —le dijo Rupert al chico.

—Claro que sí, señor. Yusuf está muy enfermo.

Rupert examinó al otro muchacho, que se había quedado

atrás con aspecto avergonzado. Llevaba el turbante ladeado y las ropas arrugadas.

—Las enfermedades son asunto de la señora —dijo Rupert—. Yo no soy el médico aquí.

—Está enfermo de amor, señor —explicó Tom—. Por esa razón no le importa el aspecto de sus ropas.

—¿Amor?

—Sí, señor. Está enamorado de Nafisa. Y sufre mucho. Le he dicho que ahora usted es nuestro padre y que se encargará de que sea feliz, pero no quiere creerme.

Rupert miró de nuevo a Yusuf, cuya expresión había adquirido un tinte patéticamente esperanzado. Se concentró de nuevo en Tom.

—¿Desde cuándo soy vuestro padre?

Tom se lo explicó. Las enfermedades habían acabado con la mayor parte de su familia. Su tío Ahmad había desaparecido. Yusuf tampoco tenía familia. Los soldados de Mohamed Alí habían reducido su pueblo a cenizas hacía dos años y habían asesinado a todos los habitantes.

—Ahora le pertenecemos —concluyó el muchacho—. Es nuestro amo y nuestro padre.

En ese preciso instante, el bebé comenzó a llorar.

Rupert miró a su alrededor. Un bebé. Mujeres. Un par de adolescentes.

Y él era el padre.

Dafne mantuvo la mirada fija en los cartuchos con obstinación, pero resultó inútil. No podía concentrarse. No podía recordar en qué había estado pensando antes de escuchar el golpe en la puerta y ver al señor Carsington en la entrada.

Recordaba cómo la había aprisionado contra esa misma puerta la noche posterior a su visita a Menfis.

El beso, ese beso mágico. La ternura y la alegría del beso y el extraño descubrimiento que supuso, como si nadie la hubiera besado jamás.

Y en ese momento los recuerdos que había intentado desterrar regresaron con todas sus fuerzas y despertaron un arrollador deseo.

Habría podido sobrellevar mejor el anhelo si él fuera el patán que fingía ser. Pero ningún patán le habría devuelto la confianza en sí misma como él, ni tampoco habría conseguido que se sintiera completamente normal (incluso atractiva) por primera vez desde su adolescencia. Un patán no se habría quedado a su lado sujetando una sombrilla para protegerla del sol. Un patán no jugaría con la niña ni se sentaría por las noches para contarles cuentos a los muchachos ni permitiría que una mangosta lo utilizara como patio de recreo. Un patán no sería capaz de lograr que lo amaran todas las personas que se encontraban a su alrededor.

Incluida yo, pensó. Estúpida de mí.

—Dafne.

Levantó la mirada sin esperar ver a nadie, porque solo había oído lo que quería oír y esa profunda voz provenía de su imaginación.

Pero no, él se encontraba de nuevo en la puerta, con la cabeza ladeada porque el vano era unos cuantos centímetros más bajo que él. El viento del norte le había enmarañado el oscuro y abundante cabello. En sus ojos brillaba el buen humor. Recordó cómo había silbado en la oscuridad de la mazmorra, riéndose del peligro como si este solo existiera para servirle de entretenimiento.

En esos momentos se dio cuenta de que la había estado alejando de su propia oscuridad día tras día. Y día tras día, ella había ido cambiando. Gracias a él se había convertido en más de lo que había sido hasta entonces... o quizá había conseguido ser ella misma. Gracias a él había aprendido a aceptarse y a volver a confiar en sí misma. Gracias a él el deseo se había convertido en placer y no en motivo de vergüenza.

Te amo, pensó.

Él la contempló durante un buen rato y a continuación su boca esbozó una lenta sonrisa.

—Vaya —dijo—, eso está mejor.

—¿Qué es lo que está mejor?

El señor Carsington entró en el camarote y cerró la puerta.

—Ya lo sabes.

—No debería cerrar la puerta —dijo ella mientras su corazón, perverso como era, se desbocaba por la expectación.

—Me has mirado como diciendo «*ta'ala hena*» —aseguró él.

—No es cierto —mintió ella. La pasión hacía latir su corazón y le bullía en las venas. *Ta'ala hena.* Ven aquí.

—¿Por qué he olvidado entonces el motivo de mi visita? —quiso saber él. Se dejó caer en el diván a su lado—. Era de suma importancia. Pero la expresión de tu rostro ha conseguido que lo olvide todo. —Recogió del suelo el cuaderno que se le había caído al verlo—. Quizá lo recuerde más tarde. ¿Qué te tiene tan ocupada hoy? ¿O debería decir quién? Porque aquí hay una pareja de esos malditos cartuchos.

—No son una pareja —replicó ella con firmeza. El espacio era demasiado reducido. Estaban demasiado solos. En el exterior la tripulación comenzó a entonar una canción de amor—. Provienen de lugares distintos.

Al igual que ellos dos, se recordó. De mundos diferentes. Ella tenía que quedarse en el suyo, mantener las distancias. Y lo sabía muy bien.

Aun así, se acercó un poco y señaló la página mientras hablaba, aunque no era necesario. Él veía bastante bien y el tema no era complicado.

—El de arriba es de Ptolomeo, de la Piedra de Rosetta. El de abajo es de Cleopatra, del obelisco del señor Bankes. —Estaba demasiado cerca de él. Su fragancia le saturaba el sentido del olfato y le llegaba hasta el cerebro, confundiéndolo.

El señor Carsington levantó la vista del cuaderno para clavarla en su rostro. Dafne tendría que haber apartado la mirada; tendría que haberse concentrado para evitar que él leyera en su rostro lo que deseaba, cada uno de sus imprudentes y alocados pensamientos. Pero no podía hacerlo. Quería recorrerle el mentón con la punta de los dedos. Quería apoyar la mejilla contra la suya.

—Has escrito letras sobre los símbolos —dijo él.

—Es un acertijo —le explicó—. Contar letras y compararlas después. Para mantener la mente ocupada.

—¿Y funciona? —quiso saber el hombre.

Piensa en Miles, se dijo. Piensa en todo lo que ha hecho por ti. ¿Quieres que pague él las consecuencias de tu debilidad y tu estupidez? Di: «Sí, funciona».

—No —admitió—. No funciona.

—A mí no me funciona nada —le aseguró él—. Fue una estupidez por mi parte venir aquí y cerrar la puerta. Todo lo que hay aquí es tuyo. El aroma a olíbano de diosa. El perfume de tu piel. El olor de los libros, del pergamino y de la tinta. —Deslizó los dedos sobre los escasos centímetros de diván que los separaban—. Aquí es donde duermes. Yo duermo al otro lado del mundo. Esa es la impresión que me da. Te echo de menos.

Dafne se puso de rodillas y lo hizo callar con los dedos. No debía permitir que siguiera hablando con semejante dulzura. Comenzaría a creer cosas que no podían hacerse realidad. Y después sufriría mucho más. Los hombres eran capaces de decir cualquier cosa, de hacer cualquier cosa. Incluso Virgil había cambiado de actitud cuando se ponía meloso.

En el exterior, los marineros cantaban una canción de amor. Una de las voces se impuso a las demás con un canto de añoranza.

El amor angustia mi corazón.
El sueño no cerrará mis ojos.
Esta agonía desgarra mis entrañas
y lloro ríos de lágrimas.
¡Ay! Si estuviéramos juntos,
dejaría de suspirar y dejaría de llorar.

El señor Carsington acarició los dedos que le cubrían los labios hasta llegar al dorso de su mano. Le aferró la muñeca. Dafne dejó caer la mano y dejó que él se la estrechara. Sus dedos se entrelazaron. El hombre se llevó las manos unidas al pecho y las presionó contra su corazón.

—Te echo de menos —dijo. Fue un susurro casi inaudible, apenas un murmullo.

Ella también lo echaba de menos. Echaba de menos la libertad que habían compartido en la tumba de Asiut; la libertad de tocar, de besar, de dar y recibir placer, de abrazarse el uno al otro. De ir allí donde iban cuando estaban el uno en brazos del otro.

Se inclinó hacia él para rozarle los labios con la boca. Él respondió con tanta ternura que la conmovió. Dafne se zafó de su mano para poder capturar ese apuesto rostro y contemplar esos ojos oscuros y risueños.

Incluso en esos momentos ese espíritu desvergonzado seguía allí; un destello de picardía que resplandecía en medio de la oscuridad creada por la pasión y el deseo. Eso la hizo sonreír y Dafne quiso entregarle esa sonrisa con un beso.

—Te echo de menos —susurró—. Muchísimo.

Debería apartarse, pero era demasiado tarde. Había inhalado la fragancia de su piel, había paladeado su sabor y había sentido la calidez y la fuerza de sus manos. Capturó sus labios con fuerza una vez más y todos los anhelos que había tratado de reprimir se derramaron en el beso que no debería haberle dado. Deslizó las manos hasta sus hombros y se aferró a él cuando sabía que habría debido soltarlo. Después resultaría más difícil.

Pero el después se le antojaba muy lejano. En ese momento todo su mundo se reducía a ese hombre y a ese beso largo y tierno que no tardó en convertirse en un beso salvaje. Él le rodeó la cintura con un brazo y la estrechó contra su duro torso. Ella se acomodó sobre su regazo, se levantó las faldas y le rodeó las caderas con las piernas. No tenía el menor reparo. Con él no hacía falta. Podía hacer lo que le viniera en gana. No había reglas. Tan solo dar placer y recibirlo. Se aferró a su camisa y tiró de ella hacia arriba mientras ponía fin al beso el tiempo justo para sacársela por la cabeza. Le pasó las manos por los hombros, la espalda, el pecho. Era tan suave y duro como el mármol, pero cálido y lleno de vida. Jamás había conocido a otra persona tan vital como él. En el exterior, los hombres cantaban:

Mi corazón está envuelto en llamas.
¿Quién arde como yo?
¿Acaso no hay remedio?

Él la sujetó por la nuca y le enredó esos largos dedos en el cabello. La apartó un poco para poder contemplarla. No hubo palabras. Solo la pasión en sus ojos, ese brillo perverso y el asomo de una sonrisa. Acto seguido sus manos descendieron para desabrocharle el corpiño sin dejar de mirarla a la cara. Dafne recordó la primera vez que había tratado de desvestirla, apoyada contra la puerta.

«¿Qué está haciendo?», había dicho entonces como una idiota.

«Quitándole la ropa», había respondido él, a todas luces estupefacto por la estupidez de la pregunta.

En ese instante, Dafne rió en silencio al recordarlo. Él sonrió y así supo que también lo había recordado.

El corpiño cayó y sintió el roce de esas manos sobre la piel. Su cerebro comenzó a funcionar más despacio, con más dificultad.

Se apretó la boca con el puño para reprimir cualquier sonido. Había anhelado sus caricias; que esas manos fuertes y diestras trazaran las curvas de sus pechos, de su cintura, de su vientre y de sus caderas. No había comprendido la magnitud de la desesperación que causaba el deseo hasta ese instante, cuando se arremolinaba en su interior como una tormenta de arena y lo arrasaba todo salvo la intensa necesidad que la invadía.

Él le levantó un poco más las faldas y se desató el cordoncillo de los pantalones. Dafne comenzó a temblar cuando las prendas desaparecieron y quedaron piel contra piel. Le rodeó los hombros con los brazos y le pegó la boca al cuello para no gritar cuando sus manos comenzaron a recorrerle los muslos. Absorbió su aroma, intenso, masculino e inconfundible. La primera caricia íntima le hizo abrir la boca, pero no emitió sonido alguno. De haber podido hacerlo, habría gritado a los cuatro vientos el placer y la angustia que sentía; las exigencias contradictorias e imposibles que la embargaban. Más. No. Para. No te pares. Ahí. No, ahí no. Ay, no. Sí, sí, por favor.

La risa burbujeaba en su interior junto con un desasosiego casi insoportable.

Locura.

Una maravillosa locura.

Le clavó los dientes en el hombro y las uñas en la espalda mientras esas increíbles y peligrosas manos encontraban todos los puntos de placer y desencadenaban un delicioso y devastador torrente de sensaciones que la recorrió de arriba abajo.

El timbal de los marineros era como un eco distante y su anhelante canción reflejaba a la perfección el ansia que la consumía por dentro. Deseaba a ese hombre. Quería ser suya. Sentirlo dentro. Ser uno.

Movió la mano sobre su vientre para atrapar su miembro y guiarlo a su interior. Él emitió un sonido ahogado y le apartó la mano. La cambió de posición sobre su regazo y, antes de que pudiera decirle que no podía esperar más, se hundió en ella y atrapó sus labios antes de que se le escapara un grito. Sí, sí... Así. Por fin.

En el exterior, los marineros cantaban.

Reina de mi corazón.
Concédeme por fin tus favores.
Seré tu esclavo para siempre.
Tú serás mi dueña y señora.

En el exterior se escuchaban el sonido lastimero de las flautas y el repique de los timbales.

En el interior vibraba la imperiosa necesidad de convertirse en un solo ser para siempre.

Dafne lo acogió en su interior y lo rodeó con su cuerpo, acariciándolo con las manos para abarcar tanto como pudiera de él, a pesar de que nunca sería suficiente.

Se movió con él en silencio, al ritmo de una música que solo ellos escuchaban. Los engulló un mundo de sensaciones, desenfrenadas e ingobernables, a las que se entregó gustosa. Con él iría a cualquier parte. Con él no temía nada. Con él se sentía viva de una vez por todas.

Se aferró a él tal y como lo había hecho durante la tormenta de arena. Dejó que el placer la envolviera y los consumiera hasta hacerlos estallar. Con el placer llegó el alivio y una calma parecida a la paz.

—¿Qué están cantando? —preguntó Rupert más tarde, cuando pudo respirar y pensar de nuevo.

Se habían dejado caer sobre los cojines y allí llevaban un buen rato sin moverse. La abrazaba para tenerla cerca y ella hacía lo mismo.

Debería ayudarla a volver a vestirse. No era mucho trabajo: abrocharle el corpiño; acomodarle las faldas. Nada más. Ni corsé. Ni enaguas. Ni ropa interior. Rupert esbozó una sonrisa.

—Canciones de amor —respondió ella—. ¿Qué es lo que te hace tanta gracia?

—Tú —contestó—. No llevabas nada debajo. Así que supongo que me estabas esperando.

—Hace días que no llevo ropa interior —replicó Dafne—. Hace demasiado calor. Tenemos que vestirnos. Se está haciendo tarde. Pronto nos detendremos para pasar la noche.

—Canciones de amor —repitió Rupert. Y en ese momento lo recordó. La razón por la que había ido al camarote. La excusa—. Yusuf está enfermo de amor por Nafisa.

—Eso explicaría por qué han elegido esa canción —dijo ella—. Todo eso de entrañas desgarradas, el sufrimiento y tanto lamento... —Comenzó a apartarse de él.

Volvió a abrazarla.

—Tenemos que ser sensatos —dijo ella—. Yo tengo que comportarme con sensatez.

—Solo un poco más —le pidió.

—Señor Carsington...

—Rupert —la interrumpió.

—Necesito guardar las distancias —objetó ella.

—Es un poco tarde para eso —replicó.

—Sé que suena hipócrita —dijo Dafne—, pero necesito mantener las apariencias, el decoro. Por el bien de Miles.

Rupert le dio un beso en la frente.

—¿Crees que si nos descubre querrá arrancarme el hígado para asarlo? ¿Insistirá en que nos encontremos a veinte pasos pistola en mano?

Ella se apartó y se sentó.

—¡Santo Dios! ¿Un duelo? ¿Por mí? Aun cuando mi hermano llegara a considerar algo tan descabellado... No, no sería tan imbécil. —Volvió a colocarse el corpiño y le dio la espalda—. Abróchemelo, por favor —pidió—. No puedo llamar a Leena.

Rupert se sentó con manifiesta renuencia. Y también con manifiesta renuencia le abrochó la prenda.

—¿Ha hablado con Nafisa? —preguntó Dafne.

—¿Podemos hablar de Nafisa después? —preguntó él a su vez—. Todavía no hemos hablado de nosotros.

Dafne se dio la vuelta para mirarlo.

—No, por favor —suplicó—. No podemos continuar con esto. No me arrepiento de lo que ha ocurrido, pero el resto del mundo jamás lo comprendería y será el resto del mundo con quien Miles tendrá que enfrentarse. No quiero avergonzarlo. No podría vivir conmigo misma si lo hiciera. No puede ni imaginarse todo lo que ha hecho por mí. Sin él, me habría vuelto loca.

—Te ha cuidado —dijo Rupert.

—Ha excedido con mucho lo que la mayoría de los hermanos harían por sus hermanas.

—En ese caso no se me ocurría hacerle daño bajo ninguna circunstancia —afirmó Rupert antes de ponerse la camisa.

Deseó que la sabiduría fuera como una prenda y pudiera adquirirse con tanta facilidad. Había sido muy feliz durante un tiempo. En ese momento se sentía desdichado, un sentimiento que se acrecentaba a cada minuto. Tenía que marcharse. Tendría que dormir solo esa noche.

No era ningún monstruo. Podía controlarse. No deseaba

deshonrarla. No deseaba avergonzar al hermano que amaba, al hermano que la había protegido contra Dios sabía qué.

No debería resultarle tan difícil marcharse. No debería resultarle tan difícil asimilar que encontrarían a su hermano en los próximos días. Lo rescatarían o morirían en el intento. Y si morían, todo acabaría. Y si tenían éxito, todo acabaría entre Dafne Pembroke y Rupert Carsington.

Jamás había esperado que las cosas acabaran de otra forma y jamás había tenido problema alguno con los finales.

Había estado con otras mujeres.

Cuando llegaba la hora, se marchaba sin más.

Tanto si era decisión suya o (en rarísimas ocasiones) de la mujer en cuestión, se despedía siempre con elegancia y amabilidad. Con gratitud, tal vez. Jamás con arrepentimiento.

Se dijo que ese día le había brindado más de lo que había esperado. Había acudido al camarote por asuntos familiares.

Había acudido al camarote a favor de ese muchacho enfermo de amor que lo había mirado de forma patética con la esperanza pintada en el rostro.

—Será mejor que arregle el asunto que vine a arreglar —comentó—. De otro modo, todos sabrán lo que hemos estado haciendo aquí con la puerta cerrada.

—Parece que Yusuf quiere casarse con Nafisa —dijo Dafne, que se puso de rodillas y volvió a colocar las faldas en su lugar.

—Sí, pero es muy joven. Catorce años, creo.

—La mayoría de los adolescentes egipcios de esa edad ya tienen esposa —explicó ella—. Creo que sus compatriotas se rigen por el principio de que es mejor casarse que arder. Los padres suelen encontrarles esposas a sus hijos durante la pubertad.

Rupert frunció el ceño. Jamás había pensado en el matrimonio de esa forma. Bueno, nunca le había hecho falta, ¿verdad? Los ingleses no mantenían ocultas a sus hijas detrás de un velo ni las encerraban en harenes.

—Es algo bastante sencillo, si ella está de acuerdo —dijo Dafne—. El matrimonio de una virgen es un asunto tan elaborado como la familia pueda permitirse. Para las viudas y las mujeres divorciadas, la cosa es mucho más sencilla. He estado tomando notas al respecto. Tengo la intención de escribir un artículo sobre distintos aspectos de la cultura egipcia moderna.

Devolvió los cojines sobre los que se habían apoyado a su sitio, contra la pared del camarote. Gateó sobre el diván y comenzó a buscar en un armarito emplazado en un rincón de la estancia. Mientras ella buscaba, Rupert contempló su hermoso y redondo trasero. Reprimió un suspiro.

Dafne sacó un cuaderno como el que había utilizado para dibujar los cartuchos. Pasó con rapidez las páginas.

—Aquí está. Muy fácil. La mujer le dice al hombre: «Me entrego a ti». Por lo general se hace en presencia de testigos, pero no son necesarios. La dote es bastante inferior a la de una virgen. Por supuesto, yo me encargaré de darle una dote generosa, así que no hay problema. —Levantó la vista del cuaderno—. Lo único que hace falta es que Nafisa dé su consentimiento.

—¿Eso es todo? —preguntó él—. ¿Me entrego a ti? ¿Nada de amonestaciones? ¿Nada de licencias? ¿Nada de párrocos?

—Podríamos organizar una fiesta en su honor —dijo Dafne—. Es una buena excusa para una celebración.

Rupert se puso en pie.

—Sí, bueno, en ese caso será mejor que descubra qué opina Nafisa del posible novio.

—Dígale que venga a verme —dijo ella.

—No, no, utilizaré a Tom como intérprete —aseguró—. Quieren que lo haga yo. Yo soy el padre.

—¿El padre?

Rupert asintió con la cabeza de forma distraída y se marchó.

Regresó cinco minutos después.

Dafne no había tenido tiempo de poner sus sentimientos en orden. Apenas había tenido tiempo de lavarse. Se pasó la toalla por la cara a toda prisa para que el hombre no se diera cuenta de que la humedad se debía a las lágrimas.

Hacer el amor con él otra vez solo había conseguido empeorar las cosas. Sabía que tendría que ser la última vez, pero todavía no había terminado con él. No estaba preparada para que todo acabase.

Se estaba comportando como una colegiala sensiblera y romántica. Como si los diez años transcurridos desde su primer enamoramiento jamás hubieran pasado.

Pero eso no era cierto y tenía que recordar lo que había ocurrido, cada miserable detalle, todas las consecuencias que conllevaba el hecho de confiar en sus sentimientos.

Eso era lo que se decía, pero cuando el señor Carsington estaba cerca resultaba muy difícil comportarse de forma lógica y sensata.

Él estaba junto a la puerta, con la cabeza inclinada hacia un lado.

—Podríamos casarnos —dijo.

Dafne se apartó la toalla de la cara y la apretó contra su vientre. No dijo nada. Era imposible que hubiera escuchado bien.

—Podríamos casarnos —repitió él—. Tal y como has dicho. Tú eres viuda.

El corazón de Dafne se asemejaba a un enorme martillo en el interior de su pecho que no dejaba de dar golpes. Algo se rompería, algún órgano vital.

—¿Casarnos? —preguntó—. ¿Acaso se golpeó la cabeza al salir?

Él sonrió.

—¿Ves? Esa es una de las cosas que me gusta de ti. Tu sentido del humor.

—No tengo sentido del humor —afirmó.

—Puede que no te des cuenta porque tienes la mente ocupada con tus estudios —afirmó el hombre.

—No, el problema es que usted no conoce a la verdadera Dafne —dijo—. Cree que soy interesante y vivaz, pero no es cierto. Las circunstancias me han obligado a comportarme de forma diferente. Pero las cosas no tardarán en volver a la realidad y seré una vez más la persona aburrida e insociable que realmente soy.

—Recuerda que también creías que eras poco femenina —añadió él—. No puedes medirte según el baremo de un viejo quisquilloso.

—¡No lo entiende! —gritó—. No tengo pasatiempos. No tengo otros intereses. Como, bebo y respiro lenguas antiguas. Mi idea sobre cómo pasar un rato divertido consiste en contar los símbolos jeroglíficos de la Piedra de Rosetta. 1419. El texto equivalente en griego tiene 486. ¿Le gustaría saber a qué conclusión llegué con respecto a esas cifras?

—Por supuesto —respondió él—. Me encanta escucharte hablar.

—Aun cuando no entiende nada de lo que digo.

—¿Es necesario? —inquirió el señor Carsington—. ¿Tú entiendes de críquet? ¿La sutileza del boxeo?

—Por supuesto que no —contestó.

—Mi madre suele decir que a menudo es mejor que los cónyuges no se entiendan demasiado bien —explicó—. Un poco de misterio hace que el matrimonio siga siendo interesante.

—Entre usted y yo habría algo más que un poco de misterio —replicó Dafne—. No tenemos nada en común. —Esas oscuras cejas se enarcaron—. La lujuria no cuenta —señaló ella—. No es una base adecuada para una unión que debe durar toda la vida. No somos egipcios. No podemos divorciarnos pronunciando unas cuantas palabras sin caer en desgracia. No puedo, de ningún modo.

Él pareció meditarlo de nuevo y a continuación dijo:

—Me estás diciendo que la respuesta es no, con otras palabras.

—Es lo mejor —aseguró Dafne. Intentó desesperadamente recordar lo que se debería decir en semejantes circunstancias. Seguro que lo había leído en algún sitio—. Me temo que no encajaríamos... a largo plazo. Pero le agradezco mucho la oferta. Ha sido... amable.

—Amable —repitió él. Y se marchó con una breve carcajada.

Al anochecer, Dafne ya se había repuesto. De todos modos, no le quedaba otro remedio. Los preparativos de la boda no tardaron en mantener ocupado a todo el mundo.

No mucho después de que el señor Carsington se marchara, Leena y Nafisa llegaron corriendo con las buenas nuevas. Nafisa había aceptado a Yusuf. Estaba muy complacida. Quería tener más hijos. Yusuf era fuerte y joven y le daría mucha descendencia. También era apuesto y amable. Besó la mano de Dafne en repetidas ocasiones para darle las gracias.

—¿Y yo qué tengo que ver con esto? —preguntó Dafne—. Fuiste tú quien robó su corazón.

—Si me hubiera dejado en el pueblo —dijo la muchacha—, mi Sabah estaría muerta y yo sería la cuarta esposa de un hombre de mal carácter.

Como Virgil, pensó Dafne. Tenía un aspecto piadoso y sereno, pero no era más que una máscara; una máscara que había logrado engañarla. En su momento creyó que era culpable sin darse cuenta de que estaba a merced de un hombre caprichoso e insatisfecho.

Claro que por aquel entonces era muy joven; mayor que Nafisa en edad, pero no en experiencia. Desconocía el mundo real. Las muchachas, incluso las muy inteligentes, no acudían a escuelas públicas. Tampoco iban a la universidad. Ella había estudiado en casa, con su padre. Había llevado una existencia solitaria y recluida.

¿Acaso no podría volver a confiar en sus sentimientos porque estos la hubieran engañado tanto tiempo atrás?

¿Había arruinado para siempre su opinión sobre los hombres o sencillamente había cometido un error de juventud?

No estaba segura y ese día no tenía tiempo para resolver acertijos. Aunque la boda iba a ser un acontecimiento sencillo, tenía que ser una ocasión festiva. Se mantuvo ocupada con los preparativos. Cuando el barco atracó para pasar la noche, ya se estaba preparando la comida y la novia estaba ataviada con uno de los conjuntos al estilo árabe de Dafne.

La futura novia le estaba pintando los ojos al bebé con kohl cuando la mangosta entró a la carrera en la habitación, moviéndose con nerviosismo.

—¿Qué narices pasa aq...? —Dafne se detuvo cuando escuchó unas voces desconocidas en el exterior.

Leena echó un vistazo a través de las contraventanas.

—Funcionarios, de la ciudad —masculló—. Nos robarán toda la comida y dirán que es la tasa por atracar.

Margarita salió tal y como había llegado. Dafne apartó un poco a Leena de la ventana para poder mirar. La mangosta salió corriendo a la cubierta y de inmediato se alzó sobre las patas traseras y se le erizó el pelo como si hubiera visto una cobra.

Dafne se acercó al baúl donde guardaba las pistolas, las sacó y las cargó con manos temblorosas.

Las voces de fuera parecían calmadas, pero ella no se fiaba de esa calma. Si tuviera pelaje, también se le habría erizado. No sabía lo que se estaba cociendo, pero tenía la absoluta certeza de que algo andaba mal.

—Buscad cuchillos, cualquier clase de arma —les susurró a las mujeres—. Si alguien trata de entrar aquí, atacad primero y preguntad después.

Por primera vez y sin que sirviera de precedente, Leena reprimió su habitual retahíla de profecías calamitosas. Se limitó a asentir.

Dafne se enrolló con rapidez un chal a la cintura y se guardó allí una de las pistolas. La otra la llevaba en la mano. Salió al pasillo. Se detuvo para escuchar junto a la puerta que daba a la cubierta.

Se trataba de un asunto muy sencillo, decía uno de los extraños. El inglés estaba invitado a acompañarlos a la casa del jeque local.

Rupert contestó que se sentía halagado por la invitación, pero que tenía otros planes para la noche.

El hombre dijo que temía que el jeque se sintiera terriblemente ofendido. En cuyo caso todos los miembros de la tripulación tendrían que ser azotados para compensar su aflicción.

—Debo invitarlos a que se marchen —dijo Rupert—. Entiendan que vamos a celebrar una boda. Acabamos de limpiar el barco y no querrán ponerlo todo perdido de sangre, ¿verdad?

El hombre murmuró algo a otro que se encontraba cerca. Este sujetó al miembro de la tripulación más cercano y comenzó a golpearlo con un garrote.

En ese momento sucedieron varias cosas a la vez.

La mangosta saltó hacia el líder y le clavó los afilados dientes en la pierna. El hombre gritó. Se disparó un rifle. Rupert cogió un remo y lo esgrimió contra los dos hombres que se abalanzaron hacia él. Un hombre cayó por la borda. Un farol se estrelló contra la cubierta. Dafne amartilló la pistola, abrió un poco más la puerta, apuntó y disparó a uno de los atacantes de Rupert. El villano gritó y cayó al suelo aferrándose la pierna.

A partir de ese instante fue difícil discernir lo que ocurría. La tripulación había cogido los remos, las herramientas y los utensilios de cocina y los estaba utilizando para luchar. Dafne ya había sacado la segunda pistola y estaba amartillándola cuando una mano se cerró sobre su muñeca y la obligó a soltar el arma. El asaltante la alejó a rastras de la puerta. Ella la cerró de una patada y después le asestó otra a él. Su bota impactó contra una extremidad. El hombre dejó escapar un juramento, pero no la soltó. La estaba llevando hacia la parte trasera del barco, lejos de la refriega que tenía lugar en la proa. Consiguió blandir la primera pistola en dirección a la cabeza del rufián. El hombre la apartó de un golpe, le sujetó ambas manos y se las colocó a la espalda.

—¡Rupert! —gritó—. ¡Tom! ¡Yusuf! ¡Que alguien me ayude!

Creyó escuchar que él le respondía. Dafne giró la cabeza hacia el sonido de su voz. Se produjo un fogonazo que iluminó el rostro de Rupert un instante antes de que se llevara la mano al pecho, se tambaleara hacia atrás y... cayera por la borda.

—¡Rupert! —gritó.

—Si viene conmigo, su gente vivirá —dijo el hombre que la sujetaba—. Si lucha, morirán. Todos.

Se marchó con él.

19

Sábado, 28 de abril

Monsieur Duval se encontraba en Abydos, a más de noventa kilómetros río abajo de Dendera. El lugar estaba bastante alejado del Nilo, en el desierto de Libia, al borde de una cadena montañosa. Con él se encontraban varios de sus compatriotas y aliados locales, que habían abandonado Dendera con rapidez cuando se enteraron de que el *Memnon* se dirigía hacia allí. Puesto que no tenían muchos efectivos y la opinión de lord Noxley sobre el techo astral era de sobra conocida, decidieron ocultarse hasta que pusiera rumbo a Tebas.

Cuando llegó el hombre llamado Jabbar, Duval estaba en el interior de un inmenso edificio que Estrabón y Plinio habían llamado «Memnonium». Mientras sus compañeros aprovechaban al máximo el tiempo tratando de desenterrar el edificio de los siglos de arena y guijarros acumulados, Duval pasaba el suyo contemplando la pared de un cuartito interior. Grabadas en la pared había tres largas hileras de cartuchos, una lista de reyes.

Cada fila tendría que haber contado con veintiséis óvalos, pero el muro estaba dañado y se habían perdido unos cuantos nombres. Ninguno de los que quedaba se parecía al que recordaba del papiro, el más sencillo de los dos cartuchos que contenía.

En esos momentos el papiro estaba en manos de Noxley.

Se había enterado bien entrada la noche anterior de que Faruq estaba muerto. Noxley tenía el papiro y a Archdale en su poder, y estaban en Tebas, fuera de su alcance gracias al reinado de terror del Demonio Dorado.

Aun así, no todo estaba perdido, se dijo Duval.

Había enviado a un gran número de hombres río abajo para interceptar el *Isis* y capturar a la hermana de Archdale. Planeaba intercambiarla por el papiro y la clave del inglés para descifrar los jeroglíficos.

Entonces Jean-Claude Duval podría conseguir el triunfo con el que había soñado: descubriría una tumba real sellada, llena de tesoros. El descubrimiento lo haría famoso, más famoso que Belzoni. La mayor parte del tesoro iría a parar al Louvre, y no al Museo Británico. Le rendirían honores. Habría medallas grabadas con su nombre. Y por fin Francia sería vengada por el robo de la Piedra de Rosetta.

Ese era su sueño, su ideal. Sabía que tal vez las cosas no salieran de esa forma. El papiro podría conducirlo hasta una tumba real tan carente de tesoros como las que se habían descubierto hasta el momento. Sabía que podría tardar muchos años en encontrar la tumba. Sabía que era posible que no la encontrara jamás.

Aun así, incluso en el peor de los casos, tendría el papiro, que iría a parar al Louvre. Y él (y por ende Francia) tendrían la clave para descifrar los jeroglíficos, lo que era mucho más valioso, ya que se trataba de una clave que desentrañaría los secretos de los antiguos.

No, no todo estaba perdido... o eso había creído hasta esos momentos.

Con el corazón en un puño, miró el demacrado rostro de Jabbar y preguntó:

—¿Qué ha ocurrido?

—Una carnicería —contestó Jabbar—. Los hombres del Demonio Dorado nos estaban esperando. La mayor parte de nuestros hombres han muerto. Algunos huyeron hacia las colinas. Ghazi tiene a la mujer.

—¿¡Qué!? ¿Hemos vuelto a perderla? —preguntó Duval—. Primero los hombres de Asiut dejan que se les escurra de entre los dedos cuando estaba desprotegida y prácticamente sola y ahora esto.

—Borrachos estúpidos... —dijo Jabbar con acritud—. Tuvimos cuidado, pero nuestro enemigo conocía nuestros planes. A veces creo que incluso las serpientes, los chacales y los buitres espían para el Demonio Dorado, porque siempre lo sabe todo.

Perdida, pensó Duval. Había perdido su última oportunidad.

¿Y ahora qué?, se preguntó.

No lo sabía. Todavía. Pero descubriría un modo. No podía permitir que su archienemigo inglés ganara.

Los captores de Dafne habían mantenido su palabra. Habían dejado de luchar con su gente. Tan pronto como ella estuvo a bordo de su barco, cortaron las amarras del *Isis* para que la fuerte corriente se llevara la *dahabiya* río abajo.

Probablemente pasaría un buen rato antes de que su tripulación tuviera el barco bajo control. Entretanto, el *Isis* podría colisionar con un banco de arena o con otra embarcación. A pesar de ello, los que estaban a bordo tenían muchas más probabilidades de sobrevivir a esos accidentes que a los asaltantes. Con Rupert muerto, ¿quién podría evitar que los mataran a todos y hundieran la *dahabiya*?

Rupert muerto.

Tendría que sentir algo, pero estaba entumecida.

Tras viajar un trecho por el río, sus captores la bajaron a tierra para continuar a caballo. Dondequiera que fuesen, iban rápido, haciendo las pausas indispensables para descansar y refrescarse, por el bien de los animales y por el de ellos mismos. Aun así, la trataron bastante bien puesto que le otorgaron la intimidad suficiente para atender sus necesidades así como una pequeña tienda para que descansara. Dafne no sabía si descansaba o no, si comía o no. La comida no importaba. Dormir no importaba.

No le importaba cómo la trataran ni lo que fuera de ella.

El tiempo se había detenido. La escena que se repetía en su

mente era más vívida que el paisaje que dejaban atrás: el fogonazo del disparo de la pistola que apuntaba al corazón de Rupert; la expresión asombrada de su rostro; la mano que se llevó al pecho cuando el impacto lo tiró de espaldas; el chapoteo cuando su cuerpo cayó al agua.

No podía llorar. Se sentía petrificada, tal y como se había sentido seis meses después del día de su boda, cuando por fin comprendió el grave y colosal error que había cometido.

Entonces también había sido una prisionera.

En aquella época había puesto todo su empeño en no pensar en el dolor para concentrarse en cambio en su trabajo, en descubrir cómo ocultárselo a Virgil y en cómo comunicarse con el mundo erudito. La ira y la desesperación habían seguido presentes, pero las mantuvo encerradas en su interior. No podía vivir el resto de su vida enfrentada abiertamente a su marido. Lo único que podía hacer era construir un muro a su alrededor y crearse un mundo interior en el que poder vivir.

En esos momentos no tenía trabajo con el que distraerse y ya no era la niña que había sido entonces. Ni siquiera era la misma mujer que había sido unas cuantas semanas atrás.

Y en esa nueva mujer, la mujer en la que se había transformado, la ira y la desesperación fueron creciendo minuto a minuto, hasta que no quedó sitio para albergar otra cosa en su interior.

Era la segunda noche de su cautiverio y Ghazi le había llevado comida. El hombre le había sonreído y le había hablado con suavidad, pero ella solo podía pensar en la sonrisa de Rupert y en su voz grave... y en sus manos, esas manos grandes y diestras.

Contempló las manos de Ghazi, que sujetaban el cuenco, y después las suyas cuando extendió el brazo para cogerlo. Su mano derecha se convirtió en un puño con el que golpeó el cuenco, y la ira y la desesperación se canalizaron en una retahíla de improperios en árabe.

Los demás hombres, congregados junto al fuego, giraron la cabeza para mirarla con los ojos como platos y la boca abierta de par en par. Se quedaron así, como estatuas, durante el breve y letal silencio que se produjo a continuación.

Entonces Ghazi se echó a reír.

—Su árabe es bastante bueno —dijo—. Conoce todas las maldiciones. Mis hombres, lo sé muy bien, querrían enseñarle palabras de amor. A mí también me gustaría mucho enseñarle unos cuantos modales. Pero tendremos que dejar las lecciones para el señor. Él no tardará mucho en domesticarla.

—Si tu señor Duval es lo bastante estúpido como para tratar de domesticar una víbora, que lo intente —afirmó ella.

—¿Duval? —preguntó el hombre con una carcajada—. Vaya, no es de extrañar que se muestre usted tan fiera, viborilla. Nos ha confundido. Duval no es nuestro señor. ¿No ve adónde nos dirigimos, serpiente furiosa? Hacia el sur, hacia Tebas, donde está su hermano y donde reina el Demonio Dorado. De modo que, como puede ver, está a salvo y no tiene nada que temer.

Dafne sabía muy bien que no se encontraba a salvo. Pero ya no tenía nada que perder y, por tanto, nada que temer.

La dama llegó a Luxor la noche del domingo, tras haber realizado el último tramo del viaje en barco. Lord Noxley se encontraba en el embarcadero para recibirla. Aunque la luna no había aparecido aún y las antorchas apenas iluminaban los alrededores, se dio cuenta de que las cosas distaban mucho de ir bien. La señora Pembroke parecía tensa y formal. No detectó placer en su voz, ni siquiera alivio, cuando le devolvió el saludo. Y había rechazado su brazo.

—Mi hermano —dijo al tiempo que se apartaba de él—. Estos brutos que trabajan para usted me han dicho que Miles está aquí.

«Brutos que trabajan para usted.» Una mala señal. Algo había salido mal. Alguien lo había estropeado.

Lord Noxley ocultó su descontento. Su rostro solo mostró perplejidad. Pese a todo, aquellos que lo conocían bien se dieron cuenta de los nubarrones de tormenta que se estaban formando, con tanta claridad como si aún fuera de día y hubiera una verdadera tormenta en el horizonte.

—Archdale se encuentra a salvo —dijo—. Algo indispuesto en estos momentos, de otra forma estaría aquí.

—¿Está enfermo? —preguntó ella.

—No, no. Me gustaría que no se preocupara. Venga, pospongamos nuestra conversación hasta que haya descansado. Debe de estar agotada y querrá...

—¿Qué es lo que le ocurre? —lo interrumpió la dama.

—Bebió un poco más de la cuenta —le explicó. Borracho como una cuba sería una descripción más acertada—. No la esperaba hasta mañana. Él se alegra...

—Uno de sus hombres mató a Rupert Carsington —dijo ella.

Las nubes de tormenta se tornaron más amenazadoras.

—No puede ser cierto —dijo lord Noxley—. No puedo concebir cómo...

—Yo lo vi —le aseguró la señora Pembroke—. Así que le ruego que no me diga que me lo he imaginado. No quiero que me sigan la corriente ni que me protejan. No soy una niña.

—No, desde luego que no.

—Insisto en la necesidad de realizar un informe completo a las autoridades —dijo ella—. Me gustaría hacer una declaración. Mañana, tan pronto como sea posible. Entretanto, quiero ver a mi hermano, tanto si está indispuesto como si no. Después quiero que me preparen un baño. Y una cama.

—Sí, sí, por supuesto. Tal vez...

—Y quiero que me dejen sola. En paz.

—Naturalmente. Una conmoción terrible. Lo siento mucho.

Y se encargaría de que alguien más también lo sintiera mucho, muchísimo.

Dejó a la señora Pembroke al cuidado de una sirvienta, que la condujo hasta el inconsciente Archdale y después la ayudó a bañarse y a acostarse.

Mientras su futura novia se rendía a un exhausto sueño sobre el diván, Su Ilustrísima escuchaba el informe de Ghazi.

A esas alturas los nubarrones ya eran negros. Se suponía que la dama debía rebosar gratitud hacia su héroe y rescatador, Asheton Noxley. En cambio se mostraba fría y furiosa.

Se suponía que debía amarlo. Aunque más bien parecía odiarlo. Tendría que pasarse días (incluso semanas) tratando de recuperar su confianza.

Se sentía muy descontento, cosa que no presagiaba nada bueno para una persona, o tal vez para unas cuantas.

—Te dije que quería que Carsington desapareciera —aclaró—. ¿No puntualicé que el método más sencillo era hacer que lo arrestaran y lo llevaran a la prisión más cercana para interrogarlo?

Una vez que Carsington hubiese estado bajo custodia habría sido mucho más fácil arreglar las cosas para que desapareciera o muriera por «causas naturales». Era muy normal morir, por ejemplo, a causa de una almohada sobre la cara, un veneno en la comida o una víbora en la cama.

En cambio, un hombre (que la señora Pembroke sabía que trabajaba para él) había matado a Carsington. Delante de sus narices.

—Apenas puedo creer lo que oigo —dijo al tiempo que sacudía la cabeza—. Se supone que sois hombres con experiencia. Pero basta con que una mangosta te muerda en la pierna para que vuestra disciplina se haga añicos. Sabías que era necesario tener mucho cuidado con él. Sabías que había que llevar este asunto con la más absoluta discreción. Ahora, gracias a vuestra negligencia, me veo envuelto en el asesinato del hijo de un noble inglés.

El noble en cuestión no era un hombre con el que Su Ilustrísima deseara enfrentarse.

—Estoy de acuerdo, milord —admitió Ghazi—. Fue una cosa de lo más tonta. Pero si me permite, voy a explicarle un problema para el que no estábamos preparados.

—No te esperabas el ataque de la mangosta —aventuró lord Noxley—. Debía de llegarte a la altura de las rodillas cuando se levantara sobre las patas traseras. ¡Ah! Pero resulta que sus dientes son muy afilados y cuando agarran algo, ya no lo sueltan. Unos monstruos espeluznantes, sin duda.

—No sé cómo ocurrió —dijo Ghazi, impasible—, pero creo

que los egipcios se armaron de coraje al ver la mangosta. Lucharon contra nosotros. Egipcios normales y corrientes... se sublevaron y lucharon contra nosotros.

Lord Noxley lo miró con el ceño fruncido. Nadie podría haber previsto algo así. Los egipcios (los egipcios normales y corrientes, claro; no los miembros del ejército) se acobardaban, se escondían o huían. Nunca luchaban.

—Si no hubieran luchado, podríamos haber quitado al inglés de en medio sin dificultades —afirmó Ghazi—. Nos hubiera bastado con darles una pequeña paliza a los demás y él se habría doblegado enseguida. Es un hombre grande, pero tiene el corazón blando, como la mayoría de su gente. Reconozco que no hay excusa para el asesinato. Fue algo innecesario y estúpido.

Lord Noxley reflexionó sobre el asunto. Tras un momento, dijo:

—El asesino tendrá que ser llevado ante la justicia.

Ghazi asintió sin pensárselo dos veces.

—Será mejor que se lo entregues a los soldados turcos —dijo.

Había cuarenta soldados turcos destacados en Luxor, puesto que era una ciudad de cierta importancia. Les divertiría torturar al asesino, y mantener a los soldados entretenidos era una forma de asegurarse su lealtad. Pagarles —algo que al bajá se le olvidaba con frecuencia— era otra. Pero eso no suponía ningún problema.

Una vez que se casara con la acaudalada viuda de Virgil Pembroke, lord Noxley podría permitirse ser muy generoso, sin duda.

Lunes, 30 de abril

—¡Por todos los diablos! —exclamó Miles—. Se suponía que estabas a salvo en El Cairo.

No era el saludo más afectuoso que se le podía brindar a una hermana a la que llevaba un mes sin ver, pero no se sentía muy afectuoso en esos momentos. Le palpitaba la cabeza, le escocían los ojos y la boca le sabía a aliento de camello.

Había soñado con ella la noche pasada, o creyó que había sido un sueño. Dafne le dijo que había ido a verlo para asegurarse de que era cierto que estaba allí.

En esos momentos era ella la que estaba allí de verdad, en su habitación, sentada en el borde del diván, y no había modo de imaginarse que era un sueño.

—¿No sabías que venía? —preguntó Dafne—. ¿Tu amigo no te dijo que había enviado hombres a buscarme?

—Creo que le gustan las sorpresas —contestó Miles. Y las cabezas metidas en cestas. Se sentó en la cama y se pasó una mano por el pelo.

—Pareces preocupado —señaló Dafne.

—Y tú también —replicó él. Y no se trataba de que estuviese vestida como un egipcio, salvo por el turbante. Tenía la cara pálida como la cera y unas profundas ojeras.

Ella echó un vistazo a sus ropas.

—No tuve tiempo de hacer el equipaje.

—No me refiero a tus ropas —aseguró Miles—. ¿Qué te ha ocurrido?

—Mataron a Rupert Carsington —dijo ella.

—¿Cómo has dicho?

Dafne repitió la frase y a continuación le contó lo que había estado haciendo durante el último mes.

Miles volvió a recostarse y se apretó la cabeza con las manos mientras trataba de asimilarlo. Su estudiosa y solitaria hermana había emprendido un viaje (¡con Rupert Carsington! ¡El pendenciero hijo de lord Hargate!) para buscarlo. Apenas fue capaz de seguir el resto de sus aventuras, ya que su mente se había quedado atascada en el hecho inicial.

La tranquila y estudiosa Dafne. Navegando por el Nilo. ¡Con Rupert Carsington!

—No deberías haber bebido tanto —le estaba diciendo—. Jamás te había visto en un estado semejante. Estás adquiriendo unos hábitos malísimos. Espero que no se trate de la influencia de Noxley.

Miles volvió a incorporarse.

—Es ese puñetero papiro —dijo—. Lo saca todas las noches e insiste en hablar sobre él. Creo que cree que sé algo que no sé.

—Bueno, tú no sabes nada —dijo ella.

—Quiero decir que creo que él cree lo mismo que el francés lunático.

—Que eres capaz de leerlo —aventuró Dafne.

—Ya le he dicho que nadie puede leerlo. Le dije que fui a Giza para examinar la entrada a la pirámide de Kefrén e intentar discernir las pistas que había visto Belzoni, las que le dijeron dónde estaba la entrada. Fue algo relacionado con la forma en la que estaban esparcidos los escombros. Pensé que si podía ver lo mismo que Belzoni, tal vez pudiera aplicar ese conocimiento en Tebas, tal y como hizo él, y encontrar una tumba real. Le dije que el papiro logró que ardiera en deseos de descubrir otra. Pero Noxley sigue acicateándome, como si creyera que le oculto secretos.

—Y así es —afirmó ella—. Mi secreto.

—Cree que es la clave para descifrar los jeroglíficos. Bebo porque su sutil interrogatorio me está volviendo loco.

—Bueno, en ese caso tendremos que aclarar algunos asuntos —dijo Dafne—. Nos ha pedido que nos reunamos con él en el *qa'a.* ¿Quieres que yo vaya primero o que te espere?

—Espera —respondió—. Prefiero no dejarte sola con él.

Dafne soltó una breve carcajada.

—¿Qué es lo que te resulta tan gracioso?

—No sería la primera vez que mirara a una víbora a los ojos —contestó ella.

Miles no lo comprendió. Su hermana se comportaba de un modo extraño. Esa no era la Dafne que él conocía. Debía de ser la conmoción, pensó. Había visto cómo asesinaban a un hombre y había atravesado el desierto con Ghazi y su banda de alegres asesinos. Por no mencionar la travesía por el río. ¡Con Rupert Carsington!

Dafne se puso en pie.

—Te esperaré en mi habitación —le dijo—. Hay unas bonitas vistas.

Tan solo después de que se marchara, Miles distinguió un sonido lejano. Una especie de alarido o chillido. Algún tipo de pájaro, quizá.

Parecía tan inocente..., pensó Dafne. Rizos rubios y ojos claros. Estaba vestido al estilo árabe, salvo que no llevaba turbante ni barba y sus ropas eran de color blanco en lugar de los colores brillantes que preferían los nativos.

Todo de blanco, como un ángel.

Sonriente, la viva imagen de la alegría, como si no pasara nada en el mundo.

Ella también sonrió, ya que no tenía ninguna intención de ponerle las cosas fáciles. Se sentó en el diván y dijo que sí, que había dormido bien, muchas gracias. Y no, la comida nativa no le suponía un inconveniente; y sí, el café sería perfecto... muy fuerte, por favor, ya que Miles necesitaba un estimulante.

Miles tomó asiento a su lado en actitud protectora, aunque se encontraba tan mal y tan débil que apenas podía sentarse derecho. Nunca había tenido cabeza para la bebida.

Noxley le pidió disculpas por la escasez de vestuario que sufría.

—No entiendo por qué mis hombres no recogieron sus pertenencias —le dijo.

—Porque estaban demasiado ocupados matando gente —replicó ella.

—Daf... —murmuró Miles al tiempo que le daba un codazo.

Ella hizo caso omiso de su advertencia.

—Hablando del tema...

—Daf, ¿podemos posponer los temas desagradables hasta que haya tomado un poco de café? —preguntó Miles—. Por Dios, ¿qué es ese ruido tan espantoso? —Se llevó las manos a la cabeza.

Incluso sin dolor de cabeza, Dafne también lo encontraba perturbador. Lo había escuchado antes, pero en la lejanía. Lo había tomado por algún pájaro o animal exótico. Quizá un pavo real.

—¿Se refiere a los chillidos? —inquirió Noxley.

—¿Son humanos? —quiso saber Miles.

—Sí, desde luego —aseguró Noxley—. Parece que los soldados turcos están interrogando al hombre que mató al señor Carsington. —Posó su inocente mirada de nuevo en Dafne—. Por supuesto, tan pronto como usted me informó, interrogué a mis hombres y ordené que entregaran al culpable a la justicia.

—Parece que lo estuvieran torturando —dijo Dafne.

—La idea turca de la justicia dista mucho de la nuestra —comentó Su Ilustrísima—. Si el ruido la perturba, ordenaré que se lo lleven donde no podamos oírlo. De cualquier forma, no durará mucho más. Tienen que llevarlo de vuelta a El Cairo. Mohamed Alí quiere que el cónsul general inglés presencie su ejecución. Sin duda le enviarán la cabeza del asesino a lord Hargate.

—Santo Dios, otra cabeza... —murmuró Miles—. En una cesta, sin duda.

En ese momento entró un criado sin hacer el menor ruido, portando una gigantesca bandeja. La colocó sobre un taburete profusamente tallado que había junto al diván y volvió a marcharse.

—Usted deseaba que el asunto se solucionara con rapidez —dijo lord Noxley—. Y yo deseaba ahorrarle el trauma de revivir la experiencia.

Como si alguna vez pudiera dejar de revivirla.

El hombre se miró las manos un instante y a continuación volvió a mirarla con una expresión inocente en sus ojos claros.

—No encuentro palabras que expresen cuánto lo siento —dijo—. Mis hombres se vieron en la necesidad de actuar con rapidez, ya que se habían enterado de que la gente de Duval iba a por usted. El problema reside en que lo de pensar no es su fuerte. En su ahínco por defenderla demostraron impaciencia, torpeza y estupidez. No están acostumbrados a que la gente común les plante cara. Les asombró tanto que se anularon sus, por desgracia, limitadas luces.

—Comprendo —dijo ella—. Me preguntaba por qué me sacaron a la fuerza de mi barco. Tendría que habérseme ocurrido que una escolta armada habría bastado como protección. Pero sus hombres no pensaban con claridad... o no pensaban en absoluto.

El hombre inclinó de nuevo la cabeza y se pellizcó el puente de la nariz.

—La entiendo. Resulta muy difícil explicar cómo funcionan las cosas aquí.

—Suponga que no lo es —replicó Dafne—. Suponga que admite abiertamente que es usted el Demonio Dorado, el terror del Alto Egipto, y que nos quiere aquí por una razón muy concreta y no precisamente altruista.

Escuchó que Miles aspiraba entre dientes.

Noxley dio un respingo y cerró los ojos.

—Daf... —le advirtió Miles al tiempo que le ponía una mano en el brazo.

Se zafó de él.

—¿De qué se trata, milord? —insistió—. ¿Del papiro? Tiene un efecto de lo más extraño sobre los hombres. Envenena su buen juicio. Les hace ver cosas que no hay. Tumbas reales llenas de tesoros. Gente que puede leer escritura jeroglífica. Mi papiro podría ser el relato de una batalla o una proclamación... y no tener más relación con el tesoro que la Piedra de Rosetta. Sin embargo, los hombres ven ese par de cartuchos y su imaginación se desboca. Son ustedes unas criaturas tan románticas...

Lord Noxley levantó la cabeza.

—Su papiro —repitió—. Usted dijo...

—Es mío —intervino ella—. Miles lo compró para mí. Porque es a mí a quien buscan. Él es el famoso erudito Miles Archdale, pero yo soy su cerebro.

Al atardecer, Dafne se encontraba junto a la ventana de su habitación, contemplando el río.

Como Londres, Tebas estaba construida a ambos lados del río. Y allí terminaba el parecido. En realidad ese era otro mundo. Allí, sobre las fértiles llanuras de la orilla oriental, se alzaban los inmensos templos, los obeliscos y los pilones de Luxor y Karnak. Sobre la llanura de la orilla occidental se encontraban los Colosos de Memnon sentados sobre sus tronos. Tras ellos se atisbaba la vasta necrópolis, con sus templos y sus tumbas. Las últimas, excavadas en las faldas de las colinas libias, le daban un aspecto de panal de abejas a la pendiente oriental. Contempló las montañas que encerraban el Biban al-Muluk y sus tumbas reales.

—¿También tú tienes la mente envenenada? ¿Acaso has perdido el juicio por completo?

Dafne se giró hacia la puerta, donde se encontraba su hermano.

—¿Es que el sol te ha cocido el seso, Daf? —siguió preguntando. Entró en la habitación y cerró de un portazo—. No podemos quedarnos aquí —dijo—. Ese hombre está... está... —Hizo un movimiento circular junto a la sien con el dedo índice.

—Me importa un comino cómo esté —le dijo Dafne mientras se giraba de nuevo hacia la ventana—. No hay razón alguna que apremie nuestro regreso a El Cairo, como bien ha señalado. Está más que dispuesto a complacernos. Ha prometido enviar a alguien a El Cairo en busca de mis libros y mis notas. Tal vez cueste un poco reemplazar mis diccionarios de copto (están a bordo del *Isis)*, pero ha prometido que haría ciertas averiguaciones en los monasterios coptos.

—Daf, a estas alturas ya debes haber oído cómo hacen sus compinches esas «averiguaciones» —dijo Miles—. Golpean las plantas de los pies con un bastón. Durante horas. Y ese es el tipo de interrogatorio más suave.

—Le pediré que no maltraten a los monjes —dijo ella—. Quiere tenerme contenta.

—Por supuesto que quiere tenerte contenta —replicó Miles—. Eres asquerosamente rica. Con tu respaldo podría excavar el valle entero. Podría convertirse en el rey de Tebas. Eres como la gallina de los huevos de oro: una fuente inagotable de dinero.

El dinero con el que Virgil había pretendido acallar su conciencia, pensó Dafne. Para él había sido más fácil dejárselo tras su muerte que tratarla con respeto y amabilidad mientras vivía.

—Podremos explorar todo Tebas sin problemas —dijo ella—. Todas las tumbas reales, incluida la que descubrió Belzoni. Tendré centenares y centenares de muestras de escritura jeroglífica. Es una gran oportunidad. Y no tendré que fingir ser alguien que no soy.

—Y él podrá obligarnos a hacer lo que le dé la gana con dejar caer una mera amenaza hacia el otro —apuntó Miles.

—En ese caso será mucho mejor no hacer nada que pueda incitar semejantes amenazas —replicó ella.

—Está empeñado en casarse contigo —le dijo su hermano—. ¿No te das cuenta? Tiene que poseerlo todo: a ti y a tu dinero. Y, loco o no, Demonio Dorado o no, te mira de la misma forma que el resto de los hombres.

Dafne recordó la forma en que la miraba Rupert, con ese brillo alegre en los ojos. Recordó la última tarde en el *Isis.*

«Podríamos casarnos.»

Se le empezó a formar un nudo en la garganta. Inclinó la cabeza en un intento por reprimir el dolor. Si se daba por vencida, se hundiría y jamás volvería a salir a flote. Estaría perdida. No podía permitirse el lujo de sentir dolor. Tenía que ser fuerte y adoptar una actitud estoica si quería sobrevivir a todo aquello y encontrar una forma de escapar.

—Utiliza el cerebro —le dijo a Miles con acritud—. Tu amigo no nos dejará marchar. Tenemos que sacar el mayor provecho posible de la situación.

—¿De la misma forma que hiciste con Pembroke? —le preguntó su hermano—. ¿Crees que quiero verte sufrir de nuevo?

Dafne se obligó a mirarlo. Sonrió con sorna.

—Si pude sobrevivir a Virgil, podré sobrevivir a cualquier cosa —aseguró—. Saldremos de esta de algún modo. Pero llevará algo de tiempo, reflexión y cuidado... Y tienes que aprender a confiar más en mí.

El martes y el miércoles recorrieron Luxor que, tal y como ella había sospechado, resultaba más espectacular cuando se veía desde lejos, desde el otro lado del río, o cuando la describían los autores de la *Description de l'Égypte.* Vista de cerca, la realidad la deprimió; aunque tal vez se debiera a su estado de ánimo.

El lugar pareció cernirse sobre ella hasta agobiarla: las casuchas que se apretujaban por todos los rincones y grietas; la suciedad; las palomas; la inmundicia; los montones de arena y de escombros que ahogaban los obeliscos, los pilones y las columnas.

Aun así, se obligó a contemplar el lugar con los ojos de un erudito. El miércoles le pidió un cuaderno a lord Noxley y comenzó a copiar inscripciones.

El jueves fueron a Karnak. No se encontraba muy lejos, a poco más de tres kilómetros. Recorrieron en burro la avenida de las esfinges, o lo poco que quedaba de ella. A esas alturas la mayoría de las esfinges habían sido destruidas y la parte meridional de la avenida estaba cubierta de tierra y escombros.

De cualquier forma, la destrucción no lograba empañar el encanto del lugar. La grandiosidad de los monumentos tampoco quedaba empañada por el hecho de estar medio enterrados. Los grandes pilones, los gigantescos bosques de columnas, los obeliscos, los colosos, las esfinges... era todo tal y como la *Description de l'Égypte* había ilustrado hasta el mínimo detalle. No obstante, la realidad excedía de lejos cualquier cosa que hubiera podido imaginar.

Mientras avanzaban a lo largo de la avenida principal de la sala hipóstila, alzó la vista hacia las doce gigantescas columnas (las más grandes de cualquier edificio egipcio, según había dicho Noxley) y se preguntó qué habría dicho Rupert al respecto.

En su mente lo vio alzar la vista hacia uno de esos capiteles con forma de loto tal y como lo hiciera al contemplar la pirámide de Kefrén: con los puños en las caderas y la brisa enredando su pelo negro. Casi pudo escuchar su voz grave diciendo: «Es grande».

Sonrió, pero le temblaron los labios, se le hizo un nudo en la garganta y las lágrimas le enturbiaron la visión.

Cerró los ojos y se obligó a reprimir las lágrimas. Debía continuar con su trabajo, utilizar su intelecto en lugar de sus emociones. El trabajo le había dado fuerzas antes y volvería a hacerlo en ese instante. Su mente era el único aliado en el que podía confiar. Llegado el momento, encontraría la salida gracias a ella.

Esa noche Dafne soñó con la tumba de un faraón.

Bajaba dieciséis escalones hasta la entrada de un pasadizo. Al final había una cámara atestada de objetos: cajas, cestas, jarros y muebles con formas de animales. Su mirada se desvió sin remisión hacia la derecha, donde dos figuras vigilaban una puerta. Dejó atrás las dos figuras y atravesó la puerta para internarse en una habitación oscura.

Una tenue luz le mostró un par de puertas. Las abrió. Dentro había un inmenso sarcófago dorado. En cada una de las esquinas había una diosa con las alas extendidas para proteger lo que había en su interior.

Subió un tramo de escaleras y miró el interior del sarcófago.

Allí se encontraba Rupert Carsington, que parecía dormido y esbozaba una misteriosa y dulce sonrisa, como la de la estatua de Ramsés el Grande de Menfis.

Llevaba un faldón de tejido dorado y yacía con los brazos cruzados sobre el pecho desnudo. Bajo la tenue luz, los contornos de sus músculos resplandecían con un brillo dorado más oscuro.

Extendió una mano para acariciarle la cara.

—Te echo de menos —susurró.

Las lágrimas se deslizaron sobre sus mejillas y cayeron sobre las de él.

El hombre dijo:

—Dafne, despierta.

No. No quería abandonar el sueño. No volvería a verlo jamás salvo en los sueños.

—Dafne, despierta.

Trató de decir que no, pero no pudo pronunciar palabra.

Abrió los ojos y se encontró inmersa en la oscuridad. Una mano le cubrió la boca. No era su mano. Era una mano grande y... conocida.

Y también estaba esa fragancia. Ese aroma a hombre. El suyo.

Una voz grave gruñó:

—Nada de gritos. Nada de lágrimas. Nada de desmayos.

Dafne pronunció las cuatro palabras de forma entrecortada por los sollozos al tiempo que le echaba los brazos al cuello:

—Yo... nunca... me desmayo.

20

Bajo la delgada manta, el cuerpo de Dafne resultaba muy blandito y maravillosamente voluptuoso... y casi desnudo. Mientras la estrechaba contra él, Rupert descubrió que apenas se interponía nada en su camino: un trozo de liviano tejido, su camisa, que se le había subido hasta la cintura. El resto era todo piel, suave y sedosa... y extraña.

Faltaba algo.

Enterró la cara en su cuello y olisqueó.

Levantó la cabeza.

—¿Qué te han hecho? —susurró—. Falta algo. El olor a diosa.

—¿Que qué me han hecho? ¿A mí? Creí que habías muerto.

—Lo sé. Yo también lo creí al principio.

—Vi cómo te disparaban —le dijo—. Te llevaste la mano al pecho y caíste. No te volviste a levantar.

—La bala me rozó justo por debajo del brazo —explicó—. Un rasguño. Pero tropecé. Perdí el equilibrio y me caí. Y como de costumbre me golpeé la cabeza. Recuperé el sentido río abajo, aferrado a un trozo de madera. Fue de lo más humillante.

—Humillante...

—Soy el ejemplo a seguir para los muchachos —le dijo—. Soy un héroe. Los héroes no se caen. Los héroes no se golpean la cabeza al caer. Debí de parecer un completo inútil.

Dafne tiró de él para besarlo. De forma tierna y delicada al principio. Rupert distinguió el sabor de lágrimas. Debería haber dicho «Nada de lágrimas», pero fue incapaz. El tierno beso había provocado un extraño anhelo en su interior, algo que no era ni felicidad ni tristeza. Ese era el efecto que Dafne tenía sobre él: despertaba sentimientos para los que no tenía nombre.

Estaba casi desquiciado cuando por fin alcanzó el *Isis* y subió a bordo, mojado y magullado pero sin apenas sangrar, aunque nadie pareció darse cuenta por la reacción que tuvieron al verlo. Había necesitado prácticamente los cinco días de trayecto hasta Tebas para calmarse, ordenar sus ideas y darse cuenta de lo afortunada que había resultado su torpeza.

Si los rufianes no lo hubieran dado por muerto, se habrían asegurado de que lo estuviera.

De modo que no lo esperaban. No lo buscarían.

Tenían que aprovecharse de esa oportunidad.

En un minuto.

En ese momento ansiaba saborearla, acariciarla; necesitaba su desenfrenada y ardorosa entrega. Deslizó las manos por la suave piel de su espalda hasta dejarlas sobre la deliciosa curva de su cintura. Colocó sus dedos sobre ese maravilloso y desnudo trasero para acercarla a su entrepierna.

—Te he echado de menos —murmuró ella contra su boca. Frotó la mejilla contra la suya de ese modo tan especial y algo explotó en el interior de Rupert; algo profundo y misterioso. No sabía lo que era y tampoco entendía su origen.

Aunque sí recordaba el vacío. Recordaba aquel momento en que vio un pájaro extraño y, cuando se giró para señalárselo, descubrió que ella no estaba allí.

Recordaba todas las ocasiones en las que había entrado a mirar su camarote, donde habían hecho el amor despacio y en silencio. Incapaz de controlarse, había cogido un cojín y se lo había llevado al rostro para inhalar su aroma con avidez... Había recorrido los lomos de sus libros con los dedos... Se había quedado absorto sobre las páginas de sus cuadernos, llenos con su pulcra caligrafía, con palabras que no entendía y con bocetos: figurillas y símbolos, todos incomprensibles.

—Yo también te he echado de menos —le dijo a su vez. La había echado terriblemente de menos, mucho más de lo que jamás habría llegado a imaginar.

Quería apoderarse de nuevo de su boca y de todo lo demás; reclamarla de la forma más primitiva.

No había tiempo.

Se apartó.

—Bueno, será mejor que nos pongamos en marcha —le dijo.

—¿En marcha? —preguntó ella con voz confundida—. ¿Nos vamos?

—Sí. Ahora. Tú. Yo. La ventana. —Se sentó, ordenándole en silencio a su consejero personal que se tranquilizara—. ¿Dónde están tus ropas? No importa. Una túnica servirá. Tienes ropas en la embarcación.

—No creo...

—No tienes tiempo para creer nada —la interrumpió—. Tenemos que irnos antes de que los guardias empiecen a despertarse... o antes de que alguien huela el hachís y sospeche algo —explicó.

Ella se frotó la cara.

—¿Hachís?

—¿Recuerdas a tu portero drogado? ¿Tan alegre e inútil? ¿De qué otra manera crees que podría haber trepado por la pared de la casa sin armar un escándalo?

—No puedo dejar a Miles —declaró.

—Lo sé, pero no se encuentra en un lugar conveniente —dijo Rupert—. No puedo llegar a su ventana y no puedo moverme por la casa. No podíamos drogar a todo el mundo y hay un montón de gente por aquí. Hay una sirvienta durmiendo al otro lado de tu puerta. Y otros sirvientes por aquí y por allá, donde menos te lo esperas. Y también están los guardias que patrullan por los pasillos.

—¿Cómo sabes...?

—Leena ha estado espiando para nosotros —explicó—. Se hizo amiga de una criada muy charlatana. ¿No podríamos dejar los detalles para después? No podemos perder tiempo.

—No puedo dejar a Miles —repitió—. Si desaparezco, él pagará las consecuencias.

—No. Es demasiado valioso como para que le hagan daño. Se nos ocurrirá un plan astuto para sacarlo. Mañana. Te lo prometo. —Se levantó del diván—. ¿Dónde está tu túnica?

Dafne se puso de pie muy despacio.

—No es valioso —objetó.

—Tú lo sabes y yo también —dijo Rupert—, pero...

—Noxley conoce mi secreto —declaró ella.

Se produjo una breve y tensa pausa. Después:

—Sí, desde luego —dijo—. Debería haber supuesto que sería más complicado.

—Se lo dije —siguió ella—. Tenía que hacerlo. Miles habría sido incapaz de continuar con la farsa mucho más tiempo al vivir bajo el mismo techo todos los días. Empezó a beber para eludir las preguntas difíciles, pero no tiene cabeza para el alcohol.

—Comprendo —comentó él—. Supongo que era inevitable. Nos encargaremos de ese problema. Mientras tanto...

—Miles cree que Noxley está loco —siguió Dafne—. Yo no estoy tan segura. Pero sí estoy convencida de que no le hará daño a mi hermano. A Noxley le gusta hacer creer que es noble y amable. —Otro farsante como Virgil—. Tiene a otros para que hagan el trabajo sucio: tortura, mutilaciones, asesinatos...

—Dafne...

—Chitón. —Le cubrió los labios con los dedos.

Ruido. Pasos. Voces. Al otro lado de la puerta.

Rupert miró en esa dirección. También lo había oído.

Lo empujó hacia la ventana.

—Vete.

—No sin ti.

Dafne tampoco quería que se fuera sin ella, pero no tenían alternativa. Ni tampoco tiempo para discutir.

Apretó el puño y le pegó en el pecho.

—Estás vivo —dijo—. Sigue así o nunca conseguiré sacar a Miles de este lío. Vete.

Los ruidos sonaban más cerca.

Dafne se apresuró a regresar al diván. Vete, rezó en silencio. Por favor, vete.

Sintió más que oyó cómo se marchaba.

Alguien llamó a la puerta con impaciencia. La voz de un criado preguntó en un susurro si la señora se encontraba bien.

Dafne se recostó y se tapó con la delgada manta. La puerta se abrió de par en par.

Ella se sentó deprisa y miró a su alrededor como lo haría alguien a quien acabaran de despertar de forma abrupta.

Una criada estaba en la puerta con un candil en la mano. Detrás de ella había una figura alta y fornida.

—El guardia escuchó algo —dijo la criada al tiempo que levantaba el candil—. Voces, dice.

—¿De veras? —preguntó Dafne—. Debo de haber hablado en sueños. Tengo sueños muy extraños.

Viernes, 4 de mayo

Dafne regresó a Karnak el viernes acompañada de Miles y Noxley. Era increíble cuán majestuoso parecía el lugar cuando ese enorme peso ya no le oprimía el corazón. No tardó en rellenar su cuaderno y lord Noxley envió a un criado a Luxor a por otro. Pasó la última parte del día en una pequeña estancia llamada «Cámara Real». Bajo las figuras de los distintos faraones estaban los cartuchos con sus nombres que procedió a copiar.

—¿Debo suponer que no se aburrirá si regresamos mañana? —le preguntó lord Noxley cuando iniciaron su regreso a Luxor al atardecer.

—Creo que podría pasar un mes entero aquí y no aburrirme —respondió—. Pero me bastará con otro día en caso de que tenga otros planes.

—Siempre podemos volver —se ofreció Noxley—. Aunque

tal vez si hace un recorrido general por Tebas pueda escoger los lugares que más le convengan a sus trabajos. Creo que tal vez debamos hacer una excursión a la orilla occidental la semana que viene. Sospecho que encontrará esa zona aún más fascinante, señora Pembroke. No solo se deben estudiar los templos y palacios, sino también las propias tumbas. Y lo que es igual de importante: las tumbas de los nobles le proporcionarán muchos papiros.

Continuó hablándole acerca de los habitantes de la Tebas occidental, los qurnan, que destruyeron las tumbas, hicieron pedazos las momias y utilizaron los sarcófagos artísticamente decorados como leña.

—Fueron sus ancestros los que desvalijaron las tumbas de los reyes en Biban al-Muluk, puede estar segura —dijo el vizconde—. Esa avariciosa tribu de ladrones debió ser exterminada hace mucho, pero las autoridades turcas se niegan a intervenir. El problema es que nadie considera que robar tumbas sea un delito grave. Los turcos solo son diligentes a la hora de recaudar impuestos y sobornos, y de aterrorizar a los campesinos. Son bárbaros que ni comprenden ni se preocupan por las civilizaciones perdidas. Desmantelan antiguos templos para construir fábricas.

—Nosotros no somos tan diferentes —declaró Dafne—. Las supuestas naciones ilustradas también destruimos y robamos. No puede estar bien violar el descanso de los muertos o reducir las momias a pedazos para buscar joyas y papiros. Pero sin los papiros, ¿cómo entenderíamos los eruditos el pasado? ¿Está bien dejar los monumentos aquí, donde corren el peligro de ser destruidos? ¿O lo que está bien es llevárnoslos a nuestros palacios, museos y mansiones en el extranjero? No conozco la respuesta. Solo sé que mi papiro procede de una de esas tumbas... cortesía de los qurnan.

Noxley sacudió la cabeza.

—El suyo no procede de una tumba cualquiera de Tebas —replicó el hombre—. Proviene de la tumba de un rey, de Biban al-Muluk.

—Eso es lo que Anaz proclamaba —intervino Miles.

—Ahora que he tenido la oportunidad de estudiarlo con detenimiento y de compararlo con otros, me inclino a creer que estaba en lo cierto —declaró Noxley—. Los cartuchos, por ejemplo. He visto bastantes en las tumbas reales, en los templos y otros monumentos, pero nunca en un papiro. Aunque la mayoría de los papiros, como muy bien sabe, están escritos en demótico, no con los jeroglíficos, así que puede que haya visto los nombres de los reyes sin darme cuenta.

Dafne no había visto los suficientes papiros para llegar a semejante generalización.

—¿Cuántos papiros ha estudiado? —preguntó.

—Jamás tendría la presunción de afirmar que los he estudiado, no como usted —respondió—. Soy un explorador, no un erudito. Pero he visto una gran cantidad... y en este momento tengo al menos unos cuarenta.

—Eso es un gran número —replicó ella. Más del doble de los que ella poseía.

—Será un placer para mí que los utilice —le ofreció—. Sé que su visita a Tebas no empezó con buen pie, pero estoy decidido a enmendar ese error. Déjeme empezar desde cero al hablar sin tapujos y con total sinceridad, tal y como es evidente que usted prefiere. Nada me gustaría más que descubrir la tumba de un faraón. Y usted, lo sé, desearía desvelar los secretos de los jeroglíficos. Si trabajamos juntos, como aliados (no me atrevería a hablar de algo más en este momento)... como aliados, repito, como un equipo, es mucho más probable que alcancemos nuestras metas, ¿no le parece?

—¿Y Miles? —inquirió Dafne—. ¿Qué papel desempeña?

Noxley sonrió con benevolencia en dirección a su hermano.

—Archdale, me engañaste de la peor de las maneras. En un principio me enfurecí al pensar en lo estúpido que me hiciste parecer. Pero lo hiciste pensando en el bienestar de la dama. Y por eso te perdono. Estoy seguro de que prefieres con mucho descubrir la tumba de un faraón a pasar el tiempo aprendiendo copto y resolviendo acertijos de palabras. Tienes algunas ideas, o eso creo, acerca de cómo localizar las entradas de las tumbas. Tal vez podamos unir nuestras cabezas, ¿no?

—Sin duda —convino Miles—. Es mucho más agradable a que me la corten.

Lord Noxley se echó a reír como si fuera una broma y continuó hablando acerca de la tumba de Belzoni y de la probabilidad de que hubiera otras incluso más impresionantes.

La conversación decayó cuando alcanzaron Luxor y se vieron obligados a pasar por sus estrechas callejuelas. Poco antes de que llegaran a la casa, una anciana se acercó a Dafne y se ofreció a leerle la fortuna.

Noxley le dio una moneda y le dijo que en otra ocasión, que la dama estaba cansada ese día. La vieja cogió la moneda y se ofreció a darle a la dama un amuleto para atraer la buena suerte. Noxley se encogió de hombros.

La adivina cogió la mano de Dafne y musitó muy bajo, de modo que solo ella pudiera escucharla:

—El fuego lo acompaña. Esté preparada.

Aunque se trataba de su hermana, Miles siempre había comprendido el motivo por el que los hombres se convertían en estúpidos babosos al ver la figura de Dafne.

Era normal.

Lo que no entendía era por qué aquellos que se las ingeniaban para acercarse a ella estaban mal de la azotea.

El apuesto Pembroke con su halo romántico y su forma de ser afable y tierna, había resultado ser un tirano hipócrita y religioso. Era posesivo y se había sentido celoso hasta el borde de la locura del resto de los hombres, si bien los celos que despertaba en él el intelecto superior de Dafne habían sido mucho peores.

Noxley era otro con una bonita envoltura y modales encantadores y un corazón negro. Y menuda desvergüenza al hablar del modo en que lo había engañado, teniendo en cuenta cómo lo había traicionado a él.

Al igual que Pembroke, Noxley era posesivo en extremo.

Después de todo, era un hombre que creía que Tebas le pertenecía. También era un torturador y un asesino que delegaba en otros. Y cuando alguien le presentaba la cabeza de otro en una cesta, se le encendía el rostro como si fuera un niño al que le hubieran regalado un caballito de madera o unos soldaditos de plomo.

Lo más parecido a una cualidad redentora que poseía era que no envidiaba el cerebro de Dafne. Claro que creía que ese cerebro acabaría por conducirlo a un gran descubrimiento, o incluso a un gran tesoro. El vizconde anhelaba fama y poder, pero tampoco le hacía ascos a la posibilidad de incrementar su fortuna.

No obstante, Dafne había dicho que tenían que seguirle el juego y tenía razón. Estaban prisioneros en Tebas. La vigilancia era constante. No podían escapar sin ayuda y todas las personas del lugar estaban demasiado corrompidas o demasiado aterradas como para arriesgarse.

En ese momento cualquiera pensaría que Noxley era el tipo más amable y dulce del mundo.

Después de cenar, tal y como solía hacer cuando solo estaba con Miles, el vizconde sacó el papiro. Esa noche en cambio llevó otros consigo y los extendió en la alfombra para que ella les echara un vistazo.

Dafne se arrodilló junto a él, concentrada por completo en los documentos. La atención de Noxley recayó de lleno en ella, sobre todo en su busto, cuando se lanzó de cabeza a una de sus increíblemente aburridas disertaciones acerca del trabajo del doctor Young y de los puntos en los que coincidía o disentía de sus conclusiones, así como los motivos.

Tal vez porque su mente estaba en otra parte, la charla no durmió a Noxley como habría sido de esperar. Aunque pasado el tiempo sí que adoptó la expresión vacía y ofuscada a la que Miles estaba tan acostumbrado. Aquellos que conseguían permanecer despiertos siempre lucían esa expresión después de escuchar un rato a Dafne.

La aburrida y estudiosa Dafne. Si no tenía la nariz metida en un libro, la tenía manchada de tinta mientras dibujaba sus pequeños esquemas y sus filas y columnas de alfabetos, símbolos y palabras. La tímida, solitaria y lógica Dafne.

La misma mujer que había puesto en marcha (¡con Rupert Carsington! ¡El pendenciero hijo de Hargate!) un desquiciado plan para rescatar a su hermano.

Esa no era la hermana que Miles creía conocer. Aunque esa Dafne estaba sin lugar a dudas parloteando acerca del copto y otros secretos imposibles de comprender.

—El símbolo del sol, por ejemplo —estaba diciendo mientras señalaba un cartucho—. Aquí está solo y estoy bastante segura de que es *ra* o *re,* la palabra copta para «sol», mientras que el doctor Young lo combina con el símbolo de una columna y atribuye al dios el nombre de Phre...

Un alarido espeluznante la interrumpió. Seguido de otro y de más gritos.

Lord Noxley se puso en pie de un salto.

El ruido se intensificó. Desde no muy lejos llegó el sonido de unos pies descalzos a la carrera. Un criado chilló y otros le pidieron a Dios a voz en grito que los protegiera.

Miles consiguió entender la palabra «fuego». También se apresuró a ponerse de pie. Dafne se levantó más despacio.

Noxley salió corriendo de la habitación. Miles hizo ademán de seguirlo, pero Dafne lo cogió del brazo.

—Espera —dijo en voz baja.

Reunió un montón de papiros y miró a su alrededor con impaciencia.

Una figura encapuchada apareció en la puerta.

—Problemas fuera —dijo con fuerte acento inglés—. Por aquí. Vamos.

—¿Quién eres? —preguntó Miles—. ¿Qué tipo de problemas? Déjame ver tu cara.

Dafne lo empujó con fuerza hacia la puerta.

—No hagas preguntas —le dijo.

—Pero podría ser uno de los hombres de Duval...

—¡No lo es! —masculló—. Deja de hablar. Empieza a correr.

En cuanto los sacó de la estancia principal y los condujo a un pasillo menos iluminado, Rupert tuvo que quitarse la capucha para ver.

Escuchó que Archdale susurraba:

—¿Quién es?

—Rupert Carsington —contestó Rupert.

—Pero está muerto.

—Ya no —replicó él. Habían llegado a la escalera. Se detuvo, sacó dos pistolas del fajín y se las tendió.

El hermano de Dafne dijo:

—Será mejor que le des un cuchillo. Dafne no...

—¿Está cargada? —preguntó ella.

—Sí. Ten cuidado.

—Pero Dafne no...

—Sí sabe —interrumpió Rupert. Se desató la cuerda del fajín—. Tu habitación —le dijo a Dafne—. Tengo a gente esperando bajo tu ventana. —Envió a Archdale tras ella y después los siguió, atento a cualquier signo de persecución.

Los muchachos habían iniciado el fuego en la puerta principal, lugar donde podría causar mayor caos y confusión. Pero aun en el caso de que en Egipto hubiera abundado la leña, solo habrían podido transportar unos cuantos troncos. La paja y la bosta alimentaban el fuego y pronto descubrirían la argucia.

Rupert contaba con pocos minutos.

Lord Noxley había actuado por instinto: lo estaban atacando (Duval, sin duda) y debía organizar sus fuerzas.

Había cogido un rifle y estaba casi en la puerta delantera, después de haberse visto obligado a abrirse paso a través de los criados aterrados, cuando se percató de su error. Un ataque directo no era el estilo de Duval.

Era una distracción.

El vizconde se apresuró a volver al *qa'a.*

Se habían ido, y la mayoría de sus papiros con ellos.

Salió en tromba de la habitación, llamando a gritos a Ghazi, y después subió la escalera hacia el enorme dormitorio que había pensado transformar en suite nupcial en poco tiempo.

Ella no estaba allí.

Pero él sí.

Cuando entró, la alta figura estaba en la ventana. Se volvió.

Carsington.

El hombre muerto.

Vivito y coleando.

Lord Noxley amartilló el rifle, apuntó y apretó el gatillo.

Rupert se tiró al suelo, rodó y cogió a Noxley por las piernas, haciéndolo caer. El arma se descargó y la bala rebotó contra la pared.

Rupert cogió la muñeca de Noxley y la golpeó contra el suelo de piedra. El hombre soltó el rifle... antes de clavarle el codo en el estómago, liberarse y ponerse de pie. Corrió hacia la ventana, pero él no tardó en seguirlo y alcanzarlo. Lo cogió y lo estampó contra la pared. Noxley rebotó y se revolvió contra él con el puño en alto. Le asestó un golpe en la mandíbula con una fuerza sorprendente.

Rupert le clavó el puño en el estómago.

Era un estómago más duro de lo que había imaginado y el hombre se limitó a gruñir en lugar de doblarse por la mitad como solían hacer los hombres a los que atizaba. Noxley volvió a golpearlo con la velocidad del rayo y él correspondió al gesto no con mucha amabilidad.

Pero el vizconde continuó, devolviendo golpe por golpe presa de la furia, aunque pronto empezó a debilitarse.

—Déjelo ya —jadeó Rupert—. Es bueno, pero yo soy más resistente.

—Ella es mía —dijo Noxley. Movió la mano y algo brilló en ella.

Rupert comprendió que era un cuchillo un instante antes de que se hundiera en su cuerpo.

Dafne era consciente de que su hermano estaba abajo y la estaba llamando, pero siguió subiendo de vuelta a la habitación. Había escuchado el disparo del arma y había esperado, conteniendo la respiración, a que Rupert saliera.

No lo había hecho.

Aunque la cosa no había terminado, comprendió un momento después. Escuchó golpes y porrazos y el ruido de la porcelana al romperse. Seguían peleando.

No había muchos hombres. Tres a lo sumo. Tal vez solo dos.

Tenía que ayudar a Rupert antes de que llegaran más y lo superaran en número.

Encontró un hueco donde colocar el pie y estaba buscando el siguiente para trepar a la ventana cuando algo pasó por encima de su cabeza. Trazó un pequeño arco y después, mientras ella miraba horrorizada, cayó sobre las piedras de la calle. Un cuerpo. Era humano.

—¡Rupert! —gritó.

—Ya voy —dijo una voz imposiblemente grave desde arriba.

Ella levantó la vista. Rupert estaba saliendo por la ventana.

—No pierdas el tiempo —le dijo él—. No tenemos toda la noche.

Casi habían llegado al embarcadero cuando escucharon los gritos. Dafne miró hacia atrás. Al parecer los hombres salían de todas partes. Algunos llevaban antorchas, a cuya luz vio las armas brillar. Vio un par de figuras detenerse junto al cuerpo antes de que Rupert la cogiera del brazo y la obligara a girarse.

—¡Corre! —le ordenó—. Archdale, llévela a la embarcación.

—¡No! —Dafne sacó su pistola—. No te vas a enfrentar a ellos solo.

Se escuchó un disparo. Los hombres corrían hacia ellos. Dafne apuntó con el arma y disparó.

Tras eso llegó el caos. Gritos, el clamor de las espadas y el ocasional disparo de un arma. Otro grupo de hombres comenzó a correr hacia ellos desde el otro lado, desde el río. A Dafne le pareció reconocer las voces. La tripulación del *Isis* se había unido a la refriega.

Vio que dos hombres se abalanzaban sobre Miles y lo tiraban al suelo. Corrió hacia ellos y comenzó a golpearlos con la culata del arma.

Le llevó un tiempo darse cuenta de que el ruido estaba remitiendo.

Una voz familiar la llamó.

—Déjelo ya, señora, o el gran *inglisi* muere, de verdad esta vez.

Se volvió y vio que todos miraban hacia el mismo sitio. Rupert se apretaba el costado. Una mancha oscura se extendía por su ropa desde el lugar que se sujetaba. Ghazi tenía una pistola contra su cabeza.

La lucha se detuvo por completo.

—Su Ilustrísima está muerto —declaró Ghazi—. Ahora yo soy el jefe.

Dafne pensó con rapidez.

Recordó lo que Noxley le había dicho acerca de sus hombres: pensar no era lo que mejor se les daba.

—Muy bien —dijo en árabe—. Felicidades. Que te aproveche ser el jefe. Estoy segura de que serás un jefe estupendo. Pero ¿qué tiene que ver con nosotros? Era el Demonio Dorado quien me quería... como novia. Era el Demonio Dorado quien quería a mi hermano... para que lo ayudara a leer la escritura antigua. Sin duda puedes encontrar a tus propias novias. No tienes por qué robarlas. —Esperaba con fervor que Noxley no le hubiera dicho a nadie lo que su futura esposa valía en libras, chelines y peniques—. ¿De verdad quieres dedicar toda tu vida a excavar en la arena para encontrar agujeros con paredes pintadas? ¿Quieres ser el líder de un grupo de excavadores y carroñeros o el líder de... mmm... de los asesinos más temidos de todo el Imperio Otomano?

Mientras hablaba, la expresión de Ghazi se tornó angustiada

y confusa. Miró a su alrededor. Sus hombres también parecían angustiados. Recuperó la compostura al instante.

—Es una conversación estúpida —dijo—. El gran *inglisi* ha matado al Demonio Dorado. Usted ha disparado a uno de mis hombres. Y no ha sido la primera vez. No se irán sin más. —Les hizo un gesto a sus hombres con la mano libre—. Cogedla. Y también al otro hombre.

Rupert se tambaleó.

—¡Huy! —exclamó—. Lo siento.

Se dobló y cayó al suelo.

—¡No! —gritó Dafne. Corrió hacia él, apartó a un sorprendido Ghazi y cayó de rodillas al lado de Rupert—. No representa un peligro para ti, grandísimo patán —gritó—. ¿No te das cuenta de que está herido?

—Lo libraré de su sufrimiento. —Ghazi apuntó a Rupert con la pistola. Dafne lo cubrió con su cuerpo—. Como guste —dijo el hombre—. Los mataré a los dos a la vez.

—Dispara esa pistola —gritó Miles— y el tesoro del faraón se esfumará en el aire.

Durante esa momentánea distracción le había arrebatado a alguien la antorcha. Sostuvo un papiro cerca de la llama.

—Esto es lo que el Demonio Dorado quería —prosiguió—. Esto es lo que Duval quiere. Vale el rescate de un rey. Que todo el mundo se comporte o lo reduciré a cenizas.

Algunos de los hombres murmuraron «¿Qué está diciendo?», porque Miles había hecho la declaración en inglés. Sin embargo Ghazi no tuvo ningún problema para comprenderlo.

Pensar no era lo que mejor se le daba. Pero eso era lo bastante sencillo como para que lo entendiera. Sabía que el papiro era valioso. Sabía que Duval lo quería. Y sabía que esas viejas y frágiles *intikyana* se prendían con mucha facilidad.

De todos modos, en cuanto tuviera el papiro en su poder, no habría razón para que los dejara marchar, pensó Dafne.

—Deja que se vayan —gritó alguien de entre la multitud—. Los soldados turcos se acercan. ¿Recuerdas lo que le hicieron al que creyeron que había matado al gran inglés?

Ghazi bajó el arma y avanzó hacia Miles.

Miles miró a Dafne.

—Dáselo —le dijo.

Miles le dio el papiro a Ghazi. Este lo desenrolló un poco, le echó un vistazo y se apresuró a metérselo en el cinturón. Acto seguido se apartó, levantó su pistola...

Y siguió andando, alejándose de ellos.

Sus hombres dieron media vuelta y lo siguieron.

Todos menos uno, el que le había advertido de la llegada de los soldados turcos.

Se acercó.

—Déjeme ayudarla, señora—dijo. En inglés.

Dafne se había vuelto para atender a Rupert, que según parecía empezaba a recobrar el conocimiento. Pero las palabras en inglés y algo en la voz del hombre la hicieron levantar la vista.

Contempló un rostro familiar, uno que no había visto en más de un mes.

—¿Ahmad? —preguntó.

—Este hombre me salvó la vida —declaró el egipcio—. Yo ayudaré a salvar la suya.

21

Esa noche a bordo del Isis,
unos cuantos kilómetros río arriba

Dafne hizo un admirable trabajo a la hora de remendarlo y le echó un buen rapapolvo mientras retiraba trocitos de tela de la herida. Estaba vivo gracias a todas esas capas de ropa (el fajín al estilo árabe repleto de objetos letales) que llevaba.

La herida era algo más que un simple «arañazo», como él la había denominado, y resultó bastante más molesta de lo que había esperado. No obstante, Dafne parecía pensar que viviría. Su principal temor, según afirmó, era la infección. No creía que dejar trocitos de tela en la herida ayudara a su recuperación.

Rupert yacía en el diván de su camarote y alzaba la cabeza de cuando en cuando para ver lo que ella estaba haciendo, aunque en realidad lo que observaba era su rostro a la luz del farol. Jamás se cansaría de mirar ese maravilloso rostro. Y le alegraba sobremanera de estar vivo para poder hacerlo.

En un principio creyó de verdad que la herida no era más que un arañazo. No le había dolido en lo más mínimo. Aunque era probable que hubiera estado demasiado furioso como para sentir algo. La lucha había sido a puñetazo limpio y bastante legal, le contó. Hasta que Noxley se dio cuenta de que estaba perdiendo y decidió hacer trampas.

—No te imagino tan aturdido como para creer que Noxley jugaría limpio —dijo Dafne cuando él insistió en ese punto y adujo con indignación que se había comportado «de la forma más antideportiva».

—Pero así no se hacen las cosas —siguió—. Pregúntale a tu hermano. Pregúntale a cualquiera. Yo no saqué mi pistola. No saqué el cuchillo. Nunca he matado a nadie y esperaba que no fuera necesario hacerlo.

Estaba bastante más afectado de lo que dejaba ver. No había tenido la menor intención de arrojar a Noxley por la ventana. O al menos eso esperaba. Si bien en momentos así un hombre era incapaz de pensar. Todo se reducía a una cuestión de instinto. Noxley lo había apuñalado. Él se había sacado el cuchillo y lo había arrojado a un lado... y lo siguiente que recordaba era que Noxley salía volando por la ventana.

Tras limpiar la herida lo mejor que pudo, Dafne la cosió con rapidez y eficiencia antes de vendarla.

—Intenta no angustiarte pensando en Noxley —le dijo, como si hubiera estado leyéndole la mente durante los últimos minutos—. Él te habría matado sin pensárselo dos veces y sin ningún tipo de reparos. Carecía de conciencia. Tenía un vacío moral. Debía tener lo que deseaba y todo aquel que se cruzaba en su camino tenía que ser aniquilado.

Se dio la vuelta en dirección al botiquín que había dejado en el suelo. Rupert no veía lo que estaba haciendo. Cuando se giró, sostenía un vasito en la mano.

—No me había dado cuenta de que me deseaba hasta que sus hombres comentaron algo al respecto —confesó.

—Te lo dije —replicó él—. Era obvio por su forma de mirarte. Puede que estuviera obsesionado por el poder y la fama, pero no estaba ciego.

—El poder y la fama pueden ser muy caros —dijo Dafne—. No solo me deseaba a mí, deseaba mi fortuna en la misma medida.

A Rupert le llevó un instante comprender lo que estaba diciendo y el esfuerzo mental debió de reflejarse en su rostro, porque ella le dijo con el ceño fruncido:

—Sabías que Virgil me dejó montones y montones de dinero, ¿verdad? Creía que todo el mundo lo sabía.

—¿Montones y montones? —repitió—. Bueno, era lo menos

que podía hacer ese cerdo mentiroso. A decir verdad, suponía que no eras pobre, puesto que no te resultó extraño que tu hermano gastara miles de libras en uno de esos chismes enrollados.

—Papiros —lo corrigió ella sucintamente, de modo muy parecido a como lo hiciera aquel primer día en la mazmorra. Pero Rupert alcanzó a escuchar el tono jocoso.

—Lo sé —afirmó—. Lo sabía. Aquel día solo estaba intentando provocarte. Sabía que tenías temperamento. Lo percibí... a cinco metros de distancia. Era como ver acercarse un huracán. Muy... estimulante.

—De momento ya has tenido suficiente estimulación —replicó ella. Se acercó un poco para alzarle la cabeza y sostenerla contra su delicioso busto antes de llevar el vaso a los labios—. Toma, bébete esto.

Había tenido el desagradable presentimiento de que el vaso era para él, pero la conversación lo había distraído. La calidez de las femeninas curvas sobre las que se recostaba lo distraía aún más.

—¿Qué es?

—Un poco de láudano mezclado con vino.

Rupert giró la cabeza con precaución para alejarse del vaso, pero sin hacer peligrar la maravillosa posición de la que disfrutaba sobre esos atributos tan blanditos.

—No quiero.

—Vas a bebértelo —le ordenó— o le diré a Ahmad que reúna a los hombres más fuertes de la tripulación para que te sujeten mientras te obligo a tragar. ¿Cederás de buena gana o prefieres acabar en desgracia delante de los muchachos?

—No necesito láudano —murmuró, si bien se acercó de nuevo al vaso y se bebió todo el contenido.

Cuando hubo acabado, Dafne soltó el vaso y, con delicadeza pero de modo inexorable, le apartó la cabeza de su pecho para colocarla sobre la almohada.

—La herida te dolerá mucho más cuando los efectos del trauma desaparezcan —le explicó—. De este modo conseguirás descansar un poco.

—Ojalá pudieras descansar aquí conmigo —dijo él al tiempo que dejaba que su mano bajara hasta un muslo.

Iba ataviada como un árabe, pero ningún hombre con ojos en la cara la confundiría jamás con un miembro de su sexo.

—Eso no sería descansar —objetó ella—. Y haz el favor de recordar que mi hermano se encuentra a bordo.

Rupert suspiró. El hermano. Sí, por supuesto. Pero el hermano no era Ahmad, con quien lo había amenazado poco antes. ¿Quién era Ahmad? ¡Ah, sí! El tipo que había hablado justo cuando las cosas comenzaban a ponerse verdaderamente interesantes.

¿Qué había dicho? Primero había hablado en inglés, pero después había cambiado al árabe.

—¿Qué fue lo que dijo? —quiso saber—. El tal Ahmad, me refiero. Te llamó «señora».

—Ese era Ahmad —contestó ella sin darle más información.

—A él me refiero —insistió él con paciencia. A decir verdad, había ocasiones en las que se preguntaba si en el inmenso cerebro que tenía esa mujer no habría un par de habitaciones vacías—. Dijo algo, justo antes de que... mmm... me echara un sueñecito.

—Te desmayaste —lo corrigió—. Varias veces.

—Tenía un poco de sueño —adujo Rupert—. No había dormido desde que te secuestraron. Estaba... cansado. No me desmayé.

El delicado bufido de Dafne dejó muy clara su opinión al respecto.

—Ojalá no tuvieras ese empeño en cambiar de tema —le dijo—. ¿Quién es Ahmad y qué estaba diciendo?

—Dijo que le salvaste la vida.

Rupert lo sopesó un momento.

—Debe de haberme confundido con otra persona —dedujo a la postre.

—En el puente a las afueras de El Cairo —le explicó ella—. Le habían dado una paliza de muerte. Un soldado turco intentó rematar la faena, pero tú interviniste.

Tras un instante de cavilación, que le costó incluso más que de costumbre, Rupert comprendió de quién estaba hablando: del harapiento lisiado del puente.

—¡Ah, el tipo aquel!

—Ese fue el motivo de que acabaras en la mazmorra —le explicó Dafne—. Arriesgaste tu vida por un nativo miserable a quien no conocías de nada.

—No era una pelea justa —replicó.

Ella lo observó durante un buen rato. Después le acarició la mejilla con mucha delicadeza.

—No, no lo era —musitó—. Pero solo a ti te habría importado. —Y a modo de explicación añadió—: Ahmad es el sirviente que acompañó a mi hermano a Giza. Lo que viste fue el resultado de la paliza que le dieron los supuestos policías, los que secuestraron a Miles. Ahmad es el sirviente que huyó cuando los hombres entraron en mi casa y robaron el papiro.

—El sirviente que no regresó —concluyó Rupert—. El tío de Tom. El tipo del puente. La misma persona. Y ¿ha aparecido aquí? ¡Extraordinario!

—No mucho, la verdad —lo contradijo—. Ahmad sabía que no era seguro quedarse en El Cairo y que si lo hacía, pondría en peligro no solo a su familia, sino también a mí. Así que se marchó a Bulaq con la intención de enrolarse en un barco. Allí escuchó que lord Noxley iba a zarpar en busca de Miles. Ahmad no tuvo problemas para que lo contrataran. Habla inglés y un poco de francés, además de ser inteligente y trabajador. Creyó que lord Noxley era un buen tipo. Y no se le plantearon dudas al respecto hasta que el buen hombre decidió alimentar a los cocodrilos con dos de sus secuaces... muy posiblemente los mismos que vimos en Tinis.

—Pero ¿Ahmad no huyó entonces? —La luz del farol comenzaba a apagarse, o ¿eran imaginaciones suyas? Tenía la impresión de que lo arrastraba la corriente de un río... No, mejor aún, de que flotaba en una nube.

—Se quedó porque estaba decidido a encontrar a Miles —le explicó ella—. Después, cuando los hombres de Noxley encontraron a mi hermano, Ahmad se quedó para cuidarlo y protegerlo en la medida de lo posible sin descubrirse. Se había dejado crecer la barba, por eso Miles no lo reconoció. Ahmad decidió no decirle que estaba allí hasta que hubiera descubierto el modo de escapar. En ese momento aparecí yo y todo se complicó.

Y así siguió, pero Rupert perdió el hilo de la narración. La voz se convirtió en una melodía lejana, dulce y familiar. Poco a poco el sonido también se fue apagando y se quedó dormido.

Sábado, 5 de mayo

Carsington no despertó hasta media tarde. El sol entraba a raudales por la ventana del camarote y Miles, que estaba sentado a los pies del diván, había estado intentando matar el tiempo leyendo un libro.

Abandonó los intentos cuando Carsington se incorporó y se sentó.

—No estoy seguro de que le esté permitido sentarse —le dijo.

Unos ojos negros como el carbón lo miraron sin pestañear desde debajo de un par de cejas arqueadas.

Miles recordó que tampoco se podía molestar al paciente.

—Aunque —añadió— tampoco estoy seguro de poder detenerlo. Tal vez Dafne pudiera hacerlo, pero por fin conseguí que descansara un poco. Se pasó toda la noche junto a su cama. Decía que le preocupaba la posibilidad de que le diera fiebre.

—Imposible —replicó Carsington—. ¿Me podría explicar usted cómo podría volver a mirarlos a la cara si me diera fiebre, padeciera una infección y todo lo demás por un cortecito de nada? Se morirían de la risa, todos ellos.

—¿Todos, quiénes? —quiso saber Miles.

—La familia —respondió el hombre—. Mis hermanos. Alistair estuvo en Waterloo, ya sabe.

—Sí, cierto.

Todo el mundo lo sabía. Alistair Carsington era un famoso

héroe de Waterloo. ¿Por qué no podía ser él el Carsington que estuviera en Egipto? O cualquiera de los otros. ¿Por qué tenía que ser el que tenía enfrente?

—Montó tres caballos distintos y a los tres los mataron, lo hirieron a sablazos y le clavaron varias lanzas —le explicó Carsington—. Varios miembros de la caballería le pasaron por encima y dos soldados murieron sobre él. ¿Acaso sufrió de infección y de fiebre?

—¿No lo hizo? —preguntó Miles a su vez.

—Bueno, no mucho —respondió—. Está vivo, ¿no es cierto? Y si logró sobrevivir a algo así, yo no debería tener problemas por un arañazo en la barriga.

—Eso espero —replicó Miles—. Creo que Dafne se tomaría muy mal que hubiera que enterrarlo.

No quería ni imaginarse lo que había padecido su hermana cuando creyó que el señor Carsington había muerto. Se sentía como un imbécil por no haber caído en la cuenta de que se había implicado con ese hombre. Aunque lo había ocultado muy bien.

Además, Dafne nunca les prestaba atención a los hombres; o si lo hacía, era para contemplarlos con desconfianza. ¿Por qué debería ser distinto el caso de Carsington? De entre todos los hombres del mundo, ¿por qué tenía que ser ese el tipo por el que su hermana había arriesgado la vida? Todavía le costaba creer que su estudiosa hermana hubiera puesto en peligro su vida para salvarlo a él mismo, y eso que era su hermano.

Recordó, demasiado tarde, las instrucciones y las explicaciones que ella le había dado antes de salir del camarote.

—Tengo que ofrecerle un vaso de agua —le dijo al hombre—. Dafne me ha dicho que le dio un poco de láudano y que tal vez estuviera sediento al despertar.

—Tengo la impresión de que alguien me ha metido el desierto de Arabia en la boca mientras dormía —afirmó él—. Junto con los camellos. ¿Se me permite al menos asearme, afeitarme y lavarme los dientes? En realidad da igual lo que ella permita o no. Está dormida. Ojos que no ven, corazón que no siente.

—Sí, pero es cierto que debe moverse lo menos posible —dijo Miles— para evitar cualquier presión sobre la herida. No querrá que todos los esfuerzos de mi hermana hayan sido en vano, ¿verdad?

Carsington se quedó quieto de inmediato.

—No, por supuesto que no. Creo recordar que se pasó horas quitándome trocitos de tela, hasta los hilos más minúsculos. Sería una bestia insensible si echara por tierra todos sus esfuerzos.

Miles parpadeó una vez, dos, tres. No sabía muy bien qué había esperado. Sabía que Carsington era un hombre ingobernable. Todo el mundo lo sabía. Hasta su formidable progenitor parecía haberlo dejado por imposible.

No le resultaba extraño que Su Ilustrísima hubiera enviado a su cuarto hijo a Egipto. Lo que se preguntaba era por qué no lo habría mandado a China, a la Tierra del Fuego o a las Antípodas...

—Haré las veces de su ayuda de cámara —se ofreció. Acercó la jofaina, el aguamanil y una toalla. Reunió el cepillo de dientes de Carsington y lo necesario para el afeitado, y lo colocó todo al alcance de la mano.

Mientras jugaba a los criados, la mangosta entró corriendo en el camarote. Se alzó sobre las patas traseras y observó todo el procedimiento. Cuando Miles regresó a su lugar, el animal subió a su regazo y se acomodó.

—He oído que se llama Margarita —dijo.

—Está enamorada de su camisa —le informó Carsington.

Miles ya había oído la historia y no tardó en atar cabos. Mientras Carsington se aseaba, le contó sus aventuras en Minya y le habló de la mangosta coja a la que dio de comer.

—Está claro que es la misma —concluyó el hombre—. Menuda mentirosa está hecha. Y yo que pensaba que me quería... De todos modos, nunca la he visto tanto rato sentada. Suele cansarse enseguida de ver cómo me afeito. Ahora me doy cuenta de que solo me estaba usando como sustituto para entretenerse hasta su regreso. Usted es su amor verdadero.

Miles acarició a la mangosta.

—Parece haber recogido a unas cuantas almas descarriadas río arriba —le dijo.

—Fue Margarita quien nos recogió a nosotros —lo corrigió Carsington—. El resto es obra de Daf... de la señora Pembroke.

En ese momento Miles soportó en silencio la que esperaba que fuese la última sorpresa. Dafne no solo se había implicado con ese hombre. Se había implicado íntimamente.

Con Rupert Carsington, el cuarto hijo de lord Hargate, un sinvergüenza famoso por sus correrías y por ser ingobernable.

No obstante, se recordó Miles, había hombres peores en el mundo. Como Noxley, por ejemplo. O Pembroke.

El hombre que tenía enfrente había conseguido ganarse el afecto y la lealtad tanto de la tripulación como de la servidumbre. Solo le dedicaban elogios. Habían luchado por él. Le gustaba incluso a la mangosta.

Hasta los gatos habían entrado en el camarote en una ocasión durante la tarde y se habían dignado sentarse a los pies del diván para observarlo mientras dormía.

Cuando Carsington acabó de asearse, Miles lo ayudó a ponerse una camisa limpia de estilo árabe de las que llegaban hasta los tobillos. No era elegante, pero era un atuendo fresco. La abertura frontal permitía un acceso rápido a su herida.

Una vez que estuvo vestido y Miles hubo colocado otro almohadón tras su espalda para que se recostara, comentó algo que lo ayudó a sentirse mejor.

—Muy ingenioso y rápido por su parte el plan de anoche de la antorcha y el papiro.

—Ese puñetero papiro... —replicó—. Me habría alegrado librarme de él de no ser por Dafne. Había trabajado mucho en él y era un ejemplar magnífico, infinitamente superior a ese tan largo reproducido en la *Description de l'Egypte.* Y ahora este ha caído también en manos de los franceses, maldita sea su estampa.

—Su hermana aún conserva la copia —comentó Carsington—. Claro que no es tan hermosa y carece de ilustraciones.

Pero perseverará. Es una mujer audaz. Nunca he conocido a otra como ella, ni remotamente parecida. ¿La vio anoche cuando esos tipos se abalanzaron sobre nosotros, todo ese montón de rufianes? Se dio la vuelta, amartilló la pistola y disparó como si tal cosa. Y le dio a uno en la pierna. No es que me sorprenda después de haber sido testigo de su valentía en innumerables ocasiones. Desde el principio.

Y así comenzó a contarle la historia de cómo Dafne había bajado a una mazmorra de la Ciudadela para liberarlo cuando nadie más parecía dispuesto a ayudarla... Los asesinatos en la segunda pirámide y el arrojo que había mostrado en esa ocasión... El trayecto por la pirámide escalonada de Saqqara, los kilómetros y kilómetros de estrechos pasadizos que había recorrido sin murmurar ni una sola queja, sino todo lo contrario...

—Le juro que parecía estar en el Salón Egipcio de Piccadilly o de excursión en los jardines de Stourhead —prosiguió—. Si estaba incómoda, no dio muestras de ello; y debería saber que estábamos a más de treinta y cinco grados en el interior de la pirámide y que el aire estaba cargado de humo y de polvo.

—¿Dafne? —inquirió Miles—. Pero los espacios reducidos y cerrados le dan un miedo horrible... Comienza a parlotear de forma incansable con un tono de lo más chillón. Es muy irritante.

—Conmigo no chilló —rebatió Carsington—. Me di cuenta de que esos sitios le provocaban una aversión insana, pero no permitió que el miedo la consumiera. Ojalá la hubiera visto cuando nos quedamos atrapados en el túnel de los ladrones, en la tumba de Asiut.

Y procedió a narrarle la historia mientras Miles escuchaba y se preguntaba si se habría emborrachado de nuevo sin darse cuenta, porque era imposible que fuera de Dafne de quien ese hombre estaba hablando con tanto entusiasmo. Y admiración. Como si... como si...

—¡Está enamorado de ella! —exclamó. Y después añadió—: Mmm... —Su intención no había sido decirlo en voz alta.

Clavó la mirada en la mangosta. Ella le lamió la mano.

—¿Enamorado? —repitió Carsington—. ¿¡Enamorado!?

—Mmm... No, lo siento. No sabía lo que estaba diciendo. El calor. La impresión. No podía creer que estuviera hablando de mi hermana. Valiente y arrebatadora y... y todo lo demás.

El semblante del hombre se ensombreció.

—No es que me extrañe que sea capaz de estar a la altura de las circunstancias —se apresuró a añadir Miles. No era que Carsington le diera miedo, aunque debía admitir que esa mirada furibunda resultaba un tanto aterradora. De todas formas no era bueno para su recuperación que se sobreexcitara. Así lo había dicho Dafne—. Mi hermana es una criatura valiente, por supuesto; continuó con su trabajo a pesar de que todo el mundo la desanimaba y demás...

—Lo ha entendido todo al revés —replicó el hombre—. No fue su hermana la que estuvo a la altura de las circunstancias. Fueron las circunstancias las que estuvieron a su altura. Egipto y este asunto con usted y el papiro le han dado por fin la oportunidad de mostrarse tal y como es en realidad.

»Es... es una diosa. Pero humana. Una diosa de verdad, no fingida. Es hermosa, valiente y lista. Y fascinante. Y peligrosa. Tal y como son las diosas, como usted ya sabrá, en todas las historias.

—Que me aspen —dijo Miles—, si no está usted enamorado de ella hasta el tuétano.

Esos ojos oscuros lo observaron con intensidad. Aunque se apartaron de él al instante para mirar el techo. Y después la ventana. Y por fin lo miraron de nuevo.

—¿Sabe una cosa? —le preguntó—. Me había estado preguntando qué era lo que sentía.

Dafne llegó al anochecer, acompañada de Nafisa. El *Isis* seguía navegando río arriba y no echarían el ancla hasta que la oscuridad hiciera la marcha demasiado peligrosa. El nivel del Nilo era muy bajo. Aun a plena luz del día, la navegación requería toda la atención del timonel.

Archdale estaba seguro de que podrían llegar a Isna antes de que cayera la noche.

A Rupert le daba igual dónde estuvieran o dónde amarraran. Se percató de que Nafisa llevaba dos servicios en la bandeja. Dafne tenía intención de cenar con él. A solas.

Perfecto.

Nafisa dejó la bandeja en un taburete antes de marcharse. Margarita entró corriendo, se puso en pie para olisquear la bandeja y se marchó tal y como había llegado.

Dafne se dispuso a acomodar los cojines en los que estaba apoyado, haciendo caso omiso de las travesuras de la mangosta y de sus poco convincentes protestas. Solo tomó asiento cuando Rupert estuvo situado a su entera satisfacción.

A él no le importó. Iba ataviada con un conjunto al estilo árabe particularmente favorecedor que consistía en unos pantalones anchos —pero de un maravilloso y fino tejido—, una liviana camisa de crepé, un fajín de seda que llevaba provocativamente atado en torno a las caderas y una especie de túnica muy amplia. Hasta él flotó un tenue aroma a incienso.

Todo aquello resultaba muy prometedor.

—Eres una tentación horrorosa para un hombre que tiene prohibido realizar movimientos enérgicos —le dijo.

—¿En serio? —preguntó ella—. No me extraña que Miles no lo aprobara. Me miró echando chispas por los ojos.

—Tal vez la expresión se le haya quedado congelada en la cara —sugirió Rupert—. A mí me miró del mismo modo hace unas horas. ¿Crees que sospecha algo?

—Creo que lo sabe —respondió Dafne.

—Me alegro de no tener una hermana —afirmó—. De otro modo tendría que superar mi aversión a matar gente.

Dafne desvió su atención hacia la bandeja.

—Si recuerdo bien mis lecturas de tratados médicos, necesitamos fortalecer tu sangre. Así que debes tomar estofado de cordero. Vino tinto, por supuesto. Arroz cocido con caldo de pollo y cebolla. Un poco de pan y queso. Fruta. Y un poco de...

—No puedo comer todavía —replicó él—. Estoy demasiado... demasiado... —Frunció el ceño—. Demasiado lo que sea. Sentimientos.

Los ojos verdes de Dafne se clavaron en los suyos.

—Sentimientos —repitió.

—Tenía pensado esperar —admitió Rupert—. Hasta estar mejor. Porque no quiero que la compasión te influya.

—La compasión...

—Por mi herida —explicó.

—No seas absurdo —rezongó ella—. No debería compadecerme de ti por un simple arañazo en la barriga.

—De cualquier forma, no puedo esperar —afirmó—. Y será mejor que te advierta que me voy a mostrar implacable. Si tengo que ponerme de rodillas y eso me hace sangrar de nuevo...

—No entiendo por qué tendrías que ponerte de rodillas —replicó Dafne con tono adusto.

—Eso es porque no estás pensando con claridad —le dijo—. Así es como suelen hacerse estas cosas.

—Estas cosas —volvió a repetir, con un tono un poco menos adusto.

—Debería haberlo hecho así la primera vez, pero apenas sabía lo que estaba haciendo —le explicó—. Entonces me dijiste que era mejor casarse que arder y al parecer yo estaba en un estado de conflagración constante... pero no se trataba de eso en absoluto.

Ella se incorporó hasta ponerse de rodillas.

—Tal vez debieras beber un poco de vino —dijo.

—Tengo fuerza suficiente para esto —le aseguró—. Solo espero tener también el cerebro necesario. Quiero explicarlo todo antes. Porque no estoy dispuesto a dejarte creer que la causa de todo es la lujuria. La lujuria es una parte, sí. Una parte muy importante.

Ella se sentó sobre los talones y se miró las manos.

—Pero me gustaste desde la primera vez que escuché tu voz —siguió él—, cuando no tenía ni idea de tu aspecto. Encontré delicioso tu modo de regatear por mí, como si fuera una alfombra vieja. Y después me encantó tu modo de mirarme y tu forma de darme órdenes. Me cautivó tu paciencia y también tu impaciencia a la hora de explicarme las cosas. Adoro el sonido de tu voz y tu forma de moverte. Adoro tu valentía, tu dulzura, tu generosidad, tu obstinación y tu pasión. —Hizo una pausa—. Tú eres el genio aquí. ¿Qué crees que significa todo esto?

Dafne lo miró de soslayo.

—Creo que estás loco —contestó—. O que tal vez has desarrollado una infección que te ha afectado directamente al cerebro.

—No estoy loco —objetó él—. Una mujer de tu avezado intelecto debería ser capaz de percibir que estoy enamorado. De ti. Ojalá me lo hubieras dicho. Fue de lo más humillante que tuviera que decírmelo tu hermano.

Los ojos verdes y brillantes de Dafne se abrieron de par en par y lo miraron sin pérdida de tiempo.

—¿Miles? —preguntó—. ¿Acaso montó en cólera defendiendo mi honor e insistió...?

—No seas ridícula —la interrumpió—. Tu hermano no ha vivido como un monje, como es tu caso. Puedes estar segura de que lo sabe todo sobre mí. No me cabe la menor duda de que soy el último hombre sobre la faz de la Tierra al que le gustaría ver cerca de su hermana. Bueno, tal vez el segundo contando por la cola. Delante de Noxley. Pero lo que piensen los demás no es importante. Esto es entre nosotros, Dafne. Te amo con todo mi corazón. ¿Me harías el favor de casarte conmigo?

—Sí —contestó—. Sí, por supuesto que sí. No debería haberte dicho que no la primera vez. Me he arrepentido amargamente de mi error, créeme. Podría seguir adelante sin ti, pero eso solo sería respirar, no vivir.

Rupert le tendió los brazos y ella gateó hasta situarse entre ellos.

—Te he echado de menos —confesó—. Te he echado muchísimo de menos. —Apoyó la cabeza sobre su hombro—. ¿Podemos casarnos enseguida? Odio dormir en mi camarote.

—Podemos casarnos ahora —contestó él al tiempo que enterraba la nariz en su cabello—. ¿No te acuerdas?

—Sí. Pero tú necesitas una dote. —Extendió el brazo y se desató el fajín de seda—. Esto tendrá que bastar.

Rupert lo cogió. Pesaba bastante, aun para ser una pieza de seda bastante grande.

—¿Qué has metido aquí? —le preguntó—. ¿Piedras?

—Cinco piastras de plata —respondió Dafne—. Unas treinta y cinco libras.

—Has venido preparada.

—Por supuesto —replicó—. Cuando quiero algo no me detengo ante nada. ¿No has visto lo que llevo puesto?

—También me gusta lo que no llevas puesto —fue la respuesta de Rupert.

—Soy tan desvergonzada que incluso me aprovecho de ti estando débil y herido.

—No estoy tan débil —le aseguró. Dejó caer el fajín sobre el diván y empleó las manos para otro fin más provechoso... como el de recorrer ese voluptuoso cuerpo—. Será mejor que nos casemos ahora mismo —sugirió.

—Sí —contestó Dafne, cuyas manos tampoco estaban ociosas.

Sin embargo, su boca, esa boca tan suave, se le antojó a Rupert mucho más peligrosa mientras se deslizaba sobre su cuello y su clavícula. Le alzó la cabeza y la acercó a sus labios. Su sabor era fresco y dulce, como el del sorbete turco. Esa mujer sabía a pasión y a pecado, como el brandy calentado sobre una llama. Sabía a misterio, como una diosa, y el poder que ejercía sobre él habría asustado a cualquier otro con menos carácter.

Pero él tenía carácter de sobra y una mujer fuerte era justo lo que deseaba. Una mujer fuerte y maravillosamente voluptuosa que encajaba a la perfección entre sus brazos. Bajó la cabeza y recorrió con la lengua la abertura de su camisa hasta el fragante camino que había entre sus pechos. Dafne suspiró y le enterró los dedos en el pelo.

Pasó una mano por la hermosa curva de las nalgas y ella se movió bajo sus caricias, acercándose más. En ese momento, aferró ese maravilloso trasero y tiró de ella hasta que su sexo quedó justo sobre su miembro. Y se vio obligado a sofocar un gemido.

—Te vas a hacer daño —murmuró Dafne sobre sus labios.

—Eso no ha sido un gemido de dolor —le aseguró.

Era muy consciente de la herida. Cada movimiento le causaba una punzada. Pero no le importaba. Tenía a una mujer rendida entre los brazos, contra los labios, en la nariz... y estaba ebrio de su sabor y de su olor. Además, le había confesado que sin él no podría vivir. Había dicho que sí.

—No debemos rasgar los puntos —le dijo.

—En ese caso, será mejor que no nos movamos mucho.

—¿Eso es posible? —quiso saber ella.

—Sí.

Rupert le acarició el abdomen por encima del liviano tejido. Desató el cordoncillo que le cerraba la cinturilla de los pantalones y se los bajó. Pasó la mano sobre esos rizos suaves y sobre su carne, aún más suave, tan cálida y húmeda, tan preparada y anhelante. Ella suspiró y se movió contra su mano antes de alzarle la camisa hasta la cintura. Su miembro apareció de repente para darle una alegre bienvenida... como de costumbre. Con una suave carcajada, Dafne lo tomó y lo acarició de arriba abajo. Acto seguido cambió de posición y le pasó una pierna por encima de los muslos antes de guiarlo hasta su interior. La descarga de placer que provocó la unión lo dejó sin aliento.

Apenas se movieron, lo que hizo que la sensibilidad se intensificara. Rupert era consciente de cada uno de los movimientos de los músculos que lo rodeaban y que se tensaban y relajaban a su alrededor; del imperceptible balanceo de sus caderas, que lo bañaba en oleadas de placer; de sus manos, que se deslizaban sobre él dejando sobre la piel largas estelas de chispas.

Abrió los ojos, la miró y ambos esbozaron una sonrisa maliciosa que no necesitaba palabras, ya que el diablillo que moraba en él reconocía al que moraba en ella. Y así yacieron, mirándose el uno al otro, haciéndose el amor en secreto mientras desde el exterior les llegaban los conocidos sonidos de las pisadas sobre la cubierta y el estruendo de las voces que preparaban la llegada a puerto.

En ese momento lo recorrió una oleada de palpitante placer,

como las ondeantes aguas del Nilo que se agitaba bajo ellos, y Rupert quedó atrapado en la corriente. Ella lo aferró con fuerza y comenzó a moverse a la par que impedía que él lo hiciera. El mundo se transformó en un lugar misterioso y salvaje, y Rupert se hundió en él, en ella, hasta que lo inundó un sentimiento que trascendía las palabras; la felicidad más enorme y disparatada.

Justo entonces escuchó que Dafne le decía al oído:

—Me entrego a ti. Me entrego a ti. Me entrego a ti.

A la postre, se dejó caer sobre él y Rupert la envolvió con sus brazos mientras saboreaba la maravillosa paz que lo embargaba. Hasta que un errabundo y gracioso pensamiento se abrió paso en su mente: estamos casados. Y soltó una estruendosa carcajada.

Epílogo

A finales de julio, tras un largo y accidentado viaje desde Egipto, dos representantes de Mohamed Alí llegaron a Hargate House para llevarle a Su Ilustrísima las noticias del prematuro fallecimiento de su cuarto hijo, junto con un hermoso cofre que contenía la cabeza de su asesino.

Puesto que el resto de la familia se encontraba en el campo en esos momentos, lord Hargate se vio obligado a soportar las noticias con una silenciosa y en extremo solitaria dignidad.

Puesto que no deseaba que todo el mundo se enterara antes que su esposa, Su Ilustrísima no se lo mencionó a nadie. Se limitó a partir pocas horas después hacia Derbyshire para darle las noticias en persona.

Se detuvo lo justo para permitir el cambio de caballos. No durmió. Llevaba el cofre con la cabeza consigo. No sabía por qué. Era una de esas raras ocasiones en la vida del conde en las que se encontraba perdido, muy perdido.

Llegó a la casa en el preciso instante en el que Benedict se marchaba. El primogénito echó un vistazo al rostro de su padre y dio la vuelta para entrar de nuevo en la casa con él.

Lord Hargate condujo a su esposa hasta el jardín y allí se lo contó con voz entrecortada.

Ella solo dijo: «No» y se apretó la cintura con fuerza antes de darse la vuelta y clavar sus ojos en la distancia sin derramar una lágrima.

Benedict quiso ver la carta. Su padre se la tendió antes de rodear con un brazo los hombros de su esposa.

Benedict los dejó solos y volvió a la casa para leer la misiva. Todo estaba extrañamente en silencio, como si los sirvientes, que todavía no habían sido informados, percibieran la catástrofe.

Eso le recordó el opresivo silencio de su propio hogar cuando muriera su esposa, dos años atrás. En aquel entonces también se había sentido entumecido.

Al escuchar un carruaje y los cascos de unos caballos (que iban al galope, a juzgar por el ruido), Benedict se acercó a la ventana. Se trataba de un bonito carruaje cerrado.

Tras despachar a los criados con un gesto de la mano, salió para interceptarlo. Sus padres no se encontraban con ánimo para recibir visitas. Aun así, tal vez requirieran a lord Hargate para algún asunto de estado urgente... y de todas formas él necesitaba hacer algo.

Llegó a la entrada un momento después de que el carruaje se detuviera.

Antes de poder acercarse, la puerta se abrió de golpe y un hombre saltó del coche... con una sonrisa.

Su hermano.

Su hermano muerto.

Rupert.

Benedict parpadeó una vez. Gesto que, en él, era una muestra de emoción abrumadora.

—No estás muerto —dijo mientras su hermano se acercaba a él.

—Desde luego que no —aseguró Rupert antes de darle uno de sus entusiastas abrazos fraternales.

Benedict, aún paralizado por el torbellino de emociones, le dio unas palmaditas en el hombro.

—¿De dónde has sacado la idea de que estaba muerto? —preguntó Rupert en cuanto concluyeron los saludos iniciales.

Benedict le habló sobre los dos emisarios de Mohamed Alí y sobre la carta de condolencia que había enviado el cónsul general junto con el cofre que contenía la cabeza.

Rupert le restó importancia.

—Se lo toman todo con una calma increíble. Me atrevería a decir que los emisarios llegaron a Londres después de visitar todos los burdeles entre Alejandría y Portsmouth. Le envié una carta a padre que seguramente llegue vía Patagonia. Pero no importa. Su Ilustrísima se alegrará mucho cuando vea lo que le he traído.

—Espero que no sea un animal exótico —dijo Benedict—. Te dirá que su familia ya se parece bastante a un zoológico.

—No es un animal exótico.

—Ni una momia —dijo Benedict—. A madre le desagrada el olor.

—Y a mí también —aseguró Rupert—. No es una momia.

—Me niego a jugar a las adivinanzas —dijo Benedict—. Puedes decírmelo o no, lo que prefieras. Mientras tanto será mejor que me adelante y prepare a nuestros padres para tu resurrección. —Se dio la vuelta.

—Es una esposa —dijo su hermano.

Benedict se giró para mirarlo.

—¿La esposa de quién? —le preguntó.

Hasta donde podía recordar, Rupert jamás le había robado la esposa a nadie, pero no había forma de saber lo que su hermano era capaz, sobre todo en un país extranjero donde «esposa» se utilizaba en plural más que singular. Quizá Rupert creyera que tal jeque o cual bey podría prescindir de alguna de ellas.

—Mía —aclaró. Y en voz más baja añadió—: La tengo en el carruaje.

Benedict había olvidado todo lo demás tras el estupor que le había provocado ver a su supuestamente difunto hermano. En esos momentos volvió a mirar el carruaje y descubrió que tenía otro ocupante. Una mujer inclinada sobre un libro.

Se giró de nuevo hacia su hermano.

—Está leyendo —dijo Benedict—. Un libro.

—Sí, lee montones de ellos —le aseguró Rupert—. Y la mayor parte ni siquiera está en inglés. Es una brillante erudita.

—¿Una... qué?

—Tiene un cerebro descomunal —explicó Rupert—. Aunque a padre no le interesará su inteligencia.

—Salvo por el asombro que le provocará saber que cualquier mujer con un mínimo de seso se haya casado contigo —puntualizó Benedict.

—Sí, resulta sorprendente —convino su hermano—. Pero eso no es lo más gracioso. —Convirtió su voz en un susurro—. Es una heredera.

Una vez más, Benedict parpadeó. Sabía muy bien que su padre le había dicho a Alistair, el tercero de sus hijos, y a Darius, el quinto, que se buscasen herederas porque se negaba a mantenerlos para siempre. Pero Rupert, que era el cuarto, estaba excusado, ya que ninguna persona en su sano juicio dejaría una fortuna en sus manos.

—Una heredera... —repitió Benedict—. Bueno, me alegro mucho por ti.

—La verdad es que me importa un comino —dijo Rupert—. Sabes que no me interesa el dinero. Pero no puedo esperar a ver la cara de padre cuando se lo diga.

Algunas horas más tarde, después de que los novios se hubieran retirado a los aposentos que se les habían asignado, el primogénito se reunió una vez más con lord y lady Hargate en el jardín.

—Vaya, vaya... —dijo el conde—. Según parece le han cortado la cabeza en vano a algún desafortunado asesino.

—Y el hijo pródigo ha regresado victorioso —añadió Benedict—. Casado. Con la brillante, hermosa y joven viuda amiga de la prima Trifena. —Esbozó una leve sonrisa. Nunca se le había dado tan bien sonreír como a Rupert y mucho menos durante los últimos dos años.

—Trifena estará encantada —afirmó su madre.

—Me he estado preguntando por qué, de entre todos los lugares posibles, lo enviaste a Egipto —dijo Benedict.

Su padre se limitó a enarcar una ceja.

—Bueno, me alegro mucho por él —aseguró Benedict—. Hacen muy buena pareja y desde luego el fin justifica los medios. La cuestión es que por fin ha sentado la cabeza. Ahora podrás concentrarte en Darius.

Y dicho esto se marchó con su habitual frialdad.

Sus padres lo siguieron con la mirada.

—No creo que sea en Darius —dijo lady Hargate.

—No —coincidió su esposo—. Yo tampoco.

Apéndice

En agosto, Jean-Claude Duval embarcó con rumbo a Francia. Se llevó consigo setenta y cinco baúles repletos de antigüedades que había ido recogiendo a lo largo de quince años. Puesto que omitió el problemático papiro (y otros objetos, por supuesto) en la lista que les entregó a los funcionarios de aduanas de Alejandría, nadie pudo asegurar si en realidad llegó a hacerse con él. Lo único que se supo fue que el papiro no acabó en el Louvre y que el barco que los llevaba a él y a su colección se perdió en una tormenta cerca de la costa de Malta.

Impreso en Talleres Gráficos
LIBERDÚPLEX, S.L.U.
Pol. Ind. Torrentfondo
Ctra. Gelida BV-2249 Km. 7,4
08791 Sant Llorenç d'Hortons (Barcelona)